Michael Crichton wurde am 23. Oktober 1942 in Chicago geboren. Er absolvierte das Harvard College und die Harvard Medical School. Neben mehreren Filmen und Sachbüchern haben ihm vor allem seine Romane weltweiten Ruhm eingebracht. Crichtons Buch *Nippon Connection* machte in der Verfilmung mit Sean Connery international Furore. Sein Saurier-Schocker *Jurassic Park* (als *DinoPark* bei Knaur erschienen) wurde von Steven Spielberg in Szene gesetzt und gilt heute als der größte Kinoerfolg aller Zeiten. Sein letzter Bestseller *Enthüllung* wurde ebenfalls erfolgreich verfilmt.

Von Michael Crichton sind außerdem erschienen:

Andromeda (Band 3258)
DinoPark (Band 60221)
Nippon Connection (Band 60223)
Die ihre Toten essen (Band 60289)
Der große Eisenbahnraub (Band 60291)
Enthüllung (Band 60380)
Die Intrige (Band 60288)

Dieses Buch wurde auf chlor- und säurefreiem Papier gedruckt.

Unveränderte Neuausgabe August 1995
Droemersche Verlagsanstalt Th. Knaur Nachf., München
© 1994, 1995 für die deutschsprachige Ausgabe
Droemersche Verlagsanstalt Th. Knaur Nachf., München
Das Werk einschließlich aller seiner Teile ist urheberrechtlich
geschützt. Jede Verwertung außerhalb der engen Grenzen des
Urheberrechtsgesetzes ist ohne Zustimmung des Verlages
unzulässig und strafbar. Das gilt insbesondere für
Vervielfältigungen, Übersetzungen, Mikroverfilmungen und die
Einspeicherung und Verarbeitung in elektronischen Systemen.
Titel der Originalausgabe »Congo«
Copyright © 1980 by Michael Crichton
Originalverlag Alfred A. Knopf, New York
Dieser Titel erschien erstmals 1981 im Rowohlt Verlag.
Im Knaur Taschenbuch Verlag erschien der Titel bereits 1994
unter dem Titel »Expedition Kongo«.
Umschlagfoto United International Picture
Satz: Franzis-Druck, München
Druck und Bindung Elsnerdruck, Berlin
Printed in Germany
ISBN 3-426-60290-3

Michael Crichton

Congo

Roman

Aus dem Amerikanischen
von Karl A. Klewer

Für Bob Gottlieb

Inhalt

Vorbemerkung 7

Prolog

Die Knochenstätte 11

1. Tag	Houston	19
2. Tag	San Francisco	43
3. Tag	Tanger	87
4. Tag	Nairobi	119
5. Tag	Moruti	157
6. Tag	Liko	187
7. Tag	Muhavura	211
8. Tag	Kanyamagufa	221
9. Tag	Zinj	239
10. Tag	Zinj	251
11. Tag	Zinj	273
12. Tag	Zinj	285
13. Tag	Muhavura	313

Epilog

Die Brandstatt 343

Literatur 347

»Je mehr Erfahrung und Einsicht in die
Natur des Menschen ich gewinne,
desto mehr gelange ich zu der Überzeugung,
daß der Mensch zum größeren Teile
tierhaft ist.«
Henry Morton Stanley, 1887

»Der große Gorillamann erweckte meine
Aufmerksamkeit ... Er wirkte würdig,
voll verhaltener Kraft und schien seiner
majestätischen Erscheinung völlig
bewußt zu sein. Ich empfand den Wunsch,
mit ihm zu kommunizieren ... Nie zuvor
hatte ich bei der Begegnung mit einem
Tier dieses Bedürfnis gehabt. Während wir
einander so über das Tal hinweg
beobachteten, fragte ich mich, ob er wohl
die Verwandtschaft, die uns verband,
erkannte.«
George B. Schaller, 1964

Vorbemerkung

Nur unsere Vorurteile und die Verzerrung durch die Mercator-Projektion hindern uns daran, die ungeheure Größe des afrikanischen Kontinents zu erkennen. Mit seinen rund dreißig Millionen Quadratkilometern ist Afrika beinahe ebensogroß wie Europa und Nordamerika zusammen. Und es ist annähernd zweimal so groß wie Südamerika. So wie wir seine Ausmaße unterschätzen, verkennen wir auch die Natur des »dunklen« Erdteils: Er besteht größtenteils aus heißen Wüstenstrichen und offenen Grassteppen. Tatsächlich trägt Afrika die Bezeichnung »dunkler Erdteil« nur aus einem einzigen Grund: Sie ist eine Anspielung auf die äquatorialen Regenwälder in seiner Mitte. Sie bilden das Einzugsgebiet des wasserreichen Kongo und nehmen etwa ein Zehntel der Fläche des afrikanischen Kontinents ein – knapp vier Millionen Quadratkilometer schweigenden, feuchten, dunklen Waldes, ein einziger gleichförmiger Gürtel, sechzehnmal so groß wie die Bundesrepublik Deutschland. Dieser Urwald existiert seit über sechzig Millionen Jahren in unveränderter Gestalt, war nie ernsthaft bedroht.
Noch heute leben nur rund eine halbe Million Menschen im Kongo-Becken, meist dicht beieinander in Dörfern, die an den Ufern der trägen, den Dschungel durchziehenden, schlammigen Flüsse liegen. Die große Weite des Waldes bleibt unangetastet, und bis auf den heutigen Tag sind Gebiete von Tausenden von Quadratkilometern noch gänzlich unerforscht.
Das gilt vor allem für den nordöstlichen Bereich des Kongo-Beckens, am Rande des zentralafrikanischen Grabens, wo der Regenwald bis an die Virunga-Vulkane heranreicht. Da es dort weder Handelswege noch interessante Güter gab, gelangten die Weißen erst vor weniger als hundert Jahren in jene Gegend.
Das Wettrennen um die »wichtigste Entdeckung der achtziger Jahre« fand 1979 im Kongo statt und erstreckte sich über sechs

Wochen. Dieses Buch schildert die dreizehn Tage der letzten amerikanischen Expedition in den Kongo, im Juni 1979, gut hundert Jahre nach seiner ersten Erforschung durch Henry Morton Stanley in den Jahren 1874 bis 1877. Wer die beiden Expeditionen vergleicht, erkennt, in welchem Maße sich im dazwischenliegenden Jahrhundert die Erforschung Afrikas geändert – oder auch nicht geändert – hat.

Stanley – wir kennen ihn als den Korrespondenten des *New York Herald*, der 1871 den verschollenen Livingstone fand. Seine eigentliche Bedeutung jedoch liegt in späteren Unternehmungen. Moorehead nennt ihn »eine neue Spielart des Menschen in Afrika ... Forscher und Geschäftsmann in einem ... Stanley ging nicht nach Afrika, um die Afrikaner zu bekehren oder um ein Imperium zu errichten, und ihn trieb auch nicht das Interesse an Dingen wie Anthropologie, Botanik oder Geologie. Er war schlicht gesagt darauf aus, sich einen Namen zu machen.«

Als Stanley 1874 erneut nach Sansibar aufbrach, wurde er wiederum von Zeitungen großzügig finanziell unterstützt. Neunhundertneunundneunzig Tage später tauchte er am Atlantik wieder aus dem Dschungel auf, nach unglaublichen Entbehrungen und dem Verlust von mehr als zwei Dritteln seiner ursprünglichen Begleiter. Und nun hatten er und die ihn finanzierenden Zeitungen eine der großen Geschichten des Jahrhunderts zu berichten: Stanley war dem gesamten Lauf des Kongo gefolgt.

Zwei Jahre darauf allerdings kehrte er unter gänzlich anderen Umständen nach Afrika zurück. Er reiste unter einem angenommenen Namen, lenkte neugierige Verfolger mit Hilfe von Scheinexkursionen von seiner Fährte ab, und die wenigen, die überhaupt wußten, daß er sich in Afrika aufhielt, konnten nur vermuten, daß er einen »ganz großen geschäftlichen Coup« im Sinne hatte.

Tatsächlich war sein Geldgeber König Leopold II. von Belgien, der für sich *persönlich* einen großen Teil Afrikas erwerben wollte. »Es geht nicht um Kolonien für Belgien«, schrieb er an Stanley, »sondern um die Schaffung eines neuen Staates, so groß wie nur eben möglich ... Der König als Privatperson möchte Besitz in

Afrika erwerben. Das Land Belgien will keine Kolonie und auch keine überseeischen Besitzungen. Daher muß Mr. Stanley Grund und Boden erwerben oder sich übertragen lassen ...«

Dieser unglaubliche Plan wurde tatsächlich ausgeführt. Ein Amerikaner sagte 1885, König Leopold gehöre der Kongo, »so wie Rockefeller die Standard Oil gehört«. Ein zutreffender Vergleich in mehrfacher Hinsicht: Die Erforschung Afrikas war inzwischen von Geschäftsinteressen beherrscht.

So ist es bis heute geblieben. Stanley hätte die Expedition gutgeheißen, die die Amerikaner 1979 in Heimlichkeit und Hast und mit dem Ziel, sie möglichst bald zu beenden, durchführten. Doch der Unterschied hätte Stanley erstaunt. Als er 1875 in das Gebiet der Virunga-Vulkane kam, hatte er für den Weg dorthin nahezu ein ganzes Jahr gebraucht – die Amerikaner gelangten in kaum mehr als einer Woche dorthin.

Und sicher hätte sich Stanley, der mit einer kleinen Armee von vierhundert Leuten reiste, über eine Expedition gewundert, die nur zwölf Köpfe umfaßte – darunter ein Menschenaffe. Die Gebiete, durch die die Amerikaner ein Jahrhundert nach Stanley zogen, waren unabhängige Staaten; der Kongo hieß inzwischen Zaïre – der Fluß wie auch das Land. 1979 war mit dem Wort »Kongo« in Wirklichkeit nur noch das Einzugsgebiet des Flusses Zaïre gemeint, auch wenn es von den Geologen aus alter Gewohnheit und wegen seines romantischen Beiklangs weiterbenutzt wurde.

Trotz dieser Unterschiede hatten beide Expeditionen bemerkenswert ähnliche Ergebnisse. Wie einst Stanley verloren auch die Amerikaner zwei Drittel ihrer Expeditionsteilnehmer und kehrten ebenso verzweifelt aus dem Dschungel zurück wie Stanleys Leute ein Jahrhundert vor ihnen. Und wie Stanley berichteten auch sie Unglaubliches von Kannibalen und Pygmäen, von untergegangenen Kulturen im Dschungel und sagenhaften verlorenen Schätzen.

Ich danke R. B. Travis von den Earth Resources Technology Services in Houston, Texas, für die Erlaubnis, auf Videobändern festgehaltene Berichte auszuwerten, und Dr. Karen Ross, ebenfalls von der ERTS, für darüber hinausgehendes Informationsmaterial über die Expedition, ferner Dr. Peter Elliot vom Zoologischen Institut der University of California in Berkeley und der Projektgruppe »Amy«, einschließlich Amy selbst, sowie Dr. William Wens von der Firma Kasai Mining & Manufacturing, Zaîre, Dr. Smith Jefferson vom Institut für medizinische Pathologie der Universität Nairobi in Kenia und schließlich Captain Charles Munro aus Tanger, Marokko.

Außerdem bin ich Mark Warwick, Nairobi, für sein Interesse an dem Projekt zu Dank verpflichtet, sowie Alan Binks, Nairobi, für seine Bereitschaft, mich in die Provinz Virunga, Zaîre zu bringen, und Joyce Small für ihre Hilfe beim Vorbereiten meiner oft kurzfristig geplanten Reisen in abgelegene Teile der Welt. Ganz besonders danke ich schließlich meiner Assistentin Judith Lovejoy, ohne deren unermüdliche Mitarbeit unter extrem schwierigen Bedingungen ich dieses Buch nicht hätte schreiben und fertigstellen können.

Michael Crichton

Prolog
Die Knochenstätte

Der Morgen dämmerte über dem Regenwald am Kongo.
Die bleiche Sonne vertrieb die Morgenkühle und den beklemmenden feuchten Dunst. Ihr fahles Licht beleuchtete eine gigantische, stille Welt. Baumriesen mit Stämmen von zwölf Metern Durchmesser erhoben sich sechzig Meter hoch und breiteten dort ihr dichtes, den Himmel verdeckendes, ständig tropfendes Laubdach aus. Vorhänge aus grauem Moos, Schlingpflanzen und Lianen hingen in dichtem Gewirr von den Bäumen herab, aus deren Stämmen schmarotzende Orchideen sprossen. Vom Boden ragten, schimmernd vor Nässe, fast mannshohe Riesenfarne empor und hielten den Bodennebel fest. Hier und da schimmerte ein Farbfleck: die roten Blüten der giftigen Aphelandra und die blauen der Dicindraranke, die sich ausschließlich am frühen Morgen öffneten. Doch der Haupteindruck war der einer riesigen, allzu großen graugrünen Welt – dem Menschen fremd und unwirtlich.
Jan Krüger legte sein Gewehr beiseite und streckte die steifen Glieder. Am Äquator kam die Morgendämmerung rasch, bald war es ganz hell, obwohl der Dunst noch nicht vollständig verschwunden war. Er ließ den Blick über das Expeditionslager schweifen, das er bewacht hatte: acht leuchtende orangerote Nylonzelte, ein blaues Zelt, in dem die Mahlzeiten eingenommen wurden, eine Plane, die über die Kisten mit Ausrüstung und Material gezogen und festgezurrt war, in dem vergeblichen Bemühen, sie trocken zu halten. Er sah den anderen Wächter, Misulu, auf einem Felsblock sitzen, von wo er schläfrig herüberwinkte. Gleich neben ihm befand sich die Sendeanlage: eine silbern glänzende Parabolantenne, der schwarze Kasten des Sen-

deverstärkers und die sich zur tragbaren Videokamera auf ihrem Stativ schlängelnden Koaxialkabel. Mit dieser Ausrüstung gaben die Amerikaner täglich über Satellit Berichte an ihre Einsatzzentrale in Houston durch.

Krüger war der *Bwana Mukubwa*, der dafür bezahlt wurde, daß er die Expedition in den Kongo führte. Er hatte das schon öfter getan: Erdölsuchtrupps, Vermessungstrupps, Gruppen, die nach lohnenden Nutzholzvorkommen suchten, und geologische Unternehmungen wie diese hier. Wer immer solche Trupps losschickte, brauchte jemanden, der die in dem Gebiet üblichen Gebräuche und die dort gesprochenen Dialekte so gut kannte, daß er mit den Trägern umgehen und das Unternehmen organisieren konnte. Krüger war für diese Aufgabe der richtige Mann: Er sprach neben den Bantusprachen Swahili und Kikuyu noch etwas Bagindi. Außerdem war er schon viele Male im Kongo gewesen, wenn auch noch nie im Virunga-Gebiet.

Krüger konnte sich nicht vorstellen, was amerikanische Geologen ausgerechnet im Virunga-Gebiet, in der nordöstlichen Region des Regenwaldes, wollten. Zaïre ist das an Mineralvorkommen reichste Land in Schwarzafrika – der weltgrößte Produzent von Kobalt und Industriediamanten und der siebtgrößte Lieferant von Kupfer. Außerdem gibt es dort größere Vorkommen an Gold, Zinn, Zink, Wolfram und Uran. Aber die meisten Minerale wurden in den Provinzen Shaba und Kasai gefunden, nicht im Virunga-Gebiet.

Krüger dachte jedoch nicht im Traum daran, die Amerikaner zu fragen, was sie im Virunga-Gebiet suchten. Und im übrigen fand er es bald genug selbst heraus. Als die Expedition erst einmal den Kivusee hinter sich gelassen hatte und in den Regenwald eingedrungen war, begannen die Geologen die Betten von Bächen und Flüssen zu durchforschen. Diese Suche nach Ablagerungen im Flußsand konnte nichts anderes bedeuten, als daß sie es auf Gold oder Diamanten abgesehen hatten. Wie sich herausstellte, waren es Diamanten.

Allerdings ging es ihnen nicht um irgendwelche Diamanten. Die Geologen waren auf der Suche nach Diamanten, die sie

selbst Typ IIb-Diamanten nannten. Jedes gefundene Exemplar wurde sogleich auf seine elektrischen Eigenschaften untersucht. Was dabei besprochen wurde, verstand Krüger nicht – es ging um dielektrische Lücken, Gitterionen und spezifischen Widerstand. Doch konnte er den Worten der Geologen immerhin entnehmen, daß die elektrischen Eigenschaften entscheidend waren. Ganz bestimmt waren die gefundenen Stücke als Schmucksteine wertlos. Krüger hatte sich einige angesehen und mit einem Blick erkannt, daß sie alle von Einschlüssen strotzten.
Zehn Tage lang hatte die Expedition Ablagerungen in den Flußbetten untersucht. Man ging dabei üblicherweise so vor, daß man sich, sobald man in Flußbetten Gold oder Diamanten fand, stromaufwärts in Richtung auf die vermutliche Ursprungsstelle der Mineralien hin bewegte. Die Expedition hatte sich über die westlichen Hänge der Virunga-Vulkane hochgearbeitet. Alles ging seinen Gang, bis sich eines Tages gegen Mittag die Träger rundheraus weigerten weiterzugehen.
Sie erklärten, dieser Teil des Virunga-Gebiets heiße *Kanyamagufa*, und das bedeute »Knochenstätte«. Und sie behaupteten, hier würden jedem, der töricht genug sei weiterzugehen, die Knochen gebrochen, vor allem die Schädelknochen. Sie legten immer wieder ihre Finger auf die Jochbeine und wiederholten, man werde ihnen den Schädel zerquetschen.
Es waren Arawani aus der Provinzhauptstadt Kisangani, und sie sprachen Bantu. Wie die meisten eingeborenen Stadtbewohner hatten sie allerlei abergläubische Vorstellungen von dem Dschungel am Kongo.
Krüger rief den Anführer der Trägergruppe zu sich. »Was für Stämme leben hier?« erkundigte er sich und wies auf den vor ihnen liegenden Dschungel.
»Keine Stämme«, sagte der Anführer.
»Gar keine? Nicht einmal Bambuti?« fragte Krüger und spielte damit auf die am nächsten von hier lebenden Pygmäen an.
»Hierauf kommt niemand«, sagte der Anführer. »Das hier ist *Kanyamagufa*.«

»Wer zerschmettert denn dann die Schädel?«
»*Dawa*«, sagte der Anführer geheimnisvoll, was in der Bantusprache soviel wie magische Kräfte bedeutet. »Hier ist starkes *Dawa*. Menschen bleiben fern.«
Krüger seufzte. Wie viele andere Weiße hatte er es gründlich satt, von *Dawa* zu hören. Überall war *Dawa*, in Pflanzen, Felsen, Gewittern und Feinden aller Art. Doch der Glaube an *Dawa* herrschte in vielen Teilen Afrikas und ganz besonders im Kongo.
Krüger war genötigt gewesen, den Rest des Tages mit mühevollen Verhandlungen zu vergeuden. Schließlich verdoppelte er den Lohn der Träger und versprach ihnen Feuerwaffen, sobald sie nach Kisangani zurückgekehrt seien. Daraufhin erklärten sie sich bereit weiterzugehen. Krüger hielt den Zwischenfall für einen ärgerlichen Trick der Eingeborenen. Man mußte immer damit rechnen, daß Träger unter Berufung auf irgendeinen Aberglauben eine Erhöhung ihrer Löhne verlangten, wenn eine Expedition erst einmal so weit vorgedrungen war, daß ihr Fortgang von ihnen abhing. Er hatte das einkalkuliert, und nachdem er ihre Forderungen erfüllt hatte, dachte er nicht weiter über den Zwischenfall nach.
Auch als sie verschiedentlich auf größere Mengen über den Boden verstreuter Knochenstücke stießen – was die Träger mit Furcht und Schrecken erfüllte –, machte sich Krüger keine Sorgen. Bei näherer Untersuchung zeigte sich, daß es sich nicht um menschliche Knochen, sondern um die kleineren, zierlicheren der baumbewohnenden Stummelaffen handelte, wunderschöner, langhaariger schwarzweißer Geschöpfe. Es waren tatsächlich sehr viele Knochen, und Krüger konnte sich nicht denken, warum sie alle zerschmettert waren, aber er war schon lange in Afrika und hatte viel Unerklärliches gesehen.
Nicht einmal die von Pflanzen überwucherten Steine, die darauf hindeuteten, daß hier einst eine Stadt gestanden hatte, beeindruckten ihn sonderlich. Auch unerforschte Ruinenfelder hatte Krüger schon vorher gesehen. So gab es in Simbabwe, in Broken Hill und in Maniliwi Überreste von Städten und Tempeln, die noch kein Wissenschaftler des 20. Jahrhunderts gesehen und untersucht hatte.

In der ersten Nacht ließ er das Lager in der Nähe der Ruinen aufschlagen.
Die Träger, von panischer Furcht ergriffen, sagten immer wieder, daß die bösen Kräfte sie in der Nacht heimsuchen würden. Ihre Furcht übertrug sich auf die amerikanischen Geologen. Um sie zu beruhigen, hatte Krüger für die Nacht zwei Wachen ausgestellt, sich selbst und den zuverlässigsten der Träger, Misulu. Zwar erschien ihm all das absolut überflüssig, aber er fand es höflich und vernünftig.
Und wie er erwartet hatte, war die Nacht ruhig und ohne Zwischenfälle verlaufen. Gegen Mitternacht hatte sich im Gebüsch irgend etwas geregt, und aus ein paar leisen, zischelnden Keuchlauten hatte er auf einen Leoparden getippt – Großkatzen haben oft Schwierigkeiten mit der Atmung, vor allem im Dschungel. Sonst war alles ruhig geblieben, und jetzt war die Morgendämmerung da: die Nacht war vorüber.
Ein leises Piepsen lenkte seine Aufmerksamkeit auf sich. Auch Misulu hörte es und sah fragend zu Krüger hinüber. Am Sendegerät blinkte ein rotes Licht. Krüger stand auf und ging quer über den Lagerplatz zu dem Gerät hin. Er wußte, wie man es bediente, die Amerikaner hatten darauf bestanden, daß er es »für den Notfall« lernte. Er beugte sich über den schwarzen Kasten des Sendeverstärkers mit seinen rechteckigen grünen Leuchtdioden.
Er drückte einige Knöpfe, und auf dem Schirm erschienen die Buchstaben TX HX. Das bedeutete eine Mitteilung aus Houston. Er gab den Antwort-Code ein, und auf der Scheibe erschien das Wort CAMLOK. Damit forderte Houston eine Übertragung per Videokamera an. Er sah zu der Kamera auf ihrem Stativ hinüber und bemerkte, daß das rote Licht auf dem Gehäuse immer noch blinkte. Er drückte den Knopf für die Trägerfrequenz, und auf dem Schirm erschien das Wort SAT-LOK, das hieß, daß eine Satellitenübertragung aufgeschaltet wurde. Jetzt würde eine Pause von sechs Minuten eintreten. So lange dauerte es, bis das vom Satelliten abgestrahlte Signal eingefangen werden konnte.

Es war das beste, wenn er jetzt den leitenden Geologen, Driscoll, weckte. Driscoll würde die wenigen Minuten brauchen, die vergingen, bis die Mitteilung durchkam. Krüger fand es belustigend, daß die Amerikaner jedesmal ein frisches Hemd anzogen und sich kämmten, bevor sie vor die Kamera traten – genau wie Reporter im Fernsehen, dachte er.
Über ihren Köpfen schrien und kreischten die Stummelaffen in den raschelnden Ästen der Bäume. Krüger warf einen Blick nach oben. Was sie wohl aufgestört hatte? Andererseits waren frühmorgendliche Kämpfe zwischen Stummelaffen nichts Besonderes.
Etwas prallte ihm leicht gegen die Brust. Zuerst hielt er es für ein Insekt, aber als er auf sein Khakihemd blickte, sah er einen roten Fleck und ein Stück Fruchtfleisch, das am Hemd hinabglitt. Die verdammten Affen werfen mit Beeren, dachte er und bückte sich, um es aufzuheben. Und da merkte er, daß es etwas ganz anderes war. Er hielt ein zerquetschtes, glitschiges Menschenauge zwischen den Fingern, rosaweiß, mit einem Stück weißem Sehnerv daran.
Er brachte sein Gewehr in Anschlag und sah zu Misulu hinüber. Misulu saß nicht mehr auf seinem Felsen.
Krüger durchquerte das Lager. Die Stummelaffen über ihm schwiegen jetzt. Er hörte das schmatzende Geräusch seiner Stiefel im Schlamm, als er an den Zelten mit den schlafenden Männern vorbeiging. Dann hörte er wieder das Keuchen – ein seltsames, leises Geräusch, das durch wirbelnden Morgendunst drang. Hatte er sich geirrt, war es wirklich ein Leopard?
Dann sah er Misulu. Er lag auf dem Rücken in einer Blutlache. Sein Schädel war von den Seiten her zusammengedrückt, die Jochbeine zerschmettert, so daß das Gesicht schmal und in die Länge gezogen schien. Der Mund stand offen, als gähnte er, und das ihm verbliebene Auge trat weit aus dem Kopf hervor. Das andere Auge war offenbar durch Druck herausgeschleudert worden.
Als Krüger sich vorbeugte, um die Leiche näher zu untersuchen, fühlte er sein Herz klopfen. Was konnte eine solche Verletzung

verursacht haben? Dann hörte er wieder das leise Keuchen, und diesmal war er ganz sicher: das war kein Leopard. Dann begannen die Stummelaffen wieder zu kreischen, und Krüger sprang auf die Füße und schrie laut auf.

1. Tag
Houston
13. Juni 1979

1. ERTS Houston

Gut fünfzehntausend Kilometer entfernt saß Karen Ross in Houston in dem kalten, fensterlosen Datenzentrum der Earth Resources Technology Services (ERTS) Inc. über ein Datensichtgerät gebeugt. Eine Tasse Kaffee neben sich, wertete sie die letzten Bilder aus, die der Satellit Landsat aus Afrika übermittelt hatte. Karen Ross war für das Kongo-Projekt der ERTS zuständig, und während sie für die Satellitenbilder künstliche Kontrastfarben, blau, rot und grün, einstellte, sah sie ungeduldig auf ihre Uhr. Sie wartete auf die nächste Übertragung der Arbeitsgruppe aus Afrika.

Es war jetzt 22 Uhr 15 Houston-Zeit, doch gab es in dem Raum keinen Hinweis auf Ort oder Zeit. Ob Tag oder Nacht, die Datenzentrale der ERTS blieb unverändert. Im Licht zahlreicher speziell abgestimmter Kalon-Leuchtstoffröhren arbeiteten Programmierer in Pullovern an langen Reihen leise klickender Computer-Datenplätze und lieferten so den Forschertrupps auf der ganzen Welt, die die ERTS von diesem Raum aus überwachte, Echtzeiteingaben. Diese gewisse Zeitlosigkeit war notwendig für die Computer; sie brauchten eine gleichbleibende Temperatur von sechzehn Grad Celsius, abgeschirmte elektrische Leitungen und eine spezielle farbkorrigierte Beleuchtung, die die Schaltungen nicht beeinträchtigte. In dieser für Maschinen geschaffenen Umgebung waren die Bedürfnisse der Menschen zweitrangig.

Doch es gab noch einen weiteren Grund für die Auslegung dieser Anlage. Es wurde gewünscht, daß die Programmierer in Houston sich mit den Forschergruppen draußen identifizierten und soweit wie möglich nach deren Zeitplänen lebten. Die Eingabe von Baseball-Spielen und anderen lokalen Ereignissen wurde nicht gern gesehen. Keine Uhr zeigte Houston-Zeit, wohl aber gaben acht große Digitaluhren an der gegenüberliegenden Wand die Ortszeit für die verschiedenen Forschergruppen an.

Die Uhr, unter der EXPEDITION KONGO stand, zeigte 06.15, als aus dem Deckenlautsprecher die Mitteilung kam: »Dr. Ross, Video-Eingang im Steuerraum.«

Sie gab die digitalen Codes ein, die das Kennwort blockierten, und verließ die Konsole. Jeder Datenplatz in der ERTS hatte eine Kennwortsteuerung, das Ganze funktionierte wie ein Zahlenschloß. Diese Steuerung war Teil eines ausgeklügelten Systems, das ein Anzapfen ihrer ungeheuren Datenfülle von außen verhindern sollte. Die ERTS handelte mit Informationen, und wie R. B. Travis, ihr Leiter, gern sagte, war Stehlen die einfachste Art, an Informationen heranzukommen.

Karen Ross ging mit langen Schritten durch den Raum. Sie war knapp einsachtzig groß, eine hübsche, wenn auch etwas unelegante junge Frau. Mit ihren vierundzwanzig Jahren war sie jünger als die meisten hier beschäftigten Programmierer, aber trotz ihrer Jugend von einer Selbstsicherheit, die die meisten Menschen verblüffte – und wohl auch ein wenig beunruhigte. Karen Ross war ein wahres mathematisches Wunderkind.

Schon mit zwei Jahren hatte sie, wenn sie mit ihrer Mutter einkaufen ging, im Kopf ausgerechnet, ob es günstiger sei, eine Viertel-Kilo-Packung zu neunzehn Cent oder eine Achthundert-Gramm-Packung zu neunundfünfzig Cent zu kaufen. Als Dreijährige verblüffte sie ihren Vater mit der Bemerkung, daß im Unterschied zu anderen Ziffern die Null an unterschiedlicher Stelle Unterschiedliches bedeutet. Mit acht beherrschte sie bereits Algebra und Geometrie, mit zehn hatte sie sich im Selbststudium zur Infinitesimalrechnung Zugang verschafft, und mit dreizehn Jahren nahm sie ihr Studium am berühmten Massachusetts Institute of Technology (MIT) auf. Hier machte sie eine Reihe brillanter Entdeckungen auf dem Gebiet der abstrakten Mathematik, deren Höhepunkt ihre Abhandlung ›*Topologische Voraussagen im Raum n-ter Ordnung*‹ war. Ihre darin entwickelten Vorstellungen waren nützlich für Entscheidungs-Matrizen, Analysen kritischer Wege sowie für kartographische Darstellungen in mehreren Dimensionen. Mit diesen Interessen hatte sie die Aufmerksamkeit der ERTS auf sich gezogen – und war die jüngste Leiterin für die Überwachung von Projekten geworden.

Sie war nicht bei allen beliebt. Die Jahre, die sie abgekapselt und immer die jüngste im Hause gewesen war, hatten sie zurückhaltend und distanziert gemacht. Einer ihrer Mitarbeiter nannte sie »eine Spur zu kühl und logisch«. Ihre Haltung hatte ihr in Anspielung auf das Ross-Shelf-Eis in der Ostantarktis den Spitznamen »Ross-Gletscher« eingetragen.

Und noch immer stand ihre Jugend ihr im Wege – zumindest hatte Travis ihr Alter als Begründung angeführt, als er ihr den Wunsch, die Expedition in den Kongo zu leiten, abschlug, obwohl sie alle Datengrundlagen dafür erarbeitet hatte, so daß ihr diese Aufgabe eigentlich zustand. »Es tut mir leid«, hatte Travis gesagt, »aber dieser Auftrag ist zu wichtig, ich kann Ihnen die Sache einfach nicht übertragen.« Sie hatte nachgehakt und an ihre Erfolge erinnert, als sie im Jahr zuvor Gruppen nach Bahang und Sambia geleitet hatte. Schließlich hatte er gesagt: »Sehen Sie mal, Karen, das Gelände ist über fünfzehntausend Kilometer entfernt von hier, und es ist ein sehr schwieriges Terrain. Wir brauchen da draußen jemanden, der mehr kann als an der Konsole jonglieren.«

Die Unterstellung, sie könne sonst nichts, verärgerte sie. Man war also der Ansicht, ihre Fähigkeiten beschränkten sich darauf, mit Computern und den übrigen Spielzeugen von Travis zu spielen! Sie wollte sich in einer schwierigen Situation bewähren, und sie war entschlossen, Travis dazu zu bringen, daß er sie beim nächsten Mal berücksichtige.

Karen Ross drückte den Aufzugknopf für den dritten Stock, der mit »Zugang nur für Befugte« gekennzeichnet war. Während sie wartete, fing sie den neidischen Blick eines der Programmierer auf. In der Hierarchie der ERTS wurde der Status nicht an Gehalt, Titel, Größe des Arbeitsraums oder einem der anderen Statussymbole gemessen, sondern ausschließlich daran, zu welcher Stufe von Informationen jemand Zugang hatte. Karen Ross war eine der acht Personen innerhalb des Unternehmens, die jederzeit Zugang zum dritten Stock hatten.

Sie betrat den Aufzug und sah kurz ins Kontrollobjektiv über der Tür. In der ERTS verkehrten Aufzüge nur jeweils zwischen zwei Stockwerken, und alle waren mit Überwachungskameras ausgerüstet. Das war eine der hier verwendeten Möglichkeiten, die Bewegungen der Angestellten zu verfolgen, solange sie sich im Gebäude aufhielten. Um sich den Stimmerkennungsgeräten gegenüber auszuweisen, sagte sie: »Karen Ross«. Dann drehte sie sich zur optischen Kontrolle einmal um die eigene Achse. Ein leises elektronisches Piepsen ertönte, und die Aufzugtür gab den Weg zum dritten Stock frei.

Sie betrat einen kleinen quadratischen Raum mit einer Videokamera an der Decke und stand jetzt vor der nicht gekennzeichneten Außentür des Steuerraums. Noch einmal sagte sie ihren Namen und führte zugleich ihre Lochkarte in den Schlitz ein. Dabei ließ sie die Finger auf der Metallkante der elektrisch abgetasteten Karte liegen, damit der Computer das galvanische Hauptpotential kontrollieren konnte. Diese Verfeinerung war drei Monate zuvor eingeführt worden, nachdem Travis von Experimenten des Heeres erfahren hatte, bei denen man durch chirurgisch vorgenommene Veränderungen der Stimmbänder die Stimmcharakteristik so genau hatte anpassen können, daß Stimmerkennungs-Systeme sich damit täuschen ließen. Nach einer Programmpause surrte die Tür und öffnete sich. Karen Ross ging hindurch.

Im Schein der roten Nachtbeleuchtung wirkte das Steuerzentrum wie ein weicher, warmer Uterus. Dieser Eindruck wurde durch die beklemmende Enge des Raums, der mit elektronischen Anlagen vollgestopft war, noch verstärkt. Vom Boden bis zur Decke flimmerten und leuchteten Dutzende von Kontrollbildschirmen

und Leuchtdioden, und in dieser Umgebung sprachen die Techniker, während sie Skalenwerte einstellten und Stellknöpfe drehten, nur mit Flüsterstimme. Der Steuerraum war das elektronische Nervenzentrum der ERTS: Alle Nachrichten von Forschertrupps auf der ganzen Welt liefen hier ein, alles wurde hier aufgezeichnet, nicht nur eingehende Daten, sondern auch die aus dem Raum abgehenden Antworten, so daß die Unterhaltung, die in der Nacht vom 12. auf den 13. Juni 1979 geführt wurde, Wort für Wort rekonstruiert werden konnte.
Einer der Techniker sagte zu Karen: »Gleich haben wir die Impulsüberträger mit drauf. Tasse Kaffee?«
»Nein«, sagte Karen Ross.
»Sie wären wohl lieber da draußen, stimmt's?«
»Das steht mir eigentlich zu«, sagte sie. Sie sah auf die Bildschirme, die verwirrende Fülle sich drehender und sich verändernder Umrisse, während die Techniker sich an die Routineaufgabe machten, die vom Satelliten auf der Erdumlaufbahn abgestrahlten Signale elfhundert Kilometer über ihren Köpfen einzufangen.
»Signalschlüssel.«
»Signalschlüssel. Kennwort abfragen.«
»Kennwort abgefragt.«
»Träger fixieren.«
»Träger ist fixiert. Es kann losgehen.«
Sie achtete kaum auf den vertrauten Ablauf. Sie sah, wie auf den Bildschirmen atmosphärische Störungen sichtbar wurden.
»Haben wir angefangen oder die da draußen?« erkundigte sie sich.
»Wir«, sagte ein Techniker. »Auf unserem Merkzettel stand, wir sollten uns bei Sonnenaufgang Ortszeit mit ihnen in Verbindung setzen. Als nichts kam, haben wir angefragt.«
»Merkwürdig, daß sie sich nicht gemeldet haben«, sagte Ross. »Stimmt etwas nicht?«
»Ich glaube nicht. Sie haben unseren Auslöseimpuls innerhalb von fünfzehn Sekunden aufgenommen und fixiert, genau nach Vorschrift. Aha, es geht los.«

Um 6 Uhr 22 Kongo-Zeit kam die Übertragung zustande: Man sah graue Störlinien über die Bildschirme laufen, dann wurde das Bild scharf. Sie sahen einen Teil des Lagers im Kongo, offensichtlich von einer Stativkamera aus. Sie erkannten zwei Zelte, ein niedergebranntes Feuer und Fetzen des Morgendunstes. Kein Mensch war zu sehen, nichts bewegte sich.
Einer der Techniker lachte. »Wir haben sie im Schlaf überrascht. Wahrscheinlich müßten Sie mal dazwischenfahren.« Ross war dafür bekannt, daß sie streng auf die Einhaltung der Vorschriften achtete.
»Arretieren Sie die Fernsteuerung«, sagte sie.
Der Techniker drückte auf den entsprechenden Steuerknopf. Jetzt folgte die Kamera, die fünfzehntausend Kilometer von ihnen entfernt stand, den Anweisungen aus Houston.
»Rundumschwenk Totale«, sagte sie.
Der Techniker an der Konsole betätigte einen Führungshebel. Sie sahen, wie das Bild nach links wanderte, und nahmen weitere Teile des Lagers wahr. Es war zerstört: zerfetzte Zelte lagen am Boden, die Abdeckplane über den Vorratskisten war zur Seite gerissen, Teile der Ausrüstung lagen im Schlamm verstreut. Ein Zelt stand in Flammen, dunkle Rauchwolken stiegen von ihm auf. In der Nähe sahen sie mehrere Leichen.
»Gott im Himmel«, sagte ein Techniker.
»Schwenk zurück«, sagte Ross. »Nahaufnahme mit Auflösung sechs-sechs.«
Auf den Bildschirmen sah man, wie die Kamera über das Lager zurückschwenkte. Sie sahen den Dschungel, aber immer noch nichts, was auf die Anwesenheit lebender Wesen schließen ließ.
»Abwärtsschwenk, zurück in die Totale.«
Man sah auf dem Bildschirm, wie die Kamera nach unten schwenkte, sie erkannten die silbern glänzende Parabolantenne und den schwarzen Kasten des Sendeempfängers.
In seiner Nähe war noch ein Mensch zu sehen, einer der Geologen. Er lag auf dem Rücken.
»Herrgott, das ist Roger ...«

»Gummilinse und in Position arretieren«, sagte Karen Ross. Auf dem Tonband klingt ihre Stimme kühl, fast unbeteiligt.
Die Kamera fuhr auf das Gesicht zu. Ihren Augen bot sich ein schreckliches Bild: der Kopf war zerschmettert, Blut troff aus Nase und Augenhöhlen, der Mund stand weit offen.
»Wie ist das passiert?«
In diesem Augenblick fiel ein Schatten über das Gesicht des Toten. Karen Ross beugte sich ruckartig vor, ergriff den Steuerhebel und stellte das Varioobjektiv neu ein. Der Bildwinkel vergrößerte sich rasch; sie konnten jetzt die Umrisse des Schattens erkennen. Es war ein Mann. Und er bewegte sich.
»Da ist jemand! Er lebt noch!«
»Er humpelt. Sieht aus, als ob er verwundet wäre.«
Karen Ross sah angestrengt auf den Schatten. Ihr kam das nicht vor wie ein humpelnder Mann; irgend etwas stimmte da nicht, sie wußte nur nicht genau, was es war ...
»Er kommt genau auf die Linse zu«, sagte sie. Es war mehr, als man erhoffen konnte. »Was für atmosphärische Tonstörungen sind das?«
Sie hörten ein seltsames Geräusch, es klang wie ein zischelndes Seufzen oder Keuchen.
»Das ist keine atmosphärische Tonstörung, das gehört zu den Geräuschen, die wir hier herüberbekommen.«
»Lösen Sie es auf«, sagte Ross. Die Techniker drückten auf verschiedene Knöpfe, änderten die Tonfrequenzen, aber das Geräusch blieb seltsam und unscharf. Dann bewegte sich der Schatten, und der Mann trat genau vor die Linse.
»Diopter«, sagte Karen Ross. Aber es war bereits zu spät. Das Gesicht war schon nicht mehr zu sehen, war zu dicht vor der Linse, als daß man es ohne Diopter hätte scharf einstellen können. Man sah eine verschwommene, dunkle Gestalt, sonst nichts. Bevor sie die Visiereinrichtung zuschalten konnten, war das Wesen fort.
»Ob das ein Eingeborener war?«
»Dieses Gebiet des Kongo ist unbewohnt«, antwortete Karen Ross.

»*Irgend etwas* muß aber da wohnen.«
»Rundumschwenk«, sagte Karen Ross. »Sehen Sie zu, ob Sie ihn wieder auf den Bildschirm bekommen können.«
Die Kamera schwenkte weiter. Karen Ross stellte sich vor, wie sie da im Dschungel auf ihrem Stativ stand, mit surrendem Motor, während der Objektivhalter sich langsam drehte. Dann kippte das Bild plötzlich seitwärts weg.
»Er hat sie umgeworfen.«
»Verdammt!«
Aus dem Fernsehbild wurden bunt durcheinanderlaufende gestörte Linien. Es war sehr schwer, irgend etwas zu erkennen.
»Auflösen! Auflösen!«
Noch einmal sahen sie flüchtig ein großes Gesicht und eine dunkle Hand, die auf die Parabolantenne niederfuhr. Das Bild aus dem Kongo schnurrte zu einem Punkt zusammen und war verschwunden.

2. Störfelder

Im Juni 1979 waren für die Earth Resources Technology Services Expertenteams unterwegs, die in Bolivien Uranvorkommen erforschten, in Pakistan Kupfervorkommen, Möglichkeiten landwirtschaftlicher Nutzung in Kaschmir, die Wanderung von Gletschern auf Island, die Nutzholzvorräte in Malaysia und Vorkommen bestimmter Diamanten im Kongo. Dergleichen war für die ERTS nichts Ungewöhnliches – im allgemeinen waren jeweils sechs bis acht Gruppen gleichzeitig unterwegs.
Da die Experten oft in gefährlichen oder politisch instabilen Gegenden der Erde arbeiteten, wurde bei der ERTS mit besonderer Sorgfalt auf die ersten Anzeichen von »Stördaten« geachtet. (In der Terminologie der Fernerkundung wird das charakteristische Auftreten eines Gegenstands oder einer geologischen Formation auf einer Fotografie oder einem Videobild als »Kenndatum« bezeichnet.) Die Stördaten – auch als Störfelder bekannt –

waren meist politischer Art. 1977 hatte die ERTS während einer örtlich begrenzten kommunistischen Erhebung ein Team auf dem Luftweg aus Borneo herausgeholt, und 1978 war ein ähnliches Unternehmen wegen eines Militärputsches in Nigeria erforderlich gewesen. Gelegentlich kam es zu geologischen Störungen – so hatte man 1976 nach dem großen Erdbeben ein Team aus Guatemala abziehen müssen.

Nach Meinung von R. B. Travis, den man in den späten Abendstunden des 13. Juni 1979 aus dem Bett geholt hatte, zeigten die Videobänder aus dem Kongo »die bisher schlimmste Störung«, doch blieb die Ursache geheimnisvoll. Man wußte lediglich, daß das Lager binnen sechs Minuten zerstört worden war – so lange dauerte es von der Signalauslösung aus Houston bis zum Empfang der Satellitenübertragung im Kongo. Diese Schnelligkeit war beängstigend, und so wollte Travis von seinen Mitarbeitern als erstes wissen, »was zum Teufel da draußen vorgefallen ist«.

Travis, ein gedrungener Mann von achtundvierzig Jahren, war mit Krisen durchaus vertraut.

Er war von Haus aus Ingenieur, hatte für die RCA und später für Rockwell Satelliten gebaut, war dann Mitte Dreißig auf die Unternehmensleitungsebene umgestiegen und das geworden, was Raumfahrtingenieure als »Regenmacher« bezeichnen. Unternehmen, die Satelliten herstellen, gaben eineinhalb bis zwei volle Jahre im voraus eine Trägerrakete in Auftrag, die den Satelliten auf die Umlaufbahn bringen sollte, und hofften dann, daß der Satellit mit seiner halben Million Einzelteile zum vorgesehenen Zeitpunkt fertig wurde. Andernfalls gab es nur noch die Möglichkeit, um schlechtes Wetter zu beten, weil dann der Start verschoben werden mußte – also einen Regenzauber zu veranstalten.

Travis hatte sich seinen Humor bewahrt, obwohl er ein ganzes Jahrzehnt lang Probleme auf höchster technischer Ebene gelöst hatte. Seine Arbeitshaltung ging aus einem großen, an der Wand hinter seinem Schreibtisch befestigten Schild hervor, auf dem es hieß: »EGGIS.« Was bedeutete: »Etwas geht garantiert immer schief.«

Aber in der Nacht vom 13. auf den 14. Juni versagte sein Humor. Seine ganze Expedition war verloren, alle ERTS-Experten tot – acht seiner besten Leute – und mit ihnen alle Träger. *Acht Leute!* Das war die schlimmste Katastrophe in der Geschichte der ERTS, schlimmer noch als 1978 in Nigeria. Travis fühlte sich erschöpft und innerlich ausgelaugt, wenn er nur an all die Telefongespräche dachte, die er jetzt führen mußte. Dabei meinte er nicht seine eigenen Anrufe, sondern die, die er entgegennehmen mußte. Ob der und der rechtzeitig zur Schulabschlußfeier seiner Tochter oder zum Sportfest seines Sohnes zurück sein werde? All diese Anrufe würde man an Travis weiterleiten, und er würde die erwartungsvollen Stimmen hören, die hoffnungsvollen Fragen, denen er seine eigenen wohlüberlegten, ziselierten Antworten entgegensetzen mußte ... Daß er nicht ganz sicher sei, selbstverständlich sehe er die Schwierigkeiten, er werde sein Bestes tun, natürlich, ganz klar ... Die Aussicht darauf machte ihm im voraus zu schaffen.

Er würde niemandem sagen können, was vorgefallen war, mindestens zwei Wochen, möglicherweise einen ganzen Monat lang nicht. Dann aber würde er selbst anrufen, Hausbesuche machen und an den Gedenkgottesdiensten teilnehmen müssen. Da wo sonst der Sarg stand, würde eine deutlich sichtbare Lücke klaffen, er würde die unvermeidlichen Fragen der Angehörigen und Verwandten unbeantwortet lassen müssen. Sie würden in seinem Gesicht nach dem kleinsten verräterischen Anzeichen suchen, das leiseste Zögern ausdeuten.

Was könnte er ihnen schon sagen?

Sein einziger Trost war, daß er ihnen in einigen Wochen möglicherweise mehr berichten konnte. Eines war sicher: Wenn er die schrecklichen Anrufe heute nacht noch tätigen müßte, könnte er den Angehörigen überhaupt nichts sagen, denn niemand bei der ERTS hatte eine Vorstellung davon, was vorgefallen war, und das steigerte noch Travis' Gefühl der Erschöpfung. Außerdem mußte man sich noch um Einzelheiten kümmern: Morris, der Sachbearbeiter des Unternehmens für Versicherungsfragen, kam herein und wollte wissen.: »Was soll mit den Risiko-Lebensversicherungen geschehen?« Die ERTS schloß für jedes Mitglied ihrer Expeditionen Risiko-Lebensversicherungen ab, auch für die eingeborenen Träger. Für die afrikanischen Träger lautete die Versicherung auf jeweils 15 000 US-Dollar – ein auf den ersten Blick lächerlich geringer Betrag – andererseits galt es zu bedenken, daß das jährliche Pro-Kopf-Einkommen in Afrika bei durchschnittlich 180 US-Dollar lag. Travis hatte stets den Standpunkt vertreten, auch das Risiko der eingeborenen Expeditionsteilnehmer müsse angemessen gedeckt werden, auch um den Preis, daß Familien, die ihren Ernährer verloren, ein – nach ihren Vorstellungen – kleines Vermögen erhielten, daß die ERTS ein kleines Vermögen an Versicherungsprämien dafür aufbrachte.

»Erst einmal nichts«, sagte Travis.
»Wissen Sie, was uns die Policen *pro* Tag kosten?«
»Wir machen erst einmal nichts«, sagte Travis.
»Und wie lange?«
»Dreißig Tage«, sagte Travis.
»*Noch* dreißig Tage?«
»Ja.«
»Aber sie sind doch mit Sicherheit alle tot.« Morris konnte Geldverschwendung nicht ruhig mitansehen. Es tat ihm in seiner Buchhalterseele weh.
»Schon recht«, sagte Travis. »Sie lassen wohl am besten den Angehörigen der Träger einen kleinen Betrag zukommen, damit sie den Mund halten.«
»Großer Gott, und wieviel?«
»Jeweils fünfhundert Dollar.«
»Und wie verbuchen wir das?«
»Gerichts- und Anwaltskosten«, sagte Travis. »Verstecken Sie es unter im Ausland angefallene Gerichts- und Anwaltskosten.«
»Und die Angehörigen der Amerkaner, die wir verloren haben?«
»Die haben alle Kreditkarten und können ihre Konten überziehen«, sagte Travis. »Machen Sie sich um die keine Sorgen.«
Roberts, der für die Öffentlichkeitsarbeit zuständig war, kam in das Büro von Travis. »Lassen wir die Katze aus dem Sack?«
»Nein«, sagte Travis. »Keinen Ton.«

»Wie lange?«
»Dreißig Tage.«
»Verdammt! In der Zeit haben das doch Ihre eigenen Mitarbeiter ausgeplaudert«, sagte Roberts. »Das gebe ich Ihnen schriftlich.«
»Dann dementieren Sie«, sagte Travis. »Ich brauche noch dreißig Tage, um den Kontrakt durchzuziehen.«
»Wissen wir, was da draußen passiert ist?«
»Nein«, sagte Travis. »Aber wir werden es erfahren.«
»Wie?«
»Von den Bändern.«
»Die sind ein einziges Durcheinander.«
»Noch«, sagte Travis. Dann rief er die Konsolenspezialisten herein. Travis war schon längst zu dem Ergebnis gekommen, daß die ERTS, auch wenn ihr politische Berater auf der ganzen Welt zur Verfügung standen, die meisten Informationen wahrscheinlich im eigenen Haus bekommen konnte. »Alles, was wir von der Kongo-Expedition wissen«, sagte er, »ist auf dem letzten Videoband registriert. Ich will eine Ton- und Bildaufbereitung auf sieben Frequenzen haben. Fangen Sie sofort an. Das Band ist alles, was wir haben.«
Die Spezialisten machten sich an die Arbeit.

3. Aufbereitung

Das Verfahren, nach dem sie arbeiteten, hieß bei der ERTS »Datenaufbereitung« oder bisweilen auch »Datenbergung«. Der letzte Begriff ließ an Tiefsee-Bergungsaktionen denken und war auf merkwürdige Weise zutreffend.
Für eine Aufbereitung oder Bergung von Daten mußte aus den Tiefen umfangreicher elektronisch gespeicherter Angaben ein zusammenhängender Sinn an die Oberfläche gezogen werden. Und wie die Bergung eines Schiffes war das ein langwieriger Vorgang, der größtes Feingefühl erforderte: eine falsche Bewegung konnte den unwiederbringlichen Verlust dessen bedeuten,

was man ans Tageslicht zu fördern trachtete. Die ERTS hatte ganze Bergungsmannschaften, die sich auf die Kunst der Datenaufbereitung verstanden. Eine von ihnen machte sich unverzüglich an die Aufbereitung der Tondaten, eine andere an die der Bilddaten.
Karen Ross war bereits auf eigene Faust mit einer Bildaufbereitung beschäftigt. Sie arbeitete nach hochkomplizierten und nur bei der ERTS praktisch anwendbaren Verfahren.
Die Earth Resources Technology war ein vergleichsweise junges Unternehmen. Ihre Gründung im Jahre 1975 war eine Reaktion auf das explosionsartige Anwachsen von Informationen über die Erde und ihre Schätze. Der Umfang des von der Gesellschaft bearbeiteten Materials war schwindelerregend: allein Landsat hatte schon über fünfhunderttausend Bilder geliefert, und stündlich kamen sechzehn weitere hinzu – vierundzwanzig Stunden am Tag. Zählte man die herkömmliche Luftfotografie und die Luftfotogrammetrie, Infrarotaufnahmen und Aufnahmen mit Schrägsichtradar mit künstlicher Verschlußöffnung hinzu, belief sich der Gesamtbestand des der ERTS zugänglichen Materials auf über zwei Millionen Bilder, die sich pro Stunde um jeweils dreißig vermehrten. All diese Angaben mußten katalogisiert, gespeichert und für den sofortigen Zugriff aufbereitet werden. Die ERTS war wie eine riesige Bibliothek, die täglich siebenhundert neue Bücher erwarb. So überraschte es nicht, daß die »Bibliothekare« fieberhaft rund um die Uhr arbeiteten.
Besuchern der ERTS schien nie recht klar zu sein, daß man noch vor zehn Jahren eine solche Datensammlung auch mit Computer-Unterstützung unmöglich hätte bewältigen und verwalten können. Ebensowenig verstanden sie, um welche Art von Informationen es sich handelte – die meisten nahmen an, die Bilder auf den Bildschirmen seien Fotografien – und eben das waren sie nicht.
Die Fotografie beruht auf einem chemischen Verfahren aus dem 19. Jahrhundert zur Aufzeichnung von Informationen mit Hilfe lichtempfindlicher Silbersalze. Bei der ERTS benutzte man ein elektronisches Verfahren des 20. Jahrhunderts – analog den chemisch hergestellten Fotografien, aber gänzlich anders. Statt

Kameras verwendete man bei der ERTS Mehrfachspektrum-Abtastgeräte und statt Filmmaterial computerverträgliche Bänder. In Wirklichkeit also gab es dort keine »Bilder«, wie man sie sich von altväterlichen fotografischen Techniken her vorstellt. Die ERTS kaufte »Daten-Abtastungen«, die sie bei Bedarf in »Daten-Darstellungen« umwandelte.

Da die Bilder der ERTS nichts anderes als auf Magnetband gespeicherte elektronische Signale waren, ließen sie sich auf vielerlei Weise elektronisch manipulieren. Die ERTS verfügte über achthundertsiebenunddreißig Computerprogramme zur Veränderung von Bildern: man konnte sie verstärken, unerwünschte Bestandteile eliminieren oder Einzelheiten deutlicher hervortreten lassen. Karen Ross bearbeitete das Kongo-Band mit vierzehn Programmen – vor allem den vor atmosphärischen Bildstörungen kaum erkennbaren Abschnitt, auf dem die Hand und das Gesicht zu sehen waren, kurz vor der Zerstörung der Antenne.

Zuerst führte sie den »Waschzyklus« durch, der die atmosphärischen Bildstörungen beseitigte. Sie stellte fest, daß die Störungslinien in bestimmten Stellungen der Abtastvorrichtung auftraten und daß man ihnen einen spezifischen Graukeilwert zuordnen konnte. Sie beauftragte den Computer, diese Linien zu beseitigen.

Anschließend wies das Bild Lücken an den Stellen auf, an denen die Störungen herausgenommen worden waren. Also gab sie dem Computer den Auftrag, »die Lücken zu füllen«, das heißt entsprechend der jeweiligen Umgebung der Lücken zu »interpolieren«. Bei diesem Verfahren erriet der Computer auf logischer Grundlage das Fehlende.

Nun waren zwar keine atmosphärischen Bildstörungen mehr zu sehen, aber das Bild war verschwommen und unscharf. Also steigerte sie die Schärfe durch ein Spreizen der Grauwerte. Aber sie erhielt auch eine ihr nicht erklärliche Phasenverzerrung, die sie beseitigen mußte; dadurch wurden zuvor unterdrückte Zacken sichtbar, zu deren Unterdrückung sie drei weitere Programme durchlaufen lassen mußte ...

Mit solchen technischen Einzelheiten war sie eine gute Stunde lang beschäftigt, bis plötzlich ein klares, sauberes Bild zum Vorschein kam. Sie hielt den Atem an, als sie es sah – ein finsteres Gesicht mit schweren Brauen, aufmerksamen Augen, einer platten Nase und vorspringenden Lippen.
Aus den flimmernden Zeilen des Videobildes stierte ihr das Gesicht eines Gorillamanns entgegen.

Travis kam kopfschüttelnd von der anderen Seite des Zimmers auf sie zu. »Wir sind mit der Tonaufbereitung des zischelnden Geräuschs fertig. Der Computer bestätigt, daß es sich um menschliches Atmen handelt, mit mindestens vier getrennten Quellen. Aber es ist seltsam, denn der Analyse zufolge handelt es sich um ein Geräusch, das beim Einatmen entsteht, nicht beim Ausatmen, wie das bei Menschen an sich üblich ist.«
»Der Computer irrt«, sagte Ross. »Es ist kein menschlicher Atem.« Sie wies auf den Bildschirm und den Gorillakopf.
Travis zeigte sich nicht überrascht: »Das ist getürkt«, sagte er.
»Das ist es nicht.«
»Sie haben die Lücken auffüllen lassen und dabei einen Türken bekommen. Wahrscheinlich haben die Jungs in der Mittagspause wieder mit den Programmen herumgespielt.« Er meinte die jungen Programmierer, die sich gern einen Spaß daraus machten, Programme so zu ändern, daß sich raffinierte Abwandlungen von Kugelspielen ergaben. Diese Spiele gelangten manchmal auch in andere Programme.
Karen Ross selbst hatte sich gelegentlich darüber beklagt. »Das Bild hier ist echt«, erklärte sie und deutete auf den Schirm.
»Hören Sie zu«, sagte Travis, »letzte Woche hat Harry bei einem Bild aus dem Karakorum die Lücken aufgefüllt. Herausgekommen ist ein Mondlandespiel – man landet gleich neben der MacDonald-Imbißbude: ungeheuer witzig.« Er wandte sich zum Gehen. »Kommen Sie lieber zu den anderen in mein Büro. Wir berechnen, wieviel Vorlauf wir brauchen, um wieder an den Ball zu kommen.«
»Das nächste Team führe ich.«

Travis schüttelte den Kopf. »Kommt gar nicht in Frage.«
»Und das hier?« wollte sie wissen. Sie zeigte auf den Bildschirm.
»Das Bild kaufe ich Ihnen nicht ab«, sagte Travis. »Gorillas machen so etwas nicht. Nein, das muß ein Türke sein.« Er sah auf seine Uhr. »Im Augenblick ist meine einzige Überlegung, wie schnell wir wieder ein Team in den Kongo schicken können.«

4. Die neue Expedition

Travis hatte im Grunde seines Herzens nie daran gezweifelt, daß es weitergehen würde. Von dem Augenblick an, als er die Videobänder aus dem Kongo sah, lautete die Frage nur noch, wie es am besten weiterging. Er holte alle Abteilungsleiter zusammen: Finanzen, diplomatische Beziehungen, Fernüberwachung, Geologie, Logistik, Rechtsberatung. Alle gähnten und rieben sich die Augen. Travis eröffnete die Zusammenkunft mit den Worten: »Ich will, daß wir in sechsundneunzig Stunden wieder im Kongo sind.«
Dann lehnte er sich in seinen Sessel zurück und ließ sich auseinandersetzen, warum das nicht möglich sei. Gründe gab es mehr als genug.
»Wir können die Luftfrachteinheiten frühestens in hundertsechzig Stunden zusammenstellen«, sagte Cameron, der Mann für Logistik.
»Und wenn wir das Himalaya-Team verschieben und dessen Ausrüstung nehmen?« fragte Travis.
»Das ist eine Hochgebirgsexpedition!«
»Man kann die wenigen abweichenden Ausrüstungsteile in neun Stunden auswechseln«, sagte Travis.
»Aber wir haben nichts, um sie rauszufliegen«, sagte Levis, der Transportfachmann.
»Die Korean Airlines haben im Moment noch einen Fracht-Jumbo in San Francisco, der zur Verfügung stünde. Sie haben mir gesagt, er kann in neun Stunden hier sein.«

»Sie haben eine Maschine da einfach so rumstehen?«
»Ich nehme an«, sagte Travis, »daß ein anderer Kunde im letzten Augenblick seine Charter storniert hat.«
Irwin, der Mann für Finanzen, stöhnte: »Und was soll das alles kosten?«
»Wir bekommen unmöglich rechtzeitig die nötigen Visa für Zaïre«, sagte Martin, der für diplomatische Beziehungen zuständige Mann. »Außerdem ist es sehr fraglich, ob die Botschaft Zaïres in Washington uns Visa erteilen würde. Wie Sie wissen, wurden uns die ersten Kongo-Visa auf Grund der Mutungsrechte erteilt, die uns die Regierung des Landes Zaïre gewährt hat – und die sind keineswegs exklusiv. Sie haben nicht nur uns reingelassen, sondern auch die Japaner, die Deutschen und die Holländer mit ihrem Abbaukonsortium. Wenn man in Zaïre argwöhnt, daß unsere Expedition Schwierigkeiten hat, wird man uns kurzerhand ausschalten – dann können die Euro-Japaner ihr Glück probieren. Zur Stunde drücken sich dreißig Angehörige der japanischen Handelsmission in Kinshasa herum und werfen mit Yen nur so um sich.«
»Ich glaube, das stimmt«, sagte Travis. »*Falls* bekannt würde, daß unsere Expedition Schwierigkeiten hat.«
»Das wissen die doch, sobald wir Visa beantragen.«
»Dann beantragen wir eben keine. Alle Welt weiß«, sagte Travis, »daß wir noch eine Expedition im Virunga-Gebiet haben. Wenn wir schnell genug eine zweite kleine Gruppe hinbringen, merkt niemand, daß es nicht dieselben Leute sind.«
»Und was ist mit den auf die Person ausgestellten Visa zur Grenzüberquerung, den Ausrüstungsverzeichnissen ...«
»Lauter Kleinkram«, sagte Travis. »Dafür gibt's Schnaps.« Zur Bestechung wurden vielfach alkoholische Getränke verwandt. In vielen Teilen der Welt zogen Expeditionstrupps mit Kisten voll Whisky und mit den Dauerfavoriten – Transistorradios und Sofortbild-Kameras – durch die Gegend.
»Kleinkram? Und wie wollen Sie über die Grenze kommen?«
»Dafür brauchen wir einen guten Mann. Wie wär's mit Munro?«

»Munro? Das kann gefährlich werden. Die Regierung von Zaïre haßt Munro.«
»Er kennt eine Menge Tricks, und er kennt die Gegend.«
Martin, der für diplomatische Beziehungen zuständig war, räusperte sich und sagte: »Ich glaube, ich sollte bei dieser Besprechung besser nicht anwesend sein. Ich habe den Einruck, Sie machen hier den Vorschlag, daß wir ein Team unter der Führung eines ehemaligen Kongo-Söldners illegal in das Gebiet eines souveränen Staates eindringen lassen ...«
»Aber nein, ganz und gar nicht«, sagte Travis. »Ich sehe mich genötigt, eine Hilfsexpedition zur Unterstützung meiner bereits dort befindlichen Leute auszusenden. So etwas ist an der Tagesordnung. Ich habe keinen Grund zu der Annahme, daß irgend jemand Schwierigkeiten hat. Es handelt sich einfach um einen der üblichen Hilfstrupps, nur bleibt leider nicht genug Zeit, die offiziellen Wege zu beschreiten. Möglicherweise weiß ich nicht, was ich tue, und stelle den falschen Mann ein, aber das ist doch kein Verbrechen.«
Um 23 Uhr 45 in der Nacht vom 13. zum 14. Juni waren die wichtigsten Schritte für die nächste ERTS-Expedition festgelegt und vom Computer bestätigt. Eine vollbeladene 747 konnte Houston am folgenden Tag, dem 14. Juni, um 20 Uhr verlassen; die Maschine konnte am 15. Juni in Afrika sein und dort Munro oder »jemanden seines Kalibers« aufnehmen, und das volle Team konnte am 17. Juni an Ort und Stelle im Kongo sein.
In sechsundneunzig Stunden.

Aus dem Datenzentrum konnte Karen Ross durch die gläsernen Trennwände in Travis' Büro sehen und den Verlauf der Besprechung verfolgen. Mit der ihr eigenen logischen Denkweise kam sie zu dem Ergebnis, daß Travis überstürzt gehandelt, das heißt aus einer unzureichenden Datenmenge falsche Schlüsse gezogen und zu früh »alles klar« gesagt hatte. Karen Ross war der Meinung, es sei erst dann sinnvoll, wieder in den Kongo zu gehen, wenn man wußte, was dort eigentlich vorgefallen war. Sie blieb an ihrer Konsole und prüfte das von ihr »geborgene« Bild.

Sie glaubte an seine Echtheit und Richtigkeit – wie aber konnte sie Travis davon überzeugen?

In der übertechnisierten Datenverarbeitungswelt der ERTS bestand immer Gefahr, daß gewonnene Informationen anfingen »abzudriften« – daß die Bilder sich von der Wirklichkeit ablösten, wie ein Schiff sich aus seiner Vertäuung lösen kann. Das passierte besonders oft dann, wenn die Daten mehreren Bearbeitungsverfahren unterworfen wurden, wenn man also zum Beispiel die 10^6 Pixels oder Bildelemente in einem vom Computer erzeugten Hyperraum herumwirbelte.

Daher entwickelte die ERTS andere Möglichkeiten, um die Richtigkeit von Bildern zu überprüfen, die sie aus dem Computer erhielt. Karen Ross kontrollierte das Gorilla-Bild mit Hilfe zweier solcher Prüfprogramme. Das erste arbeitete mit der »Voraussage des folgenden Bildes«.

Man kann Videobänder wie einen Kinofilm behandeln – eine Aufeinanderfolge von Standbildern. Sie führte dem Computer nacheinander mehrere solcher »Standbilder« vor und forderte ihn dann auf, das nächste Bild vorauszusagen. Das vorausgesagte Bild wurde dann mit dem tatsächlich folgenden verglichen.

Sie führte diesen Schritt achtmal hintereinander durch, und das Ergebnis war jedesmal stichhaltig. Falls bei der Datenverarbeitung ein Fehler gemacht worden war, handelte es sich zumindest um einen konsequent durchgehaltenen Fehler.

Von diesem Erfolg ermutigt, machte sie als nächstes eine »schnelle 3-D-Probe«. Dabei wurde das zweidimensionale Videobild so behandelt, als habe es gewisse auf Grauwertmustern beruhende dreidimensionale Eigenschaften. Im wesentlichen entschied der Computer dabei, ob der Schatten, den eine Nase oder ein Gebirgsmassiv warf, bedeutete, daß diese Nase oder das Gebirgsmassiv über die umgebende Fläche hinausragte. Unter dieser Voraussetzung konnten aufeinanderfolgende Bilder geprüft werden. An Hand der Bewegungen des Gorillas wies der Computer nach, daß das zweidimensional aufgezeichnete Bild in der Tat dreidimensional und zusammenhängend war.

Damit war die Echtheit des Bildes über jeden Zweifel hinaus bewiesen.
Sie ging zu Travis.

»Schön, gehen wir davon aus, ich akzeptiere dieses Bild«, sagte Travis mit gerunzelter Stirn. »Dann sehe ich immer noch nicht ein, warum Sie die nächste Expedition leiten sollten.«
Karen Ross fragte: »Was haben denn die anderen rausgekriegt?«
»Die anderen?« fragte Travis mit Unschuldsmiene.
»Sie haben das Band doch noch einer anderen Aufbereitungsgruppe gegeben, um mein Ergebnis zu überprüfen«, sagte Karen Ross.
Travis sah auf seine Uhr. »Bis jetzt noch nichts.« Und fügte hinzu: »Wir wissen, daß Sie mit Datenmaterial schnell sind.«
Karen Ross lächelte. »Deshalb brauchen Sie mich auch als Expeditionsleiterin«, sagte sie. »Ich kenne das Datenmaterial, weil ich es hergestellt habe. Und wenn Sie sofort einen neuen Trupp losschicken wollen, bevor das Rätsel um den Gorilla gelöst ist, kann Ihre einzige Hoffnung nur darin liegen, daß der Teamleiter schnell an Ort und Stelle etwas mit den Daten anfangen kann. Diesmal *brauchen* Sie da draußen einen Konsolenartisten. Sonst endet die nächste Expedition wie die vorige. Denn Sie wissen doch immer noch nicht, was da eigentlich passiert ist.«
Travis saß an seinem Schreibtisch und sah sie lange an. Sie deutete sein Zögern als Zeichen dafür, daß sein Widerstand nachließ.
»Außerdem möchte ich mich draußen vergewissern«, sagte Karen Ross.
»Bei einem Außenstehenden?«
»Ja. Bei einem Experten unter unseren freien Mitarbeitern.«
»Das ist riskant«, sagte Trafis. »Ich ziehe zu diesem Zeitpunkt ungern Außenstehende in die Sache hinein. Sie wissen, daß das Konsortium uns auf den Fersen ist. Rechnen Sie sich mal aus, wie hoch die Wahrscheinlichkeit steigt, daß etwas durchsickert.«
»Es ist aber wichtig«, erklärte Karen Ross beharrlich.

Travis seufzte. »Schön, wenn Sie meinen, daß es wichtig ist.« Er seufzte wieder. »Nur, sehen Sie zu, daß wir uns keine Verspätung einhandeln.«
Karen Ross packte bereits ihre Unterlagen zusammen.

Als Travis wieder allein war, runzelte er die Stirn und dachte noch einmal über seine Entscheidung nach. Selbst wenn es gelang, die nächste Kongo-Expedition im Ruckzuckverfahren binnen vierzehn Tagen abzuschließen, würden die festen Kosten immer noch mehr als dreihunderttausend Dollar betragen. Der Aufsichtsrat würde zetern: Wie konnte man ein unerprobtes Kind von vierundzwanzig Jahren, eine *Frau*, mit einer solchen Verantwortung in den Busch schicken? Noch dazu bei einem so wichtigen Projekt, bei dem so ungeheuer viel auf dem Spiel stand, und bei dem sie zeitlich bereits in Verzug waren und längst den Kostenrahmen überschritten hatten. Und Karen Ross, die so kühl und unnahbar war, würde sich wahrscheinlich als schlechte Expeditionsleiterin erweisen und die anderen Teilnehmer vor den Kopf stoßen.
Andererseits, dachte Travis, sprach auch einiges für den Ross-Gletscher. Aus seinen Regenmacherzeiten hatte er die Manager-Philosophie mitgebracht, daß man ein Projekt am besten dem anvertraute, dem ein Erfolg am meisten nützen oder dem ein Fehlschlag am meisten schaden würde.
Er wandte sich seiner Konsole zu, die neben seinem Schreibtisch stand. »Travis«, sagte er, und der Bildschirm leuchtete auf.
»Psychographische Unterlagen«, sagte er.
Auf dem Bildschirm erschien eine Liste von Abrufpositionen.
»Ross, Karen«, sagte Travis.
Auf dem Bildschirm flackerte KURZE DENKPAUSE. Das war die übliche Angabe in solchen Fällen. Sie bedeutete, daß Daten herausgezogen wurden. Er wartete.
Dann wurde das zusammengefaßte Psychogramm auf dem Bildschirm ausgegeben. Alle bei der ERTS Beschäftigten wurden drei Tage lang gründlichen psychologischen Tests unterzogen, bei denen es nicht nur um Fähigkeiten und Kenntnisse, sondern auch

um mögliche Tendenzen ging. Er war sicher, daß die Einstufung von Karen Ross den Aufsichtsrat beruhigen würde.

HOCHINTELLIGENT / LOGISCHES DENKVERMOEGEN / FLEXIBEL / FINDIG / SPEZIELLE BEGABUNG FUER UMGANG MIT DATEN / DENKPROZESS RASCH WECHSELNDEN ECHTZEITSITUATIONEN ANGEPASST / GROSSE ANTRIEBSSTAERKE BEI BEKANNTEN VORGEGEBENEN ZIELEN / GEISTIG HOCH UND DAUERHAFT BELASTBAR /

Das sah aus wie die Beschreibung des idealen Leiters der nächsten Kongo-Expedition. Er ließ den Blick weiter über den Bildschirm laufen, um die einschränkenden Angaben zu lesen. Sie waren weniger beruhigend.

JUGENDLICH-RUECKSICHTSLOS / SCHWACH ENTWICKELTE FAEHIGKEIT ZU MENSCHLICHEN BEZIEHUNGEN / DOMINIEREND / INTELLEKTUELLE ARROGANZ / MANGELNDES FINGERSPITZENGEFUEHL / SUCHT ERFOLG UM JEDEN PREIS /

Und dann folgte die abschließende »Umkipp«-Analyse. Die Vorstellung, daß jeder vorherrschende Charakterzug unter extremen Bedingungen plötzlich in sein Gegenteil umschlagen konnte, war bei den Testverfahren der ERTS entwickelt worden. So konnten väterliche Männer und mütterliche Frauen »umkippen« und zu infantilen Quenglern werden, und wer zur Hysterie neigte, konnte unter solchen Bedingungen eiskalt werden. Logisch denkende Menschen wurden plötzlich impulsiv.

UMKIPP-MUSTER: DIE VORHERRSCHENDE {MOEGLICHERWEISE UNERWUENSCHTE} OBJEKTIVITAET KANN VERLORENGEHEN, WENN DAS ANGESTREBTE ZIEL IN SICHT KOMMT / DAS ERFOLGSSTREBEN KANN ZU GEFAEHRLICH IMPULSIVEN REAKTIONEN FUEHREN / DIESE RICHTEN SICH VOR ALLEM GEGEN

VATERFIGUREN / DAHER IST ANGEFRAGTE PERSON
BEI ZIELORIENTIERTEN VERFAHREN IN DEN END-
PHASEN ZU UEBERWACHEN /

Travis sah auf den Bildschirm und kam zu dem Ergebnis, daß eine solche Situation bei der nächsten Kongo-Expedition höchst unwahrscheinlich war. Er schaltete den Computer ab.

Karen Ross war nahezu berauscht von ihrer neuen Aufgabe. Kurz vor Mitternacht ließ sie sich die Liste der freien Mitarbeiter auf ihren Datenplatz geben. Die ERTS arbeitete mit den verschiedensten Tierexperten zusammen, die sie mit Geldern aus einer gemeinnützigen Stiftung, dem Earth Resources Wildlife Fund, förderte. Die Liste war nach Fachgebieten geordnet. Unter »Primaten« waren vierzehn Adressen aufgeführt, einige in Borneo, Malaysia, und Afrika, andere in den Vereinigten Staaten. Unter den letzteren beschäfigte sich nur einer mit Gorilla-Forschung, ein Primatologe namens Dr. Peter Elliot an der University of California in Berkeley.
Den Bildschirmangaben zufolge war Elliot neunundzwanzig Jahre alt, unverheiratet und Privatdozent am Zoologischen Institut. Sein Hauptforschungsgebiet war offensichtlich »Kommunikation von Primaten (Gorilla)«. Die von der ERTS gewährten Beiträge wurden für ein »Projekt Amy« verwendet.
Sie sah auf die Uhr. Es war gerade Mitternacht in Houston, in Kalifornien demnach zehn Uhr abends. Sie wählte Elliots Privatnummer.
»Hallo«, meldete sich eine zurückhaltende männliche Stimme.
»Spreche ich mit Dr. Peter Elliot?«
»Ja...« Es klang so, als zögerte der Mann, als sei er auf der Hut. »Sind Sie von der Presse oder vom Fernsehen?«
»Nein«, sagte sie. »Hier spricht Dr. Karen Ross in Houston. Ich habe mit dem Earth Resources Wildlife Fund zu tun, der Ihre Forschung unterstützt.«
»Oh, ja...« Immer noch der vorsichtige Klang in der Stimme. »Sie sind wirklich nicht Reporterin? Ich sage Ihnen der Ordnung

halber, daß ich dieses Gespräch als eventuelles Beweisstück mitschneide.«

Karen Ross zögerte. Das hatte ihr gerade noch gefehlt – ein Wissenschaftler, der sich verfolgt fühlte und wichtige Entwicklungen bei der ERTS aufzeichnete. Sie schwieg.

»Sind Sie Amerikanerin?« fragte er.

»Selbstverständlich.«

Karen Ross sah angestrengt auf die Computer-Bildschirme, auf denen jetzt die Angabe erschien: **STIMME ERKANNT: ELLIOT, PETER, 29 JAHRE**.

»Sagen Sie, weshalb Sie anrufen«, sagte Elliot.

»Nun, wir stehen im Begriff, eine Expedition in das Virunga-Gebiet im Kongo zu schicken, und...«

»Tatsächlich? Wann denn?« Plötzlich klang die Stimme begeistert, jungenhaft.

»In zwei Tagen, und...«

»Ich möchte mitkommen«, sagte Elliot.

Karen Ross war so überrascht, daß sie kaum wußte, was sie sagen sollte. »Ja, Dr. Elliot, deswegen rufe ich Sie eigentlich nicht an...«

»Ich wollte sowieso dorthin«, sagte Elliot. »Mit Amy.«

»Wer ist Amy?«

»Ein Gorilla«, sagte Peter Elliot.

2. Tag
San Francisco
14. Juni 1979

1. Projekt Amy

Es wäre ungerecht zu sagen, wie einige Primatenforscher es später taten, Peter Elliot habe im Juni 1979 »aus der Stadt verschwinden« müssen. Seine Beweggründe und die Planung, die seiner Entscheidung, in den Kongo zu gehen, zugrunde lag, sind bekannt und nachweisbar. Dr. Elliot und die Projektgruppe Amy hatten mindestens zwei Tage vor Karen Ross' Anruf eine Reise nach Afrika beschlossen.

Aber angegriffen wurde Peter Elliot: von Außenstehenden, der Presse, Kollegen, die dasselbe Forschungsgebiet bearbeiteten, und sogar von Angehörigen seines Instituts in Berkeley. Es ging so weit, daß man Elliot schließlich als »Naziverbrecher« anprangerte, der sich mit der »Folterung stummer (sic) Kreaturen« beschäftigte. Es ist keine Übertreibung zu sagen, daß er zu Beginn des Jahres 1979 um seine wissenschaftliche Existenz kämpfte.

Dabei hatte seine Forschungsarbeit ruhig und beinahe zufällig begonnen. Als dreiundzwanzigjähriger Doktorand hatte Peter Elliot im Institut für Anthropologie in Berkeley erstmals von einem einjährigen Gorilla gelesen, der an Amöbenruhr litt und den man zur Behandlung vom Zoo der Stadt Minneapolis zum veterinärmedizinischen Institut nach San Francisco geflogen hatte. Das war 1973, in den erregenden ersten Jahren der Sprachuntersuchung an Primaten.

Die Vorstellung, man könne Primaten eine Sprache beibringen, war alt. Bereits 1661 hatte Samuel Pepys in London einen Schimpansen gesehen und in seinem Tagebuch vermerkt: »Er war in so vielen Dingen wie ein Mensch, und ich glaube, daß er bereits gut Englisch versteht. Ich meine auch, man könnte ihn lehren, sich mittels der Sprache oder mit Zeichen zu verständigen.« Ein anderer Schriftsteller des 17. Jahrhunderts ging noch weiter: »Menschenaffen und Paviane«, sagte er, »können zwar sprechen, tun das aber nicht, weil sie fürchten, man ließe sie dann Arbeiten verrichten.«

Doch schlugen in den folgenden drei Jahrhunderten offenbar alle Versuche fehl, Menschenaffen eine Sprache zu lehren. Ihren Höhepunkt fanden sie in der ehrgeizigen Bemühung eines Ehepaares aus Florida, Keith und Kathy Hayes, die zu Beginn der fünfziger Jahre unseres Jahrhunderts ein Schimpansenweibchen namens Vicki sechs Jahre lang aufzogen, als sei es ein Kind. In dieser Zeit lernte Vicki vier Wörter: »Mama«, »Papa«, »Cup« (Tasse) und »up« (hinauf, auf). Die Aussprache allerdings war mühselig, und sie machte nur schleppende Fortschritte. Ihre Schwierigkeiten schienen die sich unter Wissenschaftlern zunehmende Überzeugung zu stützen, der zufolge der Mensch als einziges Tier eine Sprache zu lernen verstand. Kennzeichnend dafür war die Aussage von George Gaylord Simpson: »Sprache ist der auffälligste Wesenszug der Menschen: alle normalen Menschen können sprechen, kein anderes lebendes Wesen vermag das.«

Das schien so selbstverständlich, daß in den darauffolgenden fünfzehn Jahren niemand den Versuch unternahm, einem Menschenaffen das Sprechen beizubringen. Dann sahen sich im Jahre 1966 Beatrice und Allen Gardner aus Reno, Nevada, Filme an, die zeigten, wie Vicki sprach. Sie hatten den Eindruck, daß Vicki weniger Schwierigkeiten mit dem Erlernen der Sprache als vielmehr mit dem Sprechen hatte. Es fiel ihnen auf, wie schwerfällig – im Gegensatz zu den geschmeidigen ausdrucksstarken Handbewegungen des Affen – seine Lippenbewegungen waren. Die naheliegende Schlußfolgerung lautete: Man muß es mit einer Zeichensprache versuchen.

Im Juni des Jahres 1966 begannen die Gardners damit, ein junges Schimpansenweibchen namens Washoe im Gebrauch der für Taubstumme entwickelten amerikanischen Zeichensprache Ameslan zu unterrichten. Washoe machte rasche Fortschritte und verfügte bereits 1971 über einen Sprachschatz von einhundertsechzig Zeichen, die sie in der Unterhaltung einsetzte. Sie kombinierte auch selbst neue Wörter für Dinge, die sie nie zuvor gesehen hatte: beispielsweise machte sie, als sie zum erstenmal einen Schwan sah, das Zeichen für »Wasservogel«.

Die Arbeit der Gardners war umstritten: es zeigte sich, daß viele Wissenschaftler von der Unfähigkeit der Affen, eine Sprache zu lernen, fest überzeugt waren. So sagte ein Forscher: »Wenn man daran denkt, wie viele berühmte Leute wie viele gelehrte Abhandlungen darüber verfaßt haben, daß nur der Mensch über Sprache verfügt – wie schrecklich!«

Auf Grund von Washoes Fertigkeiten machte man sich an zahlreiche weitere Sprach-Lern-Experimente. Einem Schimpansenweibchen namens Lucy wurde beigebracht, über einen Computer mit der Außenwelt zu kommunizieren, ein weiteres, Sarah, lernte, Kunststoffmarken auf einer Tafel sinnvoll anzuordnen. Auch mit anderen Affenarten wurde experimentiert. So nahm man 1971 den Unterricht mit Alfred, einem Orang-Utan, auf, 1972 mit Koko, einem Flachland-Gorilla, und schließlich begann 1973 Peter Elliot mit Amy, einem Berggorilla-Weibchen, zu arbeiten. Bei seinem ersten Besuch im Krankenhaus fand er ein jämmerliches kleines Geschöpf vor, das unter dem Einfluß starker Beruhigungsmittel stand und an seinen dürren schwarzen Armen und Beinen mit Gurten festgebunden war. Er streichelte den Kopf der Äffin und sagte freundlich: »Hallo, Amy, ich bin Peter.«

Amy biß ihn prompt in die Hand, so daß sie blutete.

Aus diesen wenig verheißungsvollen Anfängen entwickelte sich ein einzigartig erfolgreiches Forschungsprogramm. 1973 war die Grund-Unterrichtsmethode, das »Nachbilden«, weithin bekannt. Dem Tier wurde ein Gegenstand gezeigt, und zugleich bildete der Forscher mit der Hand des Tieres das richtige Zeichen, bis eine feste Gedankenverbindung bestand. Anschließende Über-

prüfungen ergaben, daß das Tier die Bedeutung des Zeichens verstand.
Zwar gab es grundsätzliche Übereinstimmung über das Verfahren selbst, doch wetteiferten die Wissenschaftler bei seiner Anwendung, so zum Beispiel, was die Geschwindigkeit des Zeichenerwerbs oder den Erwerb von »Vokabular« anging. Man bedenke, daß beim Menschen der Wortschatz als eine der besten Möglichkeiten gilt, die Intelligenz einzuschätzen. Die Geschwindigkeit des Zeichenerwerbs konnte als Maßstab für die Fähigkeiten des Wissenschaftlers oder für die des Tieres dienen.
Inzwischen erkannte man allgemein an, daß Affen individuell unterschiedliche Persönlichkeiten hatten. Ein Wissenschaftler drückte das so aus: »Die Erforschung von Orang-Utans ist möglicherweise das einzige Gebiet, auf dem die Lernenden und nicht die Lehrenden Gegenstand des akademischen Klatsches sind.« In der Welt der Primatenforschung, die zunehmend von Wettstreit und Eifersüchteleien beherrscht wurde, hieß es bald, Lucy sei Alkoholikerin, Koko eine verzogene Göre, Lana habe sich durch ihre Berühmtheit den Kopf verdrehen lassen (»sie arbeitet nur noch, wenn ein Interviewer in der Nähe ist«), und Nim sei von geradezu gespenstischer Dummheit.
Es mag auf den ersten Blick seltsam erscheinen, daß auch Peter Elliot angegriffen wurde. Der gutaussehende und eher zurückhaltende Mann, Sohn eines Bibliothekars im Marin Country, war in den Jahren, in denen er mit Amy arbeitete, allen Streitigkeiten aus dem Weg gegangen. Seine Veröffentlichungen waren bescheiden und gemäßigt, seine Fortschritte mit Amy gründlich belegt; er hatte kein Interesse an Publicity und gehörte auch nicht zu den Forschern, die ihre Affen in die Talkshow mitnahmen.
Doch verbarg sich hinter Elliots zaghaftem Auftreten nicht nur eine wache Intelligenz, sondern auch brennender Ehrgeiz. Er mied Auseinandersetzungen lediglich, weil er keine Zeit dafür hatte – er arbeitete seit Jahren auch nachts und an den Wochenenden und nahm seine Mitarbeiter und auch Amy erbarmungslos heran. Er verstand etwas von der geschäftlichen Seite der Wissenschaft und bekam allerlei Zuwendungen. Auf Kongressen, bei

denen es um Verhaltensforschung ging, wo andere in Bluejeans und karierten Jacken erschienen, trat Elliot stets in einem makellosen Anzug mit Weste auf. Er wollte an der Spitze der Primatenforschung stehen, und Amy sollte an der Spitze der Affen stehen. Elliot war so geschickt im Beschaffen von finanziellen Mitteln, daß die Projektgruppe Amy 1975 acht Mitarbeiter (darunter ein Kinderpsychologe und ein Computer-Programmierer) umfaßte und über einen Jahresetat von hundertsechzigtausend Dollar verfügte. Später sagte ein ständiger Mitarbeiter des Bergren-Instituts, Elliot sei »eine gute Investition« gewesen, und das habe seinen Reiz ausgemacht. »Beispielsweise haben wir bei dem Projekt Amy fünfzig Prozent mehr Computerzeit für unser Geld bekommen, weil Elliot sich mit seinem parallel arbeitenden Datenplatz nachts und an Wochenenden in das Netz einschaltete, wenn die Computerzeit billiger ist. So war die Kosten-Nutzen-Relation bei ihm sehr günstig. Und er war ein besessener Forscher. Offenbar war ihm im Leben nichts wichtig außer seiner Arbeit mit Amy. Das machte ihn zwar zu einem langweiligen Gesellschafter, aber von unserem Standpunkt aus betrachtet war Geld, das wir in ihn investierten, gut angelegt. Es läßt sich schwer sagen, ob jemand wirklich brillant ist; eher läßt sich erkennen, ob einer eine starke Antriebskraft hat, und das ist auf die Dauer möglicherweise wichtiger. Wir erwarteten große Dinge von Elliot.«

Peter Elliots Schwierigkeiten begannen am 2. Februar 1979. Amy lebte in einem Wohnwagen auf dem Universitätsgelände in Berkeley; die Nächte verbrachte sie dort allein, und gewöhnlich begrüßte sie am folgenden Morgen ihre Betreuer überschwenglich. Doch an diesem Vormittag war sie mürrisch – was gar nicht zu ihr paßte. Sie reagierte gereizt und hatte einen verschleierten Blick. Sie verhielt sich, als hätte man ihr Unrecht getan.

Elliot war der Ansicht, irgend etwas müsse sie während der Nacht aus dem Gleichgewicht gebracht haben. Als man sie fragte, machte sie immer wieder Zeichen, die »Schlaf-Kasten« bedeuteten, eine neue Wortverbindung, die ihm nichts sagte. An sich war das nicht ungewöhnlich – Amy erfand ständig neue Wortverbin-

dungen, die oft schwer zu verstehen waren. Noch wenige Tage zuvor hatte sie alle damit verblüfft, daß sie von »Krokodil-Milch« gesprochen hatte. Schließlich kamen sie dahinter, daß Amys Milch sauer geworden war, und da ihr Krokodile, die sie allerdings nur aus Bilderbüchern kannte, widerwärtig waren, bezeichnete sie nun offenbar saure Milch als »Krokodil-Milch«.
Jetzt sprach sie von »Schlaf-Kasten«. Zuerst nahm man an, sie meine damit ihr ausgepolstertes Schlafnest. Doch zeigte sich, daß sie das Wort »Kasten« in dem ihr vertrauten Sinne gebrauchte, nämlich für Fernsehgerät.
Alles in ihrem Wohnwagen, auch der Fernseher, wurde vierundzwanzig Stunden am Tag über Computer gesteuert. Man prüfte, ob das Gerät womöglich über Nacht eingeschaltet gewesen war und ihren Schlaf gestört hatte. Da Amy gern fernsah, war es durchaus denkbar, daß sie es fertiggebracht hatte, es selbst einzuschalten. Doch als sie darangingen, das Fernsehgerät im Wohnwagen näher zu untersuchen, bedachte Amy sie mit einem verächtlichen Blick. Offenkundig meinte sie etwas anderes.
Schließlich kam man zu dem Ergebnis, sie meine »Schlaf-Film« oder »Schlaf-Bilder«. Als man sie befragte, machte sie Zeichen, aus denen hervorging, daß es sich um »schlechte Bilder« und »alte Bilder« handelte, bei denen »Amy weinen« mußte.
Sie träumte also.
Die Tatsache, daß Amy der erste Primat war, von dessen Träumen man erfuhr, rief unter Elliots Mitarbeitern ungeheure Erregung hervor, die allerdings nur von kurzer Dauer war. Obwohl Amy in den darauffolgenden Nächten wieder träumte, weigerte sie sich, von ihren Träumen zu berichten. Sie schien sogar den Forschern Vorwürfe zu machen wegen dieses neuen und verwirrenden Eindringens in ihr Seelenleben. Schlimmer war, daß ihr Verhalten im Wachzustand sich auf alarmierende Art verschlechterte.
Die Quote ihres Spracherwerbs sank von 2,7 auf 0,8 Wörter pro Woche, die Anzahl ihrer spontanen Wortbildungen von 1,9 auf 0,3. Ihre aufgezeichnete Aufmerksamkeitsdauer ging auf die Hälfte zurück, Stimmungsumschwünge nahmen zu, unmotiviertes

und unberechenbares Verhalten wurde zur Regel. Täglich hatte sie Wutanfälle und schlechte Laune. Amy war zu jener Zeit ein Meter siebenunddreißig groß, wog neunundfünfzig Kilogramm und war ungeheuer kräftig. Elliots Mitarbeiter fragten sich, ob sie notfalls in der Lage sein würden, Amy zu bändigen.
Ihre Weigerung, über ihre Träume zu sprechen, ärgerte die Mitglieder der Gruppe. Sie probierten auf verschiedene Art, an Amy heranzukommen: sie zeigten ihr Bilder aus Büchern und Zeitschriften, sie ließen die an der Decke angebrachten Video-Überwachungsgeräte Tag und Nacht laufen, für den Fall, daß sie während ihres Alleinseins etwas Wichtiges bezeichnete, denn Amy sprach wie Kleinkinder »oft mit sich selbst«, und sie versuchten es schließlich mit einer ganzen Batterie neurologischer Testverfahren, einschließlich eines Elektroenzephalogramms.
Ganz zum Schluß verfielen sie auf Fingerfarben.
Damit hatten sie sofort Erfolg. Amy war begeistert davon, und nachdem sie Cayenne-Pfeffer mit den Farbpigmenten vermischt hatten, hörte sie auch auf, sich die Finger abzulecken. Sie malte sehr schnell und immer wieder, und sie schien sich etwas zu beruhigen und sich langsam wieder zu fangen.
David Bergman, der Kinderpsychologe, notierte: »Amy malt eine Vielzahl augenscheinlich zusammengehöriger Bildsymbole: liegende Mondsicheln oder Halbkreise, denen stets eine Fläche mit grünen Streifen zugeordnet ist. Sie erklärt, daß diese ›Wald‹ bedeuten, und die Halbkreise nennt sie ›schlechte Häuser‹ oder ›alte Häuser‹. Außerdem malt sie oft schwarze Kreise, die sie als ›Löcher‹ bezeichnet.«
Bergman warnte vor dem naheliegenden Schluß, sie male alte Gebäude im Dschungel. »Wenn ich sehe, wie sie unaufhörlich ein Bild nach dem anderen malt, bin ich davon überzeugt, daß es sich dabei um eine ganz persönliche Obsession handelt. Amy fühlt sich von ihr bedrückt und versucht sie loszuwerden, indem sie sie auf das Papier ›bannt‹.«
Tatsächlich blieb es den Mitarbeitern der Projektgruppe rätselhaft, welcher Art diese Bildwelt war. Bis Ende 1979 war man zu

dem Ergebnis gekommen, daß es die vier folgenden, hier nach ihrer Bedrohlichkeit aufgeführten Erklärungen gab:

1. *Die Träume stellen einen Versuch zur Bewältigung von Alltagserlebnissen dar.* Das ist die übliche Erklärung für Träume (bei Menschen), doch wurde bezweifelt, daß sie auf Amy anwendbar war.

2. *Die Träume sind eine vorübergehende Erscheinung der Pubertät.* Mit sieben Jahren war Amy in einem Alter, in dem Gorillas pubertieren, und sie hatte auch schon seit nahezu einem Jahr viele dafür typische Verhaltensweisen gezeigt. Dazu gehörten Wutanfälle und Schmollphasen, viel Getue um ihr Aussehen und ein neues Interesse am anderen Geschlecht.

3. *Die Träume sind ein artspezifisches Phänomen.* Es war möglich, daß alle Gorillas aufwühlende Träume hatten und daß in der Wildnis das Gruppenverhalten die daraus resultierenden psychischen Belastungen in gewisser Weise regulierte. Allerdings gab es keinerlei Belege dafür, obwohl wildlebende Gorillas bereits seit zwanzig Jahren untersucht worden waren.

4. *Die Träume sind das erste Anzeichen beginnenden Schwachsinns.* Diese Möglichkeit wurde am meisten gefürchtet. Wer einen Menschenaffen mit Aussicht auf Erfolg ausbilden wollte, mußte sehr früh damit beginnen. Erst im Laufe der Jahre ließ sich feststellen, ob das Tier klug oder dumm, widerborstig oder umgänglich, gesund oder kränklich war. Die Gesundheit der Tiere war eine Quelle ständiger Besorgnis. Viele Forschungsprogramme brachen nach Jahren der Mühe und hoher Kosten zusammen, weil die Affen an physischen oder seelischen Krankheiten starben. Timothy, ein Schimpanse, dessen Verhalten in Atlanta erforscht wurde, entwickelte 1976 eine Psychose und beging Selbstmord durch Koprophagie: er erstickte an seinem eigenen Kot. Maurice, ein Orang-Utan in Chicago, wurde neurotisch und entwickelte Phobien, so daß die Arbeit mit ihm 1977 abgebrochen werden mußte. Ihre Intelligenz, um derentwillen die Affen so lohnende Forschungsobjekte waren, machte sie zugleich so anfällig und unzuverlässig wie Menschen.

Aber die Projektgruppe Amy sah sich außerstande, in dieser

Frage weiterzukommen. Im Mai 1979 entschloß man sich zu einem, wie sich zeigen sollte, folgenschweren Schritt: man beschloß, Amys Bilder zu veröffentlichen und schickte sie an eine Zeitschrift für Verhaltensforschung, das *Journal of Behavioral Sciences*.

2. Durchbruch

Der Aufsatz »*Traumverhalten eines Berggorillas*« wurde nie gedruckt. Er wurde wie üblich an drei Wissenschaftler geschickt, die als Herausgeber der Zeitschrift fungierten. Sie sollten die Arbeit begutachten. Aber auf nach wie vor ungeklärte Weise fiel ein Exemplar in die Hände der Vereinigung zum Schutz der Primaten, einer Gruppe, die sich 1975 in New York gebildet hatte, um »die unbegründete und ungesetzliche Ausbeutung intelligenter Primaten durch unnötige Laborforschung«* zu verhindern.

Am 3. Juni demonstrierten Mitglieder der Vereinigung vor dem Gebäude des Zoologischen Instituts in Berkeley und forderten die »Freilassung« Amys. Die meisten Demonstranten waren Frauen, darunter viele mit ihren kleinen Kindern. Die Regionalnachrichten des Fernsehens zeigten Videobänder, auf denen ein achtjähriger Junge ein Transparent mit Amys Bild hochhielt und immer wieder rief: »Befreit Amy! Befreit Amy!«

Es erwies sich als taktischer Fehler, daß die Projektgruppe beschloß, den Protest zu ignorieren, und lediglich eine kurze Presseerklärung abgab, in der es hieß, die Vereinigung sei »falsch informiert«. Diese Erklärung ging mit dem Briefkopf der Pressestelle von Berkeley an die Öffentlichkeit.

---

* Der folgende Bericht über Elliots Leidensweg stützt sich weitgehend auf: »Infringement of Academic Freedom by Press Innuendo and Hearsay: The Experience of Dr. Peter Elliot.« In: *Journal of Academic Law and Psychiatry*, 52, N° 12 (1979), pp. 19–38.

Am 5. Juni veröffentlichte die Vereinigung zum Schutz der Primaten Stellungnahmen anderer Forscher zu Elliots Arbeit. Viele dementierten später diese Stellungnahmen oder behaupteten, man habe sie falsch zitiert. So hieß es zum Beispiel, Dr. Wayne Turman von der University of Oklahoma in Norman habe Elliots Arbeit als »wunderlich und unethisch« bezeichnet.
Dr. Felicity Hammond vom Yerkes-Primatenforschungszentrum in Atlanta sagte: »Weder Elliot noch seine Arbeit sind erstklassig.« Und Dr. Richard Aronson von der University of Chicago bezeichnete Elliots Forschungsarbeit als »ihrem Wesen nach eindeutig faschistisch«.
Keiner dieser Wissenschaftler hatte, bevor er sich zum Thema äußerte, Elliots Aufsatz gelesen. Der Schaden, den diese Äußerungen, insbesondere die von Aronson, verursachten, war nicht abzuschätzen. Am 8. Juni sprach Eleanor Vries, die Sprecherin der Vereinigung, von der »kriminellen Forschungsarbeit Dr. Elliots und seiner Nazi-Mitarbeiter«. Sie behauptete, Elliots Versuche hätten Amy Alpträume verursacht, sie werde gefoltert, mit Drogen und mit Elektroschocks behandelt.
Ziemlich spät, am 10. Juni, formulierte die Projektgruppe Amy eine längere Presseerklärung, in der sie ihre Position erläuterte und auf den noch unveröffentlichten Aufsatz verwies. Doch ausgerechnet zu diesem Zeitpunkt war die Pressestelle der Universität »überlastet« und konnte die Erklärung nicht gleich herausgeben.
Am 11. Juni berief die Fakultät eine Sitzung zu einem Gespräch über »Fragen ethischen Verhaltens« innerhalb der Universität ein. Eleanor Vries verkündete, die Vereinigung zum Schutz der Primaten habe den Staranwalt Melvin Belli aus San Francisco damit beauftragt, »Amy aus der Knechtschaft zu befreien«. Dieser Anwalt war unter anderem dadurch bekannt geworden, daß er die Witwen abgestürzter deutscher Starfighter-Piloten bei ihrer Klage gegen den Bund unterstützt hatte. Eine Stellungnahme zu »Amys Knechtschaft« war in Bellis Büro nicht zu erhalten.
Am gleichen Tag gelang der Projektgruppe Amy ein unerwarteter Durchbruch, was das Verständnis von Amys Träumen betraf.

Trotz aller Publizität und Aufregung hatte die Gruppe ihre tägliche Arbeit mit Amy fortgesetzt. Amys anhaltender Kummer und ihre Temperamentsausbrüche erinnerten die Betreuer ständig daran, daß das eigentliche Problem noch immer nicht gelöst war, und so suchten sie weiter beharrlich nach Hinweisen. Der Durchbruch allerdings ergab sich beinahe zufällig.

Sarah Johnson, eine wissenschaftliche Hilfskraft, überprüfte prähistorische archäologische Stätten im Kongo für den – unwahrscheinlichen – Fall, daß Amy in ihrer frühen Kindheit, bevor sie in den Zoo von Minneapolis gebracht worden war, eine solche Stätte gesehen haben könnte (»alte Gebäude im Dschungel«). Sie ermittelte, daß die Region bis vor hundert Jahren nicht von westlichen Forschern erkundet worden war, daß in jüngerer Zeit Stammesfehden und ein Bürgerkrieg eine wissenschaftliche Erforschung des Gebiets verhindert hatten und daß schließlich die feuchte Dschungelumgebung der Erhaltung von Zeugnissen menschlicher Kultur abträglich war.

Das bedeutete nichts anderes, als daß man bemerkenswert wenig über die Vorgeschichte des Kongo wußte – und Sarah Johnson konnte ihre Arbeit binnen weniger Stunden abschließen. Aber sie zögerte, den Auftrag so schnell als erledigt zu betrachten, und suchte weiter, sah sich andere Bücher in der anthropologischen Abteilung der Bibliothek an – Ethnographien, geschichtliche Darstellungen, frühe Berichte. Die frühesten Reisenden ins Innere des Kongo waren arabische Sklavenhändler und portugiesische Kaufleute gewesen, und einige hatten Berichte über ihre Reisen geschrieben. Da Sarah Johnson weder Arabisch noch Portugiesisch lesen konnte, betrachtete sie lediglich die Abbildungen.

Dann sah sie ein Bild, bei dessen Anblick ihr »ein Schauder über den Rücken fuhr«, wie sie erklärte.

Es handelte sich um einen portugiesischen Stich ursprünglich aus dem Jahre 1642, den man in einem 1842 veröffentlichten Buch reproduziert hatte. Die Druckfarbe auf dem zerfaserten, brüchigen Papier war verblaßt, doch ließ sich deutlich eine von Riesenfarnen und Schlingpflanzen überwucherte Ruinenstadt im

Dschungel erkennen. An den Türen und Fenstern fanden sich halbkreisförmige Bogen, genau wie Amy sie gemalt hatte.

Später sagte Elliot: »Es war eine Gelegenheit, wie sie sich einem Forscher nur einmal im Leben bietet – wenn er Glück hat. Natürlich wußten wir nichts über das Bild. Die Unterschrift war kursiv gedruckt und enthielt ein Wort, das wie ›Zinj‹ aussah, sowie die Jahreszahl 1642. Wir ließen sofort Übersetzer kommen, die Altarabisch und das Portugiesisch des 17. Jahrhunderts beherrschten. Aber darum ging es eigentlich gar nicht. Es ging darum, daß wir eine Gelegenheit hatten, eine wichtige theoretische Frage zu überprüfen, denn Amys Bilder schienen ein klares Beispiel für ein artspezifisches genetisches Gedächtnis zu liefern.«
Den Begriff des genetischen Gedächtnisses hatte erstmals Marais im Jahre 1911 eingeführt, und seitdem war er immer wieder heftig diskutiert worden. In ihrer einfachsten Form besagte die Theorie, der Mechanismus genetischer Vererbung, der für die Weitergabe aller körperlichen Merkmale verantwortlich war, sei nicht auf diese allein beschränkt. So sei auch das Verhalten niederer Tiere ganz eindeutig genetisch determiniert, denn sie würden mit einem komplexen Verhaltensmuster geboren, das sie nicht zu erlernen brauchten. Allerdings sei das Verhalten höherer Tiefe flexibler und damit abhängiger vom Lernen und vom Gedächtnis. Die Frage war nun, ob bei höheren Tieren, insbesondere beim Menschenaffen und beim Menschen, ein Teil des psychischen Verhaltens von Geburt an durch ihre Gene vorbestimmt war.
Jetzt, so meinte Elliot, hatten sie mit Amy einen Beweis für ein solches Gedächtnis. Sie war im Alter von lediglich sieben Monaten aus Afrika fortgebracht worden, und wenn sie diese Ruinenstadt nicht in ihrer Kindheit gesehen hatte, belegten ihre Träume ein artspezifisches genetisches Gedächtnis, das man durch eine Reise nach Afrika verifizieren konnte. Am Abend des 11. Juni waren die Mitglieder der Projektgruppe sich einig. Falls sich die Reise organisieren und finanzieren ließ, würden sie Amy nach Afrika bringen.

Am 12. Juni warteten sie darauf, daß die Übersetzer ihre Arbeit am Quellenmaterial beendeten. Die geprüften Übersetzungen sollten innerhalb von zwei Tagen vorliegen.

Allerdings würde eine Reise nach Afrika für Amy und zwei Mitglieder der Gruppe mindestens dreißigtausend Dollar kosten – ein erheblicher Teil des gesamten Jahresetats, ganz abgesehen davon, daß für den Transport eines Gorillas um den halben Erdball eine verwirrende Vielzahl von Verwaltungs- und Zollvorschriften zu beachten war.

Sie brauchten die Hilfe von Experten. Aber an wen sollten sie sich wenden? Und dann, am 13. Juni, rief eine der Einrichtungen an, von denen ihr Projekt finanziert wurde, der Earth Resources Wildlife Fund in Houston, und eine gewisse Karen Ross erklärte, sie breche in zwei Tagen mit einer Expedition in den Kongo auf. Zwar zeigte sie keinerlei Interesse daran, Peter Elliot oder Amy mitzunehmen, doch vermittelte sie ihm – zumindest über das Telefon – das Gefühl einer beruhigenden Vertrautheit mit der praktischen Planung und der Führung von Expeditionen in abgelegene Gegenden der Erde.

Als sie Dr. Elliot fragte, ob sie ihn in San Francisco treffen könne, erwiderte er, es werde ihm ein Vergnügen sein, er stehe ihr jederzeit zur Verfügung.

3. Juristische Probleme

Peter Elliot blieb der 14. Juni des Jahres 1979 als ein Tag plötzlicher Wendungen im Gedächtnis. Es begann um acht Uhr morgens in der Anwaltssozietät Sutherland, Morton & O'Connell in San Francisco, wo er sich wegen der angedrohten Klage seitens der Vereinigung zum Schutz der Primaten auf Entzug des Sorgerechts über Amy eingefunden hatte – eine Angelegenheit, die nun um so wichtiger wurde, als er vorhatte, Amy mit außer Landes zu nehmen.

Er traf mit John Morton in der holzgetäfelten Bibliothek der Kanzlei zusammen, von der aus man auf die Grant Street blickte.

Morton machte sich Notizen in einem gelben Heft mit perforierten Blättern. »Ich glaube nicht, daß Ihre Lage besonders problematisch ist«, meinte der Anwalt, »aber ich sollte ein paar Einzelheiten wissen. Amy ist also ein Gorilla?«
»Ja, ein Berggorilla-Weibchen.«
»Wie alt?«
»Sieben.«
»Also noch ein Kind?«
Elliot erklärte ihm, daß Gorillas zwischen dem sechsten und dem achten Lebensjahr zur Geschlechtsreife gelangten, so daß Amy in der Spätpubertät und einem sechzehnjährigen Mädchen vergleichbar war.
Morton machte sich wieder Notizen. »Wir könnten also sagen, daß sie noch minderjährig ist?«
»Ist das in unserem Interesse?«
»Ich glaube schon.«
»Ja, sie ist noch minderjährig«, sagte Elliot.
»Woher kommt sie? Ich meine ursprünglich.«
»Eine Touristin namens Swenson fand sie in Bagimindi, einem Dorf in Afrika. Amys Mutter war von hungrigen Eingeborenen getötet worden. Mrs. Swenson kaufte Amy, die noch ein ganz junges Tier war.«
»Sie ist also nicht in Gefangenschaft geboren worden«, sagte Morton und blickte von seinen Notizen auf.
»Nein. Mrs. Swenson nahm sie mit in die Vereinigten Staaten und schenkte sie dem Zoo von Minneapolis.«
»Sie verzichtete also auf ihre Ansprüche an Amy?«
»Das vermute ich«, sagte Elliot. »Wir haben versucht, mit ihr Verbindung aufzunehmen, um Einzelheiten über Amys früheres Leben zu erfahren, aber sie ist zur Zeit nicht erreichbar. Anscheinend reist sie viel – gegenwärtig ist sie in Borneo. Auf jeden Fall habe ich damals, als Amy nach San Francisco geschickt wurde, den Zoo von Minneapolis angerufen, um zu fragen, ob ich sie für Studienzwecke behalten könne. Der Zoo stimmte dem zu und überließ sie mir für drei Jahre.«
»Haben Sie etwas dafür bezahlen müssen?«

»Nein.«
»Gibt es einen schriftlichen Vertrag darüber?«
»Nein, ich habe einfach den Zoodirektor angerufen.«
Morton nickte. »Mündlich getroffene Vereinbarung...« sagte er und schrieb wieder. »Und nach Ablauf der drei Jahre?«
»Das war im Frühjahr 1976. Ich bat den Zoo um eine Verlängerung um sechs Jahre, die mir auch gewährt wurde.«
»Wieder mündlich?«
»Ja, am Telefon.«
»Gibt es keine Korrespondenz?«
»Nein. Sie schienen bei meinem Anruf nicht besonders interessiert. Um die Wahrheit zu sagen, ich glaube, sie hatten Amy schon ganz vergessen. Der Zoo hat im übrigen vier Gorillas.«
Morton runzelte die Brauen. »Ist ein Gorilla nicht ein ziemlich teures Tier? Ich meine, wenn man sich einen als Hausgenossen oder für einen Zirkus kaufen möchte?«
»Gorillas gehören zu den von der Ausrottung bedrohten Arten. Man kann sie nicht als Haustiere kaufen. Wenn das ginge, wären sie natürlich ziemlich teuer.«
»Wie teuer?«
»Nun, es gibt keinen festgelegten Marktwert, aber so um zwanzig- oder dreißigtausend Dollar.«
»Und in all diesen Jahren haben Sie Amy eine Sprache beigebracht?«
»Ja«, sagte Peter Elliot. »Ameslan, die Zeichensprache, mit der sich hier in Amerika die Taubstummen verständigen. Sie beherrscht gegenwärtig sechshundertzwanzig Wörter.«
»Ist das viel?«
»Mehr als jeder bekannte Primat.«
Morton nickte und machte sich wieder Notizen. »Und Sie arbeiten täglich mit ihr an Ihrem Forschungsprojekt?«
»Ja.«
»Gut«, sagte Morton. »Das war bisher bei allen Fällen von Sorgerecht für Tiere sehr wichtig.«
Seit über hundert Jahren gab es in den westlichen Ländern organisierte Bewegungen zur Abschaffung von Tierversuchen.

An ihrer Spitze standen die Gegner der Vivisektion und die Tierschutzvereine. Ursprünglich hatten sich diese Organisationen aus tierliebenden Fanatikern zusammengesetzt, die jede Art von Tierversuchen unterbinden wollten.
Im Laufe der Jahre hatten die Naturwissenschaftler eine den Gerichten annehmbar erscheinende Standardrechtfertigung entwickelt. Als Ziel ihrer Experimente gaben die Forscher verbesserte Bedingungen für das gesundheitliche und allgemeine Wohlergehen der Menschen an, das über dem Wohlergehen der Tiere rangierte. Im übrigen wiesen sie darauf hin, daß niemand je gegen den Gebrauch von Tieren als Last- und Arbeitstiere protestiert habe – ein mühsames und schweres Los, das den Tieren seit Jahrtausenden beschieden war. Die Nutzung von Tieren für wissenschaftliche Experimente sei lediglich eine konsequente Weiterentwicklung der Idee, daß Tiere die Diener menschlicher Unternehmungen seien.
Außerdem waren Tiere unwissend. Sie waren sich ihrer selbst nicht bewußt und wußten nichts von ihrer Existenz in der Natur. Das bedeutete, um es mit den Worten des Philosophen George H. Mead zu sagen, daß »Tiere keine Rechte haben. Es steht uns frei, ihrem Leben ein Ende zu setzen. In einem solchen Fall geschieht kein Unrecht. Das Tier büßt dabei nichts ein...«
Viele Menschen zeigten sich von diesen Anschauungen beunruhigt, doch bei dem Versuch, Richtlinien zu erarbeiten, stieß man rasch auf Schwierigkeiten. Am eindeutigsten war das der Fall, wenn es um die Sinneswahrnehmungen von Tieren ging, die sich weiter unten auf der stammesgeschichtlichen Leiter befanden. Nur wenige Forscher arbeiteten mit Katzen, Hunden und anderen Säugern, ohne sie zu anästhesieren. Wie aber war es mit Ringelwürmern, Krebsen, Igeln und Tintenfischen? Machte sich nicht, wer diese Tiere überging, einer Art »Gattungsdiskriminierung« schuldig? Wenn aber diese Tiere es wert waren, daß man über sie nachdachte, mußte es dann nicht auch verboten sein, lebende Hummer in einen Topf mit siedendem Wasser zu werfen?
Auch die Tierschutzvereinigungen trugen dazu bei, daß über die Frage, was »Tierquälerei« bedeutete, Unklarheit herrschte. In

einigen Ländern kämpften sie sogar gegen die Ausrottung der Ratten. Und 1968 wurde ein seltsamer Fall aus Australien berichtet. Man hatte in Westaustralien eine neue Arzneimittelfabrik errichtet, in der alle Dragees auf ein Förderband kamen. Eine Arbeitskraft mußte das Band beobachten und Knöpfe drücken, um die Dragees nach Farbe und Größe in verschiedene Behälter zu sortieren. Ein Forscher der Skinner-Schule wies darauf hin, daß es einfach sei, Tauben so abzurichten, daß sie die Dragees beobachteten und mit dem Schnabel farbig gekennzeichnete Knöpfe betätigten, um so das Sortieren zu besorgen. Die Unternehmensleitung stimmte skeptisch einem Test zu. Es zeigte sich, daß die Tauben die Arbeit tatsächlich zuverlässig verrichteten. Und so wurden sie an dem Förderband eingesetzt. Bald darauf schaltete sich der australische Tierschutzbund ein und erwirkte eine einstweilige Verfügung mit der Begründung, es handle sich um Tierquälerei. Die Aufgabe wurde wieder einer menschlichen Arbeitskraft übertragen, für die sie offenbar keine Quälerei bedeutete. Angesichts solcher Widersprüche zögerten die Gerichte, etwas gegen Tierexperimente zu unternehmen. Praktisch konnten die Forscher tun, was sie für richtig hielten. Die Tierversuche erreichten ein ungeheures Ausmaß. In den siebziger Jahren unseres Jahrhunderts wurden allein in den Vereinigten Staaten jährlich vierundsechzig Millionen Tiere für Forschungsvorhaben getötet.

Aber die Einstellung der Menschen hatte sich im Laufe der Zeit gewandelt. Sprachlernprojekte mit Delphinen und Menschenaffen zeigten eindeutig, daß diese Tiere nicht nur intelligent, sondern sich auch ihrer Existenz bewußt waren; sie erkannten sich zum Beispiel im Spiegel und auf Fotografien wieder. 1974 gründeten die Naturwissenschaftler selbst die Internationale Liga zum Schutz von Primaten. Sie sollte Forschungsvorhaben überwachen, bei denen mit Meerkatzenartigen und Menschenaffen experimentiert wurde. Im März des Jahres 1978 verbot die Regierung Indiens den Export von Rhesusaffen an Forschungsstätten auf der ganzen Welt, und bei einigen Prozessen kamen die Gerichte zu dem Ergebnis, daß in bestimmten Fällen Tiere durchaus Rechte haben konnten.

Die frühere Anschauung war eine Entsprechung zur Sklaverei: Das Tier war das Eigentum seines Besitzers, der mit ihm tun konnte, was er wollte. Jetzt wurde die Frage des Besitzes zweitrangig. Im Februar 1977 gab es einen Prozeß um einen Delphin namens Mary, den ein in einer Forschungseinrichtung beschäftigter Techniker ins offene Meer hatte schwimmen lassen. Die University of Hawaii verklagte ihn wegen Verlustes eines für die Forschung wertvollen Tiers. Zweimal kam das Geschworenengericht zu keiner Entscheidung – das Verfahren wurde eingestellt.
Im November 1978 ging es in einem Prozeß um den Schimpansen Arthur, der die Zeichensprache fließend beherrschte. Seine Besitzerin, die Johns Hopkins University, beschloß, ihn zu verkaufen und das Programm einzustellen. Sein Ausbilder, William Levine, ging vor Gericht und erhielt das Sorgerecht mit der Begründung zugesprochen, daß man Arthur, da er jetzt sprachfähig sei, nicht länger als Schimpansen ansehen dürfe.
»Einer der entscheidenden Punkte«, sagte Morton, »war dabei, daß Arthur andere Schimpansen, mit denen man ihn in Berührung brachte, als ›schwarze Dinger‹ bezeichnete. Als man ihn bei zwei Versuchen aufforderte, Fotografien von Menschen und von Schimpansen zu sortieren, löste er die Aufgabe richtig – mit einer Ausnahme: beide Male legte er sein eigenes Bild auf den Stapel der Menschenfotos. Offensichtlich betrachtete er sich selbst nicht als Schimpansen, und das Gericht entschied, daß er bei seinem Ausbilder bleiben solle, da eine Trennung zu schweren psychischen Schädigungen Arthurs führen könne."
»Das heißt, es ist klar, daß Amy mir gehört?« wollte Elliot wissen.
»Wenn Sie die Bedingungen erfüllen, ja. Sie sagen, daß Sie täglich mit dem Tier zusammenkommen?«
»Ja.«
»Und Sie sind für Amys körperliches und psychisches Wohlergehen wichtig?«
»Amy weint, wenn ich fortgehe«, sagte Elliot.
»Holen Sie ihre Erlaubnis ein, wenn Sie Experimente mit ihr machen?«

»Jedesmal.« Elliot lächelte. Offensichtlich hatte Morton keine Vorstellung vom täglichen Zusammenleben mit Amy. Es war äußerst wichtig, ihre Erlaubnis für alles einzuholen, was geschehen sollte, sogar für eine Ausfahrt mit dem Wagen. Sie hatte eine ausgeprägte Persönlichkeit und konnte dickköpfig und eigensinnig sein.
»Haben Sie Unterlagen über ihre Zustimmung?«
»Ja, Videobänder.«
»Versteht sie, was für Experimente Sie ihr vorschlagen?«
Er zuckte mit den Schultern. »Sie sagt ja.«
»Arbeiten Sie mit Belohnung und Strafe?«
»Das ist das bei Wissenschaftlern, die tierisches Verhalten erforschen, übliche Verfahren. Es heißt ›Apprentissage‹.«
Morton runzelte die Brauen. »Und wie sehen die Strafen aus?«
»Wenn sie böse ist, muß sie sich mit dem Gesicht zur Wand in die Ecke stellen oder ich schicke sie früh schlafen, ohne daß sie ihre Erdnußbutter und ihre Götterspeise bekommt.«
»Und wie ist es mit Folterung und Schockbehandlung?«
»Eine absurde Vorstellung!«
»Und mit körperlichen Züchtigungen?«
»Sie ist ziemlich groß. Oft habe ich Angst, daß sie wütend wird und *mir* etwas tut.«
Morton erhob sich lächelnd. »Der Fall dürfte klar sein«, sagte er. »Jedes Gericht wird zu dem Ergebnis kommen, daß Amy Ihrer Gewalt untersteht und daß Sie zu entscheiden haben, was jeweils zu geschehen hat.« Er zögerte. »Ich weiß, es klingt seltsam: aber meinen Sie, daß Sie es fertigbrächten, Amy zu einer Zeugenaussage zu veranlassen?«
»Ich glaube schon«, sagte Elliot. »Meinen Sie, daß es soweit kommen wird?«
»Nicht in diesem Fall«, sagte Morton. »Früher oder später aber wohl. Glauben Sie mir, innerhalb der nächsten zehn Jahre gibt es bestimmt einen Prozeß, bei dem es um das Sorgerecht für einen sprachfähigen Primaten geht – und man wird ihn in den Zeugenstand holen.«
Elliot schüttelte ihm die Hand und fragte im Hinausgehen. »Übri-

gens – hätte ich Schwierigkeiten, wenn ich sie außer Landes brächte?«
»*Falls* es zu einem Verfahren wegen des Sorgerechts kommt, könnten Sie schon Schwierigkeiten haben, wenn Sie Amy von einem Bundesstaat in einen anderen bringen«, sagte Morton.
»Haben Sie vor, sie außer Landes zu bringen?«
»Ja.«
»Dann rate ich Ihnen, tun Sie es bald, und reden Sie mit niemandem darüber«, sagte Morton.

Elliot betrat kurz nach neun das Vorzimmer seines Arbeitszimmers im dritten Stock des Zoologischen Instituts. Seine Sekretärin Carolyn sagte: »Eine Frau Dr. Ross vom Wildlife Fund in Houston hat angerufen, sie ist auf dem Weg nach San Francisco. Dann hat ein Mr. Morikawa dreimal angerufen, er sagt, es sei sehr wichtig. Das Treffen der Projektgruppe ist auf zehn Uhr festgelegt. Ach ja, und in Ihrem Arbeitszimmer wartet Windy auf Sie.«
»Tatsächlich?«
James Weldon war einer der Ordinarien am Institut, ein schwächlicher Mann, der jedoch zu heftigen Zornesausbrüchen neigte. »Windy« Weldon wurde in Karikaturen, die im Institut umliefen, stets mit einem in die Luft gehaltenen nassen Finger dargestellt: er war Meister darin festzustellen, aus welcher Richtung der Wind wehte. In den vergangenen Tagen war er Peter Elliot und der Projektgruppe Amy geflissentlich aus dem Weg gegangen.
Elliot ging in sein Arbeitszimmer.
»Na, Peter, mein Junge«, sagte Weldon herzlich und streckte Elliot die Hand entgegen. »Sie sind ja früh dran heute.«
Elliot war sofort auf der Hut. »Ich wollte vor den Völkerscharen hier sein«, sagte er. Die Demonstranten kamen nie vor zehn, und manchmal später, je nachdem, für wann die Fernsehleute sie bestellt hatten. So wurde heutzutage nun einmal protestiert: auf Bestellung.
»Sie kommen nicht mehr«, sagte Weldon lächelnd.

Er gab Elliot die letzte Lokalausgabe des *Chronicle*, auf dessen Titelseite ein Text mit schwarzem Filzstift umrahmt war. Eleanor Vries war als Bezirksleiterin der Vereinigung zum Schutz der Primaten zurückgetreten. Als Grund gab sie Überlastung und wichtige private Angelegenheiten an. In einer Erklärung der Vereinigung, die von der Zentrale in New York abgegeben worden war, hieß es, man habe »Art und Gegenstand von Dr. Elliots Forschung bedauerlicherweise falsch eingeschätzt«.
»Was hat das zu bedeuten?«
»Bellis Kanzlei hat Ihren Aufsatz und die öffentlichen Erklärungen von Eleanor Vries über Folterung untersucht und ist zu dem Schluß gekommen, daß die Vereinigung sich damit eine dicke Verleumdungsklage hätte zuziehen können«, sagte Weldon. »Den Liga-Leuten in New York geht der Arsch auf Grundeis. Sie werden im Laufe des Tages mit Friedensangeboten auf Sie zukommen. Ich persönlich hoffe, daß Sie sich verständnisvoll zeigen werden.«
Elliot ließ sich in seinen Sessel fallen. »Und was ist mit der Fakultätssitzung in der kommenden Woche?«
»Oh, die ist allerdings wichtig«, sagte Weldon. »Ohne Frage wird die Fakultät unethisches Verhalten seitens der Medien anprangern und eine eindeutige Ehrenerklärung für Sie abgeben. Ich bin gerade dabei, eine Erklärung meines Büros auszuarbeiten.«
Welche Ironie, dachte Elliot. »Sind Sie sicher, daß Sie sich dieser Gefahr aussetzen wollen?« fragte er.
»Ich stehe voll und ganz hinter Ihnen, das wissen Sie doch hoffentlich«, sagte Weldon. Er schritt unruhig in dem Raum auf und ab, wobei er sich Amys Malereien an den Wänden ansah. Windy hatte noch etwas auf der Seele. »Malt sie immer noch solche Bilder?« fragte er schließlich.
»Ja«, sagte Elliot.
»Und Sie wissen immer noch nicht, was sie bedeuten?«
Elliot überlegte kurz. Günstigstenfalls war es voreilig, Weldon wissen zu lassen, was die Bilder nach Ansicht der Gruppe bedeuteten. »Keine Ahnung«, sagte er.

»Sind Sie sicher?« fragte Weldon mit gefurchter Stirn. »Ich glaube nämlich, jemand anders weiß es.«
»Wieso?«
»Es ist etwas sehr Seltsames geschehen«, sagte Weldon. »Jemand wollte Amy kaufen.«
»*Kaufen*? Was soll das heißen?«
»Ein Anwalt aus Los Angeles hat mich gestern angerufen und hundertfünfzigtausend Dollar für sie geboten.«
»Das muß ein reicher Wohltäter sein«, sagte Elliot, »der Amy vor der Folter retten will.«
»Das glaube ich nicht«, sagte Weldon. »Das eigentliche Angebot kommt aus Japan, von einem gewissen Morikawa, einem Mann aus der Elektronikbranche in Tokio. Ich habe das herausbekommen, als der Rechtsanwalt heute morgen wieder anrief, um sein Angebot auf zweihundertfünfzigtausend Dollar zu erhöhen.«
»Zweihundertfünfzigtausend?« sagte Elliot. »Für Amy?« Ein Verkauf kam selbstverständlich überhaupt nicht in Frage, aber warum sollte jemand so viel Geld bieten?
Weldon wußte eine Antwort darauf. »So viel Geld, immerhin eine Viertelmillion, kann nur aus Kreisen der Privatindustrie kommen. Vermutlich hat Morikawa über Ihre Arbeit gelesen und weiß eine Einsatzmöglichkeit für sprachfähige Primaten bei einer industriellen Aufgabe.« Windy blickte an die Zimmerdecke, ein sicheres Zeichen dafür, daß ein rhetorischer Ausbruch bevorstand. »Ich könnte mir denken, daß sich uns hier ein neues Gebiet auftut, die Ausbildung von Primaten für den Einsatz in der Industrie, in der wirklichen Welt.«
Peter Elliot fluchte. Er hatte Amy nicht deshalb eine Sprache beigebracht, damit sie sich einen Schutzhelm aufsetzte und einen Henkelmann in die Hand nahm. Und das sagte er auch.
»Sie müssen das mal zu Ende denken«, sagte Weldon. »Und wenn wir nun am Anfang eines neuen Gebiets angewandten Verhaltens stünden? Überlegen Sie, was das bedeuten könnte: nicht nur Finanzmittel für das Institut und eine Möglichkeit für angewandte Forschung. Weit wichtiger, es würde einen Grund geben, die Tiere am Leben zu erhalten, und Sie wissen, daß die großen

Menschenaffen vom Aussterben bedroht sind. Die Schimpansen in Afrika werden immer weniger, die Orang-Utans auf Borneo verlieren durch den Raubbau am Wald ihren natürlichen Lebensraum und werden in zehn Jahren ausgestorben sein. In den zentralafrikanischen Waldgebieten leben nur noch dreitausend Gorillas. Sie alle werden noch zu unseren Lebzeiten von der Erde verschwinden – *falls nicht ein Grund erkennbar wird, sie als Art am Leben zu erhalten.* Vielleicht liefern Sie uns den Grund, Peter, mein Junge. Denken Sie einmal darüber nach.«

Elliot dachte in der Tat darüber nach, und er brachte die Sache bei der Projektgruppensitzung um zehn Uhr vormittags zur Sprache. Sie überlegten, was für Einsatzmöglichkeiten ein Industrieller für Menschenaffen sehen konnte und welche Vorteile Unternehmern erwachsen konnten, so zum Beispiel daraus, daß es keine Gewerkschaften und keine freiwilligen Sozialleistungen geben würde. Das alles waren gegen Ende des 20. Jahrhunderts wichtige Erwägungen, denn immerhin lagen für jedes Auto, das 1978 von den Taktstraßen in Detroit rollte, die anteiligen Kosten für die Sozialversicherung der Automobilarbeiter höher als die für den gesamten bei der Herstellung verwendeten Stahl.
Doch kamen sie zum Ergebnis, daß die Vorstellung von »industrialisierten Menschenaffen« wohl eher in den Bereich der Phantasie gehörte. Ein Tier wie Amy war keine billige und dumme Ausführung des menschlichen Arbeiters. Ganz im Gegenteil, es war ein hochintelligentes und sensibles Geschöpf, das in der modernen Welt der Industrie nicht in seinem Element war. Es verlangt ein hohes Maß an Aufsicht, ist launisch und unzuverlässig, und seine Gesundheit ist stets bedroht. Es war einfach nicht vernünftig, ein solches Tier in der Industrie einzusetzen. Falls Morikawa vor seinem geistigen Auge Menschenaffen an Fließbändern, auf denen Fernsehgeräte und Hifi-Anlagen montiert wurden, den Lötkolben schwingen sah, war er leider schlicht falsch informiert.
Die einzige Warnung kam von Bergman, dem Kinderpsychologen. »Eine Viertelmillion ist viel Geld«, sagte er, »und höchst-

wahrscheinlich ist Mr. Morikawa kein Dummkopf. Er muß von Amys Zeichnungen erfahren haben, aus denen hervorgeht, daß sie neurotisch und schwer zu lenken ist. Wenn er trotzdem an ihr interessiert ist, dann *wegen ihrer Zeichnungen,* darauf möchte ich wetten. Allerdings kann ich mir nicht vorstellen, wieso diese Zeichnungen eine Viertelmillion Dollar wert sein sollen.«

Das konnte auch keiner der anderen Anwesenden, und die Diskussion wandte sich den Zeichnungen selbst und den inzwischen übersetzten Texten zu. Sarah Johnson, die mit den Nachforschungen betraut war, begann mit der schlichten Erklärung: »Ich habe schlechte Nachrichten über den Kongo.«*

Sie erklärte, daß aus geschichtlicher Zeit fast nichts über den Kongo bekannt war. Die am Oberlauf des Nil wohnenden Ägypter der Frühzeit wußten lediglich, daß ihr Fluß weit im Süden entsprang, in einem Gebiet, das sie Baumland nannten. Das war ein geheimnisvolles Land, mit Bäumen, die so dicht standen, daß es unter ihrem Dach am hellichten Tag so dunkel war wie in der Nacht. Seltsame Geschöpfe lebten in diesem ewigen Dämmerlicht, unter ihnen auch kleinwüchsige Menschen mit Schwänzen und halb schwarze und halb weiße Tiere.

Nahezu viertausend Jahre lang erfuhr man aus dem Innern Afrikas nichts Wesentliches. Die Araber kamen im 7. Jahrhundert nach Christi Geburt auf der Suche nach Gold, Elfenbein, Gewürzen und Sklaven nach Ostafrika. Kauffahrer, die sie waren, wagten sie sich nicht ins Landesinnere vor. Sie nannten es Zinj – das Land der Schwarzen –, und es blieb ein Reich der Fabel und der Phantasie. Man berichtete von riesigen Wäldern und kleinen Menschen mit Schwänzen, von feuerspeienden Bergen, die den Himmel verdunkelten, von Affen, die Eingeborenendörfer überfielen und sich an den Frauen vergingen, von Riesen mit behaarten Leibern und flachen Nasen, von Geschöpfen, halb Mensch, halb Leopard, von Eingeborenenmärkten, auf denen die Leich-

---

* Sie bezog sich hauptsächlich auf das Standardwerk von A. J. Parkinson: The Congo Delta in Myth and History. Peters: London 1904.

name gemästeter Menschen zerlegt und als Köstlichkeit feilgeboten wurden.

Die abschreckende Wirkung solcher Berichte reichte aus, die Araber an der Küste zu halten, trotz anderer durchaus verheißungsvoller Erzählungen, in denen zum Beispiel von Bergen aus glänzendem Gold die Rede war, von Flußbetten, die vor Diamanten glitzerten, von Tieren, die die Sprache der Menschen sprachen, und von großen Dschungelkulturen von unglaublicher Pracht. Besonders eine Geschichte tauchte in diesen frühen Berichten immer wieder auf: die Geschichte von der toten Stadt Zinj*.

Der Legende nach war eine den Juden aus der Zeit König Salomons bekannte Stadt eine Quelle unermeßlichen Reichtums an Diamanten gewesen. Die Karawanenstraße zu dieser Stadt wurde stets eifersüchtig bewacht und die Kenntnis davon als heiliges Geheimnis durch Generationen hin vom Vater an den Sohn weitergegeben. Aber die Diamantenvorkommen waren erschöpft, und die Stadt lag nunmehr in Schutt und Trümmern, irgendwo im dunklen Herzen Afrikas. Die beschwerlichen Karawanenwege waren längst vom Urwald überwuchert, und der letzte Händler, dem der Weg bekannt gewesen war, hatte sein Geheimnis schon vor Jahrhunderten mit ins Grab genommen. Diesen rätselhaften Ort nannten die Araber die tote Stadt Zinj. Doch trotz ihres fortdauernden Nachruhms hatte Sarah Johnson nur wenig über sie in Erfahrung bringen können. 1187 berichtete Ibn Baratu, ein Araber aus Mombasa: »Die hiesigen Eingeborenen sprechen von einer toten Stadt weit im Landesinnern, die sie Zinj nennen. Ihre schwarzen Bewohner lebten dereinst in Reichtum und Luxus, und selbst die Sklaven schmückten sich mit Juwelen, vor allem mit blauen Diamanten, von denen es dort eine Unzahl gibt.«

---

* Die sagenumwobene Stadt Zinj bildete die Grundlage für den (auch in Deutschland bekannten und mehrfach ins Deutsche übersetzten) Roman von H. Rider Haggard *Die Schätze des König Salomo*, der zuerst 1885 erschien. Haggard, Kenner zahlreicher Sprachen, hatte 1875 dem Gouverneur von Natal gedient und erfuhr zu jener Zeit vermutlich von den benachbarten Zulus etwas über Zinj.

1292 erwähnte ein Perser namens Mohammed Said, daß »ein Diamant von der Größe einer geballten Männerfaust in den Straßen von Sansibar zur Schau gestellt wurde. Es heißt, er komme aus dem Landesinnern, wo man die Ruinen einer Stadt namns Zinj finden kann. Dort gebe es überall im Boden und ebenso in Flüssen eine Fülle solcher Diamanten...«

1334 berichtete ein Araber, Ibn Mohammed: »Unsere Gruppe traf Anstalten, die Stadt Zinj zu suchen, aber wir gaben unsere Suche auf, als wir erfuhren, daß sie seit langem verlassen ist und in Trümmern liegt. Es heißt, das Aussehen der Stadt sei wunderlich und fremd, denn Türen und Fenster hätten die Rundung eines Halbmonds, und die Gebäude würden inzwischen von gewalttätigen haarigen Menschen bewohnt, die keine der bekannten Sprachen sprechen...«

Dann kamen die Portugiesen, diese unermüdlichen und unerschrockenen Forscher. Um 1544 wagten sie sich von der Westküste, dem mächtigen Kongo folgend, ins Landesinnere vor, doch stießen sie bald auf all die Hindernisse, die noch jahrhundertelang jeglicher Erforschung Zentralafrikas im Wege stehen sollten. Der Kongo war lediglich bis zu den ersten Stromschnellen befahrbar, gut dreihundert Kilometer ins Landesinnere, bis dahin, wo die heutige Stadt Kinshasa liegt, das ehemalige Léopoldville. Die Eingeborenen waren Kannibalen und den Weißen feindlich gesonnen. Dazu kam, daß der vor Hitze dampfende Dschungel Ursprung zahlreicher Krankheiten war – Malaria, Schlafkrankheit, Bilharziose und Schwarzwasserfieber –, welche die fremden Eindringlinge dezimierten.

Die Portugiesen gelangten nie ins Innere des Kongo-Gebiets, und auch die Engländer hatten 1644 unter Captain Brenner kein Glück – die gesamte Expedition ging verloren. Der Kongo widersetzte sich zweihundert Jahre lang der Erforschung und blieb ein weißer Fleck auf den immer genaueren Weltkarten.

Doch berichteten auch die frühen Eroberer die Legenden über das Landesinnere, darunter die Geschichte von Zinj. Ein spanischer Maler portugiesischer Herkunft, Juan de Valdés Leal, zeichnete 1642 ein später weithin bekannt gewordenes Bild von

der toten Stadt Zinj. »Allerdings«, fügte Sarah Johnson hinzu, »zeichnete er auch Bilder von geschwänzten Menschen und von Affen, die sich mit Eingeborenenfrauen vergnügen.«
Jemand stöhnte auf.
»Valdés war offenbar verkrüppelt«, fuhr sie fort. »Er verbrachte sein ganzes Leben in Setubal, wo er mit den Matrosen trank und das, was er von ihnen hörte, malte.«
Afrika wurde erst um die Mitte des 19. Jahrhunderts gründlich erforscht: von Burton und Speke, Baker und Livingstone, und vor allem von Stanley. Keiner von ihnen fand je eine Spur von der toten Stadt Zinj, und auch in den hundert Jahren seit ihren Forschungsreisen hatte niemand etwas von der geheimnisvollen Stadt gesehen.
Die Stimmung der Projektgruppe Amy war jetzt sehr gedämpft.
»Ich habe Ihnen ja gleich gesagt, daß es keine gute Nachricht sein würde«, sagte Sarah Johnson.
»Soll das heißen«, fragte Peter Elliot, »daß dieses Bild ausschließlich auf einer Beschreibung basiert und daß wir gar nicht wissen, ob es die Stadt wirklich gegeben hat?«
»So ist es, fürchte ich«, antwortete Sarah Johnson. »Es gibt keinen Beweis dafür, daß die Stadt auf dem Bild je existiert hat. Es ist wohl einfach nur eine Geschichte.«

4. Entschluß

Da Peter Elliot sich stets auf klare Tatsachen verließ – Zahlen, Daten, Kurven –, traf ihn die Eröffnung, das Bild in dem Buch könne mit all seinen Einzelheiten Ausfluß der Phantasie eines hemmungslosen Zeichners sein, völlig unvorbereitet. Es war ein harter Schlag.
Auf einmal erschienen ihm alle Pläne, Amy in den Kongo zu bringen, kindlich und naiv. Die Ähnlichkeiten zwischen ihren flüchtigen, schematischen Bildern und der Zeichnung von Valdés aus dem Jahre 1642 waren also ein bloßer Zufall. Wie

waren sie je darauf verfallen, daß eine tote Stadt Zinj etwas anderes sein könne als der Gegenstand einer alten Legende? Dem 17. Jahrhundert mit seiner Welt der sich weitenden Horizonte und der neuen Wunder mußte die Vorstellung einer solchen Stadt absolut vernünftig und sogar zwingend erschienen sein. Doch in unserem computerisierten 20. Jahrhundert war die tote Stadt Zinj etwas so Unwahrscheinliches wie König Artus' Camelot oder das zauberische Kloster Shangri La im fernen Tibet. Wie albern, daß sie je ernsthaft darüber nachgedacht hatten. »Es ist also nichts mit der toten Stadt«, sagte er.

»Auf jeden Fall gibt es sie«, bekam er zur Antwort. »*Daran* besteht kein Zweifel.«

Elliot blickte rasch auf, und dann sah er, daß die Antwort nicht von Sarah Johnson gekommen war. Am anderen Ende des Raums stand eine ihm unbekannte Frau, schlank, hochgewachsen, Anfang Zwanzig. Man hätte sie als schön bezeichnen können, hätte sie nicht so viel Kühle und Distanz ausgestrahlt. Sie trug ein strenges Kostüm und hielt einen Aktenkoffer in der Hand, den sie jetzt auf den Tisch stellte und öffnete.

»Ich bin Dr. Ross«, erklärte sie, »vom Wildlife Fund, und ich hätte gern Ihre Ansicht zu diesen Bildern gehört.«

Sie reichte eine Serie von Fotos herum, die von den Angehörigen der Projektgruppe mit Pfeifen und Seufzen zur Kenntnis genommen wurden. Elliot wartete am Kopfende des Tischs ungeduldig, bis die Bilder zu ihm kamen.

Es waren grobkörnige Schwarzweißbilder, über die waagerechte Streifen liefen. Man hatte sie von einem Bildschirm fotografiert, aber was sie darstellten, war unverkennbar: eine Ruinenstadt im Dschungel. Über den Türen und Fenstern der Häuser wölbten sich seltsame halbmondförmige Bogen.

5. Amy

»Über Satellit?« fragte Elliot noch einmal und hörte die Spannung in seiner eigenen Stimme.
»Richtig. Die Bilder sind uns vor zwei Tagen aus Afrika über Satellit übermittelt worden.«
»Sie kennen also die Lage dieser Ruinen?«
»Selbstverständlich.«
»Und Ihre Expedition bricht in wenigen Stunden auf?«
»In genau sechs Stunden und dreiundzwanzig Minuten«, sagte Karen Ross mit einem raschen Blick auf ihre Digitaluhr.
Elliot vertagte die Arbeitssitzung und sprach über eine Stunde unter vier Augen mit Karen Ross. Später behauptete Elliot, Karen Ross habe ihn über das Ziel der Expedition und die den Teilnehmern drohenden Gefahren »getäuscht«. Aber er wollte unbedingt mit, und die wahren Hintergründe der Expedition und die möglichen Gefahren interessierten ihn zu diesem Zeitpunkt wahrscheinlich nicht besonders. Auf Grund seiner großen Erfahrung in der Kunst, Gelder für seine Arbeit lockerzumachen, waren ihm seit langem Situationen vertraut, wo sich das Geld anderer und seine eigenen Motive nicht genau zur Deckung bringen ließen. Das war die zynische Seite der Wissenschaft. Wieviel reine Grundlagenforschung war in den vergangenen dreißig Jahren finanziert worden, weil sie vielleicht ein Heilmittel gegen Krebs erbringen würde? Ein Forscher versprach das Blaue vom Himmel herunter, um Geld für seine Arbeit zu bekommen.
Allem Anschein nach kam es Elliot nie in den Sinn, daß Karen Ross ihn ebenso kaltblütig benutzte wie er sie. Von Anfang an war Karen Ross ihm gegenüber nie ganz offen. Travis hatte sie angewiesen, bei der Darstellung der Kongo-Mission der ERTS und ihre Ziele »ein paar Angaben unter den Tisch fallenzulassen«. Das war ihr ohnehin zur zweiten Natur geworden – jeder bei der ERTS hatte gelernt, nur das Allernötigste zu sagen. Elliot behandelte Karen Ross wie eine der üblichen Finanzierungsquellen – ein großer Fehler.

Letzten Endes war es so, daß Karen Ross und Peter Elliot einander falsch einschätzten, weil bei beiden der äußere Schein auf die gleiche Art und Weise trog. Elliot wirkte so schüchtern und farblos, daß jemand von der Fakultät in Berkeley einmal bemerkt hatte: »Kein Wunder, daß er sich mit Affen abgibt. Er hat nicht den Nerv, mit Menschen zu reden.« Andererseits war Elliot auf dem College beim Football ein harter Mittelfeldspieler gewesen, und hinter seiner harmlosen Wissenschaftlermaske verbarg sich unbeugsamer Ehrgeiz.

Ähnlich war es bei Karen Ross: trotz ihrer jugendlichen Schönheit und ihrer sanften, verführerischen Stimme mit dem texanischen Tonfall war sie von hoher Intelligenz und einer tiefen, inneren Härte. Sie hatte sehr jung die Schule abgeschlossen, und einer ihrer Lehrer hatte sie einmal als »die Blüte maskuliner texanischer Weiblichkeit« gepriesen. Sie fühlte sich für die gescheiterte ERTS-Expedition verantwortlich und war entschlossen, frühere Fehler wiedergutzumachen. Es war zumindest möglich, daß Elliot und Amy ihr an Ort und Stelle helfen konnten – Grund genug, beide mitzunehmen. Darüber hinaus machte Karen Ross sich Sorgen wegen des Konsortiums, das augenscheinlich hinter Elliot her war, sonst hätte Morikawa nicht bei ihm angerufen. Wenn sie nun Elliot und Amy mitnahm, verlor das Konsortium einen möglichen Vorteil – ein weiterer ausreichender Grund, sie mitzunehmen. Außerdem brauchte sie eine Tarnung, falls ihre Expedition an einer der Grenzen angehalten wurde, und ein Primatenforscher und sein Menschenaffe gaben eine hervorragende Tarnung ab.

Aber letzten Endes ging es Karen Ross nur um die Diamanten aus dem Kongo. Um an sie heranzukommen, war sie bereit, alles zu tun, alles zu sagen und notfalls alles zu opfern.

Auf Fotos, die auf dem Flughafen von San Francisco gemacht wurden, wirken die beiden wie lächelnde junge Wissenschaftler, die zu einer fröhlichen gemeinsamen Expedition nach Afrika aufbrechen. Aber in Wirklichkeit hatten sie unterschiedliche Motive, die sie wild entschlossen voreinander geheimhielten. Elliot mochte ihr nicht eingestehen, was für theoretische und akademische Ziele er verfolgte – und Ross mochte nicht eingestehen, wie handfest die ihren waren.

Wie auch immer, am Mittag des 14. Juni fuhr Karen Ross mit Peter Elliot in dessen klapprigem Fiat durch die Hallowell Road am Sportplatz der Universität vorbei. Ihr war etwas unbehaglich zumute: sie waren auf dem Weg zu Amy.

Elliot schloß die Tür auf, an der ein rotes Schild hing: NICHT STÖREN – TIERVERSUCH. Amy grunzte und kratzte ungeduldig an der Tür. Elliot hielt kurz inne und erklärte: »Wenn Sie ihr gleich gegenüberstehen«, sagte er, »denken Sie bitte daran, daß sie ein Gorilla und kein Mensch ist. Bei Gorillas gibt es Verhaltensweisen, die unbedingt beachtet werden müssen. Sprechen Sie nicht laut, und machen Sie keine plötzlichen Bewegungen, bis sie sich an Sie gewöhnt hat. Entblößen Sie beim Lächeln die Zähne nicht, das faßt sie als Drohgebärde auf. Und halten Sie die Augen niedergeschlagen, denn diese Tiere betrachten es als feindseligen Akt, wenn Fremde ihnen in die Augen blicken. Stellen Sie sich nicht zu nahe neben mich und berühren Sie mich auch nicht, denn Amy ist sehr eifersüchtig. Und lügen Sie nicht, wenn Sie mit ihr sprechen. Auch wenn sie selbst nur die Zeichensprache beherrscht, versteht sie, was wir sagen, und wir sprechen meist nur zu ihr. Sie merkt es, wenn man die Unwahrheit sagt, und sie mag es nicht.«

»Sie mag es nicht?«

»Sie läßt Sie stehen, spricht nicht mit Ihnen und wird tückisch.«

»Sonst noch etwas?«

»Nein, das wäre wohl alles.« Er lächelte ihr aufmunternd zu. »Es gibt zwischen uns ein traditionelles Begrüßungsmittel, für das sie eigentlich schon etwas zu groß ist.« Er öffnete die Tür, stemmte die Beine fest gegen den Boden und sagte: »Guten Morgen, Amy.«

Eine riesige schwarze Gestalt kam aus der Tür gestürmt und warf sich Elliot in die Arme, so daß er zurücktaumelte. Karen Ross war über die Größe des Tiers erstaunt. Sie hatte sich Amy kleiner und niedlicher vorgestellt. Immerhin war sie so groß wie eine erwachsene Frau.

Amy gab Elliot mit ihren großen Lippen einen Kuß auf die Wange. Neben seinem Kopf wirkte ihr schwarzer Schädel gewaltig. Durch ihren Atem beschlugen seine Brillengläser. Karen Ross nahm einen süßlichen Geruch war und sah zu, wie Elliot freundlich Amys lange Arme von seinen Schultern löste. »Amy zufrieden heute?« fragte er.

Amys Finger bewegten sich rasch dicht an ihrer Wange, als wischte sie Fliegen fort.

»Ja, ich komme heute spät«, sagte Elliot.

Wieder bewegte sie die Finger, und jetzt merkte Karen Ross, daß Amy sich in Zeichensprache ausdrückte. Die Geschwindigkeit war verblüffend – sie hatte es sich langsamer und schwerfälliger vorgestellt. Sie bemerkte, daß Amy nie den Blick von Elliots Gesicht wandte. Sie war ungeheuer aufmerksam und behielt ihn mit tierhafter Konzentration stets im Auge. Sie schien alles in sich aufzunehmen, seine Haltung, seinen Gesichtsausdruck, den Klang seiner Stimme und den Sinn dessen, was er sagte.

»Ich muß arbeiten«, sagte Elliot. Wieder seufzte sie und machte verächtliche Handbewegungen. »Ja, ganz recht, Menschenarbeit.« Er führte Amy in den Wohnwagen zurück und bedeutete Karen Ross, ihm zu folgen. Als die Tür hinter ihnen geschlossen war, sagte er: »Amy, das ist Dr. Ross. Sag ihr guten Tag.«

Amy warf Karen Ross einen mißtrauischen Blick zu.

»Hallo, Amy«, sagte Karen Ross und lächelte den Fußboden an. Sie kam sich ein bißchen albern vor, aber Amy war so groß, daß sie ihr Furcht einjagte.

Amy sah sie einen Augenblick an, wandte sich dann ab und ging quer durch den Wohnwagen zu ihrer Staffelei. Sie hatte mit Fingerfarben gemalt und nahm ihre Tätigkeit wieder auf, ohne die beiden weiter zu beachten.

»Was bedeutet das?« fragte Karen Ross. Sie hatte das deutliche Gefühl, Amy habe sie geschnitten.

»Das wird sich zeigen«, sagte Elliot.

Nach einigen Augenblicken kam Amy auf ihren Knöcheln gehend zurückgeschlendert. Sie ging direkt auf Karen Ross zu, beschnüffelte ihre Hose am Schritt und nahm sie gründlich in Augen-

schein. Besonders interessiert schien sie an der ledernen Handtasche der Besucherin, vor allem an der glänzenden Messingschließe daran. Karen Ross berichtete später: »Es war wie bei einer Cocktailparty in Houston. Ich wurde von einer anderen Frau begutachtet und hatte das Gefühl, sie würde mich jeden Augenblick fragen, wo ich meine Kleider kaufe.«
Ganz so war es jedoch nicht. Amy streckte die Hand aus und strich bedächtig Kleckse von grüner Fingerfarbe auf das Kostüm der Besucherin.
»Ich habe nicht den Eindruck, daß das gutgehen wird«, sagte Karen Ross.

Elliot hatte diese erste Begegnung mit mehr Mißbehagen beobachtet, als er zugeben mochte. Amy Menschen vorzustellen war oft schwierig, besonders wenn es Frauen waren.
Im Laufe der Jahre hatte Elliot zahlreiche ausgesprochen »weibliche« Züge bei Amy erkannt. Sie konnte spröde sein, reagierte auf Schmeicheleien, war auf ihr Äußeres bedacht, machte sich gern zurecht und war sehr wählerisch, wenn es um die Farbe der Pullover ging, die sie im Winter trug. Sie hatte lieber mit Männern als mit Frauen zu tun und war eindeutig eifersüchtig auf Elliots weibliche Bekanntschaften. Er brachte sie auch selten mit, doch manchmal schnüffelte sie ihn morgens nach dem Duft von Parfum an und kommentierte es stets, wenn er sich nicht umgezogen hatte.
Das hätte ganz amüsant sein können, hätte Amy nicht von Zeit zu Zeit ohne jeden Anlaß ihr fremde Frauen angegriffen. Und ein Angriff von Amy war nie amüsant.
Amy ging wieder zur Staffelei zurück und gab durch Zeichen zu verstehen: *Nicht mögen Frau Amy nicht mögen nicht mögen weg weg.*
»Komm, Amy, sei ein lieber Gorilla«, sagte Peter.
»Was hat sie gesagt?« wollte Karen Ross wissen und ging zum Waschbecken, um die Farbe von ihrem Kostüm abzuwaschen.
Peter fiel auf, daß sie nicht kreischte und schrie, wie viele andere Besucher das taten, wenn Amy sie unfreundlich empfing.

»Sie hat gesagt, daß sie Ihr Kostüm schön findet«, sagte er.
Amy warf ihm einen Blick zu, wie sie es immer tat, wenn Elliot ihre Aussagen falsch wiedergab. *Amy nicht lügen. Peter nicht lügen.*
»Sei lieb, Amy«, sagte er. »Karen ist ein lieber Mensch.«
Amy grunzte und machte sich wieder an die Arbeit, malte mit raschen Bewegungen.
»Wie geht es jetzt weiter?« erkundigte Karen Ross sich.
»Lassen Sie ihr Zeit.« Er lächelte beruhigend. »Sie braucht Zeit, um sich daran zu gewöhnen.«
Er verzichtete darauf, ihr zu erklären, daß es bei Schimpansen noch weit schlimmer war. Sie bewarfen Fremde und sogar Mitarbeiter, die sie gut kannten, oft mit Kot. Manchmal griffen sie an, um die Herrschaftsverhältnisse zu klären. Schimpansen hatten ein ausgeprägtes Bedürfnis, die Rangordnung festzulegen. Glücklicherweise waren Gorillas weit weniger auf eine Hackordnung bedacht und weniger gewalttätig.
In diesem Augenblick riß Amy das Blatt von der Staffelei, zerfetzte es geräuschvoll und warf die Fetzen durch den Raum.
»Gehört das zum Gewöhnungsprozeß?« erkundigte sich Karen Ross. Sie schien eher belustigt als beängstigt.
»Amy, laß das«, sagte Peter und ließ in seiner Stimme Ärger mitschwingen. »Amy ...«
Amy saß in der Mitte des Wagens auf dem Fußboden, umgeben von Papier. Sie zerriß es wütend und bedeutete ihm durch Zeichen: *Diese Frau. Diese Frau.* Dieses Verhalten war ein klassischer Fall von Verdrängung. Wenn Gorillas einen direkten Angriff scheuen, ersetzen sie ihn durch eine symbolische Handlung. Amy riß Karen Ross in Fetzen.
Und sie steigerte sich in ihr Tun hinein. Die Projektgruppe hatte dieses »Steigerungsverhalten« genau beobachtet. So wie Menschen zuerst im Gesicht rot anlaufen, dann ihren Körper anspannen und schließlich brüllen und mit Gegenständen werfen, bevor sie zum körperlichen Angriff übergehen, so durchlaufen auch Gorillas ein stereotypes Steigerungsverhalten bis hin zum tätlichen Angriff. Auf das Zerreißen von Papier oder Gras folgten bei

Amy gewöhnlich Bewegungen zur Seite hin, sozusagen im Krebsgang, und Grunzlaute, dann pflegte sie mit flachen Händen auf den Boden zu schlagen und dabei möglichst viel Lärm zu machen. Und dann griff sie an, wenn Peter Elliot die Steigerung nicht unterbrach.
»Amy«, sagte er streng. »Karen Knopffrau.«
Amy unterbrach ihr Tun! In ihrer Welt war das Wort „Knopf", auf Menschen angewandt, der Inbegriff für einen hohen Rang.
Amy war überaus empfindsam für die Stimmungen und das Verhalten von Menschen, und es fiel ihr nicht schwer, die Angehörigen der Projektgruppe zu beobachten und zu entscheiden, wer über wem stand. Doch bei Fremden war Amy als Gorilla menschlichen Statussymbolen gegenüber äußerst unempfänglich, und die hauptsächlichen Statushinweise, Qualität und Schnitt der Kleidung, Auftreten und Sprechweise, bedeuteten ihr nichts.
Als Jungtier hatte sie unerklärlicherweise häufig Polizisten angegriffen und gebissen. Nach mehreren Klageandrohungen kam die Gruppe dahinter, daß Amy die Polizeiuniformen mit ihren glänzenden Knöpfen einfach lächerlich fand, offenbar wie ein Clownskostüm. Sie schien davon auszugehen, daß jemand, der sich so albern anzog, auf einer niederen Rangstufe stehen mußte und man ihn angreifen durfte. Nachdem man sie gelehrt hatte, was »Knopf« bedeutete, behandelte sie jeden Uniformträger mit Zuvorkommenheit.
Sie sah jetzt Karen Ross mit neuem Respekt an. Es schien ihr plötzlich peinlich, inmitten des vielen zerrissenen Papiers zu sitzen, so als habe sie einen Fauxpas begangen. Unaufgefordert ging sie in die Ecke und stellte sich mit dem Gesicht zur Wand.
»Was ist jetzt?« wollte Ross wissen.
»Sie weiß, daß sie böse gewesen ist.«
»Und da muß sie sich wie ein Kind in die Ecke stellen? Sie hat es doch nicht böse gemeint.« Bevor Elliot sie warnen konnte, ging sie zu Amy hinüber. Amy blickte fest in die Ecke.
Karen Ross nahm ihre Handtasche von der Schulter und stellte sie in Amys Reichweite auf den Boden. Zuerst geschah nichts. Dann nahm Amy die Tasche und sah nacheinander Karen und Peter an.

Peter sagte: »Sie wird alles kaputtmachen, was in der Tasche ist.«
»Das macht nichts.«
Amy öffnete sogleich die Messingschließe und schüttete den Inhalt der Tasche auf den Boden. Sie durchstöberte alles und machte Zeichen: *Lippenstift Lippenstift, Amy mögen Amy wollen wollen Lippenstift.*
»Sie will einen Lippenstift.«
Ross bückte sich und fischte ihn heraus. Amy nahm die Kappe ab und malte einen roten Kreis auf Karens Gesicht. Dann lächelte sie und grunzte vergnügt, ging quer durch den Raum zu ihrem Spiegel, der auf dem Fußboden angebracht war, und malte sich an.
»Ich glaube, jetzt geht es schon besser«, sagte Karen Ross.
Auf der anderen Seite des Raums hockte Amy vor dem Spiegel und bemalte selig ihr Gesicht von oben bis unten. Sie sah sich freudestrahlend im Spiegel an und strich dann Lippenstift auf ihre Zähne. Es schien ein günstiger Zeitpunkt, ihr die Frage zu stellen.
»Will Amy verreisen?« fragte Peter sie.
Amy reiste gern, solche Gelegenheiten waren für sie große Feste. Nach einem besonders guten Tag fuhr Elliot oft mit ihr zu einem nahe gelegenen Autobahnrestaurant, bei dem die Speisen an den Wagen gebracht wurden. Dort trank sie dann jedesmal Orangensaft, saugte ihn durch den Trinkhalm und freute sich über die Aufregung, die sie unter den Menschen in den anderen Autos hervorrief. Lippenstift und das Angebot einer Reise – das war beinahe zu viel Freude für einen Vormittag. Sie erkundigte sich: *Auto-Reise?*
»Nein, nicht im Auto. Eine lange Reise. Viele Tage.«
Verlassen Haus?
»Ja, verlassen Haus. Viele Tage.«
Das machte sie mißtrauisch. Die einzigen Male, bei denen sie das Haus für mehrere Tage verlassen hatte, war sie wegen einer Lungenentzündung und wegen Infektionen der Harnwege im Krankenhaus gewesen. Diese Reisen waren ihr nicht in angenehmer Erinnerung. Sie wollte wissen: *Wohin Reise?*
»In den Dschungel, Amy.«

Es entstand eine lange Pause. Zuerst glaubte er, sie habe ihn nicht verstanden, aber das Wort für Dschungel kannte sie, und sie mußte eigentlich in der Lage sein, alles richtig zu deuten. Amy machte wie im Selbstgespräch Zeichen und wiederholte alles, wie immer, wenn sie über etwas nachgrübelte: *Dschungel Reise Reise Dschungel fort Reise Dschungel fort.* Sie legte den Lippenstift beiseite, betrachtete versonnen die Papierfetzen auf dem Boden und begann sie aufzusammeln und in den Papierkorb zu tun.
»Was bedeutet das?« fragte Karen Ross.
»Es bedeutet, daß Amy reisen möchte«, sagte Peter Elliot.

6. Aufbruch

Die seitlich wegklappbare Nase des Fracht-Jumbos war wie ein Rachen geöffnet und ließ den hellerleuchteten Laderaum erkennen. Die Maschine war am Nachmittag von Houston nach San Francisco herübergeflogen worden, jetzt war es neun Uhr abends, und verblüfft luden die Arbeiter den großen Reisekäfig aus Aluminium, Schachteln voller Vitamintabletten, ein Reiseklo und Kisten voller Spielzeug ein. Einer von ihnen zog einen Trinkbecher mit der Abbildung einer Mickymaus daraus hervor und besah ihn kopfschüttelnd.
Draußen auf dem Beton des Vorfelds stand Elliot mit Amy, die zum Schutz gegen das Jaulen der Düsentriebwerke die Hände an die Ohren legte. Sie ließ Peter wissen: *Vögel laut.*
»Wir fliegen mit dem Vogel, Amy«, sagte er.
Nein, Auto fahren, verkündete sie nach einem erneuten Blick auf das Flugzeug.
»Wir können nicht mit dem Auto fahren. Wir fliegen.«
Fliegen wohin fliegen? wollte sie wissen.
»Fliegen Dschungel.«
Das schien sie zu verblüffen, aber er wollte keine weiteren Erklärungen abgeben. Wie alle Gorillas hatte Amy eine Abneigung gegen Wasser. Sie weigerte sich sogar, kleine Bäche zu

überqueren. Er wußte, daß es sie äußerst unglücklich machen würde, wenn sie hörte, daß sie über große Wasserflächen fliegen müßten. Daher wechselte er das Thema und schlug vor, an Bord zu gehen und sich ein wenig umzusehen. Als sie die schräge Fläche der Laderampe hinaufgingen, wollte Amy wissen: *Wo Knopf-Frau?*

Er hatte in den fünf Stunden, die inzwischen vergangen waren, Karen Ross nicht gesehen, daher war er überrascht festzustellen, daß sie bereits an Bord war und von einem an einer Seitenwand des Frachtraums angebrachten Telefon aus sprach, wobei sie mit der Hand ihr freies Ohr bedeckte, um besser hören zu können. Elliot hörte, wie sie sagte: »Nun, Irving scheint der Ansicht zu sein, daß es genügt ... Ja, wir haben vier 907er, und wir sind bereit anzugleichen und zu übernehmen. Zwei Mikro-Überkopfanzeigegeräte, das wär's dann ... Ja, warum eigentlich nicht?« Sie legte den Hörer auf und wandte sich Elliot und Amy zu.

»Alles in Ordnung?« erkundigte er sich.

»Bestens. Ich führe Sie hier mal rum.« Sie ging mit ihm tiefer in den Frachtraum hinein. Amy wich nicht von seiner Seite. Elliot warf einen Blick über die Schulter und sah, wie der Fahrer die Rampe mit einer Reihe von numerierten Metallkästen heraufkam, die mit INTEC, INC. gekennzeichnet waren.

»Das hier«, sagte Karen Ross, »ist der Haupt-Frachtraum.« Er war mit vierradgetriebenen Lastwagen, Geländefahrzeugen, Amphibienfahrzeugen, Schlauchbooten und Stapeln von Kisten mit Kleidung, Ausrüstungsteilen und Lebensmittelvorräten gefüllt – alle mit Computer-Codes gekennzeichnet, alle in nach Größe und Aussehen identische Behälter verpackt, lauter Bausteine eines Baukastensystems. Karen Ross erklärte, daß die ERTS innerhalb von Stunden Expeditionen in Gegenden mit beliebigen geographischen und klimatischen Bedingungen ausrüsten konnte. Dabei hob sie die durch Computer ermöglichte Schnelligkeit der Zusammenstellung hervor.

»Und warum diese Hast?« fragte Elliot.

»Davon leben wir«, sagte Karen Ross. »Vor vier Jahren gab es noch keine zweite Gesellschaft wie die ERTS, jetzt sind auf der

ganzen Welt schon neun tätig. Sie verkaufen vor allem den Wettbewerbsvorteil, und das bedeutet Schnelligkeit. In den sechziger Jahren konnte ein Unternehmen – beispielsweise eine Ölgesellschaft – Monate oder Jahre damit verbringen, eine bestimmte Stelle auf abbauwürdige Vorkommen zu untersuchen. Eine solche Vorgehensweise ist aus Wettbewerbsgründen nicht mehr möglich, geschäftliche Entscheidungen werden heute innerhalb von Wochen oder Tagen getroffen. Alles ist schneller geworden. Wir stellen uns schon auf die achtziger Jahre ein, in denen wir Lösungen innerhalb von *Stunden* liefern werden. Zur Zeit dauert ein durchschnittlicher ERTS-Auftrag etwas weniger als drei Wochen oder fünfhundert Stunden. Aber bis 1990 haben wir bestimmt ›Geschäftsschluß‹-Daten – das heißt, jemand kann uns morgens von einer beliebigen Stelle auf der Welt anrufen und –, bevor er am Abend das Geschäft verläßt, über Computer einen vollständigen Bericht auf den Schreibtisch bekommen, also in etwa zehn bis zwölf Stunden.«
Während sie weiter das Innere des Flugzeugs besichtigten, meinte Elliot, daß zwar zunächst die Lastwagen und anderen Fahrzeuge ins Auge fielen, daß aber ein erstaunlich großer Teil des Frachtraums von Aluminium-Behältern mit der Kennzeichnung »K3E« eingenommen wurde.
»Das stimmt«, sagte Ross. »K3E steht für Kommando, Kontrolle, Kommunikation und Erkundigung. Es handelt sich um mikroelektronische Bauteile für die Steuerung des Einsatzes, für Kontaktaufnahme und Erkundungen. Sie sind das Teuerste an unserer Ausrüstung. Als wir anfingen, Expeditionen auszurüsten, entfielen zwölf Prozent des Aufwands auf die Elektronik, jetzt sind es einunddreißig, und der Anteil wird jährlich größer. Es geht dabei um Nachrichtenübermittlung vom Einsatzort der Expedition, Fernaufklärung, Sicherheitseinrichtungen und so weiter.«
Sie führte Elliot und Amy zum Heck des Flugzeugs, wo sich – ebenfalls ein Bauelement – ein freundlich eingerichteter Wohnbereich mit einer großen Computer-Konsole und Schlafkojen befand.

Amy bekundete durch Zeichen ihr Einverständnis: *Haus hübsch.*
»Ja, es ist ganz nett.«
Sie wurden Jensen, einem jungen, bärtigen Geologen, und Irving vorgestellt, der sich als »E hoch drei« bezeichnete. Die beiden Männer ließen gerade eine Art Wahrscheinlichkeitsberechnung durch den Computer laufen, unterbrachen aber ihre Arbeit, um Amy die Hand zu schütteln, die sie ernsthaft ansah und dann ihre Aufmerksamkeit dem Bildschirm zuwandte. Amy war von seinen kräftigen Farben und den hellen Leuchtdioden gefesselt und versuchte immer wieder, selber die Tasten zu drücken.
Sie ließ Elliot wissen: *Amy Kasten spielen.*
»Jetzt nicht, Amy«, sagte Elliot und gab ihr einen kleinen Klaps auf die Hände.
Jensen erkundigte sich: »Ist sie immer so?«
»Leider ja«, sagte Elliot. »Sie hat etwas für Computer übrig und hat seit frühester Kindheit in ihrer Nähe gespielt, daher sieht sie sie wohl als ihr Privateigentum an.« Dann fügte er hinzu: »Was bedeutet ›E hoch drei‹?«
»Expeditions-Elektronik-Experte«, sagte Irving Levine fröhlich, mit einem schalkhaften Lachen. »Ich tue, was ich kann. Wir haben ein paar Sachen von INTEC mitgenommen. Das ist ungefähr alles. Gott im Himmel weiß, womit die Japaner und die Deutschen aufkreuzen.«
»Hol's der Henker, da ist sie ja schon wieder«, sagte Jensen lachend, während Amy auf die Tasten drückte.
Elliot sagte: »Amy, nein.«
»Sie spielt nur. Wahrscheinlich interessiert sie das gar nicht wirklich«, sagte Jensen. Dann fügte er hinzu. »Sie kann keinen Schaden anrichten.«
Amy gab zu verstehen *Amy braver Gorilla* und drückte wieder die Tasten am Computer. Sie schien entspannt, und Elliot war dankbar für die Ablenkung, die der Computer ihr bot. Er fand den Anblick der massigen Äffin vor einer Computer-Konsole immer wieder erheiternd. Bevor sie die Tasten betätigte, legte sie den Finger stets gedankenvoll an die Unterlippe – es war wie eine Parodie menschlichen Verhaltens.

Karen Ross brachte sie mit dem ihr eigenen Alltagsverstand allesamt wieder auf den Boden der Tatsachen zurück. »Schläft Amy in einer der Kojen?«
Elliot schüttelte den Kopf. »Nein. Gorillas machen gern jede Nacht ihr Lager aufs neue. Sie braucht nur ein paar Decken, die wird sie dann zu einem Nest auf dem Fußboden zusammendrehen und darauf schlafen.«
Karen Ross nickte. »Was ist mit ihren Vitaminen und Medikamenten? Bekommt sie Tabletten?«
»Gewöhnlich muß man sie bestechen oder die Tabletten in einem Stück Banane verstecken. Bananen schluckt sie meist ohne zu kauen hinunter.«
»Ohne zu kauen«, wiederholte Karen Ross und nickte, als sei das von Bedeutung. »Wir haben da ein Standardmittel«, sagte sie. »Ich werde zusehen, daß sie es bekommt.«
»Sie bekommt dieselben Vitamine wie Menschen, nur daß sie viel Ascorbinsäure, also Vitamin C, braucht.«
»Wir teilen pro Tag dreitausend Einheiten aus, genügt das? Schön. Und verträgt sie Mittel zur Vorbeugung gegen Malaria? Wir sollten damit gleich jetzt anfangen.«
»Im allgemeinen«, sagte Elliot, »reagiert sie auf Medikamente ebenso wie Menschen.«
Karen Ross nickte. »Wird ihr der Druckausgleich in der Kabine Schwierigkeiten machen? Er ist auf eine Höhe von rund tausendfünfhundert Metern eingestellt.«
Elliot schüttelte den Kopf. »Sie ist ein Berggorilla, und Berggorillas leben in Höhen zwischen fünfzehnhundert und zweitausendachthundert Metern. Aber sie ist jetzt an ein feuchtes Klima gewöhnt und verliert rasch Flüssigkeit, so daß wir ihr viel zu trinken geben müssen.«
»Kann sie die Toilette benutzen?«
»Selbstverständlich. Aber ich habe auch ihren Topf mitgebracht«, sagte Elliot.
»Und benutzt sie ihn?«
»Natürlich.«
»Ich habe hier ein neues Halsband für sie – ob sie das trägt?«

»Wenn Sie es ihr als Geschenk anbieten, gewiß.«
Während sie Amys Bedürfnisse in allen Einzelheiten durchgingen, wurde Elliot klar, daß in den letzten wenigen Stunden etwas geschehen war – und er hatte es fast gar nicht bemerkt. Amys unberechenbares, von Träumen ausgelöstes neurotisches Verhalten war wie weggeblasen, als spiele es keine Rolle mehr. Jetzt, da sie auf eine Reise ging, war sie nicht mehr launisch und nach innen gekehrt, ihr Interesse wandte sich der Außenwelt zu, sie war wieder das junge Gorillaweibchen. Er überlegte, ob ihre Träume und ihre gesamte Niedergeschlagenheit – das Malen mit Fingerfarben und alles andere – auf ihre beengte Umgebung in der Forschungseinrichtung zurückzuführen waren, in der sie so viele Jahre gelebt hatte. Zuerst war ihr diese Umgebung angenehm gewesen, wie ein Kinderbett einem Kleinkind zunächst behaglich erscheint, ihm aber mit den Jahren zu klein wird. Vielleicht, dachte er, brauchte Amy einfach ein bißchen Aufregung.
Aufregung lag in der Luft: während er mit Karen Ross sprach, hatte Elliot das Gefühl, daß etwas Bedeutsames geschehen würde. Diese Expedition mit Amy war das erste Beispiel für etwas, das Primatenforscher seit Jahren vorausgesagt hatten – die Pearl-Theorie.
Frederick Pearl war ein Theoretiker auf dem Gebiet der Verhaltensforschung. Bei einem Kongreß der Amerikanischen Ethologischen Gesellschaft in New York hatte er 1972 gesagt: »Nunmehr, nachdem Primaten Zeichensprache gelernt haben, ist es lediglich eine Frage der Zeit, bis jemand ein Tier mit hinausnimmt, damit es ihm bei der Untersuchung wildlebender Tiere derselben Art behilflich ist. Es ist vorstellbar, daß sprachfähige Primaten dem Menschen beim Umgang mit wildlebenden Tieren als Dolmetscher oder gar als Botschafter dienen.«
Diese These erregte beträchtliches Aufsehen, und sie führte zur Bewilligung von Mitteln durch die U.S.-Air Force, die seit den sechziger Jahren linguistische Forschungsprogramme finanziert hatte. Es hieß, die Air Force arbeite an einem Geheimprojekt mit dem Codenamen CONTOUR, das mögliche Kontakte mit frem-

den Lebensformen einschloß. Zwar waren der offiziellen militärischen Lesart nach UFOs natürlichen Ursprungs – aber die Militärs hielten trotzdem ihr Pulver trocken. Für den Fall einer Berührung mit fremden Intelligenzformen waren linguistische Grundlagen offenbar von besonderer Wichtigkeit. Da es als Beispiel einer Berührung mit »Arten fremder Intelligenz« angesehen wurde, daß jemand Primaten mit in die freie Natur nahm, unterstützte die amerikanische Luftwaffe dieses Projekt.
Pearl hatte vorausgesagt, der erste dieser praktischen Versuche werde vor dem Jahre 1976 stattfinden, tatsächlich jedoch war es noch nicht dazu gekommen. Der Grund dafür war, daß bei näherer Untersuchung niemand genau sagen konnte, worin die Vorzüge eines solchen Verfahrens bestehen sollten – die meisten mit einer Sprache vertrauten Primaten reagierten auf wildlebende Artgenossen ebenso verwirrt wie Menschen. Einige, wie der Schimpanse Arthur, wollten mit ihrer eigenen Art nichts zu tun haben und bezeichneten deren Angehörige als »schwarze Dinger«. Amy, die bei einem Zoobesuch andere Gorillas gesehen hatte, erkannte sie zwar, benahm sich aber sehr hochmütig und nannte sie »dumme Gorillas«, als sie erst einmal gemerkt hatte, daß sie nicht antworteten, wenn sie ihnen Zeichen machte.
Solche Beobachtungen veranlaßten 1977 einen anderen Forscher, John Bates, zu der Aussage: »Wir ziehen uns eine Elite von ausgebildeten Tieren heran, die die gleiche arrogante Erhabenheit an den Tag legt, die ein Doktor der Philosophie einem Lkw-Fahrer gegenüber bekundet... Es ist höchst unwahrscheinlich, daß diese sprachfähigen Primaten geeignete Botschafter in der freien Natur sein werden. Dazu sind sie einfach zu eingebildet.«
In Wahrheit aber wußte niemand wirklich, was geschehen würde, wenn man einen Primaten mit hinausnahm in die freie Natur. Das war bisher noch nicht vorgekommen. Amy würde die erste sein.
Um dreiundzwanzig Uhr rollte die Frachtmaschine der ERTS über die Startbahn des internationalen Flughafens von San Francisco, erhob sich schwerfällig in die Luft und strebte durch die Dunkelheit ostwärts, nach Afrika.

3. Tag
Tanger
15. Juni 1979

1. Wahrheit des Bodens

Peter Elliot kannte Amy seit ihrer frühen Kindheit. Er war stolz darauf, daß er ihre Reaktionen vorhersagen konnte, obwohl er sie immer nur unter den kontrollierten Bedingungen einer Laborumgebung erlebt hatte. Jetzt, da sie sich neuen Situationen konfrontiert sah, überraschte ihn ihr Verhalten. Er hatte angenommen, der Start werde Amy erschrecken, und hatte daher eine Spritze mit dem Beruhigungsmittel Thoralen vorbereitet, die sich jedoch als überflüssig erwies. Als die Menschen die Sitzgurte anlegten, tat Amy es ihnen sogleich nach. Sie schien es als lustiges, wenn auch etwas einfältiges Spielchen zu betrachten. Obwohl ihre Augen sich weit öffneten, als sie das Dröhnen der Triebwerke unter Vollast hörte, ahmte sie die gelassene Gleichgültigkeit der Menschen um sie herum nach, die davon nicht beeindruckt schienen. Es ging so weit, daß sie die Brauen hochzog und gelangweilt stöhnte.

Als die Maschine in der Luft war, blickte Amy aus dem Fenster und geriet sofort in panisches Entsetzen. Sie löste ihren Sitzgurt und lief von einem Fenster des Fluggastabteils zum anderen, schob die Menschen in jammervollem Schrecken beiseite und fragte immer wieder mit sich rasch bewegenden Händen: *Wo Boden Boden wo Boden?* Elliot gab ihr nun doch das Thoralen und trieb dann soziale Körperpflege, das heißt, er brachte sie dazu, sich zu setzen, und zupfte sie an den Haaren.

In der Wildnis verwenden Primaten täglich mehrere Stunden auf die gegenseitige Körper- und Fellpflege. Sie »lausen sich«, wie man sagt, da sie sich dabei gegenseitig auch nach Zecken und Läusen absuchen. Die Art und die Häufigkeit, mit der die Tiere einander pflegten, war von Bedeutung für die Einstufung in der Hierarchie der Gruppe. Das »Lausen« scheint eine besänftigende Wirkung zu haben. Amy hatte sich in wenigen Minuten so weit entspannt, daß sie bemerkte, wie die anderen tranken. Prompt verlangte sie ein »Grün-Tropfen-Trinken« – so bezeichnete sie einen Martini mit einer Olive darin – und eine Zigarette. Bei besonderen Gelegenheiten, zum Beispiel bei Institutsfeiern, wurde ihr das gestattet, und auch jetzt gab Elliot ihr ein Glas und eine Zigarette.

Aber die Aufregung war doch zu groß für sie, und nach einer Stunde, in der sie still aus dem Fenster sah und für sich selbst die Zeichen für *Bild hübsch* machte, erbrach sie sich. Sie entschuldigte sich geradezu unterwürfig *Amy traurig Amy schmutzig Amy Amy traurig*.

»Schon gut, Amy«, beruhigte Elliot sie und streichelte ihren Handrücken. Kurz darauf verkündete sie *Amy jetzt schlafen*, richtete sich aus Decken ein Lager auf dem Boden her und schlief ein, laut durch ihre großen Nasenlöcher schnaufend. Elliot lag neben ihr und fragte sich, wie andere Gorillas bei einem solchen Heidenlärm wohl einschlafen konnten.

Elliot reagierte auf seine Art auf die Reise. Als er Karen Ross kennengelernt hatte, ging er davon aus, sie beschäftige sich, wie er auch, mit theoretischer Wissenschaft. Doch das riesige Flugzeug voller Ausrüstung und die unüberschaubare Kompliziertheit des gesamten Unternehmens ließen darauf schließen, daß hinter der Earth Resources Technology ungeheure Mittel standen, und möglicherweise gab es sogar Verbindungen zum Militär.

Karen Ross lachte: »Wir sind viel zu gut organisiert, um mit dem Militär etwas zu tun zu haben.« Dann erzählte sie ihm ausführlich, worum es der ERTS im Virunga-Gebiet ging. Wie die Projektgruppe Amy war auch Karen Ross eher zufällig auf die Legende von der toten Stadt Zinj gestoßen, nur hatte sie völlig andere Schlüsse aus den Berichten gezogen.

In den letzten dreihundert Jahren hatte es mehrere Versuche gegeben, die untergegangene Stadt zu erreichen. So führte im Jahre 1692 John Marley, ein englischer Abenteurer, eine zweihundertköpfige Expedition in den Kongo, von der nie wieder etwas gehört wurde. Eine holländische Expedition machte sich 1744 auf den Weg. Und 1804 stieß eine andere britische Gruppe unter Führung eines schottischen Aristokraten, Sir James Taggert, von Norden her nach Virunga vor und gelangte bis zur Rawana-Biegung des Flusses Ubangi. Von dort schickte Taggert einen Vortrupp weiter nach Süden, der jedoch nie zurückkehrte. 1872 kam Stanley in die Nähe des Virunga-Gebiets, betrat es jedoch nicht. Eine deutsche Expedition, die 1899 in das Gebiet eindrang, verlor über die Hälfte ihrer Mitglieder. Nachdem 1911 eine von privater Seite finanzierte italienische Expedition vollständig und spurlos verschwunden war, hatte man von keinen weiteren Versuchen mehr gehört, die tote Stadt Zinj zu erreichen.
»Also hat sie bisher niemand gefunden?« sagte Elliot.
Ross schüttelte den Kopf. »Ich könnte mir denken, mehrere Expeditionen haben sie gefunden«, sagte sie. »Nur ist niemand je zurückgekehrt, um davon zu berichten.«

Daran war nun nichts besonders Geheimnisvolles. In ihren Anfängen war die Erforschung Afrikas voller Gefahren gewesen. Selbst gut ausgerüstete und gut geführte Expeditionen verloren oft die Hälfte ihrer Teilnehmer oder mehr. Wer nicht der Malaria, der Schlafkrankheit und dem Schwarzwasserfieber zum Opfer fiel, mußte Flüsse voller Krokodile und Flußpferde überwinden sowie Dschungel, in denen es Leoparden und den fremden Eindringlingen gegenüber äußerst mißtrauische Eingeborene gab, die oft genug noch dem Kannibalismus huldigten. Und bei all seiner schwellenden und üppigen Fruchtbarkeit lieferte der Regenwald doch nur wenig Eßbares, so daß einige Expeditionen schlicht verhungert waren.
»Ich ging von der Vorstellung aus«, sagte Karen Ross, »daß es die Stadt gab. Wo aber würde ich sie dann finden?«

Die tote Stadt Zinj wurde im Zusammenhang mit Diamantminen genannt, und Diamanten fanden sich in der Nähe von Vulkanen. Das hatte Karen Ross dazu veranlaßt, ihre Aufmerksamkeit der Zentralafrikanischen Schwelle zuzuwenden – einem riesigen geologischen Verwerfungsgebiet von fünfzig Kilometer Breite, das unter dem Namen »Zentralafrikanischer Graben« bekannt ist und über eine Entfernung von rund zweitausendvierhundert Kilometern von Norden nach Süden durch das östliche Drittel des Kontinents verläuft. Eben wegen seiner Größe erkannte man erst in den neunziger Jahren des vorigen Jahrhunderts, daß es sich um eine Bruchstufe handelte, nämlich als ein Geologe namens Gregory feststellte, daß die fünfzig Kilometer voneinander entfernt liegenden Felswände aus demselben Gestein bestanden. Der Zentralafrikanische Graben ist nichts anderes als ein in neuerer Zeit fehlgeschlagener Ansatz zur Bildung eines Ozeans, denn vor zweihundert Millionen Jahren hatte das östliche Drittel des Kontinents begonnen, sich von der übrigen Landmasse Afrikas abzulösen. Aus irgendeinem Grund war diese Bewegung vor ihrem Abschluß zum Stillstand gekommen.
Auf einer Landkarte läßt sich erkennen, daß zwei Merkmale den Zentralafrikanischen Graben kennzeichnen: eine Reihe schmaler, von Norden nach Süden verlaufender Seen – der Mobutu-Sese-Soko-See, der Kivusee, der Tanganyikasee und der Nyassasee – sowie eine Reihe von Vulkanen, unter ihnen die einzigen in Afrika noch tätigen. Sie liegen im Virunga-Gebiet, das im Altertum »Mondberge« hieß: der Muhavura, der Sabyinyo und der Nyamuragira. Sie erheben sich etwa viertausendsechshundert Meter über dem Zentralafrikanischen Graben im Osten und dem westlich von ihnen liegenden Kongo-Becken. Daher schien das Virunga-Gebiet für die Suche nach Diamanten durchaus geeignet. Karen Ross' nächster Schritt bestand darin, die »Wahrheit des Bodens« zu ermitteln.
»Was ist die ›Wahrheit des Bodens‹?« fragte Peter.
»Bei der ERTS arbeiten wir meist mit Fernerkundung«, erklärte sie. »Satellitenfotografie, Überfliegen des Geländes und Abtasten mit Schrägsichtradar, ein seitlich abstrahlendes Radarverfahren.

Wir haben Millionen von Bildern mit, die auf diese Weise zustande gekommen sind, aber es gibt keinen Ersatz für die ›Wahrheit des Bodens‹, die Erfahrung einer Gruppe von Leuten, die sich vor Ort mit den Gegebenheiten auseinandersetzen. Angefangen habe ich mit einer Vorexpedition, die wir zur Goldsuche ausgeschickt hatten und die auch Diamanten fand.« Sie drückte Knöpfe auf der Konsole, und auf dem Bildschirm erschienen andere Bilder, eingerahmt von Dutzenden stecknadelkopfgroßer Lichtquellen.

»Hier sehen Sie die Ablagerungen in Flußbetten in der Nähe des Virunga-Gebiets. Man kann erkennen, daß sie konzentrische Halbkreise bilden, die auf die Vulkane zurückweisen. Damit liegt die Schlußfolgerung nahe, daß Erosion die Diamanten von den Hängen der Virunga-Vulkane weggewaschen hat und sie mit den Flüssen dorthin gelangten, wo sie jetzt sind.«

»Also haben Sie eine Gruppe ausgeschickt, die nach der Ursprungsstelle suchen sollte?«

»Ja.« Sie wies auf den Bildschirm. »Aber lassen Sie sich nicht von dem täuschen, was Sie hier sehen. Auf diesem Satellitenbild sind hundertdreißigtausend Quadratkilometer Dschungel erfaßt, der zum größten Teil noch unerforscht ist. Es ist ein sehr schwieriges Gelände, die Sicht beträgt dort in jeder Richtung nur wenige Meter. Eine Expedition könnte in diesem Gebiet jahrelang suchen und in einer Entfernung von zweihundert Metern an der Stadt vorbeilaufen, ohne sie je zu sehen. Daher mußten wir den Sektor meiner Suche einengen. Ich wollte feststellen, ob die Stadt sich finden ließ.«

»Die Stadt finden? Mit Hilfe von Satellitenbildern?«

»Ja«, sagte sie. »Und ich habe sie gefunden.«

Die Regenwälder auf unserem Erdball haben aller Fernerkundung stets erfolgreich getrotzt. Die hohen Dschungelbäume breiten ein undurchdringliches Vegetationsdach aus, das alles, was sich auf dem Boden darunter befindet, fremden Blicken entzieht. Auf Luft- oder Satellitenaufnahmen erschienen die Regenwälder des Kongo stets als riesiger, welliger Teppich aus Grün, eintönig

und ohne markante Anhaltspunkte. Selbst große Landmarken, wie beispielsweise fünfzehn oder dreißig Meter breite Flüsse, verbargen sich unter diesem Blätterdach, so daß sie aus der Luft nicht zu sehen waren.
Die Aussichten waren also sehr gering, auf Luftaufnahmen Anzeichen einer toten Stadt zu finden. Doch Karen Ross packte die Sache anders an: gerade die Vegetation, die ihr den Blick auf den Boden versperrte, wollte sie sich nutzbar machen.
Die Untersuchung der Vegetation war in den gemäßigten Zonen, in denen die Belaubung jahreszeitlichen Unterschieden unterworfen ist, durchaus üblich. In den äquatorialen Regenwäldern gab es jedoch keine Veränderungen, die Belaubung war winters wie sommers gleich. Daher wandte Karen Ross ihre Aufmerksamkeit einem anderen Merkmal zu, und zwar den Unterschieden in der Vegetations-Albedo.
Die Albedo ist ein quantitativer Ausdruck der Reflexionsfähigkeit, und sie ist zahlenmäßig gleich dem Verhältnis zwischen der senkrecht einfallenden und der zum Beobachter hin abgestrahlten Lichtmenge. Bezogen auf das sichtbare Spektrum ist sie ein Maß dafür, wie »hell« eine Oberfläche ist. Daraus lassen sich bestimmte Hinweise auf das Material der reflektierenden Fläche gewinnen. Ein Fluß beispielsweise hat eine hohe Albedo, weil Wasser den größten Teil des auftreffenden Sonnenlichts reflektiert, Pflanzen hingegen absorbieren Licht und haben daher eine niedrige Albedo. 1977 begann die ERTS mit der Entwicklung von Computer-Programmen, die die Albedo genau zu messen und auch geringe Unterschiede zu berücksichtigen vermochten.
Karen Ross stellte sich die Frage: Wenn es die tote Stadt wirklich gab – wie konnte sich das in der Vegetation äußern? Die Antwort dafür lag auf der Hand: in Form späten Sekundärwalds.
Der unberührte Regenwald wird als Primärwald bezeichnet. Ihn meinen die meisten Menschen, wenn sie an Regenwälder denken: riesige Hartholzbäume, Mahagoni, Teak und Ebenholz, in den Stockwerken darunter Farne und Palmgewächse. Primärwälder sind dunkel und abweisend, lassen sich aber leicht durchqueren. Wenn aber der Mensch ursprünglichen tropischen Regenwald,

also Primärwald, rodete und das Gelände später wieder sich selbst überließ, entstand ein gänzlich anderes, ein Sekundärwachstum. Die dabei vorherrschenden Pflanzen waren Weichhölzer und schnellwüchsige Bäume. Der Reichtum an Lianen, dornigen Sträuchern und Bambus machte diese Gebiete oft undurchdringlich: es war der typische Dschungel, das, was der Laie sich unter »Urwald« vorstellte.

Aber Karen Ross ging es nicht um diese Gesichtspunkte des Sekundärwalds, sondern lediglich um seine Albedo. Da es im Sekundärwald anders geartete Pflanzen gab, mußte seine Albedo von der des Primärwalds abweichen. Sie ließ sich nach dem Alter abstufen: Da im Unterschied zu den Hartholzbäumen des Primärwalds, die ein Alter von Jahrhunderten erreichten, die Weichhölzer des Sekundärwalds nur etwa zwanzig Jahre alt wurden, mußte an die Stelle der frühen Form des Sekundärwalds eine andere und später noch eine andere Ausprägung treten.

Durch Überprüfung von Gebieten, in denen sich im allgemeinen später Sekundärwald fand – wie zum Beispiel an den Ufern großer Flüsse, wo der Boden für zahlreiche menschliche Ansiedlungen gerodet worden war, die man später wieder aufgegeben hatte –, stellte sie fest, daß die Computer der ERTS tatsächlich die auftretenden geringen Unterschiede in der Reflexion messen konnten.

Sie gab daraufhin den Auftrag, daß die ERTS-Abtastgeräte auf einer Fläche von fünfzigtausend Quadratkilometer Regenwald an den Westhängen der Virunga-Vulkane im Abstand von jeweils hundert Metern oder weniger nach Albedounterschieden von 0,03 oder darunter suchen sollten. Diese Aufgabe hätte eine aus fünfzig Luftfotografieauswertern bestehende Gruppe einunddreißig Jahre lang beschäftigt – der Computer tastete hundertneunundzwanzigtausend Satelliten- und Luftaufnahmen in knapp neun Stunden ab.

Und er fand die Stadt.

Im Mai 1979 verfügte Karen Ross über ein Computer-Bild, das ein sehr altes Sekundärwald-Muster von geometrischer Gitterform zeigte. Es lag zwei Grad nördlich des Äquators, auf dreißig

Grad östlicher Länge an den Westhängen des noch tätigen Vulkans Muhavura. Der Computer schätzte das Alter des Sekundärwalds auf fünf- bis achthundert Jahre.
»Und dann haben Sie eine Expedition hingeschickt?« fragte Elliot. Karen Ross nickte. »Vor drei Wochen. Sie wurde von einem Südafrikaner, einem gewissen Krüger, geführt und bestätigte die Diamantenvorkommen. Als sie ihnen auf der Suche nach dem Ursprungsort nachging, fand sie die Ruinen der Stadt.«
»Und was geschah dann?« fragte Elliot.

Er sah sich das Videoband ein zweites Mal an.
Auf dem Bildschirm waren die Schwarzweiß-Aufnahmen des zerstörten Lagers zu erkennen, aus dessen schwelenden Resten Rauch aufstieg, sowie mehrere Leichen mit zermalmten Schädeln. Dann fiel ein Schatten über die Leichen, die Kamera ging zurück auf Totale und zeigte den Umriß des ungestalten Schattens. Elliot gab zu, daß er wie der Schatten eines Gorillas aussah, beharrte aber: »Das können keine Gorillas gewesen sein. Gorillas sind friedliche Pflanzenfresser.«
Sie sahen sich die Aufzeichnung zu Ende an und betrachteten anschließend das letzte vom Computer aufbereitete Bild, das deutlich den Kopf eines Gorillamannes erkennen ließ.
»Da, sehen Sie selbst«, sagte Karen Ross. Elliot war nicht überzeugt. Er ließ die letzten drei Sekunden des Bildmaterials noch einmal durchlaufen und betrachtete prüfend den Kopf des Tiers. Das Bild war unscharf, geisterhaft, aber trotz allem stimmte etwas daran nicht, ohne daß er genau hätte sagen können, was. Nicht nur das Verhalten, das Karen Ross ihm geschildert hatte, war artuntypisch, sondern da war auch ... Er drückte den Standbildknopf und starrte auf das Bild vor ihm. Behaarung und Gesicht waren grau, da gab es keinen Zweifel.
»Können wir den Kontrast noch etwas verstärken?« fragte er Ross. »Das Bild ist so verwaschen.«
»Mal sehen«, sagte Ross und betätigte mehrere Knöpfe. »Ich finde das Bild übrigens ziemlich kontrastreich.« Sie konnte es nicht dunkler bekommen.

»Das Exemplar hier ist ziemlich grau«, sagte er. »Gorillas sind sehr viel dunkler.«
»Also für Video ist dieser Kontrastbereich in Ordnung.«
Elliot war sicher: Das Tier war zu hell, es konnte kein Berggorilla sein. Wenn er keine neue Unterart vor sich sah, war es *eine neue Art*. Eine neue Spezies von Herrentieren, ein angriffslustiger grauer Menschenaffe, den man im östlichen Kongo entdeckt hatte ... Er hatte sich der Expedition angeschlossen, um Amys Träume an Hand der Wirklichkeit zu überprüfen – und es war eine großartige psychologische Einsicht, die er sich da versprochen hatte – nun plötzlich war sein Ziel weit höher gesteckt.
Karen Ross fragte: »Sie glauben also nicht, daß es ein Gorilla ist?«
»Es gibt Möglichkeiten, das zu prüfen«, sagte er und blickte mit gerunzelter Stirn auf den Bildschirm, während die Maschine durch die Nacht flog, immer weiter nach Osten.

2. B-8-Aufgaben

»*Was* soll ich tun?« fragte Tom Seamans, den Hörer zwischen Hals und Schulter geklemmt, und wälzte sich auf die Seite, um einen Blick auf seinen Wecker zu werfen. Es war drei Uhr früh.
»In den Zoo gehen«, wiederholte Elliot. Seine Stimme klang verfremdet, als spreche er unter Wasser.
»Peter, von wo rufst du eigentlich an?«
»Von irgendwo über dem Atlantik«, sagte Elliot. »Wir sind auf dem Weg nach Afrika.«
»Ist wirklich alles in Ordnung?«
»Sogar in bester Ordnung«, sagte Elliot. »Aber geh bitte unbedingt gleich nach dem Aufstehen in den Zoo.«
»Und was soll ich da?«
»Mit einer Videokamera die Gorillas aufnehmen. Sieh zu, daß sie sich bewegen, das ist für die Ausarbeitung der Merkmalsunterschiede sehr wichtig.«

»Das schreibe ich mir besser auf«, sagte Seamans. Als demjenigen, der den Computer für die Projektgruppe Amy programmierte, war es ihm nichts Neues, ungewöhnliche Aufträge zu erhalten – wenn auch nicht gerade mitten in der Nacht. »Eine Unterscheidungsfunktion für welche Merkmale?«

»Wenn du schon dabei bist, sieh dir alle Filme an, die wir über Gorillas haben – beliebige Gorillas, wilde, im Zoo lebende, was auch immer. Je mehr Muster du dir ansiehst, desto besser, vorausgesetzt, die Tiere bewegen sich. Als Vergleichsbasis nimm am besten Schimpansen. Alles, was wir über Schimpansen haben. Übertrag es auf Band und untersuch es mit der Funktion.«

»Was für eine Funktion denn bloß?« gähnte Seamans.

»Die, die du noch schreiben sollst«, sagte Elliot. »Ich brauche eine mehrfach variable Unterscheidungsfunktion, beruhend auf vollständigem Bildmaterial –«

»– du meinst also eine Verhaltensmuster-Erkennungsfunktion?« Seamans hatte Muster-Erkennungsfunktionen für Amys Sprachgebrauch programmiert, mit deren Hilfe man ihre Zeichen vierundzwanzig Stunden am Tag überwachen und auswerten konnte. Auf dieses Programm war er sehr stolz, es stellte auf diesem Gebiet einen beachtlichen Durchbruch dar.

»Strukturiere sie, wie du es für richtig hältst«, sagte Elliot. »Auf jeden Fall brauche ich eine Funktion, die Gorillas von anderen Primaten, zum Beispiel von Schimpansen, unterscheidet. Also eine artendifferenzierende Funktion.«

»Ist das dein Ernst?« fragte Seamans. »Das ist eine B-8-Aufgabe.« Auf dem noch in den Kinderschuhen steckenden Gebiet der Computer-Programme für Mustererkennung waren sogenannte B-8-Aufgaben die schwierigsten. Ganze Forschergruppen hatten Jahre mit dem vergeblichen Versuch zugebracht, Computern den Unterschied zwischen einem »B« und einer »8« beizubringen – eben weil er so ins Auge springt. Was aber das menschliche Auge sofort erkennt, ist für die Abtasteinrichtung des Computers keineswegs klar – ihr muß man das mitteilen. Es zeigte sich, daß die dafür erforderlichen Anweisungen weit

schwieriger waren, als sich das jemand hätte träumen lassen, vor allem natürlich bei handschriftlichen Texten.
Dann verlangte Elliot noch ein Programm, das in der Lage war, ähnliche Bilder von Gorillas und Schimpansen zu unterscheiden. Seamans konnte sich die Frage nicht verkneifen: »Wozu das denn? Das ist doch klar. Ein Gorilla ist ein Gorilla, und ein Schimpanse ist ein Schimpanse.«
»Tu es einfach«, sagte Elliot.
»Kann ich die Größe einbeziehen?« Allein auf Grundlage der Körpergröße ließen Gorillas und Schimpansen sich deutlich voneinander unterscheiden. Aber optische Funktionen können Größenmerkmale nur dann bestimmen, wenn die Entfernung vom Aufzeichnungsgerät zum dargestellten Gegenstand sowie die Brennweite des Aufnahmeobjektivs bekannt sind.
»Nein, die Körpergröße darf nicht einbezogen werden«, sagte Elliot. »Lediglich die Form der Bestandteile.«
Seamans seufzte. »Vielen Dank. Und welche Auflösung?«
»Ich brauche eine fünfundneunzigprozentige Aussagegenauigkeit für die Artenbestimmung, und sie muß mit weniger als drei Sekunden schwarzweißem Abtast-Bildmaterial auskommen.«
Seamans dachte scharf nach. Offenbar hatte Elliot drei Sekunden Bildmaterial von irgendeinem Tier und wußte nicht genau, ob es ein Gorilla war oder nicht. Elliot hatte aber doch im Laufe der Jahre so viele Gorillas gesehen, daß er die deutlichen Unterschiede gegenüber Schimpansen im Traum kennen mußte: Körpergröße, äußeres Erscheinungsbild, Bewegungen und das gesamte Verhalten. Diese Tiere unterschieden sich so sehr voneinander wie verschiedene Arten intelligenter Meeressäuger, beispielsweise Tümmler und Wale.
Wenn es um solche Unterscheidungen ging, war das menschliche Auge jedem denkbaren Computer-Programm haushoch überlegen. Trotzdem schien Elliot sich hier nicht auf seine Augen verlassen zu wollen. Was um alle Welt ging in seinem Kopf vor?
»Ich will's gern versuchen«, sagte Seamans, »aber es kostet Zeit. Man kann so ein Programm nicht einfach huschhusch über Nacht schreiben.«

»Aber ich brauche es über Nacht, Tom«, sagte Elliot. »In vierundzwanzig Stunden rufe ich dich wieder an.«

3. Im Sarg

In einer Ecke der Wohneinheit an Bord der Boeing 747 befand sich eine schalltote Glasfaserkabine, die sich mit einer Art Tür verschließen ließ und einen Kleincomputer mit einem Anzeigeschirm enthielt, der nach dem Prinzip der Kathodenstrahlröhre arbeitete. Die Kabine hieß wegen ihrer drangvollen Enge im Jargon »der Sarg«. Auf halbem Weg zu ihrem Ziel begab Karen Ross sich in den »Sarg«. Sie warf noch einen Blick auf Elliot und Amy – beide schliefen laut schnarchend – sowie Jensen und Irving, die auf der Computer-Konsole »Schiffeversenken« spielten, dann zog sie die Tür hinter sich zu.
Sie war müde, aber sie vermutete, daß sie in den beiden kommenden Wochen nur wenig schlafen würde – auf diesen Zeitraum veranschlagte sie die Dauer der Expedition. Nach Ablauf der nächsten vierzehn Tage – dreihundertsechsunddreißig Stunden – würde die Gruppe um Karen Ross entweder das Konsortium der Europäer und Japaner geschlagen haben oder es würde klar sein, daß auch sie ihre Aufgabe nicht erfüllt hatten. Dann waren die Abbaurechte an den Mineralien der Zaïre-Virunga-Region auf immer verloren.
Das Rennen lief bereits, und Karen Ross hatte nicht die Absicht, es zu verlieren.
Sie gab die Koordinaten für Houston ein, einschließlich ihrer eigenen Senderkennung, und wartete, bis der Verwürfler fest eingeschaltet war. Von jetzt an gingen Sendeimpulse von beiden Seiten mit einer Signalverzögerung von fünf Sekunden ab, weil sowohl sie als auch Houston verschlüsselt senden würden, um Mithörern das Leben zu erschweren.
Auf dem Anzeigeschirm glomm das Wort TRAVIS auf.
Sie tastete ein: ROSS. Dann nahm sie den Telefonhörer ab.

»Es ist zum Mäusemelken«, sagte Travis. Allerdings war es nicht seine Stimme, sondern ein vom Computer erzeugtes ausdrucksloses Sprachsignal.
»Worum geht es denn?« erkundigte sich Karen Ross.
»Das Konsortium ist am Ball«, sagte die Kunststimme.
»Einzelheiten«, sagte Karen Ross und wartete die fünf Sekunden Zeitverzug ab. Sie konnte sich Travis im Steuerzentrum in Houston vorstellen, wie er ihre Computer-Stimme hörte. Durch diese Stimmwiedergabe war man gezwungen, sein Sprechverhalten zu ändern. Alles, was normalerweise durch Betonung und Satzmelodie vermittelt wird, mußte mit Hilfe der Wortwahl und Syntax ausgedrückt werden, der Computer gab nichts weiter als die genaue Wortbedeutung.
»Die wissen, daß Sie unterwegs sind«, sagte die Stimme, »und sind dabei, ihren eigenen Zeitplan zu beschleunigen. Dahinter stecken die Deutschen – Ihr Freund Richter. Nur noch ein paar Minuten, und ich gebe dem Affen Zucker, das ist die erfreuliche Nachricht.«
»Und die weniger erfreuliche?«
»In den letzten zehn Stunden war im Kongo die Hölle los«, sagte Travis. »Wir haben eine scheußliche GPN.«
»Ausdrucken«, sagte sie.
Auf dem Bildschirm sah sie die Wörter GEOPOLITISCHE NEUENTWICKLUNG, und ihnen folgte ein dichtgedrängter Absatz. Darin hieß es:

QUELLE BOTSCHAFT ZAIRE IN WASHINGTON: OST-
GRENZE NACH RUANDA GESCHLOSSEN / KEINE
ERKLAERUNG / ANGEBLICH FLIEHEN SOLDATEN IDI
AMINS VOR DER INVASION UGANDAS DURCH TANSA-
NIA NACH OST-ZAIRE UND VERURSACHEN STOERUN-
GEN / TATSACHEN SEHEN ANDERS AUS / OERTLICHE
STAEMME {KIGANI} AUF KRIEGSPFAD / ANGEBLICH
AUSSCHREITUNGEN MIT KANNIBALISMUS USW. /
WALDPYGMAEEN UNZUVERLAESSIG / TOETEN ALLE
FREMDEN IM KONGO-REGENWALD / REGIERUNG ZAIRE

HAT GENERAL MUGURU {"SCHLAECHTER VON STANLEY-
VILLE"} BEAUFTRAGT, KIGANI-AUFSTAND "UM JEDEN
PREIS" ZU UNTERDRUECKEN / LAGE AEUSSERST UNSI-
CHER / EINZIGER OFFIZIELLER ZUGANG NACH ZAIRE
GEGENWAERTIG VON WESTEN HER DURCH KINSHASA /
SIE MUESSEN SELBST ENTSCHEIDEN / ANHEUERN WEIS-
SEN FUEHRER MUNRO JETZT UNABDINGBAR / KOSTEN
UNERHEBLICH / WICHTIG IHN VOM KONSORTIUM FERN-
HALTEN / ZAHLEN ALLES / IHRE SITUATION AEUSSERST
GEFAEHRLICH / BRAUCHEN MUNRO ZUM UEBERLEBEN /

Sie sah unverwandt auf den Bildschirm. Es war die schlechteste
Nachricht, die sich denken ließ. Dann fragte sie: »Haben Sie
einen Zeitplan?«

EURO-JAPANISCHES KONSORTIUM UMFASST INZWI-
SCHEN MORIKAWA {JAPAN}, GERLICH {DEUTSCH-
LAND}, VOORSTER {HOLLAND} / HABEN LEIDER MEI-
NUNGSVERSCHIEDENHEITEN BEGRABEN / EIN HERZ
UND EINE SEELE / UEBERWACHEN UNS / KOENNEN AB
SOFORT KEIN SICHERES SENDEN MEHR GEWAEHRLEI-
STEN / PLANEN ELEKTRONISCHE GEGENMASSNAHMEN
UND KRIEGSTAKTIK IN VERFOLGUNG ZIEL ZWO-B /
WERDEN {ZUVERLAESSIGE QUELLE} INNERHALB
ACHTUNDVIERZIG STUNDEN IM KONGO SEIN / SUCHEN
GEGENWAERTIG MUNRO /

»Wann kommen sie in Tanger an?« fragte sie.
»In sechs Stunden, und Sie selbst?«
»In sieben. Was ist mit Munro?«
»Keine Ahnung«, sagte Travis. »Können Sie dafür sorgen, daß
Sie sich ihn angeln?«
»Aber sicher«, sagte Karen Ross. »Ich treffe jetzt die Vorberei-
tungen. Wenn Munro sich nicht zu unserer Sehweise bequemen
kann, verspreche ich, daß man ihn zweiundsiebzig Stunden lang
nicht aus dem Land läßt.«

»Was haben Sie?« wollte Travis wissen.
»Tschechische Maschinenpistolen. Wurden an Ort und Stelle gefunden, mit seinen Fingerabdrücken darauf, sorgfältige Arbeit. Das müßte genügen.«
»Das müßte in der Tat genügen«, stimmte Travis zu. »Und Ihre Passagiere?« Damit meine er Elliot und Amy.
»Denen geht es gut«, sagte Ross. »Die wissen von nichts.«
»Sehen Sie zu, daß es so bleibt«, sagte Travis und legte auf.

4. Fütterungszeit

»Es ist Fütterungszeit«, rief Travis munter. »Wer ist im Moment am Trog?«
»Wir haben fünf Leute, die uns auf der Beta-Daten-Leitung angezapft haben«, sagte Rogers. Rogers war der elektronische Überwachungsexperte, der Wanzenfänger.
»Kennen wir jemand davon?«
»Alle«, sagte Rogers leicht verärgert. »Die Beta-Leitung ist unsere Hauptkreuz-Verbindungsleitung innerhalb des Hauses. Jeder, der unser System anzapfen will, versucht natürlich, sich da aufzuschalten. Weil so mehr für ihn rausspringt. Natürlich benutzen wir Beta überhaupt nicht mehr, außer für unverschlüsselten Alltagskram wie Steuer, Löhne und so weiter.«
»Wir müssen den Affen Zucker geben«, sagte Travis. Damit war gemeint, daß man in eine angezapfte Leitung absichtlich falsche Daten eingab. Das erforderte sorgfältige Arbeit. »Hängt das Konsortium mal wieder mit drin?«
»Klar. Was sollen sie haben?«
»Koordinaten der toten Stadt«, sagte Travis.
Rogers nickte und wischte sich den Schweiß von der Stirn. Er war ein rundlicher Mann und schwitzte viel. »Wie gut sollen sie sein?«
»Erstklassig«, sagte Travis. »Man kann die Japaner nicht mit atmosphärischen Störungen täuschen.«

»Sie wollen ihnen doch wohl nicht die richtigen Koordinaten zum Fraß vorwerfen?«

»Gott bewahre. Aber sie sollen ziemlich nah dran sein, sagen wir um die zweihundert Kilometer.«

»Das geht«, sagte Rogers.

»Verschlüsselt?« fragte Travis.

»Versteht sich.«

»Haben Sie einen Code, den sie in zwölf bis fünfzehn Stunden knacken können?«

Rogers nickte. »Wir haben da einen, der ist Klasse. Sieht unheimlich schwierig aus, aber wer sich ernsthaft reinhängt, hat ihn in Null Komma nichts raus. Er hat eine eingebaute Schwachstelle mit einer versteckten Buchstabenfrequenz. Am anderen Ende sieht das so aus, als hätten wir was versiebt, läßt sich aber leicht lösen.«

»Macht ihn bloß nicht zu einfach«, mahnte Travis.

»Nein, nein, ihre Yen müssen sie sich schon verdienen. Die kommen nie dahinter, daß wir sie am Trog gemästet haben. Wir haben das schon mit der Army ausprobiert, und die Jungs sind mit breitem Grinsen zurückgekommen und haben uns gezeigt, wo unser Fehler war. Die sind voll drauf eingestiegen und haben gar nicht gemerkt, daß wir sie geleimt hatten.«

»In Ordnung«, sagte Travis, »geben Sie die Daten aus und stopfen Sie den Jungs den Rachen. Es muß etwas sein, das sie für die nächsten achtundvierzig Stunden in Sicherheit wiegt, oder länger – bis sie merken, daß wir sie aufs Kreuz gelegt haben.«

»Wird mir ein Vergnügen sein«, sagte Rogers und machte sich auf den Weg zum Datenplatz der Beta-Leitung.

Travis seufzte. Für die Fütterung war gesorgt, und er hoffte nur, es würde seine Leute draußen so lange decken, daß sie als erste an die Diamanten gelangten.

5. Gefährliche Dauertätigkeit

Ein leises Stimmengewirr weckte ihn.
»Wie eindeutig sind die Anzeichen?«
»Ziemlich eindeutig. Schon vor neun Tagen hat es eine FWSB gegeben, es ist aber immer noch nichts herausgekommen.«
»Ist das, was wir da sehen, die Wolkendecke?«
»Nein, nicht die Wolkendecke, dafür ist es zu schwarz. Das sind vulkanische Auswürfe, ein Zeichen für seine Dauertätigkeit.«
»Den Teufel auch.«
Elliot schlug die Augen auf und sah durch die Fenster des Fluggastabteils das Morgengrauen als schmalen roten Strich auf blauschwarzem Hintergrund. Seine Uhr zeigte 5 Uhr 11 – nach San-Francisco-Zeit fünf Uhr morgens, er hatte also erst zwei Stunden geschlafen, nachdem er Seamans angerufen hatte. Er gähnte und sah dann zu Amy hinüber, die sich auf dem Fußboden in ihre Decken gewickelt hatte. Sie schnarchte laut. Die Kojen der anderen waren leer.
Wieder hörte er leise Stimmen und sah zur Computer-Konsole hin. Dort starrten Jensen und Irving auf einen Bildschirm und redeten leise miteinander. »Das ist ein gefährliches Zeichen. Haben wir eine Computer-Projektion dafür?«
»Ist in der Mache, dauert noch eine Weile. Ich habe eine Fünf-Jahres-Retrospektive angefordert und gleichzeitig die anderen FWSB.«
Elliot stieg aus seiner Koje und sah auf den Bildschirm. »Was heißt FWSB?« wollte er wissen.
»Frühere Wichtige Satelliten-Beobachtungen«, erklärte Jensen. »Die ziehen wir immer zu Rate, wenn wir schon bis zum Hals in der Tinte sitzen. Wir haben uns gerade das Vulkan-Bild hier angesehen«, sagte Jensen und wies auf den Bildschirm. »Verlokkend sieht es gerade nicht aus.«
»Was für ein Vulkan-Bild?« fragte Elliot.
Sie zeigten ihm die aufsteigenden Rauchwolken – in den künstlichen, vom Computer erzeugten Farben dunkelgrün – die aus dem Schlot des Muhavura, eines der tätigen Virunga-Vulkane, dran-

gen. »Am Muhavura gibt es durchschnittlich alle drei Jahre eine Eruption«, sagte Irving. »Der letzte Ausbruch war im März 1977, aber es sieht ganz so aus, als würde es in den nächsten ein, zwei Wochen wieder soweit sein. Wir warten jetzt auf die Wahrscheinlichkeitsberechnung.«
»Weiß die Ross das auch?«
Sie zuckten die Schultern. »Klar, aber es scheint ihr nichts auszumachen. Sie hat vor etwa zwei Stunden eine Eil-GPN – eine Geopolitische Neuentwicklung – aus Houston bekommen und sich gleich damit in den Frachtraum verzogen. Seitdem haben wir nichts von ihr gesehen.«
Elliot ging in den nur spärlich erleuchteten Frachtraum des Düsenriesen. Er war nicht isoliert, und es war kalt darin. Auf der Metallhaut des Flugzeugs lag Reif, und sein Atem kam in Form kleiner Dampfwölkchen aus dem Mund.
Er fand Karen Ross an einem Tischchen, wo sie trotz der bitteren Kälte im Schein einer Lampe arbeitete. Sie saß mit dem Rücken zu ihm, ließ aber ihre Arbeit liegen, als er sich näherte, und wandte sich ihm zu.
»Ich dachte, Sie schliefen«, sagte sie.
»Es wurde mir zu unruhig. Was ist los?«
»Ich prüfe nur die Ausrüstung. Das hier ist unsere fortschrittliche technische Einheit«, sagte sie und hob einen kleinen Rucksack hoch. »Wir haben eine miniaturisierte Ausrüstung für Gruppen im Außeneinsatz entwickelt. Sie wiegt ungefähr neun Kilogramm und enthält alles, was ein Mensch für zwei Wochen braucht: Lebensmittel, Wasser, Kleidung, alles.«
»Wasser?« fragte Elliot.
Wasser ist schwer: sieben Zehntel des menschlichen Körpergewichts entfallen auf Wasser, Nahrungsmittel bestehen größtenteils aus Wasser, deshalb ist Trockennahrung so leicht. Wasser ist aber zugleich für das Leben des Menschen weit wichtiger als Nahrung. Ein Mensch kann wochenlang leben, ohne zu essen, aber nach wenigen Tagen ohne Wasser muß er sterben.
Karen Ross lächelte. »Die meisten Menschen verbrauchen vier bis sechs Liter Wasser am Tag, das entspricht einem Gewicht von

dreieinhalb bis knapp sechs Kilogramm. Bei einer zweiwöchigen Wüstenexpedition müßten wir also für jedes Mitglied gut neunzig Kilogramm Wasser mitschleppen. Das aber brauchen wir nicht, denn wir haben eine Wasseraufbereitungsanlage von der NASA, die alle flüssigen Ausscheidungen, einschließlich des Urins, reinigt und nicht einmal zweihundert Gramm wiegt. Das ist unser Trick.«

Als sie seinen Gesichtsausdruck sah, fügte sie hinzu: »So schlecht ist es gar nicht. Unser aufbereitetes Wasser ist sauberer, als wenn es aus der Leitung käme.«

»Ich glaube es Ihnen auch so.« Elliot nahm eine seltsam aussehende Sonnenbrille in die Hand. Die Gläser waren sehr dick und dunkel, und in der Mitte, über dem Nasenbügel, saß ein eigentümliches Objektiv.

»Holographisch, also wellenoptisch wirkende Nachtsichtbrille«, sagte Ross. »Sie arbeitet mit einer Dünnschicht-Brechungsoptik.« Sie zeigte dann auf vibrationsfreie Kameraobjektive mit optischen Systemen, die Bewegungen ausgleichen konnten, auf Infrarot-Stroboskope und winzige Erkundungs-Lasergeräte, die nicht größer waren als ein Radiergummi. Außerdem lag da eine Reihe kleiner Stative mit schnellaufenden Motoren und Halterungen, an denen man offenbar etwas befestigen konnte. Sie erklärte aber lediglich, es handle sich dabei um »Verteidigungseinrichtungen«.

Elliot schlenderte zum gegenüberliegenden Tisch und fand dort unter der Lampe sechs Maschinenpistolen. Er nahm eine auf, sie war eingefettet und wog schwer in seiner Hand. In der Nähe lagen Magazine mit Munition. Die Kennzeichnung auf dem Schaft sah er nicht – es waren russische AK-47, eine tschechoslowakische Lizenzfertigung.

»Reine Vorsichtsmaßnahme«, sagte Ross. »Die haben wir bei allen Expeditionen dabei. Hat nichts weiter zu bedeuten.«

Elliot schüttelte den Kopf. »Was ist mit der GPN aus Houston?« fragte er.

»Darüber zerbreche ich mir nicht den Kopf«, sagte sie.

»Ich schon«, sagte Elliot.

So wie Karen Ross ihm die Dinge darstellte, handelte es sich bei der GPN lediglich um einen technischen Bericht. Die Regierung von Zaïre hatte in den letzten vierundzwanzig Stunden ihre Ostgrenze geschlossen, so daß niemand von Ruanda oder Uganda her in das Land gelangen konnte. Wer nach Zaïre wollte, mußte jetzt von Westen kommen, also über Kinshasa einreisen.
Für die Schließung der Ostgrenze wurde offiziell kein Grund genannt, doch spekulierte man in Washington, daß die Truppen Idi Amins auf der Flucht vor der Invasion Ugandas von Tansania aus beim Überschreiten der Grenze von Zaïre »lokale Schwierigkeiten« auslösen könnten. Dieser Begriff umschrieb, auf Zentralafrika bezogen, gewöhnlich Kannibalismus und ähnliche Scheußlichkeiten.
»Glauben Sie das?« erkundigte sich Elliot. »Kannibalismus und andere Scheußlichkeiten?«
»Nein«, sagte Karen Ross. »Erstunken und erlogen. Sicher haben da die Holländer, die Deutschen und die Japaner ihre Hand im Spiel – wahrscheinlich Ihr Freund Morikawa. Das europäisch-japanische Elektronik-Konsortium weiß, daß die ERTS dicht vor der Entdeckung wichtiger Diamantenvorkommen im Virunga-Gebiet steht. Sie wollen uns so viele Knüppel wie möglich zwischen die Beine werfen. Daher haben sie irgendwo, wahrscheinlich in Kinshasa, ihre Beziehungen spielen lassen und dafür gesorgt, daß die Ostgrenze geschlossen wurde. Mehr steckt vermutlich nicht dahinter.«
»Aber warum dann die Maschinenpistolen, wenn keine Gefahr besteht?«
»Eine reine Vorsichtsmaßnahme«, sagte Karen Ross. »Wir werden auf dieser Reise mit ziemlicher Sicherheit keine Maschinenpistolen verwenden, glauben Sie mir. Warum legen Sie sich nicht noch ein bißchen hin? Wir landen bald in Tanger.«
»In Tanger?«
»Ja. Dort ist Captain Munro.«

6. Munro

Der Name »Captain« Charles Munro stand in keiner der Listen von Expeditionsführern, die gewöhnlich angeheuert wurden. Das hatte verschiedene Gründe. Der wichtigste war sein mehr als schlechter Ruf.

Munro war als unehelicher Sohn eines schottischen Farmers und seiner hübschen indischen Hausbesorgerin in der wilden nördlichen Grenzprovinz Kenias aufgewachsen. Der Vater war 1956 von Mau-Mau-Guerillas getötet worden.* Bald darauf starb Munros Mutter an Tuberkulose, und Munro machte sich nach Nairobi auf, wo er gegen Ende der fünfziger Jahre Touristengruppen als Jagdführer im Busch diente. In diesen Jahren legte er sich den Titel »Captain« zu, obwohl er nie Soldat gewesen war.

Offenkundig aber tat Captain Munro nicht gern immer das, was die Touristen wollten, und so hörte man um 1960, daß er Waffen aus Uganda in den seit neuestem unabhängigen Kongo verschob. Als Moïse Tschombé 1963 ins Exil ging, wurden Munros Geschäfte zu einer so starken politischen Hypothek, daß er sich schließlich gezwungen sah, gegen Ende des Jahres Ostafrika zu verlassen.

Er tauchte allerdings bereits 1964 wieder auf, diesmal im Kongo, als einer der weißen Söldner General Mobutus, unter dem Kommando des »verrückten« Colonel Mike Hoare. Dieser nannte Munro einen »zähen und gefährlichen Mann, der den Dschungel kennt und eine Menge leistet, wenn man ihn von den Weibern fernhält«. Nach der Einnahme von Stanleyville bei der Operation Roter Drache nannte man Munros Namen in Verbindung mit den Ausschreitungen der Söldner in einem Dorf namens Avakabi. Erneut tauchte er einige Jahre lang unter.

1978 hörte man wieder von ihm. Er lebte in Tanger in Saus und Braus und war wegen seiner »Eigenarten« weit und breit bekannt.

---

* Obwohl bei dem Mau-Mau-Aufstand über neunzehntausend Menschen ums Leben kamen, fanden in sieben Jahren des Terrors nur siebenunddreißig Weiße den Tod. Daher wurden diese Fälle mit Recht eher als Folge widriger Umstände und nicht als Opfer des erwachenden schwarzen Nationalbewußtseins angesehen.

Unklar war, woher seine offensichtlich nicht unbedeutenden Reichtümer stammten, doch hieß es, er habe 1971 sudanesischen Rebellen leichte Waffen aus der DDR verschafft, 1974/75 kaisertreue Äthiopier in ihrer Rebellion unterstützt und den französischen Fallschirmjägern geholfen, die 1978 über der damaligen Provinz Katanga von Zaïre absprangen, die jetzt Shaba hieß.

Wegen seiner unterschiedlichen Aktivitäten war Munro im Afrika der siebziger Jahre ein Sonderfall. Obwohl er in einem halben Dutzend afrikanischer Länder offiziell unerwünscht war, reiste er dennoch ungehindert kreuz und quer durch den ganzen Kontinent. Daß er sich dabei verschiedener Pässe bediente, war nur ein dünnes Deckmäntelchen. Jeder Grenzbeamte wußte, wer er war. Doch war ihre Furcht, ihn abzuweisen, ebenso groß wie die, ihn einzulassen.

Ausländische Unternehmen, die sich mit der Suche nach Bodenschätzen und deren Abbau beschäftigten, setzten Munro mit Rücksicht auf die Gefühle der jeweiligen Landesregierungen äußerst ungern als Führer ihrer Expeditionen ein. Hinzu kam, daß er bei weitem der teuerste aller Führer war. Trotzdem stand er in dem Ruf, schwierige, ja unlösbar scheinende Aufgaben bewältigen zu können. So hatte er zum Beispiel 1974 unter falschem Namen zwei deutsche Gruppen, die nach Zinn suchten, nach Kamerun geführt. Er hatte auch schon eine ERTS-Expedition nach Angola geführt, und zwar 1977 auf dem Höhepunkt des bewaffneten Konflikts. Als ein Jahr darauf Houston den von ihm geforderten Preis nicht zahlen wollte, ließ er brüsk eine andere ERTS-Gruppe aufsitzen, die auf dem Weg nach Sambia war, was Houston dazu veranlaßte, die Expedition abzublasen.

Kurz, Munro galt als der beste Mann für gefährliche Unternehmungen, und deshalb landete der Jumbo der ERTS in Tanger.

Auf dem Flughafen von Tanger wurde die Frachtmaschine und ihr Inhalt unter Zollverschluß genommen. Aber alle Mitreisenden, mit Ausnahme von Amy, gingen mit ihrem persönlichen Gepäck durch den Zoll. Jensen und Irving wurden beiseite genommen und durchsucht. In ihrem Handgepäck fanden sich winzige Spuren von Heroin.

Dahinter steckte eine Reihe bemerkenswerter Zufälle. 1977 begannen die Zollbehörden der Vereinigten Staaten damit, neben chemischen Geruchs-Aufspürgeräten, »Schnüffler« genannt, auch Geräte einzusetzen, die mit Neutronen-Rückstreuung arbeiten. Es handelte sich um elektronische Handgeräte, die im Auftrag der Regierung von der Firma Morikawa Electronics in Tokio hergestellt wurden. Als 1978 Zweifel an der Genauigkeit dieser Geräte angemeldet wurden, schlug Morikawa vor, sie an den Kontrollstellen anderer Flughäfen auf der ganzen Welt zu testen. Zu ihnen gehörten Singapur, Bangkok, Neu Delhi, München und eben auch Tanger.

Morikawa also kannte die Leistungsfähigkeit der Überwachungsgeräte am Flughafen Tanger – sowie eine Reihe von Substanzen, die bei den Meßfühlern dieser Geräte fälschlich Alarm auslösten. Zu ihnen gehörten unter anderem gemahlener Mohn und zerkleinerte Steckrüben. Die genaue Untersuchung, ob es sich um falschen Alarm handelte, dauerte achtundvierzig Stunden. Später stellte sich heraus, daß auf ungeklärte Weise Spuren von Steckrüben in Jensens und Irvings Aktentaschen gelangt waren.

Beide bestritten beharrlich, etwas von verbotenen Substanzen zu wissen, und verlangten, das Konsulat der Vereinigten Staaten in Tanger solle hinzugezogen werden. Es würde mit Sicherheit mehrere Tage dauern, bis der Fall gelöst war, daher telefonierte Karen Ross mit Travis in Houston, der die Sache als eine »deutsche Stinkmorchel« einschätzte. Es gab nur die Möglichkeit, die Expedition vorerst ohne die beiden weiterzuführen, so gut es ging.

»Wenn die meinen, daß sie uns damit aufhalten können«, sagte Travis, »haben sie sich verrechnet.«

»Wer soll denn die Geologenarbeit machen?« fragte Karen Ross.

»Sie«, sagte Travis.

»Und die Elektronik?«

»Auf dem Gebiet haben Sie Ihre Begabung hinlänglich bewiesen«, sagte Travis. »Sehen Sie nur zu, daß Sie Munro bekommen, dann läuft alles, wie es laufen soll.«

Bei Einbruch der Abenddämmerung ertönte der Ruf des Muezzin über dem pastellfarbenen Häusergewirr der Kasbah von Tanger und rief die Gläubigen zum Gebet. Früher war der Muezzin selbst auf dem Minarett der Moschee erschienen, heutzutage besorgte das eine Schallplatte, die über Lautsprecher abgespielt wurde: ein mechanisierter Ruf zur Befolgung des islamischen Gehorsamsrituals.

Karen Ross saß auf der Terrasse von Captain Munros Haus, von der aus man die Kasbah übersehen konnte, und wartete auf ihre Audienz bei dem Gewaltigen. Neben ihr saß Peter Elliot: erschöpft von den Strapazen des langen Flugs, schnarchte er aus vollem Hals.

Sie warteten nun schon seit beinahe drei Stunden, und das beunruhigte sie. Munros Haus war im maurischen Stil gebaut und nach außen hin offen. Aus dem Innern trug der Abendwind den Klang von Stimmen zu ihr herüber. Sie hörte, daß sie eine fernöstliche Sprache sprachen.

Eine der anmutigen marokkanischen Dienerinnen, von denen Munro über eine unbegrenzte Anzahl zu verfügen schien, brachte ein Telefon auf die Terrasse und verbeugte sich tief. Karen Ross sah, daß das Mädchen violette Augen hatte und von hinreißender Schönheit war, höchstens sechzehn Jahre alt. In einem Englisch, bei dem sie vorsichtig Wort an Wort fügte, sagte das Mädchen: »Das ist Ihre Telefonverbindung nach Houston. Jetzt beginnt das Bieten.«

Karen stieß Peter an, der erwachte und schlaftrunken um sich sah. »Das Feilschen geht los«, sagte sie.

Peter Elliot war, seit er Captain Munros Haus betreten hatte, von allem, was er sah, überrascht. Er hatte sich einen kargen militärischen Rahmen vorgestellt und war erstaunt über geschwungene marokkanische Bogen und leise plätschernde Brunnen, auf deren tanzenden Wasserstrahlen das Sonnenlicht flirrte.

Dann sah er die Deutschen und die Japaner, die Karen Ross und ihn vom Nebenraum her mit aufmerksamen und erkennbar unfreundlichen Blicken musterten. Plötzlich erhob sich Karen

Ross mit einem Wort der Entschuldigung, ging nach nebenan und umarmte voller Herzlichkeit einen jungen blonden Deutschen. Sie tauschten Begrüßungsküsse, plauderten fröhlich miteinander und schienen ein Herz und eine Seele.
Peter Elliot behagte das nicht, und es beruhigte ihn zu sehen, daß die Japaner – alle in gleich aussehenden schwarzen Anzügen – ebensowenig davon zu halten schienen wie er. Als er das bemerkte, lächelte Elliot ihnen freundlich zu, als wollte er auf diese Art seine Billigung der Begegnung zum Ausdruck bringen. Als Karen Ross zurückkam, fragte er sie: »Wer war das?«
»Richter«, sagte sie. »Der glänzendste Topologe in Westeuropa. Er beschäftigt sich mit der Extrapolation in Räumen n-ter Ordnung. Seine Arbeit ist ungewöhnlich elegant.« Sie lächelte. »Fast so elegant wie meine.«
»Aber er arbeitet für das Konsortium?«
»Natürlich, als Deutscher.«
»Trotzdem reden Sie mit ihm?«
»Ich bin glücklich über die Gelegenheit«, sagte sie. »Schade, Karls Fähigkeiten sind in einer bestimmten Weise begrenzt. Er kann nur mit bereits existierenden Daten arbeiten. Mit ihnen schlägt er dann im n-ten Raum Purzelbäume. Aber er kann sich nichts Neues ausdenken. Ich hatte einen Professor am M.I.T, der genauso war. Ein Sklave der Tatsachen, ein Knecht der Wirklichkeit.« Sie schüttelte bedauernd den Kopf.
»Hat er nach Amy gefragt?«
»Natürlich.«
»Und was haben Sie ihm gesagt?«
»Daß sie todkrank ist und es wohl nicht mehr lange macht.«
»Hat er es geglaubt?«
»Das wird sich zeigen. Da kommt Munro.«
Captain Munro erschien im Nebenraum, groß, kräftig und robust. Er trug ein Khakihemd, Khakishorts und rauchte eine Zigarre. Außer seinem gewaltigen Schnurrbart fielen in seinem Gesicht die dunklen, sanften, aber aufmerksamen Augen auf, denen nichts entging. Er sprach mit den Japanern und den Deutschen, denen offensichtlich nicht gefiel, was er ihnen zu

sagen hatte. Augenblicke später kam er zu ihnen herein und lächelte breit.
»Sie wollen also in den Kongo, Dr. Ross?«
»So ist es, Captain Munro«, sagte sie.
Munro lächelte. »Man könnte glauben, alle Welt will dorthin.«
Dann folgte eine rasche Unterhaltung, von der Elliot nichts verstand. Karen Ross sagte: »Fünfzigtausend US-Dollar in Schweizer Franken und Nullkommazwo vom bereinigten Ertrag des ersten Jahres.«
Munro schüttelte den Kopf. »Hunderttausend US-Dollar in Schweizer Franken und Nullsechs vom Ertrag des ersten Jahres auf alles, was gefunden wird, im Rohzustand und ohne Abzüge.«
»Hundert in US-Dollar und Nulleins vom Ertrag im ersten Jahr auf alles, was gefunden wird, nach vollständigem Abzug aller Kosten ab Abbaustelle.«
»Ich höre immer Abbaustelle. Mitten im Kongo? Wenn's vom Fundort aus geht, brauche ich drei Jahre. Und was ist, wenn Sie mal dichtmachen?«
»Wer nicht wagt, der nicht gewinnt. Mobutu ist schlau.«
»Mobutu hat die ganze Sache kaum unter Kontrolle, und ich bin nur noch am Leben, weil ich möglichst wenig riskiere«, sagte Munro. »Hundert und Nullvier des ersten Jahres auf den Rohertrag oder Nullzwo von dem, was Ihnen bleibt.«
»Wenn Sie nichts riskieren wollen, gebe ich Ihnen zweihundert, damit ist dann alles abgegolten.«
Munro schüttelte den Kopf. »Da haben Sie ja schon für Ihre Mutungsrechte in Kinshasa mehr bezahlt.«
»In Kinshasa sind alle Preise maßlos aufgebläht, auch die für Mutungsrechte. Der gegenwärtige vom Computer bewertete Grenzwert dafür liegt deutlich unter tausend.«
»Wenn Sie das sagen.« Munro lächelte und ging wieder in den anderen Raum, wo die Japaner und die Deutschen auf seine Rückkehr warteten.
Karen Ross sagte rasch: »Das brauchen die nicht zu wissen.«
»Ich bin sicher, sie wissen es bereits«, sagte Munro und ging in den Raum hinein.

»Mistkerl«, flüsterte sie hinter ihm her. Sie sprach leise ins Telefon. »Damit gibt er sich nie zufrieden ... nein, nein, das macht er nicht ... sie wollen ihn unbe...«
Elliot sagte: »Sie bieten aber ziemlich hoch für seine Dienste.«
»Er ist Spitze«, sagte Karen Ross und flüsterte dann weiter ins Telefon. Im Nebenraum schüttelte Munro bedauernd den Kopf und lehnte offenbar gerade ein Angebot ab. Elliot bemerkte, daß Richter ein sehr rotes Gesicht hatte.
Munro kam wieder zu Karen Ross zurück. »Wie war noch einmal Ihre vorläufige Computer-Bewertung?«
»Unter tausend.«
»Das sagen Sie! Dabei wissen Sie genau, daß es jede Menge abbauwürdige Mineralien gibt.«
»Davon ist mir nichts bekannt.«
»Dann wäre es aber ziemlich töricht, soviel Geld auszugeben, nur um zum Kongo zu gelangen«, sagte Munro. »Stimmt doch, oder?«
Karen Ross gab darauf keine Antwort. Sie hielt den Blick auf die kunstvoll verzierte Decke des Raums gerichtet.
»Der Weg nach Virunga ist zur Zeit nicht gerade ein Sonntagsspaziergang«, fuhr Munro fort. »Die Kigani sind auf dem Kriegspfad, und immerhin sind sie Kannibalen. Auch die Pygmäen sind dem weißen Mann nicht mehr sehr freundlich gesonnen; Sie können also leicht einen Giftpfeil in den Rücken bekommen. Vulkane können jederzeit ausbrechen. Dann gibt es noch die Tsetsefliege, verseuchtes Wasser, korrupte Beamte – wer all das auf sich nimmt, hat doch sicher seine Gründe, hm? Vielleicht sollten Sie Ihre Reise aufschieben, bis sich alles wieder etwas beruhigt hat.«
Genau das dachte auch Peter Elliot, und er sagte es.
»Kluger Mann«, sagte Munro mit einem breiten Lächeln, das Karen Ross ärgerte.
»Es scheint«, sagte Karen Ross, »daß wir uns nicht einigen können.«
»So ist es«, sagte Munro und nickte bestätigend.
Elliot hielt die Verhandlungen für beendet, erhob sich und wollte Munro die Hand schütteln und sich verabschieden. Doch bevor er

seine Absicht verwirklichen konnte, war Munro in den Nebenraum gegangen und verhandelte dort mit den Japanern und Deutschen weiter.
»Es sieht jetzt besser für uns aus«, sagte Karen Ross.
»Wieso?« fragte Elliot. »Weil er meint, er hat Sie kleingekriegt?«
»Nein, weil er denkt, wir wissen mehr als die anderen über die genaue Lage des voraussichtlichen Fundorts. Damit ist es für ihn wahrscheinlicher, daß wir ein abbauwürdiges Vorkommen finden und ihn bezahlen können.«
Unvermittelt erhoben sich nebenan die Deutschen und die Japaner und gingen auf die Tür zu, wo Munro sich tief vor den Japanern verbeugte und den Deutschen die Hand schüttelte.
»Ich glaube, Sie haben recht«, sagte Elliot zu Karen Ross. »Er schickt sie weg.«
Aber Karen Ross runzelte mit finsterem Gesicht die Brauen.
»Das können sie nicht tun«, sagte sie. »Das geht doch nicht. Die können doch nicht einfach so mir nichts, dir nichts hier verschwinden.«
Wieder war Elliot verwirrt. »Ich dachte, das wollten Sie so haben?«
»Hol's der Henker«, sagte Ross. »Man hat uns reingelegt.« Sie flüsterte ins Telefon, das sie mit Houston verband.
Elliot verstand gar nichts mehr. Seine Verwirrung wurde auch dadurch nicht geringer, daß Munro, nachdem die Tür hinter dem letzten seiner Besucher geschlossen war, wieder zu seinen amerikanischen Gästen zurückkehrte und ihnen mitteilte, es sei zum Abendessen gedeckt.

Sie aßen marokkanisch, saßen dabei auf dem Boden und bedienten sich ihrer Finger. Der erste Gang war Taubenpastete. Es folgte eine Art Eintopf.
»Sie haben die Japaner abschlägig beschieden?« wollte Karen Ross wissen.
»Nein, nein«, sagte Munro. »Das wäre unhöflich. Ich habe ihnen gesagt, ich würde mir die Sache durch den Kopf gehen lassen, und das tue ich.«

»Warum sind sie dann gegangen?«
Munro zuckte die Schultern. »Damit habe ich nichts zu tun, das dürfen Sie mir glauben. Wahrscheinlich haben sie am Telefon etwas gehört, was ihren ganzen Plan umgestoßen hat.«
Karen Ross warf einen Blick auf die Uhr und merkte sich die Zeit. »Sehr guter Eintopf«, lobte sie. Sie bemühte sich, so freundlich wie möglich zu sein.
»Ich freue mich, daß es Ihnen schmeckt. Es ist *Tajin*, Kamelfleisch.«
Karen Ross hustete. Peter Elliot merkte, daß sein Appetit durch diese Bemerkung empfindlich gelitten hatte. Munro wandte sich ihm zu. »Sie sind also der Mann mit dem Gorilla, Professor Elliot?«
»Woher wissen Sie das?«
»Von den Japanern. Die sind von Ihrem Gorilla geradezu hingerissen. Sie können sich nicht vorstellen, was dahintersteckt, und das macht sie verrückt. Ein junger Mann mit einem Gorilla und eine junge Frau auf der Suche nach ...«
»Industriediamanten«, sagte Karen Ross.
»Aha, Industriediamanten.« Er wandte sich an Elliot. »Ich schätze es, wenn man frei und offen über die Dinge spricht. Diamanten, faszinierend.« Die Art, wie er sich gab, erweckte den Eindruck, als habe man ihm nichts Besonderes mitgeteilt.
Karen Ross sagte: »Sie müssen uns hinbringen, Munro.«
»Auf der Welt gibt's haufenweise Industriediamanten«, sagte Munro. »Beinahe überall: in Afrika, Indien, der Sowjetunion, in Brasilien, Kanada und sogar bei Ihnen in Amerika – Arkansas, im Staat New York, in Kentucky. Wo man sie sucht, da findet man welche – und Sie müssen unbedingt in den Kongo.«
Die unausgesprochene Frage hing spürbar im Raum.
»Wir suchen bordotierte blaue Diamanten vom Typ IIb«, sagte Karen Ross, »die haben nämlich für mikroelektronische Zwecke wichtige Halbleitereigenschaften.«
Munro strich sich den Schnurrbart. »Blaue Diamanten«, sagte er und nickte. »Das ist natürlich etwas ganz anderes.«
Karen Ross sagte, selbstverständlich sei das etwas ganz anderes.

»Und man kann diese Verunreinigung nicht künstlich hervorrufen?« wollte Munro wissen.
»Nein, es ist versucht worden. Man hat ein industrielles Verfahren dazu entwickelt, aber es lieferte keine zuverlässigen Ergebnisse. Es gab ein solches Verfahren in Amerika, auch in Japan. Alle Beteiligten haben den Versuch als aussichtslos aufgegeben.«
»Und deswegen müssen Sie natürliche Vorkommen finden.«
»So ist es. Ich möchte so schnell wie möglich dahin«, sagte Karen Ross mit möglichst ausdrucksloser Stimme und sah ihn fest an.
»Das glaube ich Ihnen gern«, sagte Munro. »Unserer Frau Doktor geht nichts über das Geschäft, wie?« Er durchquerte den Raum, lehnte sich an einen der Bogen des Mauerwerks und sah hinaus auf die Stadt Tanger unter dem dunklen Nachthimmel. »Das überrascht mich nicht«, sagte er. »Eigentlich –«
Beim ersten Feuerstoß, der offensichtlich aus einer Maschinenpistole kam, ging Munro sofort in Deckung. Die Gläser auf dem Tisch zerbarsten, eines der Mädchen schrie, und Elliot und Karen Ross warfen sich auf den Marmorfußboden, während die Kugeln um sie herum pfiffen, Löcher in den Putz der Wände rissen und Staub auf sie herabrieseln ließen. Das Feuer dauerte etwa eine halbe Minute. Dann folgte absolute Stille.
Als es vorbei war, standen sie zögernd auf und sahen einander an.
»Das Konsortium spielt hoch«, grinste Munro. »Solche Leute liebe ich.«
Ross wischte sich den Staub von den Kleidern. Sie wandte sich Munro zu. »Fünfkommazwo auf die ersten zweihundert, ohne Abzüge, in Schweizer Franken, bereinigt.«
»Fünfkommasieben, und ich bin Ihr Mann.«
»Nun schön, Fünfkommasieben.«
Munro schüttelte ihnen zur Bekräftigung des Handels die Hand und erklärte dann, daß er ein paar Minuten brauchen werde, um zu packen, bevor er nach Nairobi aufbrechen könne.
»Einfach so?« fragte Karen Ross. Sie schien plötzlich beunruhigt und sah wieder auf ihre Uhr.
»Was haben Sie auf der Seele?« fragte Munro.
»Tschechische AK-47«, sagte sie, »in Ihrem Lagerhaus.«

Munro zeigte sich von dieser Mitteilung nicht überrascht. »Die holen wir besser raus«, sagte er, »zweifellos hat das Konsortium etwas Ähnliches auf der Pfanne, und wir müssen in den nächsten Stunden eine Menge Arbeit hinter uns bringen.« Noch während er sprach, hörten sie die Polizeisirene in der Ferne. Munro ordnete an: »Wir nehmen die Hintertreppe.«
Eine Stunde später waren sie in der Luft, auf dem Weg nach Nairobi.

4. Tag
Nairobi
16. Juni 1979

1. Zeitprojektion

Die Flugentfernung von Tanger nach Nairobi, quer über den afrikanischen Kontinent hinweg, ist größer als die über den Atlantik von New York nach London – fast sechstausend Kilometer, ein Flug von acht Stunden. Karen Ross verbrachte die Zeit an der Computer-Konsole und berechnete etwas, das sie »Wahrscheinlichkeitsprojektionen im Hyperraum« nannte.
Der Bildschirm zeigte eine vom Computer erzeugte Afrika-Karte, über die bunte Linien verliefen. »Das sind lauter Zeitprojektionen«, sagte Ross. »Wir können sie nach der reinen Dauer und den Verzögerungsfaktoren gewichten.« Unter dem Bildschirm zeigte eine Digitaluhr die jeweilige Gesamtzeit an, die Werte wechselten ständig.
»Was bedeutet das?« erkundigte sich Elliot.
»Der Computer sucht den schnellsten Weg. Wie Sie sehen, hat er gerade eine Zeitprojektion ausgearbeitet, mit deren Hilfe wir in sechs Tagen, achtzehn Stunden und einundfünfzig Minuten vor Ort gelangen. Jetzt versucht er, diese Zeit zu unterbieten.«
Elliot mußte lächeln. Die Vorstellung, daß ein Computer *minutengenau* voraussagen konnte, wann sie ihren Bestimmungsort im Kongo erreichten, erschien ihm widersinnig. Aber es war Karen Ross ganz und gar ernst damit.
Vor ihren Augen änderte die Uhr am Computer die Zeitangabe auf fünf Tage, zweiundzwanzig Stunden und vierundzwanzig Minuten.

»Schon besser«, sagte Ross und nickte bekräftigend. »Aber noch nicht besonders gut.« Sie drückte auf eine andere Taste, und die Linien verschoben sich, zogen sich wie Gummibänder über den afrikanischen Kontinent. »Das ist der Weg des Konsortiums«, sagte sie, »wir haben ihn nach unseren Annahmen über die Expedition berechnet. Sie haben das ganz groß aufgezogen – dreißig Leute oder noch mehr, da ist an nichts gespart. Aber sie kennen die genaue Lage der Stadt nicht, zumindest nehmen wir das an. Dafür haben sie einen ziemlichen Vorsprung vor uns, mindestens zwölf Stunden, denn ihre Maschine wird bereits in Nairobi startklar gemacht.«

Die Uhr zeigte eine Gesamtzeit von fünf Tagen, neun Stunden und neunzehn Minuten. Ross drückte einen Knopf mit der Aufschrift DATUM, und er wanderte auf 06 21 79 0814. »Wenn das hier stimmt, kommt das Konsortium am 21. Juni nach acht Uhr morgens an der vorgesehenen Stelle im Kongo an.«

Der Computer rechnete weiter, die Linien verschoben und dehnten sich erneut, und auf der Uhr wurde ein anderes Datum sichtbar: 06 21 79 1224.

»Schön«, sagte sie, »das sind jetzt wir. Wenn wir auf beiden Seiten die denkbar günstigsten Voraussetzungen annehmen, schlägt das Konsortium uns heute in fünf Tagen um etwas mehr als vier Stunden.«

Munro ging kauend vorüber. »Nehmen Sie besser eine andere Strecke«, sagte er. »Oder machen Sie's ganz radikal.«

»Das möchte ich nicht gern, mit dem Affen.«

Munro zuckte die Schultern. »Bei so einer Zeitprojektion *muß* man etwas machen.«

Elliot hörte ihnen zu und hatte dabei ein unwirkliches Gefühl: sie sprachen über einen Unterschied von Stunden, an einem Tag, der noch in der Zukunft lag. »Aber Sie können doch«, sagte Elliot, »nicht allzuviel auf diese Zahlen geben, wenn man bedenkt, was in den nächsten Tagen noch passieren kann, was wir in Nairobi alles noch zu erledigen haben. Dann müssen wir in den Dschungel –«

»Das ist nicht mehr wie bei früheren Afrika-Expeditionen«, sagte Karen Ross, »bei denen Trupps auf Monate im Busch verschwan-

den. Äußerstenfalls liegt der Computer ein paar Minuten daneben, sagen wir etwa eine halbe Stunde auf die gesamte Fünf-Tage-Planung umgelegt.« Sie schüttelte den Kopf. »Nein, wir haben eine Aufgabe und müssen etwas tun. Dafür steht zuviel auf dem Spiel.«
»Sie meinen die Diamanten.«
Sie nickte und wies auf den unteren Rand des Bildschirms, auf dem die Wörter BLAUER AUFTRAG erschienen. Er fragte sie, worum es dabei gehe.
»Um eine ganze Menge Geld«, sagte Karen Ross. Und sie fügte hinzu, »glaube ich jedenfalls.« Sie wußte es tatsächlich nicht genau.
Jeder neue Auftrag der ERTS bekam einen Codenamen. Nur Travis und der Computer kannten den Namen des Unternehmens, das einen Auftrag erteilte. Alle anderen, vom Programmierer bis zu den Leuten draußen im Busch, kannten die Projekte lediglich mit ihren Farb-Codierungen: Roter Auftrag, Gelber Auftrag, Weißer Auftrag. Damit wurden die Geschäftsinteressen der beteiligten Unternehmen geschützt. Doch konnten die Mathematiker der ERTS es sich nicht verkneifen, lebhafte Ratespiele über die Herkunft der Aufträge zu veranstalten – sie waren Gesprächsgegenstand der täglichen Unterhaltungen in der Kantine.
Der Blaue Auftrag war im Dezember 1978 gekommen. Darin wurde die ERTS aufgefordert, eine natürliche Quelle für Industriediamanten in einem Land zu finden, das, wenn schon nicht freundlich gesonnen, zumindest neutral war. Die Diamanten mußten vom Typ II b sein und aus »stickstoffarmen« Kristallen bestehen. Offenbar spielte die Kristallgröße keine Rolle, denn es war keine angegeben. Auch waren keine Fördermengen vorgeschrieben: der Auftraggeber würde nehmen, was er bekam. Das Ungewöhnlichste aber war, daß kein AKLE festgelegt war.
Bei nahezu allen eingehenden Aufträgen war ein Abbau-Kosten-Limit pro Einheit festgelegt. Es genügte keineswegs, die Mineralien zu finden, sie mußten auch mit einem genau festgelegten Kostenaufwand abbaubar sein. In den Kosten pro Einheit spiegel-

ten sich jeweils die Mächtigkeit des Vorkommens, seine Entfernung, die Verfügbarkeit von Arbeitskräften, politische Umstände, die möglicherweise bestehende Notwendigkeit, Anlagen der Infrastruktur zu errichten wie Flugplätze, Straßen, Krankenhäuser, Schulen und Raffinerien oder Abbauschächte abzuteufeln und Stollen voranzutreiben.
Wenn ein Auftrag ohne AKLE kam, konnte das nur eines bedeuten: irgend jemand brauchte blaue Diamanten so dringend, daß die Kosten für ihn keine Rolle spielten.
Innerhalb von achtundvierzig Stunden hatte man sich in der Kantine der ERTS einen Reim auf den Blauen Auftrag gemacht. Diamanten vom Typ II b waren mit Fremdatomen verunreinigt, in diesem Fall mit Boratomen, die bei hoher Temperatur ins Ausgangsmaterial hineindiffundiert waren. Diese Dotierung führte zu einer Blaufärbung, die die Diamanten als Schmucksteine wertlos machte, zugleich aber ihre elektrischen Eigenschaften veränderte, so daß sie einen äußerst niedrigen Widerstandswert in der Größenordnung von einem Ohm mal Meter hatten. Außerdem besaßen sie die Fähigkeit der optischen Lichtleitung.
Dann fand jemand einen kurzen Artikel in *Electronic News* vom 17. November 1978: »*Das McPhee-Verfahren wurde aufgegeben*«. Darin hieß es, die Silec Inc. aus Waltham, Massachusetts, habe das im Experimentierstadium befindliche McPhee-Verfahren zur künstlichen Dotierung von Diamanten mit einer Monomolekularschicht aus Bor aufgegeben. Es war zu teuer und erzielte nicht mit genügender Zuverlässigkeit die »erwünschten halbleitenden Eigenschaften«. Der Artikel schloß damit, daß andere Firmen ebenfalls die Schwierigkeiten im Zusammenhang mit der Einfachbeschichtung unterschätzt hatten. Beispielsweise habe »Morikawa aus Tokio im September dieses Jahres das Nagaura-Verfahren aufgegeben«. Indem sie aus diesen Angaben ihre Schlüsse zogen, brachten die Mitarbeiter in der ERTS-Kantine zusätzliche Stückchen des Puzzles an die richtige Stelle.
1971 hatte Intec, ein Unternehmen der Mikroelektronik mit Sitz in Santa Clara, erstmals vorausgesagt, in den achtziger Jahren

würden Diamantenhalbleiter für eine zukünftige Generation »supraleitender« Computer wichtig sein.

Die erste Generation elektronischer Computer, ENIAC und UNIVAC, die man unter kriegsbedingter strenger Geheimhaltung in den vierziger Jahren gebaut hatte, arbeitete mit Vakuumröhren. Zwar betrug die durchschnittliche Lebensdauer einer solchen luftleer gepumpten Röhre zwanzig Stunden, doch fielen alle sieben bis zwölf Minuten einige von ihnen aus, da in den Computern Tausende solcher glühendheißer Röhren auf engem Raum dicht beieinanderstanden. Durch diese Vorgabe waren Größe und Leistungsfähigkeit der geplanten zweiten Generation von Computern von vornherein begrenzt.

Doch kam es nicht dazu – die zweite Generation arbeitete schon nicht mehr mit solchen Hochvakuumröhren. 1947 leitete die Erfindung des Transistors – ein daumennagelgroßer Schichtbaustein aus festem Material, der alle Funktionen einer Hochvakuumröhre übernahm – das Zeitalter elektronischer Halbleiterbausteine ein, die bei geringem Stromverbrauch wenig Hitze erzeugen und kleiner sowie zuverlässiger als die Röhren sind, an deren Stelle sie traten. Eine mit dem Ausgangsmaterial Silizium arbeitende Technik lieferte die Grundlage für drei Generationen von Computern, die im Verlauf der nächsten zwanzig Jahre immer kleiner, zuverlässiger und billiger wurden.

Doch machten sich Anfang der siebziger Jahre die Computer-Entwickler daran, die naturgegebenen Begrenzungen der Siliziumbausteine zu überwinden. Zwar waren die Schaltkreise auf mikroskopische Abmessungen verkleinert worden, doch hing die Rechengeschwindigkeit immer noch von ihrer Länge ab. Da man hier bereits Größenordnungen von zehntausendstel Millimeter erreicht hatte, hätte eine weitere Verkleinerung der Schaltkreise wieder einen alten Feind auf den Plan gerufen: die Wärmeentwicklung. Noch kleinere Schaltkreise würden buchstäblich in der entstehenden Hitze dahinschmelzen. Man brauchte also ein Verfahren, das den Widerstand verringerte, ohne gleichzeitig Wärme zu entwickeln und die Verlustleistung zu vergrößern.

Nun war schon seit den fünfziger Jahren bekannt, daß viele Metalle »supraleitend« wurden, wenn man sie auf extrem niedrige Temperaturen abkühlte. In diesem Zustand ist ein völlig ungehinderter Elektronendurchfluß möglich. Die IBM kündigte 1977 an, sie sei dabei, einen extrem schnellen Computer von der Größe einer Pampelmuse zu entwickeln, den man mit flüssigem Stickstoff kühlen werde. Der supraleitende Computer erforderte grundlegend neue technische Verfahren und zahlreiche neue Werkstoffe, die den extrem niedrigen Temperaturen zu widerstehen vermochten.
Diese Rolle sollten in großem Umfang dotierte Diamanten übernehmen.
Einige Tage später wurde in der Kantine der ERTS eine andere Erklärung diskutiert. Ihr zufolge waren die siebziger Jahre ein Jahrzehnt gewesen, in dessen Verlauf die Zahl an Computern in einem bis dahin unbekannten Ausmaß angewachsen war. Zwar hatten die ersten Computer-Hersteller in den vierziger Jahren vorausgesagt, vier Computer würden genügen, um in der vorhersehbaren Zukunft alle erforderlichen Berechnungen auf der ganzen Welt durchzuführen, doch gingen Fachleute inzwischen davon aus, daß es bis 1990 *eine Milliarde* Computer geben würde – die meisten von ihnen durch Datenleitungen mit anderen Computern verbunden. Die dafür nötigen Leitungsnetze gab es allerdings noch nicht, und vielleicht waren sie sogar theoretisch unmöglich. Eine vom Hanover Institute 1975 vorgelegte Untersuchung kam zu dem Ergebnis, die Metallvorräte in der Erdkruste reichten nicht aus, um die erforderlichen Übertragungsleitungen zwischen den einzelnen Computern herzustellen.
Der Erklärung von Harvey Rumbaugh zufolge würde das Kennzeichen der achtziger Jahre ein kritischer Mangel an Daten-Übertragungssystemen für Computer sein: »Ebenso wie die Verknappung an fossilen Brennstoffen in den Siebzigern die Industrieländer völlig unvorbereitet traf, wird im nächsten Jahrzehnt ein Mangel an Daten-Weitergabemöglichkeiten die Welt treffen. In den siebziger Jahren erschwerte man den Menschen die *Fortbewegung*, in den achtzigern wird man ihnen den Zugang zu *Infor-*

mationen verwehren, und es bleibt abzuwarten, welcher Mangel uns härter trifft.«

Laserstrahlen boten die einzige Hoffnung zur Lösung dieser hochgeschraubten Anforderungen, da über Laserleitungen zwanzigtausendmal so viele Informationen weitergegeben werden können wie über gewöhnliche Koaxialkabel aus Metall. Für die Laserübertragung aber war ebenfalls eine Vielzahl neuer technischer Verfahren erforderlich – unter anderem die Entwicklung der Glasfaseroptik und dotierte halbleitende Diamanten, die nach Rumbaughs Worten in den nächsten Jahren »wertvoller als Öl« sein würden.

Rumbaugh ging sogar noch weiter und sah voraus, daß innerhalb des nächsten Jahrzehnts die *Elektrizität völlig veralten* werde. Zukünftige Computer würden ausschließlich mit lichtgesteuerten Schaltkreisen arbeiten und auch mit Datensystemen verbunden sein, deren Übertragungsmedium Licht wäre. Der Grund dafür lag in der Schnelligkeit. »Licht«, sagte Rumbaugh, »pflanzt sich eben mit Lichtgeschwindigkeit fort, und Elektrizität nicht, jedenfalls nicht in Schaltkreisen. Wir leben in den letzten Jahren der mikroelektronischen Technik.«

Dabei sah die Mikroelektronik keineswegs todgeweiht aus. Im Jahre 1979 war sie einer der Hauptindustriezweige in sämtlichen Industrieländern der Erde und stand allein in den Vereinigten Staaten für einen Jahresumsatz von achtzig Milliarden Dollar. Von den fünfhundert größten Unternehmen, deren Rangliste die Zeitschrift *Fortune* veröffentlichte, beschäftigten sich sechs der ersten zwanzig nicht nur am Rande mit Mikroelektronik. Die Unternehmen dieser Branche hatten in einem Zeitraum von weniger als dreißig Jahren einen unglaublichen Wettbewerb und einen ebenso unglaublichen Fortschritt erlebt.

Während ein Hersteller 1958 zehn elektronische Funktionen auf einem einzigen Siliziumbaustein unterbringen konnte, fanden 1970 auf einem dieser »Chips« genannten Bausteine derselben Größe bereits hundert Funktionen Platz – das entsprach einer Verzehnfachung in kaum mehr als einem Jahrzehnt.

1972 aber war es bereits möglich, tausend Funktionen auf einem

Chip unterzubringen und 1974 zehntausend. Man ging davon aus, von 1980 an auf einem einzigen Chip von der Größe eines Daumennagels eine Million Funktionen unterbringen zu können, und zwar mit Hilfe elektronischer Fotoprojektion. Tatsächlich wurde dieses Ziel bereits 1978 erreicht. Somit hieß im Frühjahr 1979 das neue Ziel: zehn Millionen – vielleicht sogar eine Milliarde – Funktionen auf einem einzigen Siliziumbaustein, zu verwirklichen bis 1980. Aber eigentlich glaubte niemand, daß man darauf länger als bis Juni oder Juli 1979 warten müßte.

Ein Fortschritt solcher Größenordnung war beispiellos, einerlei, welchen Industriezweig man zum Vergleich heranzog. Man sehe sich nur ältere Produktionsverfahren an: die Automobilfabriken in Detroit begnügten sich damit, im Abstand von jeweils drei Jahren unerhebliche Produktveränderungen vorzunehmen, während die Elektronikindustrie es als selbstverständlich ansah, im selben Zeitraum Fortschritte im *Rahmen von Größenordnungen* zu erzielen. Hätte Detroit damit Schritt halten wollen, hätte es den Kraftstoffverbrauch der Fahrzeuge von knapp einunddreißig Liter auf hundert Kilometer im Jahre 1970 auf 0,00000031 Liter auf hundert Kilometer im Jahre 1979 verringern müssen. Statt dessen erzielte es in eben dem Zeitraum eine Verbrauchsminderung von einunddreißig auf gut fünfzehn Liter pro hundert Kilometer – ein weiteres Anzeichen dafür, daß die Kraftfahrzeugindustrie ihre führende Rolle in der Wirtschaft der Vereinigten Staaten bald würde abtreten müssen.

Auf einem Markt, der unter solchem Wettbewerbsdruck steht, ist jeder von der Angst vor Industriespionage besessen. Das galt vor allem gegenüber Japan, das seit 1973 in San Jose ein japanisches Kulturinstitut unterhielt – manche hielten es für ein finanziell gut ausgestattetes Tarnunternehmen zum Zwecke der Industriespionage. Eine solche Investition war dort besonders gut angelegt, denn um Santa Clara gruppierte sich – in dem wegen der Vielzahl der dort ansässigen Halbleiterfirmen »Silicon Valley« genannten Tal – eine der wichtigsten Ansammlungen von Wissen auf dem Gebiet der Elektronik, und zwar der ganzen Welt.

Der Blaue Auftrag war nur unter dem Gesichtswinkel einer Industrie verständlich, die in Abständen von wenigen Monaten jeweils größere Fortschritte erzielte. Travis hatte gesagt, der Blaue Auftrag sei »der dickste Fisch, den wir in den nächsten zehn Jahren an der Angel haben werden. Wer diese Diamanten findet, hat mindestens fünf Jahre lang die Nase auf diesem Anwendungsgebiet vorn. *Fünf Jahre*, ist Ihnen klar, was das bedeutet?«
Karen Ross wußte, was das bedeutete. In einer Industrie, in der Wettbewerbsvorteile nach Monaten gemessen werden, hatten Unternehmen ganze Vermögen damit gemacht, daß sie dem Wettbewerb mit einer neuen Technik oder einem neuen Bauteil um wenige Wochen zuvorgekommen waren. Als alle Welt noch Speicherbausteine von 16 K (also mit einer Kapazität von sechzehntausend Byte) machte und von solchen mit 64 K träumte, hatte Syntel in Kalifornien als erster einen Baustein mit 256 K herausgebracht. Das Unternehmen vermochte seinen Vorsprung nur sechzehn Wochen lang zu halten, erzielte in dieser Zeit aber über hundertunddreißig Millionen Dollar Gewinn.
»Und wir sprechen von fünf *Jahren*«, sagte Travis. »Dieser Zeitvorsprung bedeutet Milliarden von Dollar, vielleicht zweistellige Dollar-Milliarden. Voraussetzung ist, daß wir an diese Diamanten herankommen.«

Das waren die Gründe für den ungeheuren Druck, dem sich Karen Ross ausgesetzt fühlte, als sie am Computer weiterarbeitete. Mit vierundzwanzig Jahren war sie Expeditionsleiterin bei einem Wettrennen auf dem Gebiet der höchsten technischen Entwicklung, an dem ein halbes Dutzend Länder der Erde beteiligt waren, die alle eifersüchtig ihre Geschäfts- und Industriegeheimnisse voreinander hüteten.
Gemessen an diesem Einsatz erschien jeder gewöhnliche Wettlauf albern. Vor ihrem Aufbruch hatte Travis gesagt: »Machen Sie sich nichts daraus, wenn der Druck Sie zum Wahnsinn treibt. Sie tragen die Verantwortung für *Milliarden Dollar*. Geben Sie einfach Ihr Bestes.«

Indem sie genau das tat, gelang es ihr, die Zeitprojektion der Expedition um weitere drei Stunden und siebenunddreißig Minuten zu verkürzen – doch lagen sie immer noch geringfügig hinter der Planung des Konsortiums zurück. Nicht so schlimm, als daß sie es nicht hätten wettmachen können, vor allem mit Munros kaltblütigen Abkürzungen, aber sie lagen zurück – das konnte bei einem Wettlauf wie diesem, bei dem es um alles oder nichts ging, die Katastrophe bedeuten.

Und dann kam die schlimme Nachricht.

Auf dem Bildschirm erschien die Schrift: SCHMAROTZER ENTDECKT / ALLES AUS«.

»Verdammt noch mal«, sagte Karen Ross. Und plötzlich war sie todmüde. Wenn tatsächlich jemand die Leitungen angezapft hatte, waren ihre Aussichten, das Rennen zu gewinnen, jetzt unkalkulierbar gering, und das, bevor einer von ihnen auch nur einen Fuß in die Regenwälder Zentralafrikas gesetzt hatte.

2. Der Schmarotzer

Travis fühlte sich gefoppt.

Er las den ausgedruckten Bericht vom Goddard-Zentrum für Raumfahrt-Forschung in Greenbelt, Maryland: ERTS WARUM SCHICKEN SIE UNS ALL DIE MUHAVURA-DATEN INTERESSIEREN UNS IN KEINER WEISE TROTZDEM DANKE.

Das war vor einer Stunde gekommen und damit um mehr als fünf Stunden zu spät.

»Verflucht und zugenäht!« sagte Travis, ohne die Augen von dem Fernschreiben zu nehmen.

Das erste Zeichen dafür, daß etwas nicht in Ordnung war, hatte Travis im schlagartigen Abbruch der Verhandlungen mit Munro durch die Japaner und Deutschen gesehen. Eben waren sie noch bereit gewesen, jeden Preis zu zahlen, im nächsten Augenblick konnten sie es kaum abwarten aufzubrechen. Das war wie aus heiterem Himmel und unvorhersehbar gekommen und konnte

nur bedeuten, daß der Computer des Konsortiums über neue Daten verfügte.
Neue Daten, aber woher?
Es gab nur eine mögliche Erklärung – und die wurde jetzt durch das Fernschreiben vom Zentrum für Raumfahrtforschung in Greenbelt, Maryland, bestätigt.
ERTS WARUM SCHICKEN SIE UNS ALL DIE MUHAVURA-DATEN.
Es gab darauf eine ganz einfache Antwort: die ERTS sandte *keine* Daten, zumindest nicht absichtlich. Zwischen der ERTS und dem Zentrum bestand eine Übereinkunft, Datenergänzungen auszutauschen und sich so gegenseitig auf den neuesten Stand zu bringen – dieses Abkommen hatte Travis 1978 getroffen, um billiger an Bilder von Landerkundungssatelliten zu kommen. Die Ausgaben für Satellitenbilder waren der größte Einzelposten in der Kostenrechnung seines Unternehmens. Als Gegenleistung für die Erlaubnis, die von der ERTS daraus abgeleiteten Daten zu benutzen, gewährte das Forschungszentrum ihr einen Bruttorabatt von dreißig Prozent auf die Lieferung von Satellitenbildern. Das schien damals ein guter Tausch, und die zu verwendenden Schlüssel wurden im Abkommen gleich mit aufgeführt.
Doch jetzt erhoben sich die möglichen Nachteile drohend vor Travis, der seine schlimmsten Befürchtungen bestätigt sah. Wer von Houston nach Greenbelt eine Leitung über dreitausend Kilometer legte, lud andere förmlich dazu ein, sie anzuzapfen. Irgendwo zwischen Texas und Maryland hatte jemand ein Datengerät angeschlossen – wahrscheinlich in der Trägerfrequenz-Telefonleitung – und Daten über einen Trittbrettfahrer- oder Huckepack-Computer herausgeholt. Diese Form der Industriespionage fürchteten sie am meisten: einen Huckepack-Computer, der als Schmarotzer zwischen zwei »echten« Abruf- und Eingabestellen auf die Leitung geschaltet wurde und alles mitbekam, was in beiden Richtungen gesendet wurde. Nach einer Weile wußte der Mensch an diesem Computer genug, um selbst in die Leitung hineinzugehen und aus beiden Richtungen Daten zu holen, indem er sich gegenüber Houston als Zentrum für Raumfahrtforschung

und diesem gegenüber als Houston ausgab. Ein solcher Huckepack-Computer konnte so lange arbeiten, bis einer oder beide der Teilnehmer merkten, daß die Leitung angezapft war.
Die Frage lautete jetzt: Was hatte der Trittbrettfahrer in den letzten zweiundsiebzig Stunden in Erfahrung gebracht?
Travis hatte Kontrollen mittels Abtaster rund um die Uhr angefordert, aber ihre Ergebnisse waren niederschmetternd. Es schien, als habe der Computer der ERTS nicht nur Bestandteile seiner Datei hergegeben, sondern auch Einzelheiten zur Auswertung der darin enthaltenen Daten – praktisch die gesamte Datenverarbeitung der ERTS im Verlauf der letzten vier Wochen.
Wenn das stimmte, konnte es nur bedeuten, daß der Huckepack-Computer des europäisch-japanischen Konsortiums über die Veränderung informiert war, die die ERTS an den Muhavura-Daten vorgenommen hatte – und damit kannten sie natürlich auch haargenau die Koordinaten der toten Stadt. Sie kannten die Lage der Stadt jetzt ebenso genau wie Ross.
Die Zeitprojektionen mußten angepaßt werden, was für die Expedition der ERTS einen Rückschlag bedeutete. In einem Punkt ließen die auf den neuesten Stand gebrachten Computer-Projektionen an Deutlichkeit nichts zu wünschen übrig – Karen Ross hin oder her, die Wahrscheinlichkeit, daß die ERTS-Leute vor den Japanern und Deutschen an Ort und Stelle eintrafen, war praktisch gleich Null.
Von Travis' Standpunkt aus gesehen war damit das ganze Unternehmen ein Schlag ins Wasser und reine Zeitvergeudung. Es bestand keine Hoffnung auf Erfolg. Die einzige nicht kalkulierbare Größe war Amy, aber Travis hatte das sichere Gefühl, daß ein Gorilla namens Amy bei der Entdeckung abbauwürdiger Minerallager im Nordostkongo keine entscheidende Rolle spielen konnte.
Es war aussichtslos.
Ob er die Gruppe zurückrief? Erschöpft blickte er auf die Konsole neben seinem Schreibtisch. »Zeit-Kosten-Analyse abrufen«, sagte er.

Auf dem Computerschirm leuchtete auf: ZEIT-KOSTEN-ANA-
LYSE ABRUFBEREIT.
»Kongo-Expedition«, sagte er.
Auf dem Bildschirm marschierten die Zahlenkolonnen für die
Kongo-Expedition auf: Kosten pro Stunde, Gesamtkosten, vor-
aussichtliche weitere Kosten, Abbruchzeitpunkte, weitere mögli-
che Kostenverzweigungen ... Die Gruppe war jetzt fast in Nairobi, und das Projekt hatte bisher Gesamtkosten von knapp
hundertneunzigtausend Dollar verursacht.
Ein Rückruf würde zweihundertsiebenundzwanzigtausendvier-
hundertfünfundfünfzig Dollar kosten.
»Faktor BF«, sagte er.
Eine andere Anzeige erschien. BF. Er hatte jetzt eine Reihe von
Wahrscheinlichkeitsberechnungen vor sich. Der »Faktor BF«
stand für *bona fortuna*, glückliche Umstände vorausgesetzt – was
sich bei keiner Expedition berechnen ließ, vor allem nicht bei
solchen, die in ferne und gefährliche Gebiete vordrangen.
BEDENKZEIT leuchtete die Bildschirmschrift auf.
Travis wartete. Er wußte, daß es einige Sekunden dauern würde,
bis der Computer die willkürlichen Faktoren gewichten konnte,
deren Eintreten die Erfolgsaussichten der Expedition, die noch
fünf oder mehr Tage von ihrem Ziel entfernt war, möglicherweise
zu beeinflussen vermochten.
Der Summer auf seinem Schreibtisch ertönte. Rogers, der Spezia-
list für das Aufspüren von Zapfstellen, sagte: »Wir haben den
Schmarotzer. Er steht in Norman, Oklahoma, angeblich in der
North Central Insurance Corporation of America. Sie gehört zu
einundfünfzig Prozent einer hawaiischen Holding, Halekuli Inc.,
ihrerseits Tochter eines Unternehmens mit Sitz in Japan. Was
sollen wir machen?«
»Ein großes Feuer«, sagte Travis.
»Alles klar«, sagte Rogers und legte den Hörer auf.
Auf dem Bildschirm blinkte die Anzeige GESCHAETZTER BF-
FAKTOR, und eine Wahrscheinlichkeitsangabe von 0,449. Das
überraschte ihn, denn diese Zahl bedeutete, daß die Aussichten
der ERTS, das Ziel vor dem Konsortium zu erreichen, nahezu

eins zu eins standen. Travis verstand zwar nicht, auf Grund welcher mathematischen Berechnungen der Computer zu diesem Ergebnis gelangt war, aber er stellte es nicht in Frage. Er hatte seine Antwort.

0,449 war gut genug.

Die Expedition der ERTS würde also weiter am Ball bleiben, zumindest vorläufig. Inzwischen würde er tun, was er konnte, um dem Konsortium Steine in den Weg zu legen. Ohne großes Überlegen fielen Travis ein oder zwei Möglichkeiten ein.

3. Zusätzliche Daten

Die Düsenmaschine glitt südwärts über den Rudolfsee, der im nördlichen Teil des zentralafrikanischen Grabens liegt, als Tom Seamans Elliot anrief.

Seamans hatte die Computer-Funktion fertiggestellt, mit deren Hilfe man Gorillas von anderen Menschenaffen, vor allem von Schimpansen, unterscheiden konnte.

Er hatte sich sodann von Houston ein Videoband von drei Sekunden Dauer durchspielen lassen, auf dem allem Anschein nach ein Gorilla eine Parabolantenne zerschmetterte und dann in die Kamera stierte.

»Nun?« fragte Elliot und sah auf den Bildschirm. Darauf erschien nun:

UNTERSCHEIDUNGSFUNKTION GORILLA/SCHIMPANSE
VERTEILUNG WIE FOLGT:
GORILLA: 0,9934
SCHIMPANSE: 0,1132
UEBERPRUEFUNG VIDEOBAND {HOUSTON}: 0,3349

»Was soll denn das nun wieder?« sagte Elliot. Diese Zahlen machten die Untersuchung mehrdeutig und somit nutzlos.

»Tut mir leid«, sagte Seamans durchs Telefon. »Aber ein Teil der Schwierigkeiten liegt im überprüften Material. Wir mußten die

Computer-Leitung des Bilds als Ausgangsbasis nehmen. Das Bild ist aber bearbeitet worden, und dabei sind die Abweichungen verschwunden, so daß die eigentlich aussagekräftigen Elemente weg sind. Ich würde gern mit der originalen digitalisierten Matrix arbeiten. Kannst du mir die besorgen?«
Karen Ross nickte zustimmend. »Klar«, sagte Elliot.
»Ich laß das dann noch mal durchlaufen«, sagte Seamans. »Aber wenn du wissen willst, was ich rein gefühlsmäßig davon halte – das ist ein Schuß in den Ofen! Gorillas haben so starke individuelle Abweichungen im Gesichtsaufbau wie Menschen. Wenn wir unsere Materialbasis erweitern, bekommen wir mehr Abweichungen und damit größere Abstände zwischen Individuen. Ich glaube, da hast du dich festgefahren. Mathematisch läßt sich nie und nimmer nachweisen, daß es kein Gorilla ist – gerade darauf würde ich jeden Betrag wetten.«
»Und was ist es dann?« fragte Elliot.
»Etwas Neues«, sagte Seamans. »Ich sage dir, wenn das ein Gorilla wäre, käme für ihn bei dieser Funktion ein Wert zwischen 0,89 oder 0,94 in Frage. Dem Bild ist aber 0,33 zugeordnet, und das genügt bei weitem nicht. Es ist kein Gorilla, Peter.«
»Sondern?«
»Es muß so eine Art Übergangsform sein. Ich habe eine Funktion durchlaufen lassen, um festzustellen, wo die Abweichungen liegen. Und weißt du, was das Hauptunterscheidungsmerkmal ist? Die Hautfarbe. Nicht einmal auf einem Schwarzweiß-Bild ist das Vieh dunkel genug, um ein Gorilla zu sein, Peter. Das ist ein ganz neues Tier, laß dir das gesagt sein.«
Elliot sah Karen Ross an. »Welchen Einfluß hat das auf Ihre Zeitprojektion?«
»Im Augenblick keine«, sagte sie. »Andere Elemente sind kritischer, und das hier ist nicht bewertbar.«
Der Pilot machte eine Durchsage: »Wir beginnen unseren Landeanflug auf Nairobi«, sagte er.

4. Nairobi

Schon acht Kilometer außerhalb Nairobis kann man das Wild der ostafrikanischen Savanne finden. Zahlreiche Bewohner der Stadt erinnerten sich daran, daß es früher noch näher gekommen war – Gazellen, Büffel und Giraffen streiften durch die Vorgärten der Häuser, und es war sogar vorgekommen, daß ein Leopard sich in ein Schlafzimmer verirrte. Damals hatte die Stadt noch einen durchaus unzivilisierten Charakter, und sie war in ihren besten Zeiten ungeheuer schnellebig, so daß die Standardfrage hieß: »Bist du verheiratet oder wohnst du in Nairobi?« Die Männer waren rauh und trinkfest, die Frauen schön und von lockeren Sitten, und die Lebensumstände etwa ebenso vorhersehbar wie das Ergebnis der Fuchsjagden, die an jedem Wochenende durch das wilde Gelände tobten.

Nichts im neuen Nairobi erinnerte mehr an die Tage jener Kolonialepoche. Die wenigen noch erhaltenen viktorianischen Gebäude lagen verloren in einer modernen Stadt mit einer halben Million Einwohner, eine Stadt mit ihren Verkehrsstaus, Ampeln, Wolkenkratzern, Supermärkten, Schnellreinigungen, französischen Restaurants und ihrer Luftverschmutzung.

Die Frachtmaschine der ERTS landete im Morgengrauen des 16. Juni auf dem internationalen Flughafen von Jomo Kenyatta, und Munro knüpfte für die bevorstehende Unternehmung Kontakte zu Trägern und Helfern. Sie wollten nur zwei Stunden in Nairobi bleiben – bis Travis ihnen mitteilte, Peterson, einer der Geologen von der ersten Kongo-Expedition, habe sich auf irgendeine Weise bis Nairobi durchgeschlagen.

Karen Ross war Feuer und Flamme. »Wo ist er jetzt?« fragte sie.
»Im Leichenschauhaus«, sagte Travis.

Peter Elliot krampfte sich der Magen zusammen, als er näher trat: Auf dem Tisch aus Edelstahl lag ein blonder Mann etwa seines Alters. Die Arme waren an mehreren Stellen gebrochen, die Haut war gequollen und von scheußlicher Purpurfarbe. Er warf einen Blick auf Karen Ross. Sie schien gänzlich gefaßt, verzog

keine Miene und wandte sich auch nicht ab. Der Pathologe betätigte einen Fußschalter, der ein Deckenmikrofon aktivierte.
»Würden Sie freundlicherweise Ihren Namen sagen?«
»Karen Ellen Ross.«
»Ihre Staatsangehörigkeit und Reisepaßnummer?«
»Amerikanerin, F 1413649.«
»Können Sie den Mann dort identifizieren, Miss Ross?«
»Ja«, sagte sie. »Es ist James Robert Peterson.«
»Welcher Art war die Beziehung zwischen Ihnen und dem verstorbenen James Robert Peterson?«
»Wir waren Arbeitskollegen«, sagte sie tonlos, als ginge es um ein geologisches Fundstück, das sie unbewegt untersuchte. Auf ihrem Gesicht war keine Reaktion zu erkennen.
Der Pathologe sprach ins Mikrofon. »Identifiziert als James Robert Peterson, männlicher Angehöriger der weißen Rasse, neunundzwanzig Jahre alt, amerikanischer Staatsangehöriger.« Er wandte sich wieder an Ross. »Wann haben Sie Mr. Peterson zum letztenmal gesehen?«
»Im Mai dieses Jahres, als er in den Kongo aufbrach.«
»Und seitdem nicht mehr?«
»Nein«, sagte sie. »Was ist vorgefallen?«
Der Pathologe legte die Fingerspitzen auf die aufgequollenen purpurfarbenen Verletzungen an den Armen. Sie sanken ein und hinterließen Spuren wie von Zähnen. »Das ist eine sehr eigentümliche Geschichte«, sagte der Pathologe.
Am Vortag, dem 15. Juni, hatte eine kleine Charter-Frachtmaschine Peterson nach Nairobi gebracht. Er stand unter schwerer Schockeinwirkung und starb einige Stunden nach der Ankunft, ohne das Bewußtsein wiedererlangt zu haben. »Es ist unglaublich, daß er es überhaupt geschafft hat. Wie es scheint, hat die Maschine eine unplanmäßige Zwischenlandung auf dem Feldflugplatz Garona in Zaïre gemacht, weil etwas repariert werden mußte. Plötzlich kam dieser Kerl aus dem Busch gestolpert und brach vor den Füßen der Leute zusammen.« Der Pathologe wies darauf hin, daß die Knochen beider Arme gebrochen waren. Die Verletzungen, so erklärte er, waren nicht neu, sondern minde-

stens vier Tage alt, möglicherweise älter. »Er muß unsagbare Schmerzen gelitten haben.«
Elliot erkundigte sich: »Woher könnten diese Verletzungen stammen?«
Der Pathologe hatte ähnliches noch nie gesehen. »Rein oberflächlich betrachtet sieht es aus wie ein mechanisches Trauma, wie es beispielsweise durch einen Autounfall verursacht wird. Davon haben wir hier ziemlich viele. Allerdings treten solche Verletzungen nie auf beiden Seiten zugleich auf, wie in diesem Fall.«
»Es ist also keine mechanische Verletzung?« fragte Karen Ross.
»Ich habe keine Ahnung, was es ist. So etwas sehe ich zum erstenmal«, sagte der Pathologe lebhaft. »Wir haben auch Blutreste unter seinen Fingernägeln gefunden und einige graue Haare. Das überprüfen wir gerade.«
Am anderen Ende des Raums blickte ein weiterer Pathologe von seinem Mikroskop auf. »Das ist mit Sicherheit kein Menschenhaar, der Querschnitt stimmt nicht. Stammt von irgendeinem Tier, das mit dem Menschen eng verwandt ist.«
»Der Querschnitt?« fragte Ross.
»Der beste Nachweis, den wir kennen, wenn es um die Herkunftsbestimmung von Haaren geht«, sagte der Pathologe. »Menschliches Schamhaar beispielsweise ist im Vergleich zu anderem Körperhaar oder Gesichtshaar eher elliptisch. Der Nachweis ist so charakteristisch, daß er sogar als Beweismittel vor Gericht zugelassen ist. Da wir hier auch ziemlich viele Tierhaare bekommen, sind wir auf dem Gebiet einigermaßen erfahren.«
Eine große Analysevorrichtung aus Edelstahl gab pfeifende Geräusche von sich. »Die Blutanalyse kommt«, sagte der Pathologe.
Auf einem Bildschirm sahen sie ein Zwillingsmuster aus pastellfarbenen Streifen. »Das ist das Elektrophorese-Muster«, erklärte der Pathologe. »Zur Untersuchung auf Serumeiweiß. Links haben wir menschliches Blut und rechts das Muster des Bluts, das wir unter seinen Nägeln gefunden haben. Sie können sehen, daß es bestimmt kein menschliches Blut ist.«

»Kein menschliches Blut?« fragte Karen Ross und warf einen Blick auf Elliot.
»Es ist von einem Tier, das dem Menschen *nahe verwandt* ist«, sagte der Pathologe und faßte das Muster näher ins Auge. »Aber es stammt nicht vom Menschen. Es könnte von einem Haustier sein – beispielsweise einem Schwein, aber auch von einem Herrentier, einem Primaten. Altweltaffen und Menschenaffen stehen dem Menschen serologisch sehr nahe. Wir werden gleich die Computeranalyse haben.«
Auf dem Bildschirm erschien die Computerschrift:

ALPHA- UND BETA-SERUMGLOBULINWERTE STIMMEN
UEBEREIN: GORILLABLUT.

Der Pathologe sagte: »Jetzt wissen Sie, was er unter den Fingernägeln hatte – Gorillablut.«

5. Untersuchung

»Sie tut Ihnen nichts«, sagte Peter Elliot zu dem furchtsamen Pfleger. Sie waren im Fluggastabteil des Jumbo-Frachtflugzeugs. »Sehen Sie, sie lächelt Sie an.«
Amy zeigte ihr gewinnendstes Lächeln, wobei sie darauf achtete, daß sie ihre Zähne nicht entblößte. Doch solche Feinheiten der Gorilla-Etikette waren dem Pfleger aus der Privatklinik in Nairobi nicht vertraut. Seine Hand mit der Spritze zitterte.
Nairobi war die letzte Gelegenheit, Amy einer gründlichen Untersuchung zu unterziehen. Ihr großer, mächtiger Leib ließ leicht vergessen, daß sie von sehr schwächlicher Konstitution war – so wie man beim Anblick ihres dräuenden Gesichts mit den vorspringenden Augenbrauen ihr sanftmütiges, freundliches Wesen vergessen konnte. In San Francisco wurde Amys Gesundheitszustand von der Projektgruppe ständig gründlich überwacht – jeden zweiten Tag Urinproben, wöchentliche Stuhluntersu-

chung auf sonst nicht erkennbare Blutungen, jeden Monat eine vollständige Blutuntersuchung und alle drei Monate ein Besuch beim Zahnarzt zur Entfernung des schwarzen Zahnsteins, eine Begleiterscheinung ihrer vegetarischen Lebensweise.

All das ließ Amy stets gelassen über sich ergehen, doch wußte der furchterfüllte Pfleger das nicht. Er ging auf sie zu und hielt die Spritze wie eine Waffe vor sich. »Sind Sie sicher, daß er nicht beißt?«

Amy gab hilfsbereit durch Zeichen zu erkennen *Amy versprechen nicht beißen*. Sie machte die Zeichen langsam und deutlich, wie immer, wenn sie mit jemandem zu tun hatte, der ihre Sprache nicht verstand.

»Sie verspricht, Sie nicht zu beißen«, sagte Elliot.

»Das sagen Sie so«, sagte der Pfleger. Elliot machte sich nicht die Mühe zu erklären, daß nicht er, sondern Amy es gesagt hatte.

Nachdem die Blutprobe entnommen war, wurde der Pfleger etwas ruhiger. Beim Zusammenpacken sagte er: »Aber das ist doch ein ziemlich häßliches Untier.«

»Sie haben ihre Empfindungen verletzt«, sagte Elliot.

In der Tat begehrte Amy heftig zu wissen *was häßlich?*, was Elliot besänftigend mit »nichts, Amy« beantwortete. »Er hat eben noch nie einen Gorilla gesehen.«

Der Pfleger fragte: »Wie bitte?«

»Sie haben ihre Empfindungen verletzt. Es wäre besser, Sie entschuldigten sich.«

Der Pfleger schloß nachdrücklich seine Tasche. Er sah Elliot und dann Amy zweifelnd an. »Bei *dem da* entschuldigen?«

»Es ist eine *sie*«, sagte Elliot. »Ja. Wie würde es Ihnen gefallen, wenn man Ihnen sagte, Sie seien häßlich?«

Es ging Elliot ums Prinzip. Im Verlauf der Jahre spürte er immer deutlicher die Vorurteile von Menschen gegenüber ihren nächsten Verwandten, den Herrentieren: Schimpansen galten ihnen als süße Kinder, Orang-Utans als abgeklärte Greise und Gorillas eben als dräuende, gefährliche Bestien – Fehleinschätzungen in allen drei Fällen.

Jedes dieser Tiere war einzigartig und entsprach keinem der menschlichen Klischees. Schimpansen zum Beispiel waren weit heimtückischer, als Gorillas das jemals sein konnten. Wegen ihrer extravertierten Veranlagung waren gereizte Schimpansen weit gefährlicher als gereizte Gorillas. Es verblüffte Elliot jedesmal, wenn er im Zoo sah, wie Mütter ihre Kinder näher an den Käfig heranschoben, damit sie sich die Schimpansen ansahen, aber sie beschützend an sich zogen, sobald sie die Gorillas erblickten. Diese Mütter wußten offenbar nichts davon, daß wildlebende Schimpansen Kleinkinder fingen und aßen – was Gorillas niemals taten.

Wiederholt hatte Elliot das menschliche Vorurteil gegenüber Gorillas beobachten können und gemerkt, welche Wirkung es auf Amy hatte. Amy konnte nichts dafür, daß sie groß und schwarz war – und daß aus ihrem gequetschten Gesicht schwere Brauen hervorsprangen. Hinter diesem Gesicht, das den Menschen abstoßend und widerlich erschien, lag ein intelligentes und empfindsames Bewußtsein, das auf die Menschen um sie herum einging. Es tat ihr weh, wenn Menschen vor ihr davonliefen, vor Furcht aufschrien oder unfreundliche Bemerkungen machten.

Der Pfleger runzelte die Stirn: »Soll das heißen, daß er Englisch versteht?«

»Ja, *sie* versteht Englisch.« Auch die Geschlechtsumwandlung gefiel Elliot nicht. Wer Angst vor Amy hatte, meinte immer, es handle sich um ein Männchen.

Der Pfleger schüttelte den Kopf. »Das glaube ich nicht.«

Elliot sagte: »Amy, führ den Mann bitte hinaus.«

Amy beugte sich zur Tür hinüber und öffnete sie dem Pfleger, dessen Augen immer größer wurden. Dann schloß sie die Tür hinter ihm.

Mensch albern, kommentierte Amy.

»Mach dir nichts draus«, sagte Elliot. »Komm, Peter krault Amy.« Und die nächste Viertelstunde lang kraulte er sie, während sie sich hocherfreut auf dem Boden wälzte und grunzte. Elliot merkte nicht, daß die Tür hinter ihm sich geöffnet hatte, und erst als es zu spät war, sah er, daß ein Schatten über den

Fußboden fiel. Er wandte noch den Kopf, um aufzublicken, sah den dunklen Zylinder abwärts sausen, dann barst sein Kopf vor wildem, brennendem Schmerz, und um ihn herum versank alles in Nacht.

6. Entführt

Er erwachte vom durchdringenden Kreischen eines elektronischen Geräts.
»Bewegen Sie sich nicht, Sir«, sagte eine Stimme.
Elliot schlug die Augen auf und sah genau in den Strahl einer Lampe, die auf ihn niederleuchtete. Er lag auf dem Rücken, immer noch im Flugzeug, und jemand beugte sich über ihn.
»Nach rechts sehen ... nach links sehen ... können Sie Ihre Finger beugen?«
Er befolgte die Anweisungen. Die Lampe wurde beiseite genommen, und er sah, daß ein Schwarzer, der einen Straßenanzug trug, neben ihm hockte. Der Mann tastete Elliots Kopf ab. Als er die Finger vom Kopf nahm, waren sie voller Blut. »Nichts Gefährliches«, sagte der Mann, »eine oberflächliche Wunde.« Er sah zur Seite. »Was meinen Sie, wie lange er wohl bewußtlos war?«
»Ein paar Minuten, höchstens«, sagte Munro.
Wieder hörte er das hohe Pfeifen. Er sah Karen Ross, die etwas über die Schulter gehängt trug und mit einem Stab, den sie vor sich hielt, durch die Fluggastkabine ging. Wieder das Geräusch.
»Verdammt!« sagte sie und nahm etwas von der Fensterverkleidung ab. »Das ist schon die fünfte. Sie haben sich wirklich Mühe gegeben.«
Munro sah auf Elliot hinab und fragte ihn: »Wie fühlen Sie sich?«
»Er sollte vierundzwanzig Stunden lang beobachtet werden«, sagte der Schwarze. »Eine Vorsichtsmaßnahme, aber wichtig!«
»Vierundzwanzig Stunden!« rief Karen Ross, ohne auf ihrem Weg durch die Kabine innezuhalten.
Elliot fragte: »Wo ist sie?«

»Sie haben sie mitgenommen«, sagte Munro. »Sie haben die Hecktür geöffnet, die pneumatische Rutsche aufgeblasen und waren weg, bevor jemand merkte, was geschehen war. Das hier haben wir neben Ihnen gefunden.«
Munro gab ihm ein kleines Glasröhrchen mit japanischen Schriftzeichen. Es war verkratzt und mit Kerben bedeckt, hatte am einen Ende einen Gummikolben und am anderen eine zerbrochene Nadel.
Peter Elliot setzte sich auf.
»Sachte, sachte«, sagte der Arzt.
»Mir fehlt nichts«, sagte Elliot. Er spürte, wie sein Schädel dröhnte. Er wendete das Röhrchen in seinen Händen hin und her.
»War Reif darauf, als Sie es gefunden haben?«
Munro nickte. »Jedenfalls fühlte es sich sehr kalt an.«
»CO_2«, sagte Elliot. Ein Geschoß aus einem Narkosegewehr. Er schüttelte den Kopf. »Die Nadel ist in ihr abgebrochen.« Er konnte sich Amys wütende Schreie vorstellen. Sie war eine äußerst behutsame Behandlung gewöhnt. Vielleicht hatte er da bei seiner Arbeit mit ihr einen Fehler gemacht, möglicherweise hätte er sie besser auf die rauhe Wirklichkeit vorbereiten sollen. Er roch an dem Röhrchen und bemerkte einen beißenden Geruch. »Lobaxin, schnell wirkendes Betäubungsmittel, die Wirkung tritt nach fünfzehn Sekunden ein. Natürlich arbeiten die mit so etwas.« Elliot war wütend. Man benutzte Lobaxin nicht oft bei Tieren, weil es Leberschädigungen hervorrufen konnte. Und die Nadel hatten sie auch noch abgebrochen ...
Er stand auf und stützte sich auf Munro, der einen Arm um ihn legte. Der Arzt protestierte.
»Mir fehlt nichts«, sagte Elliot.
Auf der anderen Seite der Kabine war wieder ein Pfeifen zu hören, diesmal laut und lange. Ross führte ihren Stab am Medikamentenschrank mit den Tablettenröhrchen und den Päckchen mit Verbandszeug vorbei. Das Geräusch schien sie zu irritieren, sie schloß den Schrank rasch und entfernte sich von ihm.
Sie ging zur gegenüberliegenden Seite der Fluggastkabine, und wieder hörte man ein Pfeifen. Sie nahm einen kleinen schwarzen

Gegenstand unter einem Sitz ab. »Sehen Sie sich das an. Sie müssen jemanden mitgebracht haben, der nichts anderes zu tun hatte, als Wanzen anzubringen. Es kann Stunden dauern, bis wir die Maschine wieder sauber haben. So lange können wir nicht warten.«

Sie ging sofort zur Computer-Konsole und tastete etwas ein.

Elliot erkundigte sich: »Wo sind sie jetzt? Die Leute vom Konsortium?«

»Der Haupttrupp hat vor sechs Stunden Nairobi über den Flughafen Kubala verlassen«, sagte Munro.

»Dann haben sie Amy nicht mitgenommen.«

»Natürlich nicht«, sagte Karen Ross. Ihre Stimme klang ärgerlich. »Sie können doch gar nichts mit ihr anfangen.«

»Ob sie sie umgebracht haben?« fragte Elliot. Karen Ross wich seinem Blick aus, er sah Munro an.

»Vielleicht«, sagte Munro gelassen.

»*O Gott im Himmel ...*«

»Ich bezweifle es jedoch«, fuhr Munro fort. »Aufsehen in der Öffentlichkeit können sie nicht brauchen, und Amy ist berühmt – in gewissen Kreisen ebenso berühmt wie ein Botschafter oder ein Staatsoberhaupt. Sie gehört zu den sprachfähigen Gorillas, und davon gibt es nicht viele. Sie war schon im Fernsehen und in der Zeitung ... Die würden eher Sie als Amy umbringen.«

»Hauptsache, sie tun ihr nichts an«, sagte Elliot.

»Keine Sorge«, sagte Karen Ross mit einer Stimme, in der etwas Endgültiges lag. »Das Konsortium hat kein Interesse an Amy. Sie wissen nicht einmal, warum wir sie mitgebracht haben. Sie versuchen bloß, unsere Zeitprojektion kaputtzumachen – aber das schaffen sie nicht.«

Irgend etwas in ihrer Stimme ließ erkennen, daß sie die Absicht hatte, Amy zurückzulassen. Der Gedanke entsetzte Elliot. »Wir müssen sie wiederhaben«, sagte er. »Ich bin für Amy verantwortlich. Ich kann sie unmöglich hierlassen.«

»– zweiundsiebzig Minuten«, sagte Karen Ross und wies auf den Bildschirm. »Uns bleibt genau eine Stunde und zwölf Minuten, wenn wir unsere Zeitprojektion einhalten wollen.« Sie wandte

sich Munro zu. »Und dabei müssen wir dann schon auf die zweite Dringlichkeitsstufe umschalten.«
»Großartig«, sagte Munro. »Ich werde es den Leuten sagen, damit sie sich drum kümmern.«
»Mit einem neuen Flugzeug«, sagte Karen Ross. »Diese Maschine können wir unmöglich nehmen, sie ist von vorn bis hinten verwanzt.« Sie tastete einen Rufcode in den Computer ein, ihre Finger huschten blitzschnell über die Tasten. »Wir fliegen von hier aus auf dem kürzesten Weg zum Punkt M«, sagte Karen Ross. »Okay?«
»Aber klar«, sagte Munro.
Elliot wiederholte: »Ich lasse Amy nicht im Stich. Wenn Sie sie hierlassen, bleibe ich auch hier –« Er hielt inne.
Auf dem Bildschirm stand die Botschaft: LASST GORILLA SAUSEN / AUF ZUM NAECHSTEN KONTROLLPUNKT / DRINGEND / AFFE UNERHEBLICH / ZEITPROJEKTIONS-ERGEBNIS DURCH COMPUTER UEBERPRUEFEN / WIEDERHOLE OHNE AMY WEITERMACHEN.
»Sie können sie nicht hierlassen«, sagte Peter Elliot. »Dann komme ich auch nicht mit.«
»Hören Sie zu«, sagte Karen Ross, »ich habe Amy nie als wichtig für diese Expedition angesehen – und auch Sie nicht. Daß wir Amy mitgenommen haben, war von Anfang an nur ein Täuschungsmanöver. Man ist mir in San Francisco gefolgt; Sie und Amy haben mir eine Gelegenheit geboten, eine falsche Fährte zu legen. Ihre Anwesenheit hat das Konsortium verunsichert, und das hat sich gelohnt. Jetzt lohnt es sich nicht mehr. Wir können Sie auch entbehren. Mir ist das egal.«

7. Wanzen

»Herrgott im Himmel«, brauste Elliot auf, »soll das heißen, daß Sie von Anfang an ...«
»Genau das«, sagte Karen Ross kalt. »Sie sind entbehrlich.«

Doch noch während sie sprach, ergriff sie seinen Arm und führte ihn aus der Maschine, wobei sie ihm Schweigen gebot, indem sie den Zeigefinger auf ihre Lippen legte.
Elliot verstand, daß sie ihn unter vier Augen beruhigen wollte, aber er war entschlossen, keinen Fußbreit von seiner Haltung abzuweichen. Er *war* nun einmal für Amy verantwortlich, und dann sollte der Teufel alle Diamanten und diese ganze internationale Intrigenwirtschaft holen. Draußen auf dem Beton des Vorfelds wiederholte er trotzig: »Ohne Amy mache ich nicht mehr mit.«
»Ich auch nicht.« Karen Ross ging rasch über das Vorfeld zu einem Polizeihubschrauber.
Elliot eilte ihr nach. »Was ist los?«
»Verstehen Sie denn *gar nichts*?« fragte Karen Ross. »Die Maschine *wird abgehört*, sie steckt voller Wanzen. Ich habe das nur gesagt, damit sich die mithörenden Leute vom Konsortium in Sicherheit wiegen.«
»Und wer ist Ihnen denn in San Francisco gefolgt?«
»Niemand. Aber die werden stundenlang versuchen rauszukriegen, wer das wohl war.«
»Amy und ich sollten also nicht nur eine falsche Fährte liefern?«
»Nein, natürlich nicht!« sagte sie. »Passen Sie auf, wir wissen nicht, was dem letzten Kongo-Team zugestoßen ist, aber einerlei, was Sie oder Travis oder sonst jemand sagt, *ich* glaube, daß Gorillas dabei im Spiel waren. Und ich vermute, daß Amy uns helfen kann, wenn wir erst einmal an Ort und Stelle sind.«
»Sozusagen als Botschafterin?«
»Wir brauchen Informationen«, sagte Karen Ross. »Und Amy weiß mehr über Gorillas als wir.«
»Aber genügen Ihnen denn eine Stunde und zehn Minuten, um sie zu finden?«
»Unsinn!« sagte Karen Ross mit einem Blick auf die Uhr. »Das dauert äußerstenfalls zwanzig Minuten.«

»Tiefer! Tiefer!«
Karen Ross rief das Kommando laut in das Mikrofon ihrer Kopfhörergarnitur. Sie saß neben dem Piloten des Polizeihub-

schraubers, der eine Schleife um das Regierungsgebäude und dann eine Kurve flog und Richtung nach Norden nahm, auf das *Hilton Hotel* zu.

»Das geht nicht, Madam«, sagte der Pilot freundlich. »Wir fliegen unterhalb der festgesetzten Flughöhen.«

»Sie sind noch viel zu hoch!« sagte Karen Ross. Sie sah auf einen Kasten, den sie auf den Knien hielt und der vier Werte für Himmelsrichtungen digital anzeigte. Sie legte rasch auf einige Tasten um, während aus dem Funkgerät wütende Beschwerden vom Kontrollturm des Flughafens Nairobi drangen.

»Jetzt nach Osten, genau nach Osten«, wies sie den Piloten an. Der Hubschrauber änderte seine Richtung und flog ostwärts, auf die Elendsviertel am Stadtrand zu.

Elliot saß hinten, und bei jeder Richtungsänderung der Maschine wurde ihm flau im Magen. Sein Kopf dröhnte, er fühlte sich elend, aber er hatte darauf bestanden, mitgenommen zu werden. Er war der einzige Mensch, der genug Kenntnisse hatte, um Amy zu helfen, wenn sie medizinisch versorgt werden mußte.

Jetzt sagte Karen Ross: »Ich habe einen Wert«, und sie wies nach Nordosten. Unter ihnen lagen jetzt grob zusammengezimmerte Hütten, Autofriedhöfe, unbefestigte Wege. »Langsam jetzt, ganz langsam ...«

Die Anzeige leuchtete, die Ziffern auf dem kleinen Schirm änderten sich ständig. Dann sah Elliot, wie sie mit einem Schlag alle auf Null gingen.

»Runter!« rief Karen Ross, und der Hubschrauber ging auf einer riesigen Müllkippe nieder.

Der Pilot blieb bei der Maschine. Was er sagte, klang beunruhigend: »Wo Unrat ist, sind auch Ratten.«

»Mich stören Ratten nicht«, sagte Karen Ross und stieg mit dem Kasten in der Hand aus.

»Wo Ratten sind, sind auch Kobras«, sagte der Pilot.

»Oh«, sagte Karen Ross.

Sie ging mit Elliot über den Müllberg. Es wehte eine steife Brise, die Papier und andere Abfälle aufwirbelte. Elliots Schädel

dröhnte, und die von der Müllkippe aufsteigenden Gerüche verursachten ihm Übelkeit.
»Es ist nicht mehr weit«, sagte Karen Ross und hielt den Blick auf den Kasten gerichtet. Sie war erregt und sah auf die Uhr.
»Hier!«
Sie bückte sich, griff unter die Abfälle, grub verzweifelt tiefer, bis ihr Arm ellbogentief im Müll steckte.
Schließlich kam ihre Hand mit einem Halsband zum Vorschein – dem, das sie Amy geschenkt hatte, als sie in San Francisco an Bord der Maschine gegangen waren. Sie wandte es um und sah sich das daran befindliche Namensschild aus Kunststoff an, das, wie Elliot jetzt merkte, ungewöhnlich dick war. Auf seiner Rückseite waren frische Kratzspuren zu sehen.
»Verdammt!« sagte sie. »Sechzehn Minuten verschenkt.« Dann eilte sie zu dem wartenden Hubschrauber zurück.
Elliot versuchte, mit ihr Schritt zu halten. »Aber wie wollen Sie sie finden, wenn die Entführer ihr Halsband mit der Wanze weggeworfen haben?«
»Niemand«, belehrte ihn Karen Ross, »bringt irgendwo nur eine Wanze an. Die war nur ein Köder, die sollten sie finden.« Sie wies auf die Kratzer an der Rückseite. »Kluge Burschen, sie haben die Frequenzen neu eingestellt.«
»Und wenn sie die zweite Wanze auch gefunden und weggeworfen haben?« wollte Elliot wissen.
»Das haben sie auf keinen Fall«, sagte Karen Ross. Der Hubschrauber erhob sich, und im Abwind der Rotorblätter tanzten Papier und Abfälle auf der Kippe unter ihnen durcheinander. Sie hielt das Mikrofon an die Lippen und sagte zu dem Piloten: »Fliegen Sie zum größten Schrottplatz von Nairobi.«

Neun Minuten später hatten sie ein neues, sehr schwaches Signal aufgefangen. Es kam von einem Autofriedhof. Der Hubschrauber landete auf der Straße davor, was Dutzende von lärmenden Kindern herbeilockte. Karen Ross ging mit Elliot an rostenden Ruinen von Personen- und Lastwagen vorbei.
»Sind Sie sicher, daß sie hier ist?« fragte Elliot.

»Keine Frage. Sie mußten sie mit möglichst viel Metall umgeben, das war ihre einzige Möglichkeit.«
»Warum das?«
»Um sie abzuschirmen.« Sie suchte sich um die Schrottautos herum ihren Weg und blieb oft stehen, um sich von ihrem elektronischen Kasten neue Anweisungen zu holen.
Dann hörte Elliot ein Grunzen.
Es kam aus einem uralten, völlig verrosteten Mercedes-Bus. Elliot bestieg ihn durch die zerschmetterten Scheiben einer Tür. Die Gummidichtungen der Türscheibe zerbröselten unter seinen Händen. Amy lag auf dem Rücken, mit Klebeband gefesselt. Sie war benommen, gab aber kräftige Klagelaute von sich, als er die Streifen von ihrem Fell abriß.
Er fand die abgebrochene Nadelspitze in ihrer rechten Brust und zog sie mit einer Pinzette heraus. Amy schrie auf, dann warf sie die Arme um ihn. Elliot hörte in der Ferne das Jaulen einer Polizeisirene.
»Es ist alles gut, Amy, es ist alles gut«, sagte er, stellte sie auf die Füße und nahm sie gründlich in Augenschein. Es sah aus, als sei alles in Ordnung.
Dann fragte er: »Wo ist die zweite Wanze?«
Karen Ross grinste ihn an. »Die hat sie runtergeschluckt.«
Jetzt, da Amy in Sicherheit war, spürte Elliot, wie ihn eine große Wut überkam. »Sie haben das arme Tier ein Abhörgerät schlukken lassen? Ist Ihnen eigentlich klar, daß sie ein sehr empfindliches Geschöpf ist, dessen Gesundheit ständig bedroht ist –«
»Regen Sie sich nicht auf«, sagte Karen Ross. »Erinnern Sie sich an die Vitamintabletten, die sie bekommt? Sie haben übrigens auch solche Dinger geschluckt.« Sie sah auf die Uhr. »Zweiunddreißig Minuten«, sagte sie. »Gar nicht schlecht. Uns bleiben vierzig Minuten bis zum letzten Abflugtermin.«

8. Ausgangspunkt

Munro saß in der 747 und tastete etwas auf dem Computer ein. Er sah zu, wie Linien kreuz und quer über Karten wanderten: Zeitprojektionen und Koordinaten zur Frequenzabgleichung.
Der Computer spielte verschiedene Wege durch, die die Expedition nehmen konnte, und prüfte alle zehn Sekunden eine neue Route. Nach jeder neuen Datenanpassung wurden die Ergebnisse auf dem Bildschirm gezeigt – Kosten, Nachschubschwierigkeiten, Versorgungsprobleme, Gesamtzeit von Houston und vom gegenwärtigen Ausgangspunkt (Nairobi).
Sie suchten eine Lösung.
Das ist nicht wie früher, dachte Munro. Noch vor fünf Jahren peilte man die Aussichten von Expeditionen über den Daumen und verließ sich auf sein Glück. Doch inzwischen arbeiteten alle Expeditionen mit Echtzeitplanungen von Computern. Schon längst hatte Munro BASIC, TW/GESHUND und andere wichtige Programmiersprachen lernen müssen. Niemand verließ sich mehr auf sein Gefühl; die ganze Branche hatte sich gewandelt.
Gerade deswegen hatte Munro beschlossen, bei der ERTS-Expedition mitzumachen, obwohl ihre Leiterin Karen Ross dickköpfig und unerfahren war. Die ERTS hatte eine umfassendere aktive Datei und raffiniertere Planungsprogramme als alle anderen. Er ging davon aus, daß diese Programme auf die Dauer den entscheidenden Unterschied ausmachen würden. Außerdem arbeitete er gern mit einer kleineren Gruppe zusammen. Das Konsortium würde schon merken, wie schwerfällig eine Expedition von dreißig Personen war.
Er mußte jetzt unbedingt eine Zeitprojektion finden, mit deren Hilfe er seine Gruppe schneller ans Ziel bringen konnte. Munro drückte auf die Tasten und sah sich die aufleuchtenden Werte an. Er gab Kurse ein, Überschneidungen, Verzweigungen. Dann sichtete er mit erfahrenem Auge die verschiedenen Möglichkeiten. Er blockierte Pfade, schloß Flughäfen, verwarf Lkw-Pisten und vermied Flußüberquerungen.

Der Computer gab immer geringere Zeitabstände an, aber immer wieder war die Gesamtzeit vom Ausgangspunkt (Nairobi) aus zu lang. Bei der günstigsten Planung konnten sie das Konsortium um siebenunddreißig Minuten schlagen – so gut wie gar nichts. Er runzelte die Stirn und rauchte eine Zigarre. Vielleicht, wenn er den Liko bei Mugana überschritt ...
Wieder tastete er Werte ein.
Es nützte nichts, es ging sogar *langsamer*. Er versuchte es mit dem Weg durch das Goroba-Tal, obwohl das wahrscheinlich zu gefahrenreich sein würde.

VORGESCHLAGENE ROUTE UEBERAUS GEFAHRENREICH.

»Erstaunlich, wie die Gedanken großer Geister sich ähneln«, sagte Munro und sog nachdenklich an seiner Zigarre. Dann kam ihm ein anderer Gedanke: gab es andere, ungewöhnliche Vorgehensweisen, an die sie bisher nicht gedacht hatten? Und ihm fiel eine ein.
Den anderen würde es nicht gefallen, aber es konnte klappen ...
Munro rief die Ausrüstungsliste ab. Ja, von der Ausrüstung her ging es. Er gab die neue Route ein und lächelte, als er sie sah, wie sie sich in der Luftlinie quer über Afrika hinstreckte, nur wenige Kilometer an ihrem Bestimmungsort vorbei. Er rief das Ergebnis ab.

VORGESCHLAGENE ROUTE UNANNEHMBAR.

Er drückte auf die Taste, mit der er selbst in das Programm eingreifen konnte, und bekam die geforderten Werte. Es war, wie er es sich gedacht hatte – sie konnten das Konsortium um volle vierzig Stunden schlagen: fast zwei ganze Tage!
Der Computer wiederholte seine vorherige Aussage:

VORGESCHLAGENE ROUTE UNANNEHMBAR / HOEHEN-
EINWIRKUNG / UEBERGROSSE GEFAHREN FUER MEN-
SCHEN / ERFOLGSAUSSICHTEN UNTER DEM GRENZWERT /

Munro teilte in dem Punkt die Ansicht nicht, die der Computer vertrat. Er war überzeugt, daß sie es schaffen könnten, vor allem bei gutem Wetter. Die Höhe würde keine Schwierigkeit sein, und das Gelände, wenn auch schwer, mußte sich bewältigen lassen.
Je länger Munro darüber nachdachte, um so sicherer war er, daß es klappen mußte.

9. Aufbruch

Die kleine Propellermaschine vom Typ Fokker S-144 stand neben dem riesigen Fracht-Jumbo wie ein Kind, das an der Brust der Mutter liegt. Auf zwei Laderampen herrschte geschäftige Bewegung. Arbeiter luden die Ausrüstung aus dem großen in das kleine Flugzeug um. Auf dem Rückweg zum Flugplatz erklärte Karen Ross Elliot, daß sie die kleinere Maschine nehmen würden, da der Jumbo »entwanzt« werden müßte und für ihre jetzigen Bedürfnisse ohnehin »zu groß« war.
»Aber er ist doch bestimmt schneller«, sagte Elliot.
»Nicht unbedingt«, sagte Karen Ross, gab aber keine weiteren Erklärungen ab.
Auf jeden Fall ging jetzt alles sehr schnell, und Elliot hatte andere Sorgen. Er half Amy beim Besteigen der Fokker und untersuchte sie gründlich. Sie schien am ganzen Leib blaue Flecken zu haben – zumindest beklagte sie sich, daß es überall da schmerze, wo er sie berührte –, aber immerhin war nichts gebrochen, und Amy war guter Dinge.
Mehrere Schwarze waren damit beschäftigt, die Ausrüstung in die Maschine zu verladen. Dabei lachten sie, schlugen sich gegenseitig auf den Rücken und schienen sich königlich zu amüsieren. Amy fand das seltsam und wollte gern wissen, was es da zu lachen gebe. Doch sie nahmen sie nicht zur Kenntnis und konzentrierten sich auf ihre Arbeit. Auch war sie immer noch benommen und schlief bald ein.

Karen Ross überwachte das Beladen, und Elliot ging zum Heck der Maschine, wo sie mit einem freundlichen Schwarzen sprach, den sie als Kahega vorstellte.
»Aha«, sagte Kahega und schüttelte Elliot die Hand. »Dr. Elliot, Dr. Ross und Dr. Elliot, zwei Doktoren, ausgezeichnet.«
Elliot wußte nicht, was daran ausgezeichnet sein sollte.
Kahega lachte ansteckend. »Sehr gute *Tarnung*«, verkündete er. »Nicht wie früher bei Captain Munro. Jetzt zwei Doktoren – ein medizinisches Unternehmen, was? Ganz ausgezeichnet. Wo sind die ›Medikamente und Arzneimittel‹?« fragte er augenzwinkernd.
»Wir haben keine«, seufzte Karen Ross.
»Ganz ausgezeichnet, Doktor, Sie gefallen mir«, sagte Kahega. »Sie sind Amerikanerin, nicht? Was haben wir, M-16? Sehr gutes Gewehr, ich nehme es auch am liebsten.«
»Kahega denkt, daß wir Waffen schmuggeln«, sagte Karen Ross. »Er kann einfach nicht glauben, daß es nicht so ist.«
Kahega lachte. »Sie sind mit Captain Munro zusammen!« sagte er, als erkläre das alles. Dann ging er davon, um das Beladen zu beaufsichtigen.
»Sind Sie sicher, daß wir keine Waffen schmuggeln?« erkundigte sich Elliot, als sie allein waren.
»Wir sind hinter etwas viel Wichtigerem her«, sagte Karen Ross. Sie packte Teile der Ausrüstung um, arbeitete rasch und konzentriert. Elliot fragte, ob er helfen könne, doch sie schüttelte den Kopf. »Das muß ich selber machen. Wir müssen zusehen, daß wir mit achtzehn Kilogramm pro Person auskommen.«
»Achtzehn Kilo? Für alles?«
»So viel erlaubt die Computer-Berechnung. Munro hat Kahega und acht weitere Helfer vom Stamm der Kikuyu mitgebracht. Mit uns dreien macht das insgesamt zwölf Leute. Dazu Amy – auch sie bekommt ihre achtzehn Kilogramm. Und insgesamt sind das immerhin gut zweihundertdreißig.« Ross wog weiterhin Rationen und abgepackte Vorräte ab.
Die Angaben ließen Elliot Schlimmes befürchten. Die Expedition nahm offensichtlich eine neue Wendung, ging noch größeren Gefahren entgegen. Seinem Wunsch, nicht länger mitzumachen,

stand die Erinnerung an das Videobild entgegen, das ihm ein großes graues Wesen gezeigt hatte, von dem er insgeheim annahm, daß es sich um ein bisher nicht bekanntes Tier handelte, eine neue Art. Eine solche Entdeckung war es schon wert, daß man Gefahren auf sich nahm. Er sah nachdenklich aus dem Fenster auf die Träger: »Und das sind also Kikuyu?«
»Ja«, sagte Karen Ross. »Es sind gute Träger, auch wenn sie unaufhörlich plappern, wie alle Angehörigen dieses Bantustamms. Es sind übrigens lauter Brüder, also seien Sie vorsichtig, was Sie sagen. Ich hoffe nur, daß Munro ihnen nicht zuviel erzählen mußte.«
»Den Kikuyu?«
»Nein, den Leuten vom NCNA.«
»NCNA?« wiederholte Elliot.
»Das sind die Chinesen. Sie sind ebenfalls an Computern und Elektronik interessiert«, sagte Karen Ross. »Munro mußte ihnen etwas verraten, als Gegengabe für die Ratschläge, die sie ihm geben.« Sie wies aus dem Fenster, und Elliot sah hinaus. Tatsächlich stand Munro dort im Schatten einer Tragfläche der 747 und sprach mit vier Chinesen.
»Hier«, sagte Karen Ross, »verstauen Sie die da in der Ecke.« Sie zeigte auf drei große Styroporpackungen mit dem Aufdruck AMERICAN SPORT DIVERS, LAKE ELSINORE, CALIF.
»Wozu brauchen wir eine Sporttaucher-Ausrüstung? Arbeiten wir etwa unter Wasser?« fragte Elliot verwirrt.
Aber Karen Ross hörte ihm nicht zu. »Ich würde nur zu gern wissen, was er ihnen erzählt«, sagte sie und warf einen Blick aus dem Fenster. Wie sich später herausstellte, hätte Karen Ross sich deswegen keine Sorgen zu machen brauchen, denn Munro hatte die Chinesen mit etwas bezahlt, das ihnen wertvoller erschien als Angaben über Elektronik.
Die Fokker hob um 14 Uhr 24 von der Startbahn in Nairobi ab, drei Minuten früher, als die neue Zeitprojektion vorsah.

In den sechzehn Stunden nach der Wiederauffindung Amys legte die ERTS-Expedition neunhundert Kilometer zurück und überquerte dabei die Grenzen von vier Ländern – Kenia, Tansania, Ruanda und Zaïre. Damit waren sie von Nairobi bis zum Balakundawald am Rand des Regenwaldes im Kongo-Becken gelangt – ein Schachzug, wie er ihnen ohne die Hilfe Dritter nicht möglich gewesen wäre. Munro sagte, er habe »Freunde in niedriger Position«, was in diesem Fall bedeutete, daß er sich an den chinesischen Geheimdienst in Tansania gewandt hatte.

Die Chinesen waren seit Beginn der sechziger Jahre in Afrika tätig gewesen. Damals hatten sie mit ihrem Spionagenetz versucht, den Verlauf des Bürgerkriegs im Kongo zu beeinflussen, denn China wollte Zugang zu den reichen Uranvorkommen des Kongo haben. Dirigiert wurden die Unternehmungen von der Bank of China oder, häufiger, vom Pressedienst des neuen China, der New China News Agency. Als Munro von 1963 bis 1968 im Waffengeschäft tätig gewesen war, hatte er mit einigen der »Kriegskorrespondenten« der NCNA zu tun gehabt, und er hatte die Kontakte nie ganz abreißen lassen.

Die Chinesen hatten sich in beträchtlichem Maße finanziell in Afrika engagiert. Gegen Ende der sechziger Jahre ging über die Hälfte der zwei Milliarden Dollar, die China an Auslandshilfe aufbrachte, an afrikanische Länder. Ein ähnlich hoher Betrag wurde insgeheim zugeschossen. 1973 beklagte sich Mao Zedong öffentlich darüber, wieviel Geld er vergeblich bei dem Versuch aufgewandt hatte, die Regierung des Präsidenten Mobutu zu stürzen.

Ursprünglich waren die chinesischen Aktivitäten in Afrika als Gegengewicht zum sowjetischen Einfluß gedacht, doch da seit dem Zweiten Weltkrieg die Chinesen den Japanern nicht grün waren, hatte Munros Wunsch, dem Konsortium aus Europäern und Japanern zuvorzukommen, offene Ohren gefunden. Zur Besiegelung des Bündnisses hatte Munro drei fettfleckige Kartons mit der Herkunftsbezeichnung Hongkong mitgebracht.

Die beiden ranghöchsten chinesischen Funktionäre in Afrika, Li T'ao und Liu Shu-wen, stammten beide aus der Provinz Hunan. Beiden war ihr afrikanischer Auftrag wegen der ungewürzten afrikanischen Speisen zuwider, so daß sie Munros Gabe dankbar

entgegennahmen: einen Karton mit chinesischen Baumpilzen, mit scharfer Soße und mit Chilipaste und Knoblauch. Daß diese Gewürze aus dem neutralen Hongkong kamen und nicht die mindere Qualität der in Taiwan hergestellten Waren hatten, rief zusätzliche Freude hervor. Auf jeden Fall schuf die Gabe genau die richtige Stimmung für eine formlose Aussprache.
Mitarbeiter der NCNA halfen Munro bei der Bewältigung der Papierflut, beim Auftreiben einiger schwer zu beschaffender Ausrüstungsteile und mit Informationen. Die Chinesen verfügten über ausgezeichnete Karten und bemerkenswert genaue Kenntnisse der Bedingungen, die an der Nordostgrenze Zaïres herrschten – aus der Zeit, da sie die tansanischen Truppen beim Einmarsch in Uganda unterstützt hatten. Von den Chinesen wußte er, daß die Dschungelflüsse Hochwasser führten, und sie hatten ihm geraten, sich für deren Überquerung einen Ballon zu besorgen. Munro dachte nicht daran, diesen Rat zu befolgen. Er schien einen besonderen Plan zu haben, wie er seinen Bestimmungsort erreichen konnte, ohne daß er Flüsse überqueren mußte. Allerdings war es den Chinesen rätselhaft, wie er das bewerkstelligen wollte.

Am 16. Juni um 22 Uhr wurde die Fokker auf dem Flugplatz von Rawamagena in der Nähe der Stadt Kigali in Rwanda aufgetankt. Der Überwachungsbeamte kam mit einem Notizblock und Formularen an Bord und erkundigte sich nach ihrem nächsten Ziel. Munro nannte Rawamagena, womit er sagen wollte, daß die Maschine eine Schleife fliegen und zurückkehren würde.
Elliot wunderte sich. »Aber wir landen doch irgendwo im ...«
»Pst«, sagte Karen Ross und schüttelte den Kopf. »Lassen Sie es gut sein.«
Offenkundig war der Beamte mit der Auskunft zufrieden, und nachdem der Pilot ihm eine Unterschrift gegeben hatte, ging er wieder davon. Karen Ross erklärte, Fluglotsen in Rwanda erscheine es nicht außergewöhnlich, daß Piloten keine vollständigen Unterlagen einreichten. »Er will nur wissen, wann die Maschine wieder auf seinen Flugplatz zurückkehrt, alles andere interessiert ihn nicht.«

Auf dem Flugplatz von Rawamagena herrschte ein gemächliches Tempo. Sie mußten zwei Stunden warten, bis man ihnen Treibstoff brachte, aber die sonst so ungeduldige Karen Ross blieb gelassen. Munro döste vor sich hin, ihn schien die Verzögerung ebenfalls nicht zu berühren.
»Was ist mit der Zeitprojektion?« fragte Elliot.
»Keine Schwierigkeit«, sagte sie. »Wir können sowieso erst in drei Stunden hier weg, am Muhavura muß es hell sein.«
»Ist da der Landeplatz?« fragte Elliot.
»Wenn Sie es einen Landeplatz nennen wollen«, sagte Munro, zog seinen verdrückten Hut über die Augen und schlief wieder ein.
Das beunruhigte Elliot, bis Karen Ross ihm erklärte, die Mehrzahl der abgelegeneren afrikanischen Landeplätze seien nichts weiter als unbefestigte Schneisen im Busch, auf denen man weder nachts noch im Morgennebel landen könne, weil sich oft Tiere auf der Landepiste aufhielten, Nomaden dort ihre Zelte aufgeschlagen hatten oder noch eine Maschine vom Vortag dort stand. »Es muß hell sein«, erklärte sie, »damit der Pilot eine Sichtlandung machen kann. Also nur keine Sorgen, es ist an alles gedacht.«
Elliot nahm ihre Erklärung hin und kümmerte sich wieder um Amy. Karen Ross seufzte. »Meinen Sie nicht, wir sollten ihn besser einweihen?« fragte sie Munro.
»Wozu?« murmelte dieser, ohne seinen Hut vom Mund zu heben.
»Vielleicht gibt es Schwierigkeiten mit Amy.«
»Um Amy kümmere ich mich«, sagte Munro.
»Wenn Elliot es merkt, wird er wütend«, sagte Karen Ross.
»Klar wird er wütend«, sagte Munro. »Es genügt aber doch, daß wir es erst dann so weit kommen lassen, wenn es sich nicht mehr vermeiden läßt. Was bringt uns der Absprung ein?«
»Mindestens vierzig Stunden. Er ist gefährlich, aber er gibt uns eine ganz neue Zeitprojektion. Damit können wir sie immer noch schlagen.«
»Na, da haben Sie ja Ihre Antwort«, sagte Munro. »Halten Sie also mal 'ne Weile den Mund und ruhen Sie sich aus.«

5. Tag
Moruti
17. Juni 1979

1. Zaïre

Fünf Stunden nach ihrem Start von Rawamagena veränderte sich das Gesicht der Landschaft. Als sie Goma, in der Nähe der Grenze von Zaïre, hinter sich hatten, flogen sie über die östlichsten Ausläufer des Regenwalds am Kongo. Elliot sah fasziniert aus dem Fenster.

Hier und da hingen flockige Fetzen von Nebel wie Watte im Blätterdach der Bäume, und gelegentlich überflogen sie die dunkle Windung eines schlammigen Flusses oder die tief ins Land schneidende, pfeilgerade Trasse einer Straße. Doch meist sahen sie auf ein ununterbrochenes Ganzes aus dichtem Wald hinab, das sich unter ihnen erstreckte, so weit das Auge reichte.

Der Anblick war langweilig und zugleich furchteinflößend. Es war furchteinflößend, sich dem gegenüberzusehen, was Stanley »die gefühllose Unermeßlichkeit der natürlichen Welt« genannt hatte. Sie konnten aus dem bequemen Sessel der klimatisierten Flugzeugkabine unmöglich übersehen, daß neben diesem weiten eintönigen Wald als einer riesigen Schöpfung der Natur die größten Städte und alle anderen Werke des Menschen von unbedeutender Winzigkeit waren. Jeder einzelne grüne Klecks einer Baumkrone ruhte auf einem Stamm von zwölf Meter Durchmesser, der sechzig Meter emporragte. Unter seinem Blätterdach lag ein Baum von der Größe einer gotischen Kathedrale verborgen. Elliot wußte, daß der Wald sich rund dreitausend Kilometer weit

nach Westen erstreckte, bis er schließlich am Atlantik, an der Westküste von Zaïre, aufhörte.
Elliot lag viel an Amys Reaktion auf diesen ersten Anblick des Dschungels, ihres natürlichen Lebensraums. Sie sah interessiert aus dem Fenster und teilte ihm mit *Hier Dschungel*, mit der gleichen distanzierten Haltung, mit der sie Farbkarten oder Gegenstände bezeichnete, die man auf dem Fußboden ihres Wohnwagens in San Francisco vor ihr ausbreitete.
Sie identifizierte den Dschungel und gab damit der Sache, die sie sah, einen Namen, aber von einem tieferen Erkennen merkte Elliot nichts.
Elliot fragte sie: »Amy mögen Dschungel?«
Dschungel hier, gab sie zurück. *Ist Dschungel.*
Er beharrte auf seiner Frage und suchte nach den Gefühlsregungen, die es in diesem Zusammenhang in ihr geben mußte. »Amy mögen Dschungel?«
Hier Dschungel. Ist Dschungel. Hier Amy Dschungel sehen. Hier Dschungel sehen.
Er versuchte einen neuen Weg. »Amy leben Dschungel hier?«
Nein. Ausdruckslos.
»Wo leben Amy?«
Amy Amy-Haus leben. Damit meinte sie ihren Wohnwagen in San Francisco.
Elliot sah, wie sie ihren Sitzgurt öffnete, das Kinn in die Hand stützte und träge aus dem Fenster sah. Plötzlich bat sie *Amy Zigarette wollen.* Sie hatte gesehen, daß Munro rauchte.
»Später, Amy«, sagte Elliot. »Später.«

Um sieben Uhr morgens flogen sie über die glänzenden Metalldächer der Zinn- und Tantal-Abbauanlage in Masisi. Munro ging mit Kahega und den anderen Trägern ins Heck der Maschine, wo sie sich an der Ausrüstung zu schaffen machten und sich erregt auf Swahili miteinander unterhielten.
Amy sah sie vorbeigehen und teilte Elliot mit: *Männer Sorge.*
»Weswegen, Amy?«
Männer Sorge Schwierigkeiten Sorge machen. Nach einer Weile ging Elliot ins Heck der Maschine, wo er Munros Leute fand, die,

halb begraben unter großen Strohhaufen, Ausrüstungsteile in längliche, torpedoförmige Behälter aus Musselin packten und alles sorgfältig mit Stroh polsterten. Elliot deutete auf die Musselin-Torpedos. »Was ist das?«
»Versorgungsbomben«, sagte Munro mürrisch. »Sehr zuverlässig.«
»Ich habe noch nie gesehen, daß man Ausrüstung so verpackt«, sagte Elliot und sah den Männern bei der Arbeit zu. »Die Männer scheinen unsere Sachen sorgfältig zu schützen.«
»Das sollen sie auch«, sagte Munro. Und er ging durch die Maschine nach vorn, um sich mit dem Piloten zu besprechen.
Amy machte Zeichen: *Nasen-Haar-Mann Peter lügen.* Sie nannte Munro »Nasen-Haar-Mann«. Elliot schenkte ihr keine Aufmerksamkeit, sondern sprach mit Kahega. »Wie weit ist es bis zum Landeplatz?«
Kahega sah auf. »Landeplatz?«
»Nahe dem Muhavura.«
Kahega machte eine Pause und dachte nach. »Zwei Stunden«, sagte er und kicherte dann drauflos. Er sagte etwas auf swahili zu seinen Brüdern, worauf alle lachten.
»Was ist daran so lustig?« fragte Elliot.
»Ach, Doktor«, sagte Kahega und schlug ihn mit der flachen Hand auf den Rücken, »Sie sind so ein lustiger Mensch.«
Die Maschine neigte sich seitwärts und flog langsam eine große Schleife. Kahega und seine Brüder sahen aus den Fenstern, und Elliot stellte sich zu ihnen. Er sah nichts als ununterbrochenen Dschungel – und dann eine Kolonne schmutziggrüner Geländefahrzeuge, die sich weit unten auf einer Schlammpiste vorwärts bewegten. Es sah aus wie eine militärische Formation. Mehrfach hörte er das Wort »Muguru«.
»Worum geht es?« fragte Elliot. »Ist das hier Muguru?«
Kahega schüttelte heftig den Kopf. »Nein. Dieser verdammte Pilot. Ich habe Captain Munro gewarnt. Dieser verdammte Pilot hat sich verflogen.«
»Verflogen?« wiederholte Elliot. Das Wort allein schon jagte ihm einen Schauer den Rücken hinunter.

Kahega lachte. »Captain Munro sagt es ihm schon, er zeigt es ihm.«

Die Maschine drückte jetzt die Nase nach Osten, entfernte sich vom Dschungel und nahm Kurs auf eine waldbestandene Hochfläche mit welligen Hügeln und vereinzelten Gruppen von Laubbäumen. Kahegas Brüder plapperten erregt miteinander, lachten und schlugen sich krachend gegenseitig auf die Schultern. Sie schienen sich großartig zu amüsieren.

Dann kam Karen Ross mit angespanntem Gesicht raschen Schritts den Gang herunter. Sie packte Kartons aus und entnahm ihnen mehrere Kugeln aus fest eingewickelter Metallfolie, etwa so groß wie Basketbälle.

Die Folie erinnerte Elliot an Lametta. »Wozu ist das?« fragte er. Dann hörte er die erste Detonation, und die Fokker schwankte leicht in der Luft.

Er lief zum Fester und sah eine weiße dünne Linie rechts von ihnen, die in einer schwarzen Rauchwolke endete. Die Fokker ging über die Tragfläche und nahm wieder Kurs auf den Dschungel. Elliot sah jetzt, wie aus dem grünen Wald unter ihnen eine zweite Spur zu ihnen heraufkam.

Er sah, daß es sich um eine ferngelenkte Rakete handelte.

»Schnell!« rief Munro Karen Ross zu.

»Fertig!« rief sie zurück.

Vor seinen Augen detonierte etwas mit rotem Schein, dann nahm dichter Rauch ihm die Sicht. Die Maschine wurde von der Druckwelle geschüttelt, flog aber ihre Kurve weiter. Elliot konnte es nicht glauben: Sie wurden mit Raketen beschossen!

»Radar!« schrie Munro. »Sie zielen nicht mit optischen Einrichtungen, sondern mit Radar!«

Ross nahm die silbernen Basketbälle auf und ging durch den Gang zurück. Kahega öffnete die hintere Tür, so daß der Wind durch die Kabine pfiff.

»Was zum Teufel ist hier los?« fragte Elliot.

»Machen Sie sich keine Sorgen«, sagte Karen Ross über die Schulter zu ihm. »Wir holen die Zeit schon wieder rein.« Sie

hörten ein lautes Schwellgeräusch, auf das eine weitere Detonation folgte. Während die Maschine immer noch scharf auf der Seite lag, riß Karen Ross die Umhüllung von den Basketbällen ab und warf sie aus der Tür.
Mit voller Motorleistung drehte die Fokker fast fünfzehn Kilometer nach Süden ab, stieg auf eine Höhe von gut dreitausendsechshundert Meter und kreiste abwartend über dem Wald. Elliot konnte die Lamettafäden wie eine glitzernde Metallwolke in der Luft hängen sehen. Zwei weitere Raketen detonierten in der Wolke. Noch aus der Entfernung beunruhigten der Lärm und die Druckwellen Amy. Sie schaukelte in ihrem Sitz hin und her und grunzte leise vor sich hin.
»Das sind Düppel«, erklärte Karen Ross, während sie vor ihrem tragbaren Computer saß und Eingaben machte. »Diese Stanniolstreifen stören Radarsysteme. Die mit ihren Boden-Luft-Raketen da unten nehmen an, daß wir irgendwo in der Wolke sitzen.«
Elliot hörte ihre Worte, sie drangen langsam wie in einer Traumwirklichkeit an sein Ohr. Sie erschienen ihm keinen Sinn zu geben. »Aber wer schießt denn auf uns?«
»Vermutlich die FAZ«, sagte Munro. »Forces Armées Zaïroises – die Streitkräfte von Zaïre.«
»Die Streitkräfte von Zaïre? Und warum?«
»Sie haben uns verwechselt«, sagte Karen Ross und tastete ungerührt weiter, ohne aufzublicken.
»Uns verwechselt? Sie beschießen uns mit Raketen, weil sie *uns verwechselt haben*? Sollten wir ihnen das nicht besser mitteilen?«
»Das geht nicht«, sagte Ross.
»Warum nicht?«
»Weil wir«, sagte Munro, »in Rawamagena keine genaue Flugroute angegeben haben. Das heißt, theoretisch verletzen wir den Luftraum über Zaïre.«
»Gott im Himmel«, sagte Elliot.
Karen Ross sagte nichts. Sie arbeitete weiter an ihrem Computer, versuchte, die atmosphärischen Bildstörungen zu beseitigen, drückte eine Taste nach der anderen.

»Als ich zustimmte, bei dieser Expedition mitzumachen«, sagte Elliot und wurde dabei immer lauter, »bin ich nicht davon ausgegangen, daß wir in einen Krieg hineingezogen würden.«
»Ich auch nicht«, sagte Karen Ross. »Da scheinen wir ja beide mehr zu bekommen, als wir haben wollten.«
Bevor Elliot etwas sagen konnte, legte Munro ihm einen Arm um die Schultern und nahm ihn beiseite. »Das ist schon in Ordnung«, sagte er. »Das sind veraltete Raketen aus den sechziger Jahren. Die meisten gehen nur los, weil der Festtreibstoff nichts mehr taugt. Es besteht keine Gefahr. Kümmern Sie sich einfach um Amy, sie braucht ihre Hilfe. Lassen Sie mich jetzt mit Karen Ross in Ruhe arbeiten.«

Karen Ross stand unter ungeheurem Druck. Während die Maschine fünfzehn Kilometer von der Düppelwolke entfernt Schleifen flog, mußte sie in größter Eile eine Entscheidung treffen. Dabei hatte sie gerade einen verheerenden – und völlig unerwarteten – Fehlschlag erlebt. Das europäische Konsortium hatte von Anfang an einen Vorsprung von etwa achtzehn Stunden und zwanzig Minuten vor ihnen gehabt. In Nairobi hatte Munro mit ihr einen Plan ausgearbeitet, der diesen Vorsprung zunichte machen und es der ERTS-Expedition gestatten würde, *vierzig Stunden* vor dem Team des Konsortiums an Ort und Stelle zu sein. Dieser Plan – den sie aus naheliegenden Gründen Elliot nicht mitgeteilt hatte – verlangte, daß sie mit dem Fallschirm über den unbewachsenen Südhängen des Muhavura absprangen.
Munro schätzte, daß sie von dort aus lediglich sechsunddreißig Stunden bis zu der toten Stadt brauchten. Karen Ross war davon ausgegangen, daß sie um zwei Uhr nachmittags abspringen konnten, je nachdem, wie die Wolkendecke über dem Muhavura und dem Absprunggebiet aussah. Sie konnten dann bereits am 19. Juni mittags die Stadt erreichen.
Der Plan war überaus gefährlich. Sie würden mit dafür nicht ausgebildeten Leuten über der Wildnis abspringen, mehr als drei Tagemärsche von der nächsten größeren Ortschaft entfernt. Wenn jemand eine ernsthafte Verletzung erlitt, waren seine

Überlebensaussichten sehr gering. Auch die Ausrüstung war gefährdet, denn in Höhen von rund dreitausend Metern an den Vulkanhängen war die Luftdichte geringer, so daß die Versorgungsbomben möglicherweise nicht gut genug gepolstert waren.
Anfangs hatte Karen Ross Munros Plan als zu gefährlich abgelehnt. Aber er hatte sie davon überzeugt und darauf hingewiesen, daß die Gleitschirme mit einer automatischen Höhenauslösung versehen und die Geröllhalden im oberen Teil der Vulkanhänge so nachgiebig waren wie ein Sandstrand, daß die Versorgungsbomben eine Sicherheitsreserve boten und daß er Amy beim Absprung selber halten konnte.
Karen Ross hatte den wahrscheinlichen Ausgang vom Computer in Houston berechnen lassen und eine Gegenkontrolle angefordert. Die Ergebnisse waren klar. Die Aussichten eines erfolgreichen Absprungs wurden mit 0,7980 angegeben, das heißt, es stand eins zu vier, daß jemand schwer verletzt wurde. Vorausgesetzt aber, *der Absprung gelang,* betrug die Erfolgsaussicht der Expedition 0,9943, das heißt, es war dann praktisch sicher, daß sie vor dem Konsortium an Ort und Stelle ankommen würden.
Kein anderer Plan bot eine so hohe Erfolgsaussicht. Sie hatte sich alle Daten angesehen und gesagt: »Ich denke, wir springen.«
»Habe ich ja gleich gesagt«, sagte Munro.
Der Absprung löste eine ganze Reihe von Schwierigkeiten, da die durchgegebenen Berichte über geopolitische Neuentwicklungen immer unerfreulicher klangen. Die Kigani waren tatsächlich auf dem Kriegspfad, die Pygmäen völlig unzuverlässig, und die Streitkräfte von Zaïre hatten Panzereinheiten in das östliche Grenzgebiet entsandt, um den Kigani-Aufstand niederzuschlagen. Es war bekannt, daß afrikanische Feldsoldaten den Finger rasch am Abzug hatten. Sie durften hoffen, durch ihren Absprung am Muhavura all diesen Gefahren aus dem Weg zu gehen.
So war die Lage gewesen, bevor die Boden-Luft-Raketen rund um ihr Flugzeug detonierten. Sie befanden sich immer noch gut einhundertdreißig Kilometer südlich von dem vorgesehenen Absprunggebiet und verschwendeten mit dem Kreisen über dem Kigani-Gebiet Zeit und Treibstoff. Es sah aus, als sei der kühne

Plan, den Munro so raffiniert erdacht und den der Computer für so aussichtsreich befunden hatte, plötzlich bedeutungslos.
Und um ihre Schwierigkeiten noch zu vergrößern, konnte sie keine Verbindung mit Houston bekommen, der Computer kam über Satellit nicht durch. Karen Ross verbrachte eine volle Viertelstunde mit dem Versuch, sie verstärkte die Leistung und schaltete verschiedene Verwürflerschlüssel ein, bis sie sich schließlich darüber klarwurde, daß andere Sender ihre Versuche absichtlich auf elektronischem Wege störten. Zum erstenmal, so weit sie zurückdenken konnte, war Karen Ross den Tränen nahe.

»Ruhig Blut«, sagte Munro gelassen und zog ihre Hände von der Konsole. »Eines nach dem anderen, es hat keinen Zweck, sich aufzuregen.« Sie hatte immer wieder auf den Tasten herumgehackt, ohne zu merken, was sie tat.
Munro merkte, daß Elliots und Karen Ross' Stimmung sich verschlechtert hatte. Er kannte das von früheren Expeditionen vor allem von Naturwissenschaftlern und Technikern. Naturwissenschaftler arbeiten den ganzen Tag lang in Labors, in denen man alle Bedingungen streng regeln und überwachen konnte. Früher oder später glaubten sie, die Welt außerhalb ihrer Labors sei ebenso steuerbar und beeinflußbar wie die innerhalb. Obwohl sie es eigentlich besser wußten, führte die Entdeckung, daß die natürliche Welt ihren eigenen Gesetzen folgte und von ihnen überhaupt keine Kenntnis nahm, jedesmal zu einem schweren psychischen Schock. Munro konnte die Anzeichen dafür erkennen.
»Unsere Maschine«, sagte Karen Ross, »ist doch ganz offensichtlich kein Militärflugzeug. Wie können sie so etwas tun?«
Munro sah sie verständnislos an. Im Bürgerkrieg des Kongo waren zivile Flugzeuge mit unschöner Regelmäßigkeit von allen Seiten heruntergeschossen worden. »So etwas kommt vor«, sagte er.
»Und die Störsender? Das können diese Scheißkerle doch nicht machen. Wir werden zwischen unserem eigenen Sender und unserem Satellitenübertrager gestört. Dazu braucht man einen weiteren Satelliten und –« sie brach nachdenklich ab.

»Sie haben doch nicht etwa erwartet, daß das Konsortium Ihnen däumchendrehend zusieht?« sagte Munro. »Die Frage ist, können Sie es in Ordnung bringen? Verfügen Sie über Gegenmittel?«
»Natürlich«, sagte Karen Ross. »Ich kann eine Aufforderung codieren, die Störung zu durchbrechen, ich kann optisch mit einem Infrarotträger senden und eine Verbindung über Bodenstationen herstellen – aber das braucht seine Zeit. Und ich muß jetzt Informationen haben. Unser Plan ist zum Teufel.«
»Immer ruhig Blut«, wiederholte Munro ruhig. Er sah die Anspannung in ihren Zügen und wußte, daß sie nicht klar dachte. Da er aber nicht für sie denken konnte, mußte er sie dazu bringen, sich zu beruhigen.
Munros Einschätzung nach war die Expedition der ERTS bereits gescheitert – sie konnten nicht mehr vor dem Konsortium den Zielpunkt im Kongo erreichen. Dennoch hatte er nicht die Absicht aufzugeben. Er hatte lange genug Expeditionen geführt, um zu wissen, daß die unglaublichsten Dinge geschehen konnten, und so sagte er: »Wir können die verlorene Zeit immer noch herausholen.«
»Sie herausholen? Wie?«
Munro sagte, was ihm gerade in den Sinn kam: »Wir gehen nördlich über den Ragora. Der Fluß läßt sich sehr leicht überqueren, da gibt es keine Schwierigkeiten.«
»Der Fluß ist viel zu gefährlich.«
»Das müssen wir abwarten«, sagte Munro. Dabei wußte er genau, daß sie recht hatte. Der Ragora war tatsächlich viel zu gefährlich, vor allem im Juni. Dennoch ließ er seiner Stimme nichts anmerken, sprach weiter beruhigend und besänftigend. »Soll ich es den anderen sagen?« fragte er schließlich.
»Ja«, sagte Karen Ross. In der Ferne hörten sie wieder eine Rakete detonieren. »Wir wollen hier weg.«
Munro ging rasch ins Heck der Maschine und sagte zu Kahega: »Bereite die Männer vor.«
»Ja, Boss«, sagte Kahega. Eine Flasche Whisky machte die Runde, und alle nahmen einen kräftigen Schluck.

Elliot fragte: »Was zum Teufel wird hier gespielt?«
»Die Männer bereiten sich vor«, sagte Munro.
»Worauf?« fragte Elliot.
In diesem Augenblick kam Karen Ross mit entschlossener Miene zurück. »Von hier ab geht es zu Fuß weiter«, sagte sie.
Elliot sah aus dem Fenster. »Wo ist der Landeplatz?«
»Es gibt keinen Landeplatz«, sagte Karen Ross.
»Was heißt das?«
»Das heißt, es gibt keinen Landeplatz.«
»Landet die Maschine etwa auf einem Acker?« fragte Elliot.
»Nein«, sagte Ross. »Die Maschine landet überhaupt nicht.«
»Und wie kommen wir dann runter?« fragte Elliot, aber noch während er die Frage stellte, sank ihm das Herz, denn er wußte die Antwort bereits.

»Amy wird nichts zustoßen«, sagte Munro munter, während er Elliot die Gurte fest um die Brust zog. »Ich habe ihr etwas von Ihrem Thoralen gespritzt, das wird sie wohl ruhig halten. Es gibt keine Probleme, ich halte sie schon gut fest.«
»Sie wollen sie halten?« fragte Elliot.
»Fallschirmgurte sind ihr zu weit«, sagte Munro. »Also muß ich sie auf dem Arm mit runternehmen.« Amy schnarchte laut und sabberte auf Munros Schulter. Er legte sie zu Boden, dort lag sie entspannt auf dem Rücken und schnarchte weiter.
»Jetzt also«, sagte Munro. »Ihr Gleitschirm öffnet sich automatisch. Sie haben in beiden Händen eine Steuerleine. Auf Zug nach links geht es nach links, und wenn Sie nach rechts ziehen nach rechts. Außerdem –«
»Was geschieht mit ihr?« fragte Elliot und deutete auf Amy.
»Ich nehme sie schon, passen Sie jetzt auf. Wenn etwas schiefgeht, hier ist Ihr Reserveschirm, auf der Brust.« Er klopfte auf ein Stoffbündel mit einem kleinen Kästchen, auf dem digital die Zahl 4757 angezeigt wurde – die gegenwärtige Flughöhe in Fuß. »Das ist Ihr fallregulierender Höhenmesser. Er löst automatisch den Reserveschirm aus, wenn in elfhundert Metern Höhe Ihre Fallgeschwindigkeit noch über dem eingestellten Wert liegt. Es

gibt also keinen Grund zur Sorge: alles funktioniert automatisch.«
Elliot lief es eiskalt den Rücken hinunter, er war schweißgebadet.
»Wie ist es mit dem Landen?«
»Kinderspiel«, grinste Munro. »Auch das geht automatisch. Bleiben Sie entspannt, fangen Sie den Stoß mit den Beinen ab. Tun Sie, als sprängen Sie aus drei Meter Höhe zu Boden – das haben Sie doch sicher schon tausendmal getan.«
Hinter Munro sah Elliot die offene Tür, durch die helles Sonnenlicht in die Maschine flutete. Der Wind pfiff und beutelte sie. Kahegas Männer sprangen rasch hintereinander. Er warf einen Blick auf Karen Ross, die mit aschfahlem Gesicht und zitternder Unterlippe den Griff neben der Tür faßte.
»Karen, Sie werden doch nicht –«
Sie sprang und verschwand im hellen Sonnenlicht. Munro sagte: »Sie sind an der Reihe.«
»Ich bin noch nie gesprungen«, sagte Elliot.
»So ist es am besten. Dann haben Sie wenigstens keine Angst.«
»Aber ich *habe* Angst.«
»Da kann ich Ihnen nicht helfen«, sagte Munro und schob Elliot hinaus.
Er sah ihn fallen. Sein breites Grinsen war schlagartig verschwunden – er hatte diese muntere Miene nur aufgesetzt, um Elliot zu helfen. »Wenn ein Mann etwas Gefährliches tun muß«, sagte er später, »ist es besser, daß er wütend ist. Das ist zu seinem eigenen Schutz gut. Besser, er haßt jemanden, als daß er vor Angst in Stücke springt. Ich wollte, daß Elliot mich auf dem Weg nach unten so richtig von Herzen haßte.«
Munro kannte die Gefahren. Mit der Maschine ließen sie zugleich und unwiderruflich auch die Zivilisation hinter sich und damit all das, was darin als selbstverständlich galt. Sie sprangen nicht nur durch die Luft, sondern auch durch die Zeit, zurück in eine weit primitivere und gefährlichere Welt – in die ewige Wirklichkeit des Kongo, die schon Jahrhunderte vor ihnen bestanden hatte. »Das waren die Tatsachen des Lebens«, sagte Munro, »aber ich sah keinen Grund, die anderen vor dem Absprung zu beunruhigen.

Meine Aufgabe bestand darin, die Leute in den Kongo zu bringen, nicht darin, ihnen angst zu machen. Für Angst war später noch reichlich Zeit und Gelegenheit.«

Während Elliot fiel, stand er Todesängste aus.
Sein Magen schien sich in den Hals hochzuschieben, und er schmeckte Galle. Der Wind pfiff ihm um die Ohren und zerrte an seinem Haar. Er zitterte vor Kälte. Unter ihm zog sich der Barawanawald über wellige Hügel dahin. Er konnte die Schönheit, die er sah, nicht würdigen, er schloß sogar die Augen, während er mit rasender Geschwindigkeit der Erde entgegenfiel. Aber er merkte, daß ihm der heulende Wind noch mehr ins Bewußtsein drang, wenn er die Augen geschlossen hielt.
Es war schon zuviel Zeit verstrichen. Offensichtlich wollte sein Gleitschirm (was auch immer das war) sich nicht öffnen. Jetzt hing sein Leben von dem Fallschirm vor seiner Brust ab. Er umkrallte das Päckchen, das dicht an seinem in Aufruhr befindlichen Magen lag. Dann nahm er die Hände rasch weg: Er wollte es nicht daran hindern, sich zu öffnen. Dunkel erinnerte er sich an Menschen, die dadurch ums Leben gekommen waren, daß sie versucht hatten, dem sich automatisch öffnenden Fallschirm zu Hilfe zu kommen.
Der Wind fuhr fort zu jaulen; sein Körper sauste mit atemberaubender Geschwindigkeit zu Boden. *Nichts geschah.* Der Wind zerrte wild an seinen Füßen, ließ die Hose um seine Beine und die Hemdsärmel um die Arme klatschen. *Nichts geschah.* Bestimmt waren schon drei Minuten seit dem Absprung vergangen. Er wagte es nicht, die Augen zu öffnen, aus Furcht, die Bäume auf sich zurasen zu sehen, während er auf sie niederstürzte, in den letzten Sekunden seines bewußten Lebens...
Er war nahe daran, sich zu erbrechen.
Galle tropfte ihm aus dem Mundwinkel, aber da er mit dem Kopf nach unten fiel, lief die Flüssigkeit ihm über das Kinn zum Hals und dann in sein Hemd. Sie war eiskalt. Seine Zähne klapperten.
Ein Ruck, der förmlich an seinen Knochen zerrte, drehte ihn um.

Einen Augenblick lang dachte er, er sei auf dem Boden aufgeschlagen. Doch dann merkte er, daß er noch immer durch die Luft fiel, nur sehr viel langsamer jetzt. Er öffnete die Augen und sah den leuchtend blauen Himmel.
Mit einem Blick auf den Höhenmesser erkannte er voller Entsetzen, daß er noch weit über tausend Meter von der Erde entfernt war. Offenbar hatte der Fall von der Maschine über ihm nur wenige Sekunden gedauert...
Er hob den Kopf, konnte aber das Flugzeug nicht sehen. Unmittelbar über ihm blähte sich ein riesiges Rechteck mit leuchtenden roten, weißen und blauen Streifen: der Gleitschirm. Da es ihm leichterfiel, nach oben als nach unten zu sehen, betrachtete er ihn aufmerksam. Die vordere Kante war gewölbt und rundlich, die hintere war schmal und schlug im Wind. Das Ganze sah einem Flugzeugflügel sehr ähnlich, und von dem Schirm verliefen Leinen zu seinem Körper herab.
Er atmete tief ein und sah nach unten. Noch immer schwebte er sehr hoch über dem Boden. Daß er jetzt so langsam fiel, beruhigte ihn etwas. Es war eigentlich alles ziemlich friedlich.
Dann merkte er, daß seine Bewegung nicht abwärts, sondern seitwärts führte. Er sah unter sich die anderen Gleitschirme, Kahega mit seinen Männern und Karen Ross. Er versuchte, sie zu zählen, und meinte, es seien sechs, aber es fiel ihm schwer, sich zu konzentrieren. Er hatte den Eindruck, als bewegte er sich seitlich von ihnen fort.
Er zerrte an den Leinen in seiner linken Hand und spürte, wie sein Körper sich mitdrehte, als der Schirm sich bewegte und nach links steuerte.
Nicht schlecht, dachte er.
Er zog fester an den Leinen auf der linken Seite und machte sich nichts daraus, daß er dadurch rascher zu fallen schien. Er versuchte, in der Nähe der sinkenden Rechtecke unter ihm zu bleiben. Er hörte das Pfeifen des Windes in seinen Ohren. Er sah suchend nach oben, ob Munro über ihm war, aber außer den Streifen seines eigenen Gleitschirms vermochte er nichts zu sehen.

Er blickte wieder nach unten und war erstaunt, als er merkte, daß der Boden schon sehr viel näher gekommen war, daß er ihm jetzt mit geradezu sinnenbetäubender Geschwindigkeit entgegenzurasen schien. Er fragte sich, wieso er geglaubt hatte, langsam nach unten zu schweben. Der Sturz hatte nichts Sanftes an sich. Er sah, wie der erste Gleitschirm sachte in sich zusammensank, als Kahega den Boden berührte, dann der zweite, der dritte.
Es würde nicht mehr lange dauern bis zu seiner Landung. Er war schon fast auf der Höhe der Baumkronen, aber seine Seitwärtsbewegung war sehr stark. Er merkte, daß er mit der linken Hand noch immer fest an den Leinen zerrte. Er löste den Griff, seine Seitwärtsbewegung hörte auf, er trieb jetzt nach vorn.
Zwei weitere Gleitschirme fielen in sich zusammen. Er sah wieder dorthin, wo Kahega und seine Männer bereits die Schirme einrollten. Sie waren heil gelandet, das machte ihm Mut.
Er trieb mitten in eine dichte Baumgruppe hinein. Er zerrte an seinen Leinen und drehte sich nach rechts, wobei die Bewegung seinen ganzen Körper mitriß. Er fiel jetzt sehr rasch. Den Bäumen würde er nicht ausweichen können, er würde genau auf sie aufprallen. Die Zweige schienen wie Finger nach ihm zu greifen. Er schloß die Augen und spürte, wie die Zweige ihm Gesicht und Körper zerkratzten, als er nach unten fiel. Er wußte, daß er in der nächsten Sekunde auf dem Boden aufprallen würde, dann mußte er sich abrollen...
Er prallte nicht auf.
Plötzlich war alles still. Er merkte, wie er auf- und abschwang. Als er die Augen öffnete, sah er, daß er gut einen Meter über dem Boden in der Luft hing. Sein Gleitschirm hatte sich in den Bäumen verfangen.
Er öffnete die Verschlüsse des Gurtzeugs und ließ sich zu Boden fallen. Gerade als er aufstand, kamen Kahega und Karen Ross zu ihm herübergelaufen und fragten, ob ihm etwas fehle.
»Mir geht es großartig«, sagte Elliot, und so fühlte er sich auch, lebendiger, als er sich je erinnern konnte. Im nächsten Augenblick fiel er auf unsicheren Gummibeinen um und erbrach sich sogleich.

Kahega lachte. »Willkommen im Kongo«, sagte er.
Elliot wischte sich den Mund und fragte: »Wo ist Amy?«
Einen Augenblick später landete Munro, mit einem blutenden Ohr – Amy hatte ihn vor Angst gebissen. Sie war aber wohlauf und rannte auf allen vieren zu Elliot, um sich zu vergewissern, daß ihm nichts fehlte. Dann ließ sie wissen: *Amy fliegen nicht mögen.*

»Aufpassen!«
Das erste der torpedoförmigen Versorgungspäckchen kam herunter und zerbarst beim Aufschlag auf dem Boden wie eine Bombe, wobei Ausrüstungsteile und Stroh in alle Richtungen verstreut wurden.
»Da kommt die nächste!«
Elliot ging in Deckung. Die zweite Bombe schlug nur wenige Meter neben ihm ein. Folienbehälter mit Reis und anderen Nahrungsmitteln prasselten auf ihn nieder. Über sich hörte er das Dröhnen der kreisenden Fokker. Er stand gerade rechtzeitig auf, um zu sehen, wo die beiden letzten Versorgungsbomben aufschlugen, während Kahegas Männer sich rennend in Sicherheit brachten und Karen Ross schrie: »Vorsichtig, da sind die Laser drin!«
Es war wie im Bombenkrieg, aber so rasch es begonnen hatte, so rasch war es auch vorüber. Die Fokker über ihnen entschwand, und der Himmel war still. Die Männer machten sich daran, die Ausrüstung wieder zusammenzupacken und die Schirme zu vergraben, während Munro auf swahili Anweisungen brüllte.
Zwanzig Minuten später zogen sie im Gänsemarsch durch den Wald, taten die ersten Schritte auf einem dreihundert Kilometer langen Weg, der sie in die unerforschten östlichen Gebiete des Kongo führen würde, einer wunderbaren Belohnung entgegen.
Wenn sie sie rechtzeitig erreichten.

2. Kigani

Als Elliot den ersten Schrecken des Absprungs überwunden hatte, gefiel ihm der Marsch durch den Barawanawald. Affen kreischten in den Bäumen, und Vögel ließen ihren Ruf in der kühlen Luft erschallen. Die Kikuyu-Träger zogen einzeln hinter ihnen her, rauchten Zigaretten und scherzten in einer fremden Sprache miteinander. Elliot genoß seine Empfindungen – das Gefühl, von einer sich selbst verabsolutierenden Zivilisation losgelöst zu sein, das Abenteuer, die Möglichkeit unerwarteter Ereignisse, die jederzeit eintreten konnten, und schließlich die Suche nach einer fesselnden Vergangenheit, während die Allgegenwart der Gefahr die Empfindungen intensivierte. In dieser Hochstimmung lauschte er den Tieren des Walds um sich herum, sah das Licht- und Schattenspiel zwischen den Bäumen, spürte den nachgiebigen Boden unter seinen Füßen und sah zu Karen Ross hinüber, die ihm plötzlich auf eine völlig unerwartete Art anmutig und schön erschien.

Doch sie verschwendete keinen Blick auf ihre Umgebung. Sie drehte im Gehen Knöpfe an einem ihrer schwarzen Elektronikkästen und versuchte ein Signal einzufangen. Von einem Schulterband hing ein zweiter solcher Kasten, und da sie sich nicht nach Elliot umwandte, hatte er Zeit zu beobachten, daß sich an ihrer Achsel ein dunkler Schweißfleck gebildet hatte und ein weiterer an ihrem Rücken. Das dunkelblonde Haar klebte ihr naß und strähnig am Hinterkopf. Auch bemerkte er, daß ihre Hose vom Aufprall auf dem Boden voller Falten und Schmutzflecke war.

»Genießen Sie den Wald«, sagte Munro zu ihm. »Das ist auf lange Zeit das letzte Mal, daß Sie sich kühl und trocken fühlen werden.«

Elliot stimmte zu, daß es im Wald sehr angenehm sei.

»Ja, sehr angenehm«, pflichtete Munro ihm mit einem seltsamen Gesichtsausdruck bei und nickte.

Der Barawanawald war kein jungfräulicher Urwald. Von Zeit zu Zeit kamen sie an gerodeten Feldern und anderen Anzeichen menschlicher Besiedlung vorbei, wenn sie auch nie jemanden sahen. Als Elliot darauf hinwies, schüttelte Munro den Kopf. Während sie tiefer in den Wald eindrangen, wurde Munro immer grüblerischer und wortkarger. Allerdings zeigte er sich an der Tierwelt interessiert und blieb oft stehen, um aufmerksam einem Vogelruf zu lauschen, bevor er der Expedition das Signal zum Weitermarsch gab.

Während einer solchen Pause drehte Elliot sich um, blickte die Reihe von Trägern entlang, die Lasten auf ihren Köpfen balancierten und empfand eine enge Beziehung zu Livingstone, Stanley und den anderen Afrika-Forschern, die vor einem Jahrhundert diesen Kontinent durchstreift hatten. Hier stimmten seine romantischen Vorstellungen tatsächlich einmal. Das Leben in Zentralafrika hat sich seit Stanleys Erforschung des Kongo in den siebziger Jahren des vorigen Jahrhunderts nur wenig geändert – so wenig wie die Grundzüge der Expeditionen in dieses Gebiet. Wer ernsthaft etwas erforschen wollte, mußte nach wie vor zu Fuß gehen, nach wie vor waren Träger erforderlich, die Kosten waren beträchtlich – und auch die Gefahren.

Gegen Mittag hatten Elliots Schuhe zu drücken begonnen, und jetzt merkte er, daß er todmüde war. Offensichtlich waren auch die Träger müde. Sie waren schweigsam geworden, rauchten nicht mehr und riefen einander auch keine Scherzworte mehr zu. Die Gruppe zog schweigend weiter. Elliot fragte Munro, ob eine Mittagspause eingelegt werde.

»Nein«, sagte Munro.

»Das ist gut«, sagte Karen Ross mit einem Blick auf ihre Uhr.

Kurz nach ein Uhr hörten sie das Klopfen von Hubschrauberrotoren. Munro und die Träger reagierten sofort – sie tauchten unter eine Gruppe hoher Bäume und warteten, nach oben spähend. Wenige Augenblicke später donnerten zwei große grüne Hubschrauber über sie hinweg. Elliot konnte deutlich die weiße Beschriftung lesen: FAZ.

Munro warf den abziehenden Hubschraubern einen schiefen Blick nach. Es waren Hueys amerikanischer Herkunft, die

Bewaffnung hatte er nicht erkennen können. »Vom Heer«, sagte er. »Die suchen nach Kigani.«
Eine Stunde später kamen sie an eine Lichtung, auf der Maniok angebaut wurde. Ein grob zusammengezimmertes Farmgebäude stand in der Mitte, aus dem Schornstein stieg blasser Rauch und an einer Leine flatterte Wäsche träge im schwachen Lufthauch. Von den Bewohnern war nichts zu sehen.
Bisher war die Expedition jeweils um landwirtschaftlich genutzte Lichtungen herumgezogen, aber diesmal hob Munro die Hand und gebot Halt. Die Träger setzten ihre Lasten ab, hockten sich ins Gras und warteten stumm.
Die Atmosphäre war angespannt – Elliot verstand nicht recht warum. Munro saß mit Kahega am Rand der Lichtung und faßte das Farmhaus und die es umgebenden Felder ins Auge. Als sich nach zwanzig Minuten immer noch nichts rührte, wurde Karen Ross, die neben Munro saß, ungeduldig und sah immer wieder auf die Uhr. »Warum machen wir nicht –«
Munro legte ihr grob die Hand auf den Mund. Er wies auf die Lichtung und bildete mit den Lippen ein Wort: Kigani.
Karen Ross öffnete die Augen weit. Munro nahm seine Hand fort.
Sie alle sahen zu dem Farmhaus hinüber. Immer noch rührte sich nichts. Karen Ross machte mit dem Arm eine kreisförmige Bewegung und deutete damit an, daß sie um die Lichtung herumgehen und weiterziehen sollten. Munro schüttelte den Kopf und bedeutete ihr mit einer Handbewegung, sie solle sich wieder auf den Boden setzen. Er sah Elliot fragend an und wies auf Amy, die in der Nähe durch das hohe Gras streifte. Er schien zu befürchten, daß Amy ein Geräusch verursachen könnte. Elliot machte Amy Zeichen, sie möge sich still verhalten, aber es war nicht nötig. Sie hatte die allgemeine Spannung längst empfunden und warf von Zeit zu Zeit mißtrauische Blicke zum Farmhaus hinüber.
Wieder geschah einige Minuten lang nichts. Sie lauschten dem Zirpen der Zikaden in der heißen Mittagssonne und warteten. Sie sahen die Wäsche auf der Leine im Wind flattern.

Dann drang plötzlich kein blauer Rauch mehr aus dem Schornstein.
Munro und Kahega tauschten Blicke. Kahega glitt dorthin zurück, wo die Träger saßen, öffnete eine der Lasten und holte eine Maschinenpistole heraus. Er bedeckte mit der Hand den Sicherungshebel und dämpfte so das beim Entsichern entstehende Geräusch. Es war unglaublich still in der Lichtung. Kahega nahm seinen Platz neben Munro wieder ein und gab ihm die Waffe. Munro sah nach, ob sie entsichert war und legte sie dann auf den Boden. Sie warteten noch einige Minuten. Elliot warf einen Blick zu Karen Ross hinüber, aber sie sah nicht in seine Richtung.
Man hörte ein leises Quietschen, als die Tür des Hauses sich öffnete. Munro nahm die Maschinenpistole zur Hand.
Niemand kam heraus. Sie alle starrten auf die offene Tür und warteten. Und dann traten schließlich die Kigani-Krieger aus der Türöffnung ins Sonnenlicht.
Elliot zählte zwölf hochgewachsene, muskulöse, mit Pfeil und Bogen bewaffnete Männer, die lange Buschmesser in den Händen hielten. Über Beine und Brustkorb zogen sich weiße Striche, und ihre Gesichter waren ganz und gar weiß bemalt. Das verlieh ihnen ein bedrohliches Aussehen, die Gesichter wirkten wie Totenschädel. Als die Kigani durch den hochstehenden Maniok davonzogen, konnte man nur noch ihre weißen Köpfe sehen, die sich immer wieder sichernd umwandten.
Auch nach ihrem Weggang wartete Munro noch zehn Minuten und behielt die still vor ihnen liegende Lichtung aufmerksam im Auge. Schließlich erhob er sich und seufzte. Als er sprach, klang seine Stimme unglaublich laut. »Das waren Kigani«, sagte er.
»Was haben sie getan?« wollte Karen Ross wissen.
»Gegessen«, sagte Munro, »Sie haben die Menschen, die dort wohnten, getötet und dann gegessen. Die meisten Farmer sind geflohen, weil die Kigani auf dem Kriegspfad sind.«
Er machte Kahega ein Zeichen, die Träger wieder in Marsch zu setzen, und sie brachen auf, umgingen die Lichtung. Elliot warf immer wieder Blicke auf das Farmhaus und fragte sich, was er wohl sehen würde, wenn er hineinginge. Munros Aussage hatte so

beiläufig geklungen: *Sie haben die Menschen ... getötet und dann gegessen.*
»Ich vermute«, sagte Karen Ross und sah über ihre Schulter, »daß wir uns glücklich preisen dürfen. Vermutlich gehören wir zu den letzten Menschen auf der Welt, die so etwas zu sehen bekommen.«
Munro schüttelte den Kopf. »Das bezweifle ich«, sagte er. »So schnell bricht niemand mit alten Gewohnheiten.«

Im Verlauf des Bürgerkriegs, der in den sechziger Jahren im Kongo getobt hatte, hatte die Öffentlichkeit der westlichen Welt entsetzt auf Berichte über den weitverbreiteten Kannibalismus und andere Scheußlichkeiten reagiert. In Wirklichkeit war Kannibalismus in Zentralafrika stets offen praktiziert worden.
Sidney Hinde schrieb 1897, daß »alle Stämme im Kongo-Becken entweder Kannibalen sind oder waren, und bei einigen von ihnen gewinnt der Brauch an Beliebtheit.« Hinde zeigte sich von der unverhüllten Offenheit des kongolesischen Kannibalismus beeindruckt: »Dampferkapitäne haben mir oft versichert, daß immer wieder, wenn sie versuchen, von den Eingeborenen Ziegen zu kaufen, im Austausch dafür Sklaven verlangt werden. Häufig kommen sie mit Elefantenzähnen an Bord, für die sie einen Sklaven kaufen wollen, und beklagen sich, daß *Fleisch derzeit in weitem Umkreis sehr knapp sei.*«
Im Kongo stand der Kannibalismus in keiner Beziehung zu Ritualen, zur Religionsausübung oder zum Krieg – es war lediglich eine Frage kulinarischer Vorliebe.
Reverend Holman Bentley, ein Geistlicher, die zwanzig Jahre dort zubrachte, zitierte einen Eingeborenen, der gesagt haben soll: „Ihr Weißen glaubt, daß Schweinefleisch am besten schmeckt, aber in Wirklichkeit hält es den Vergleich mit Menschenfleisch nicht aus.« Bentley hatte den Eindruck, daß die Eingeborenen »die ihren Gewohnheiten gegenüber erhobenen Bedenken nicht verstehen würden. Ihr eßt Geflügel und Ziegen, und wir essen Menschen – warum auch nicht? Wo liegt der Unterschied?«

Diese ungezwungene Haltung erstaunte Beobachter und führte zu seltsamen Gewohnheiten. Herbert Ward beschrieb 1910 Märkte, auf denen Sklaven verkauft wurden, und zwar »stückweise, bei lebendigem Leibe. So unglaublich es erscheinen mag, Gefangene werden von Ort zu Ort geführt, damit jeder Gelegenheit hat, durch Markierungen, die außen am Körper angebracht werden, den Teil zu kennzeichnen, den er zu kaufen wünscht. Diese Kennzeichnung erfolgt gewöhnlich mit Hilfe farbigen Tons oder in besonderer Weise geknoteter Grasstreifen. Die verblüffende Gelassenheit der Opfer, die auf diese Weise erleben, wie um ihre einzelnen Teile gefeilscht wird, ist nur der Abgestumpftheit vergleichbar, mit der sie ihrem Geschick entgegenziehen.«
Solche Berichte kann man nicht als Zeugnisse spätviktorianischer Hysterie abtun, denn alle Beobachter beschrieben die Kannibalen als freundlich und sympathisch. Ward nannte sie Menschen »ohne Arg und niedrige Gesinnung. In völligem Gegensatz zu allem, was man eigentlich annehmen sollte, gehören sie zu den freundlichsten Menschen«. Bentley beschrieb sie als »heitere und mutige Burschen, freundlich in der Unterhaltung und nur zu bereit, ihre Zuneigung zu beweisen.«
Unter der belgischen Kolonialverwaltung ging der Kannibalismus stark zurück – zu Beginn der fünfziger Jahre ließen sich sogar gelegentlich Friedhöfe finden –, aber niemand nahm ernsthaft an, daß er ausgerottet sei. Noch 1956 schrieb H. C. Engert: »Der Kannibalismus ist in Afrika bei weitem noch nicht tot ... Ich habe selbst eine Weile in einem Kannibalendorf zugebracht und einige (menschliche) Knochen gefunden. Es handelt sich bei den Eingeborenen um überaus freundliche Menschen. Der Kannibalismus ist einfach ein alter Brauch, der nicht so schnell aufgegeben wird.«

In Munros Augen war der Aufruhr der Kigani 1979 lediglich eine politische Unbotmäßigkeit. Die Angehörigen des Stamms rebellierten gegen die Aufforderung der Regierung des Landes Zaïre, Ackerbau zu treiben, statt zu jagen – als sei das alles so einfach. Die Kigani waren ein armes, rückständiges Volk, Hygiene war bei ihnen nur wenig entwickelt, ihre Nahrung war eiweiß- und vitaminarm, und sie fielen häufig der Malaria, dem Hakenwurm, der Bilharziose und der Schlafkrankheit zum Opfer. Jedes vierte Kind starb bereits bei der Geburt, und nur wenige Kigani wurden älter als fünfundzwanzig Jahre. Die Mühsal ihres Daseins erforderte Erklärungen, und die lieferten ihnen Angawa oder Zauberer. Die Kigani glaubten, daß die Mehrzahl der Todesfälle durch das Eingreifen übernatürlicher Kräfte erfolgte: Das Opfer war von einem Zauberer verhext, hatte ein Tabu gebrochen oder wurde von rachedurstigen Geistern aus dem Totenreich umgebracht. Auch der Jagd wohnte ein übernatürlicher Aspekt inne: Das Wild wurde stark von der Geisterwelt beeinflußt. Tatsächlich erschien den Kigani die übernatürliche Welt weit wirklicher als die Alltagswelt, die sie für einen »Wachtraum« hielten. Sie versuchten, die übernatürlichen Kräfte durch Zauberbann und von den Angawa hergestellte Zaubertränke zu beherrschen. Sie führten auch rituelle Veränderungen an ihren Leibern durch, bemalten beispielsweise Gesicht und Hände weiß, um damit dem Krieger für die Schlacht größere Kräfte zu verleihen. Da die Kigani glaubten, daß auch den Leichen ihrer Feinde ein Zauber innewohnte, aßen sie sie, um den von anderen Angawa ausgesprochenen Zauber zu brechen. Die ursprünglich dem Gegner eigenen magischen Kräfte sollten so auf sie übergehen, und die Bemühungen der feindlichen Zauberer vereitelt werden.

Dieser Glaube war uralt, und die Kigani reagierten schon immer in ganz bestimmter Weise auf Bedrohungen. Dazu gehörte, daß sie andere Menschen aßen. 1890 zogen sie im Norden auf den Kriegspfad, nachdem die ersten Fremden mit Feuerwaffen bei ihren Einfällen das Wild vergrämt hatten. Als sie im Bürgerkrieg 1961 vor dem Hungertod standen, griffen sie andere Stämme an und aßen ihre Opfer.

»Und warum essen sie jetzt Menschen?« fragte Elliot Munro.

»Sie bestehen auf ihrem Jagdrecht«, sagte Munro. »Ganz gleich, was die Bürokraten in Kinshasa davon halten.«

Am frühen Nachmittag erklommen die Expeditionsteilnehmer einen Berg, von dem aus sie die Täler überblicken konnten, die in

südlicher Richtung hinter ihnen lagen. In der Ferne entdeckten sie große Rauchwolken und sahen Flammen emporzüngeln. Man hörte die gedämpften Detonationen von Luft-Boden-Raketen und das Rotorklopfen von Hubschraubern, die wie mechanische Geier über einem erlegten Stück Wild in der Luft kreisten.
»Das sind Kigani-Dörfer«, sagte Munro und blickte kopfschüttelnd zurück. »Sie haben nicht die geringsten Aussichten, zumal alle Männer in den Hubschraubern und die Bodentruppen, die sie unterstützen, vom Abawe-Stamm sind, dem Erbfeind der Kigani.«
Die Welt des 20. Jahrhunderts hatte keinen Raum für den Glauben von Kannibalen, und die Regierung in Kinshasa, dreitausend Kilometer entfernt, hatte bereits beschlossen, »den peinlichen Brauch der Menschenfresserei« in den Grenzen ihres Landes mit Stumpf und Stiel auszurotten. Sie schickte im Juni fünftausend Soldaten und sechs mit Raketen ausgerüstete amerikanische UH-2-Hubschrauber sowie zehn gepanzerte Mannschaftstransporter gegen die Kigani, um die Rebellion niederzuschlagen. Der kommandierende Befehlshaber, General Ngo Muguru, gab sich keinen Täuschungen über seinen Auftrag hin: man wollte in Kinshasa, daß er den Stamm der Kigani ausrottete – und genau das dachte er zu tun.

Während des übrigen Tages hörten sie entfernte Detonationen von Mörsern und Raketen. Es war unmöglich, den Kontrast zwischen dieser modernen Bewaffnung und Pfeil und Bogen der Kigani-Krieger zu übersehen, die sie beobachtet hatten. Karen Ross sagte, es sei traurig, und Munro erwiderte, es sei unvermeidlich.
»Der Zweck des Lebens«, sagte Munro, »ist es, am Leben zu bleiben. Beobachten Sie einmal ein Tier in der Natur – es versucht nichts anderes, als am Leben zu bleiben. Es kümmert sich nicht um Aussichten oder Glaubenshaltungen. Immer dann, wenn das Verhalten eines Tiers es die Beziehung zur Wirklichkeit seines Daseins verlieren läßt, verschwindet es als Art von der Bildfläche. Die Kigani haben nicht erkannt, daß die Zeiten sich

geändert haben und daß ihr Glaube nicht funktioniert. Damit sind sie zum Untergang verurteilt.«
»Vielleicht gibt es eine höhere Wahrheit als die, einfach am Leben zu bleiben«, sagte Karen Ross.
»Bestimmt nicht«, sagte Munro.
Sie sahen noch einige weitere Kigani-Trupps, gewöhnlich aus einer Entfernung von vielen Kilometern. Am Ende des Tages, nachdem sie die schwankende Holzbrücke über die Moruti-Schlucht überquert hatten, verkündete Munro, sie seien jetzt aus dem Kigani-Gebiet heraus und zumindest vorläufig in Sicherheit.

3. Im Lager Moruti

In einer hoch gelegenen Lichtung oberhalb von Moruti, dem »Ort sanfter Winde«, rief Munro Anweisungen auf swahili, und Kahegas Träger begannen, ihre Lasten auszupacken. Karen Ross sah auf die Uhr. »Machen wir Schluß?«
»Ja«, sagte Munro.
»Aber es ist erst fünf Uhr. Wir haben noch zwei Stunden Tageslicht.«
»Wir schlagen das Lager hier auf«, sagte Munro. Moruti lag in fünfhundert Meter Höhe. Noch zwei Stunden, und sie hätten den weiter unterhalb liegenden Regenwald erreicht. »Hier ist es kühler und angenehmer.«
Karen Ross sagte, sie mache sich nichts aus Annehmlichkeiten.
»Warten Sie nur ab«, sagte Munro.
Um möglichst schnell vorwärts zu kommen, wollte Munro die Expedition, wo immer das möglich war, aus dem Regenwald heraushalten. Man konnte sich nur langsam und mühsam durch den Dschungel arbeiten, und sie würden mehr als genug Erfahrungen mit Schlamm, Zecken und den verschiedensten Spielarten von Fieber machen.
Kahega rief ihm auf Swahili etwas zu. Munro wandte sich an

Karen Ross und sagte: »Kahega möchte wissen, wie man diese Zelte aufstellt.«

Kahega hielt eine faltige silberfarbene Gewebekugel in der ausgestreckten Hand. Die anderen Träger waren ebenso verwirrt und suchten in ihren Lasten nach den vertrauten Zeltpfosten oder Stäben, ohne jedoch dergleichen zu finden.

Die ERTS hatte sich 1977 ihre Ausrüstung für Expeditionslager von einer Arbeitsgruppe der NASA entwickeln lassen. Dabei war man von der Erkenntnis ausgegangen, daß sich die Ausrüstung von Expeditionen in die Wildnis seit dem 18. Jahrhundert nicht mehr grundlegend geändert hatte. »Entwicklungen für neuzeitliche Forschungsunternehmen sind überfällig«, hatte die ERTS gesagt und Verbesserungen gefordert, die vor allem das Gewicht, die Bequemlichkeit und die Leistungsfähigkeit der Ausrüstung für Expeditionen betrafen. Die NASA hatte alles umkonstruiert, von Bekleidung und Stiefeln bis hin zu Zelten und Kochgeräten, Nahrungsmitteln, Speiseplänen, Erste-Hilfe-Päckchen und Nachrichtensystemen für Expeditionen der ERTS in unerforschte Gebiete.

Die neuen Zelte waren kennzeichnend für die Art, wie die NASA an solche Aufgaben heranging. Man war zu dem Ergebnis gekommen, daß bei herkömmlichen Zelten der größte Teil des Gewichts auf stützende Elemente entfiel. Außerdem waren Einschichtzelte schlecht isoliert. Also konnte, wer Zelte ordentlich isolierte, das Gewicht von Kleidung und Schlafsäcken vermindern und damit auch den täglichen Kalorienbedarf der Expeditionsteilnehmer. Da Luft ein ausgezeichnetes Isoliermittel ist, bestand die naheliegende Lösung in einem aufblasbaren Zelt ohne stützende Teile: Die NASA entwickelte eines, das ganze 170 Gramm wog.

Mit einer leise pfeifenden Fußpumpe blies Karen Ross das erste Zelt auf. Es bestand aus zweilagigem, silberbeschichtetem Mylar und sah aus wie eine leuchtende verrippte Nissenhütte. Die Träger klatschten vor Vergnügen in die Hände, Munro schüttelte belustigt den Kopf und Kahega holte einen kleinen silberglänzenden Kasten von der Größe eines Schuhkartons hervor.

»Und das? Was ist das?«

»Das brauchen wir heute nacht nicht. Das ist eine Klimaanlage«, sagte Karen Ross.
»Keinen Schritt im Busch ohne Klimaanlage«, sagte Munro.
Karen Ross warf ihm einen finsteren Blick zu. »Untersuchungen haben erwiesen«, sagte sie, »daß der Faktor, der die Arbeitsleistung am meisten zu beeinträchtigen vermag, die Temperatur der Umgebung ist. An zweiter Stelle folgt Schlafmangel.«
»Was Sie nicht sagen.«
Munro sah lachend zu Elliot hinüber, aber der war in den Anblick des Regenwalds im Schein der Abendsonne vertieft. Amy zupfte Elliot sacht am Ärmel.
Frau und Nasen-Haar-Mann streiten, gab sie ihm zu verstehen.
Sie hatte Munro von Anfang an gemocht, und er erwiderte ihre Zuneigung. Statt ihr den Kopf zu tätscheln und sie überhaupt wie ein Kind zu behandeln, was die meisten Menschen taten, behandelte Munro sie instinktiv als weibliches Wesen. Allerdings hatte er auch genug mit Gorillas zu tun gehabt, um ein Gespür für ihr Verhalten zu haben. Zwar konnte er Amys Sprache nicht deuten, doch wenn sie die Arme hob, verstand er, daß sie gekrault werden wollte, und diesem Wunsch kam er gern ein paar Augenblicke lang nach, während sie sich vor Vergnügen grunzend auf dem Boden wälzte.
Doch Amy war stets betrübt, wenn es Auseinandersetzungen gab, und so beobachtete sie jetzt die Situation mit Mißbilligung. »Sie reden nur miteinander«, beruhigte Elliot sie.
Sie gab zu verstehen, daß sie etwas essen wollte.
»Es dauert nicht lange.« Er wandte sich um und sah, wie Karen Ross die Sendeanlage aufbaute. Das sollte jetzt für den Rest der Expedition tägliche Gewohnheit werden, und zwar eine, die immer wieder Amys Aufmerksamkeit auf sich lenkte. Die ganze Anlage, mit deren Hilfe Botschaften fünfzehntausend Kilometer weit über Satelliten weitergegeben werden konnten, wog zweieinhalb Kilogramm, und die Einrichtungen für elektronische Gegenmaßnahmen wogen weitere eineinhalb Kilogramm.
Als erstes ließ Karen Ross die schirmförmig zusammengelegte Parabolantenne mit einem Durchmesser von eineinhalb Meter

aufspringen. Das gefiel Amy ganz besonders, und sie fragte an den folgenden Tagen gegen Abend Karen Ross immer drängender, wann sie denn die »Metallblume öffnen« werde. Als die Antenne stand, schloß Karen Ross den Sendeempfänger an und stellte eine Verbindung zu den Krylon-Kadmium-Elementen her. Als nächstes schaltete sie die Abschirmeinrichtung zu und steckte zum Schluß den Stecker des tragbaren Kleincomputers mit seinem winzigen Tastenfeld und seinem Datenbildschirm mit einer Diagonale von siebeneinhalb Zentimeter ein.

Diese Anlage war eine hochspezialisierte Einrichtung. Der Arbeitsspeicher des Computers hatte eine Kapazität von 189 K, und alle Stromkreise waren doppelt vorhanden. Die Gehäuse waren luftdicht versiegelt und stoßfest. Da die Bewegung der kontaktlosen Tasten nicht mechanisch, sondern über Magnete durch Ansteuerung von Feldplatten weitergegeben wurde, gab es keine störanfälligen beweglichen Teile, und es konnte am Tastenfeld kein Wasser und kein Staub eindringen.

Denoch war alles äußerst robust. Karen Ross erinnerte sich an die »Praxiserprobungen«, die bei der ERTS durchgeführt wurden. Dabei schleuderten Techniker neuentwickelte Geräte auf dem Firmenparkplatz gegen Wände, malträtierten sie mit Fußtritten und ließen sie über Nacht in einem Eimer mit schlammigem Wasser liegen. Was am folgenden Tag noch betriebsfähig war, galt als praxistauglich.

Jetzt tastete sie im Schein der über Moruti untergehenden Abendsonne die Schlüsselkoordinaten ein, mit deren Hilfe sie die Verbindung nach Houston herstellen konnte, prüfte die Signalstärke und wartete die erforderlichen sechs Minuten, bis die Sendeempfänger sich angeglichen hatten. Doch auf dem kleinen Bildschirm waren lediglich graue Bildstörungen und gelegentlich Farbimpulse zu sehen. Jemand mußte sie ganz massiv stören, und zwar offensichtlich mit einem »Symphonieorchester«.

Im Jargon der ERTS hieß die niedrigste Stufe elektronischer Störung »Tuba«. Wie bei einem Nachbarskind, das Tuba übt, war das lediglich lästig. Störungen dieser Art traten auf genau begrenzten Frequenzen auf und waren oft zufällig oder wirkten willkürlich. Im allgemeinen konnte aber trotzdem gesendet werden. Die nächste Stufe war das »Streichquartett«. Dabei wurden zahlreiche Frequenzen in erkennbarer Anordnung gestört. Erstreckte die elektronische »Musik« sich über ein noch größeres Frequenzspektrum, sprach man von einer »Big Band«, und schließlich, wenn praktisch die gesamte für Sendungen überhaupt zur Verfügung stehende Bandbreite gestört war, von einem »Symphonieorchester«.

Mit einem solchen hatte Karen Ross es jetzt zu tun. Um die Störung zu durchbrechen, mußte sie sich mit Houston koordinieren, und genau das konnte sie nicht. Doch hatte man bei der ERTS verschiedene Möglichkeiten gegen solche Störungen entwickelt. Die spielte sie jetzt eine nach der anderen durch, und schließlich gelang es ihr, die Störung mittels einer »Intervallverschlüsselung« genannten Technik zu durchbrechen. Sie machte sich zunutze, daß es auch bei Musik, bei der die Töne dicht aufeinanderfolgen, stille Zwischenräume gibt, die nur tausendstel Sekunden dauern. Man konnte die Störsignale aufzeichnen, Regelmäßigkeiten in der Abfolge dieser stummen Intervalle feststellen und während der »Stillphasen« stoßweise senden.

Karen Ross sah jetzt mit Befriedigung ein mehrfarbiges Bild auf dem kleinen Bildschirm – eine Karte der Gegend des Kongo, in der sie sich gerade befanden. Sie gab die Lagearretierung ein, woraufhin auf dem Bildschirm eine Leuchtanzeige aufflackerte. Der Text wurde in »Kurzzeilen« durchgegeben, einer speziell für kleine Bildschirme entwickelten, verkürzenden Schreibweise.

UEBRPRUEFN ORTSZT: BITE BESTAETGN 18.04 H 6/17/79.

Sie bestätigte, daß es nach Ortszeit kurz nach achtzehn Uhr war. Sogleich bildeten sich kreuzende Linien ein verschlüsseltes Muster, während die Ortszeit und die geographische Lage ihres Standorts mit einem vor dem Aufbruch der Expedition vom Computer aufgezeichneten simulierten Programm verglichen wurden.

Karen Ross war auf unangenehme Nachrichten gefaßt. Überschlägig gerechnet lagen sie inzwischen etwa siebzig Stunden hinter ihrer ursprünglichen Zeitplanung und etwas mehr als zwanzig hinter dem Konsortium zurück.

Ihre Planung hatte vorgesehen, daß sie am 17. Juni um vierzehn Uhr am Muhavura abspringen und etwa sechsunddreißig Stunden später, also am 19. gegen Mittag, in Zinj ankommen sollten. Damit wären sie fast zwei Tage vor den Konkurrenten am Ziel gewesen.

Der Raketenangriff hatte sie gezwungen, gut hundertzwanzig Kilometer südlich von der vorgesehenen Stelle abzuspringen. Der vor ihnen liegende Dschungel war vielgestaltig, und selbst wenn sie davon ausgingen, durch das Befahren von Flüssen Zeit gutzumachen, würden sie für die zu bewältigenden hundertzwanzig Kilometer doch mindestens drei Tage brauchen.

Das hieß: Sie durften nicht mehr damit rechnen, ihr Ziel vor dem Konsortium zu erreichen. Sie würden von Glück sagen können, wenn sie, statt mit einem Vorsprung von achtundvierzig Stunden, nur vierundzwanzig Stunden zu spät ankamen.

Zu ihrer Überraschung leuchtete auf dem Bildschirm auf: UEBRPRUEFN ORTSZT: – 09.04 H HUT AB! Sie hatten gegenüber der simulierten Zeitprojektion nur neun Stunden verloren!

»Was heißt das?« fragte Munro mit einem Blick auf den Bildschirm.

Es gab nur eine mögliche Erklärung. »Dem Konsortium muß irgend etwas in die Quere gekommen sein«, sagte Karen Ross.

Auf dem Bildschirm lasen sie nun:

EURO/JAP LEUT AERGR FLUGHFN GOMA/ZAIR MASCHIN SOL RADIOAKTV SEIN: PECH GHABT.

»Travis hat offenbar in Houston ein paar Beziehungen spielen lassen«, sagte Karen Ross. Sie konnte sich vorstellen, was es die ERTS gekostet haben mußte, diesen Zwischenfall auf dem kleinen Feldflugplatz von Goma zu arrangieren. »Das bedeutet, daß wir es noch immer schaffen können, falls wir die neun Stunden herausschinden.«

»Das kriegen wir hin«, sagte Munro.

Im Schein der hier, in der Nähe des Äquators, rasch untergehenden Sonne leuchtete das Lager Moruti wie eine Handvoll glitzernder Juwelen – eine silberne Parabolantenne, die fünf Silberkuppeln der Zelte, alles spiegelte sich in den Strahlen der sinkenden Sonne. Peter Elliot saß mit Amy auf der Kuppe des Hügels und betrachtete versonnen die sich vor ihm erstreckende Weite des Regenwalds.

Als die Nacht hereinbrach, sah man erste verschwommene Dunstfäden, und während mit zunehmender Dunkelheit in der sich abkühlenden Luft immer mehr Wasserdampf kondensierte, lag der Wald bald in dichtem, immer undurchdringlicherem Nebel.

6. Tag
Liko
18. Juni 1979

1. Regenwald

Am Morgen des folgenden Tages drangen sie in den feuchten Regenwald am Kongo ein, der in einer immerwährenden Düsternis liegt.
Munro bemerkte, daß ihn wieder das von früher bekannte Gefühl der Bedrücktheit und des Eingeschlossenseins beschlich, verbunden mit einer seltsamen, übermächtigen Mattigkeit. Als Söldner am Kongo in den sechziger Jahren hatte er den Dschungel gemieden, wo immer das möglich war. Die Mehrzahl der militärischen Auseinandersetzungen hatte in freiem Gelände stattgefunden – in den Kolonialstädten der Belgier, an Flußufern, an den unbefestigten Straßen, die sich wie ein rotes Band durchs Land zogen. Niemand wollte im Dschungel kämpfen. Den Söldnern war er verhaßt, und die abergläubischen Simba hatten Angst vor ihm. Beim Vorrücken der Söldner flohen die Aufständischen oft in den Dschungel, aber nie sehr weit, und Munros Soldaten folgten ihnen nicht dorthin, sondern warteten einfach, bis sie wieder herauskamen.
Auch in den sechziger Jahren blieb der Dschungel unbekanntes Land, ein Reich, in das die Mittel der modernen hochtechnisierten Kriegführung nicht recht einzudringen vermochten. Und das hatte seinen guten Grund, dachte Munro. Der Mensch gehörte einfach nicht hierher. Munro freute sich absolut nicht, wieder im Dschungel zu sein.
Elliot, der noch nie im Regenwald gewesen war, war fasziniert. Der Dschungel war anders, als er ihn sich vorgestellt hatte. Er

war nicht darauf gefaßt, daß alles so riesig war – die gigantischen Bäume, die hoch über ihm himmelwärts strebten, mit Stämmen groß wie Häuser und dicken, moosbedeckten Wurzeln, die sich am Boden wanden.

In dem weiten Raum unter den Bäumen kam man sich vor wie im Dämmerlicht einer Kathedrale: Die Sonne war völlig ausgesperrt, und am Belichtungsmesser seines Fotoapparats konnte er keinen Zeigerausschlag beobachten.

Auch hatte er sich den Dschungel weit dichter vorgestellt, als er sich nun zeigte. Sie konnten frei und unbehindert hindurchziehen. Dieser Wald schien auf eine überraschende Weise öde und still zu sein – zwar hörte man gelegentlich einen Vogelruf und kreischende Affen, aber sonst lag über allem tiefe Stille. Außerdem war alles seltsam monoton: Obwohl er im Blattwerk und in den Schlingpflanzen jede Schattierung von Grün bemerken konnte, gab es nur wenige Blumen oder Blüten. Sogar die hier und da wachsenden Orchideen sahen blaß und gedämpft aus.

Er hatte erwartet, überall Fäulnis und Moder vorzufinden, aber auch das stimmte nicht. Der Boden unter den Füßen fühlte sich oft fest an, und die Luft hatte einen neutralen Geruch. Doch war es unglaublich heiß und feucht, und alles schien naß zu sein – die Blätter, Baumstämme, der Erdboden und sogar die bedrückend regungslose Luft, die unter den Bäumen gleichsam gefangen war.

Elliot hätte sicherlich Stanleys Beschreibung aus dem vergangenen Jahrhundert zugestimmt: »Zu unseren Häupten versperrten die weit ausladenden Zweige allem Tageslicht den Zutritt ... Wir zogen in schwachem Dämmerlicht dahin ... ohne Unterlaß fiel mit klatschendem Geräusch Tau auf uns hernieder ... Unsere Kleidung war damit getränkt ... Aus allen Poren drang Schweiß, denn die Luft war erdrückend ... Wie abweisend stellte das dunkle Unbekannte sich uns entgegen!«

Da Elliot sich auf seine erste Begegnung mit dem äquatorialen Urwald gefreut hatte, war er überrascht, wie schnell er sich bedrückt fühlte – und wie schnell er ihn wieder verlassen wollte. Dabei waren in den tropischen Regenwäldern die meisten neuen

Lebensformen entstanden, der Mensch eingeschlossen. Der Dschungel ist kein gleichförmiges Biotop. Er besteht vielmehr aus vielen unterschiedlichen Kleinstumgebungen, die wie eine Schichttorte übereinander angeordnet sind. Jede enthält einen bestürzenden Reichtum an tierischem und pflanzlichem Leben, aber alle Arten sind jeweils mit nur wenigen Exemplaren vertreten. Im tropischen Dschungel gab es viermal so viele Tierarten wie in einem vergleichbaren Wald in der gemäßigten Klimazone. Während er durch den Urwald schritt, merkte Elliot, daß er ihm wie ein riesiger, warmer, dunkler Mutterleib erschien; ein Ort, an dem unter immer gleichbleibenden Bedingungen neue Arten gediehen, bis sie in der Lage waren, dem Leben in den härteren und veränderlicheren gemäßigten Zonen zu trotzen. So war es Jahrmillionen hindurch gewesen.

Amys Verhalten änderte sich, kaum daß sie die dunklen Tiefen ihrer eigentlichen Heimat betrat. Im nachhinein meinte Elliot, er hätte ihre Reaktion voraussehen können, wenn er alles gründlich durchdacht hätte.
Amy blieb nicht mehr bei der Gruppe.
Sie machte kleine Ausflüge abseits vom Pfad, hockte sich gelegentlich hin und aß zarte Triebe und Gräser. Sie ließ sich durch nichts zur Eile antreiben und nahm Elliots Aufforderungen, bei den anderen zu bleiben, nicht zur Kenntnis. Sie aß gemütlich, wobei auf ihrem Gesicht ein Ausdruck des Wohlbehagens lag. An Stellen, an denen einzelne Sonnenstrahlen das Blätterdach durchdrangen, legte sie sich auf den Rücken, rülpste und seufzte zufrieden.
»Was zum Teufel hat das zu bedeuten?« fragte Karen Ross ärgerlich. So konnten sie die verlorene Zeit nicht aufholen.
»Sie ist wieder ein Gorilla geworden«, sagte Elliot. »Gorillas sind Vegetarier und essen praktisch den ganzen Tag. Immerhin sind es große Tiere, und sie brauchen viel Futter.« Amy hatte sich sofort auf dieses Merkmal ihrer Art zurückbesonnen.
»Schön, aber können Sie nicht dafür sorgen, daß sie mit uns Schritt hält?«

»Ich versuche es. Aber sie beachtet mich nicht.« Er wußte auch, warum – Amy war endlich wieder in einer Welt, in der ein Peter Elliot nichts zu bedeuten hatte. Hier konnte sie selbst ihre Nahrung finden, Obdach, Zuflucht und was auch immer sie brauchte.

»Die Schule ist aus«, faßte Munro die Lage zusammen. Aber er wußte zugleich eine Lösung. »Lassen Sie sie nur«, sagte er munter und führte die anderen weiter. Er hielt Elliot fest am Ellbogen. »Drehen Sie sich nicht um«, sagte er. »Einfach weitergehen. Kümmern Sie sich nicht um sie.«

Sie gingen einige Minuten schweigend weiter.

Elliot fragte: »Und wenn sie nicht kommt?«

»Unsinn, Professor«, sagte Munro. »Ich dachte, Sie kennen sich mit Gorillas aus?«

»Ich kenne mich auch aus«, sagte Elliot.

»Dann wissen Sie auch, daß es in diesem Teil des Regenwalds keine gibt.«

Elliot nickte. Er hatte keine Schlafnester oder Kothaufen gesehen. »Aber sie findet hier alles, was sie braucht.«

»Nicht alles«, sagte Munro. »Zum Beispiel keine Artgenossen.«

Wie alle Herrentiere sind Gorillas gesellig. Sie leben in einer Gruppe und fühlen sich allein nicht wohl – und auch nicht sicher. Die meisten Primatenforscher vermuteten, daß sie ein dringendes Bedürfnis nach gesellschaftlichem Kontakt hatten, das sie ebenso stark empfanden wie Hunger, Durst oder Ermüdung.

»Wir sind ihre Herde«, sagte Munro. »Sie paßt schon auf, daß wir uns nicht zu weit von ihr entfernen.«

Einige Minuten später brach Amy etwa fünfzig Meter vor ihnen durch das Unterholz. Sie beobachtete die Gruppe und warf Peter böse Blicke zu.

»Schon gut, Amy«, sagte Munro. »Komm, ich kraule dich.« Amy richtete sich auf und legte sich dann vor ihm auf den Boden. Munro kraulte sie.

»Sehen Sie, Professor? Es ist alles in Ordnung.«

Amy entfernte sich nie mehr weit von der Gruppe.

Während Elliot mit unguten Gefühlen den Regenwald als die

natürliche Heimat »seines« Tiers betrachtete, begutachtete Karen Ross ihn als Quelle von Rohstoffen – allerdings hatte er da nicht allzuviel zu bieten. Sie ließ sich nicht von der üppigen übergroßen Vegetation täuschen, die, wie sie wußte, ein außergewöhnlich wirksames Ökosystem bildete, das auf praktisch unfruchtbarem Boden errichtet war.*

Die Entwicklungsländer in der dritten Welt hatten das nicht verstanden und mußten feststellen, daß der Boden, wenn der Urwald gerodet war, nur enttäuschende Erträge brachte. Und doch wurden Regenwälder mit der unglaublichen Quote von zwanzig Hektar in der Minute gerodet, Tag und Nacht. Annähernd sechzig Millionen Jahre lang hatten die Regenwälder der Welt den Äquator in einem grünen Gürtel umspannt – doch der Mensch würde sie binnen zwanzig Jahren gerodet haben.

Diese Art der Zerstörung hatte größte Beunruhigung und Bedenken ausgelöst, die Karen Ross jedoch nicht teilte. Sie zweifelte, daß das Weltklima dadurch wesentlich beeinflußt oder der Sauerstoffgehalt der Atmosphäre dadurch gemindert würde. Karen Ross ließ sich nicht so schnell in Panik versetzen und auch nicht so leicht von den Berechnungen der ängstlichen Pessimisten beeindrucken. Wenn sie Unbehagen empfand, so deshalb, weil man so wenig vom Urwald wußte. Bei einer Rodungsgeschwindigkeit von zwanzig Hektar pro Minute starb *in jeder Stunde eine* Tier- oder Pflanzenart aus. Lebensformen, die zu ihrer Entwicklung Millionen Jahre gebraucht hatten, werden binnen weniger Minuten weggewischt, und niemand konnte die Folgen dieser mit unglaublicher Geschwindigkeit erfolgenden Zerstörung voraussagen. Die Ausrottung von Arten ging schneller vonstatten, als irgend jemandem wirklich klar war, und die veröffentlichten Listen »gefährdeter« Arten verrieten nur einen Bruchteil der Wahrheit.

---

* Das Ökosystem der Regenwälder ist ein Energienutzungssystem, das mit weit höherem Wirkungsgrad arbeitet als irgendein vom Menschen entwickeltes System zur Energieumwandlung. Siehe dazu C. H. Higgins u. a., *Energy Resources and Ecosystem Utilization* (Englewood Cliffs, N. J.: Prentice Hall, 1977), pp. 232–255.

Das Übel reichte bis hinab zu den niedrigsten Lebensformen: Insekten, Würmern und Moosen.
In Wahrheit zerstörte der Mensch bedenkenlos und ohne zurückzublicken ganze Ökosysteme. Und diese Ökosysteme waren zum größten Teil voller Geheimnisse, kaum erforscht.
Karen Ross fühlte sich in eine Welt versetzt, die gänzlich anders war als die erforschbare Welt mineralischer Rohstoffe. In dieser Umgebung herrschte das pflanzliche Leben vor. Kein Wunder, dachte sie, daß die Ägypter dieses Gebiet das »Baumland« nannten. Der Regenwald bildete für pflanzliches Leben ein Treibhausklima, eine Umgebung, in der Riesenpflanzen dominierten und begünstigter waren als Säuger, auch als die zwar hochentwickelten, aber dennoch unbedeutenden Säuger der Gattung Mensch, die sich jetzt ihren Weg durch die immerwährende Finsternis des Urwalds bahnten.

Die Kikuyu-Träger hatten ihre besondere Art, auf den Wald zu reagieren: Sie fingen an zu lachen, zu scherzen und so viel Lärm wie möglich zu machen. Karen Ross sagte zu Kahega: »Die sind aber lustig.«
»Nein, nein«, sagte Kahega. »Sie warnen.«
»Warnen?«
Kahega erklärte, daß die Männer Lärm machten, um Büffel und Leoparden von sich fernzuhalten. »Und den *tembo*«, fügte er hinzu und deutete auf den Pfad, den sie gerade entlangzogen.
»Ist das ein *tembo*-Weg?« fragte sie.
Kahega nickte.
»Leben *tembo* in der Nähe?«
Kahega lachte: »Hoffentlich nicht, *tembo* ist Elefant.«
»Dann ist dies also ein Wildpfad. Werden wir Elefanten sehen?«
»Vielleicht. Vielleicht auch nicht«, sagte Kahega. »Ich hoffe nicht. Elefanten sind sehr groß.«
Gegen diese Erklärung war nichts einzuwenden. Karen Ross sagte: »Ich höre, die Männer sind deine Brüder.« Sie deutete mit einer Kopfbewegung auf die Reihe der Träger.

»Ja, es sind meine Brüder.«
»Aha.«
»Sie meinen, daß sie und ich dieselbe Mutter haben?«
»Ja, selbstverständlich.«
»Nein«, sagte Kahega, »so ist das nicht.«
Karen Ross war verwirrt. »Ihr seid also keine wirklichen Brüder?«
»Doch, wir sind wirkliche Brüder. Aber wir haben nicht dieselbe Mutter.«
»Und wieso seid ihr dann Brüder?«
»Weil wir im selben Dorf leben.«
»Mit euren Eltern?«
Kahega schien entsetzt. »*Nein*«, sagte er mit Betonung. »Nicht im selben Dorf.«
»Also in einem anderen?«
»Ja, natürlich – wir sind doch Kikuyu.« Und er erklärte ihr, daß bei den Kikuyu alle jungen Männer, alle »Brüder«, beim Eintritt in die Pubertät das Dorf ihrer Eltern verließen und in ein neues Dorf zogen, wo sie dann heirateten und ihrerseits Kinder aufzogen.
Er bot ihr an, die elektronischen Geräte zu tragen, die sie sich umgehängt hatte. Doch sie lehnte diese Hilfe ab. Sie mußte im Laufe des Tages immer wieder versuchen, mit Houston Verbindung aufzunehmen, und gegen Mittag fand sie tatsächlich eine Lücke, wahrscheinlich, weil der für die Störungen zuständige Operator des Konsortiums gerade Mittagspause machte. Sie kam durch und setzte eine neue Zeit- und Positionsangabe ab.
Auf dem Bildschirm konnte sie lesen: UEBRPRUEFN ORTSZT – 10:03 H.
Sie hatten seit der letzten Überprüfung am Vorabend fast eine Stunde verloren. »Wir müssen schneller vorwärts kommen«, sagte sie Munro.
»Wollen Sie joggen?« fragte Munro mit einem spöttischen Lächeln. »Ist auf jeden Fall sehr gesund.« Dann fügte er begütigend hinzu: »Zwischen hier und den Virunga-Vulkanen kann noch eine Menge passieren.«

Sie hörten fernes Donnergrollen, und Minuten später waren sie von einem sturzflutartigen Regen durchnäßt. Die Tropfen waren so schwer und dicht, daß sie ihnen Schmerz bereiteten. Es regnete die ganze folgende Stunde hindurch. Dann hörte der Regen ebenso plötzlich wieder auf, wie er begonnen hatte. Sie waren alle klatschnaß und fühlten sich elend, und als Munro in einer Lichtung eine Essenspause einlegen ließ, protestierte Karen Ross nicht.

Amy machte sich sogleich im Urwald auf Futtersuche. Die Träger bereiteten sich eine Mahlzeit aus Curryfleisch und Reis, während Munro, Karen Ross und Elliot mit Zigaretten die Zecken von ihren Beinen wegbrannten, die sich voller Blut gesogen hatten.

»Ich habe sie nicht einmal bemerkt«, sagte Karen Ross.

»Bei Regen sind sie noch schlimmer als sonst«, sagte Munro. Dann blickte er rasch auf und ließ seine Augen suchend über den Urwald gleiten.

»Ist etwas nicht in Ordnung?«

»Nein, es ist nichts«, sagte Munro und erklärte ausführlich, warum man die Zecken wegbrennen muß. Wenn man sie herauszog, blieb ein Teil des Kopfes im Fleisch zurück und führte zu einer Infektion.

Kahega brachte etwas zu essen, und Munro sagte leise: »Ist bei den Männern alles in Ordnung?«

»Ja«, sagte Kahega. »Alles in Ordnung. Sie haben keine Angst.«

»Angst wovor?« fragte Elliot.

»Essen Sie weiter, geben Sie sich ganz natürlich«, sagte Munro.

Elliot sah sich nervös um.

»Weiteressen!« sagte Munro. »Beleidigen Sie sie nicht. Sie dürfen sich nicht anmerken lassen, daß Sie von ihrer Gegenwart wissen.«

Die Gruppe aß schweigend weiter. Dann raschelte es ganz in der Nähe, und ein Pygmäe trat aus dem Wald heraus.

2. Tänzer der Gottheit

Er war hellhäutig, etwa anderthalb Meter groß, mit vorgewölbter Brust. Er trug nur einen Lendenschurz. Seinen Jagdbogen und seinen Pfeilköcher hatte er über die Schulter gehängt. Er betrachtete die Mitglieder der Expedition. Offensichtlich wollte er herausfinden, wer der Führer war.

Munro stand auf und sagte rasch etwas in einer fremden Sprache – Swahili war es nicht. Der Pygmäe antwortete. Munro bot ihm eine von den Zigaretten an, mit denen sie die Zecken ausgebrannt hatten. Der Pygmäe wollte sie sich nicht anstecken; er tat sie in ein Lederbeutelchen, das er am Körper trug. Es folgte eine kurze Unterhaltung, in deren Verlauf er mehrfach in den Dschungel deutete.

»Er sagt, in ihrem Dorf sei ein toter Weißer«, sagte Munro. Er nahm seine Last auf, die auch ein Erste-Hilfe-Päckchen enthielt. »Ich muß mich beeilen.«

Karen Ross sagte: »Wir können uns den Zeitverlust nicht leisten.«

Munro sah sie mit einem zornigen Blick an.

»Wieso, wenn er doch tot ist«, sagte sie.

»Er ist nicht *ganz* tot«, sagte Munro. »Er ist nicht ›tot für immer‹.«

Der Pygmäe nickte heftig. Munro erklärte ihr, wie die Pygmäen verschiedene Krankheitsgrade bezeichneten. Zuerst war ein Mensch heiß, dann fiebrig, dann krank, dann tot, dann ganz tot – und schließlich tot für immer.

Jetzt traten drei weitere Pygmäen aus dem Wald. Munro nickte. »Ich dachte mir schon, daß er nicht allein ist«, sagte er. »Diese Kerle sind nie allein. Sie ziehen nicht gern allein umher. Die anderen haben uns beobachtet. Eine falsche Bewegung, und wir hätten einen Pfeil in den Rippen gehabt. Sehen Sie die braunen Spitzen da? Vergiftet.«

Doch die Pygmäen wirkten jetzt gelöst und heiter, bis Amy durch das Unterholz zurückgestürmt kam. Rufe ertönten und Bogen wurden gespannt. Amy rannte angstvoll zu Peter Elliot hin,

sprang an ihm hoch und umklammerte seine Brust, wobei sie ihn von oben bis unten mit Schlamm beschmierte.
Die Pygmäen begannen eine lebhafte Unterhaltung. Sie wollten wissen, was Amys Ankunft zu bedeuten hatte, und bestürmten Munro mit Fragen. Schließlich setzte Elliot Amy wieder ab und fragte Munro: »Was haben Sie ihnen gesagt?«
»Sie wollten wissen, ob das Ihr Gorilla ist, und ich habe ja gesagt. Dann fragten sie, ob es ein Weibchen ist, und ich habe ja gesagt, und zum Schluß wollten sie wissen, ob Sie Beziehungen mit ihr haben, und ich habe nein gesagt. Sie sagen, das sei gut, Sie sollten sich nicht zu eng an den Gorilla anschließen, denn das bereite Ihnen Schmerz.«
»Wieso das?«
»Sie sagen, daß ein Gorilla, wenn er älter wird, entweder in den Urwald verschwindet und Ihnen das Herz bricht oder Sie umbringt.«

Karen Ross war immer noch gegen den Umweg zum Pygmäendorf, das einige Kilometer entfernt am Ufer des Liko lag. »Wir sind hinter unserer Zeitprojektion zurück«, sagte sie, »und verlieren jeden Augenblick mehr Zeit.«
Munro wurde heftig. »Hören Sie zu, Doktor«, sagte er. »Wir sind hier nicht in Houston, sondern mitten im gottverdammten Urwald. Jede Verletzung muß man hier ernst nehmen. Wir haben Medikamente – vielleicht braucht der Mann sie. Man läßt nicht einfach einen Menschen im Stich. Das gehört sich nicht.«
»Wenn wir zu dem Dorf gehen«, sagte Karen Ross, »kostet uns das den Rest des Tages und wir fallen noch einmal neun oder zehn Stunden zurück. Jetzt könnten wir es gerade noch schaffen. Bei einer weiteren Verzögerung haben wir keine Chance mehr.«
Einer der Pygmäen sprach rasch auf Munro ein. Er nickte und sah mehrmals zu Karen Ross hinüber. Dann wandte er sich den anderen zu.
»Er sagt, daß der kranke Weiße ein Zeichen auf der Brusttasche seines Hemds hat. Er will es uns zeigen.«
Karen Ross blickte seufzend auf ihre Uhr.

Der Pygmäe nahm einen Stock und zeichnete große Buchstaben in den schlammigen Boden zu ihren Füßen. Er gab sich große Mühe und konzentrierte sich mit angestrengtem Blick auf die ihm fremden Schriftzeichen: E R T S.
»Gott im Himmel«, sagte Karen Ross leise.

Die Pygmäen *gingen* nicht durch den Urwald – sie *liefen* in einem leichten Trab, schlüpften durch Gerank und Geäst und wichen Pfützen und knorrigen Baumwurzeln aus, so behende, daß es ganz einfach wirkte. Gelegentlich blickten sie zurück und lachten leise über die Schwierigkeiten, die es den drei Weißen machte, ihnen zu folgen.
Elliot fiel der Weg am schwersten. Er stolperte über Baumwurzeln, Zweige schlugen ihm an den Kopf, dornige Ranken rissen seine Haut in Fetzen. Keuchend versuchte er, mit den kleinen Männern Schritt zu halten, die mühelos vor ihm herhuschten. Karen Ross ging es nicht viel besser als ihm, und selbst Munro, der erstaunlich schnell und agil war, zeigte Zeichen von Ermüdung.
Schließlich kamen sie an einen Bach, und vor ihnen tat sich eine sonnenbeschienene Lichtung auf. Die Pygmäen hockten sich zur Rast auf Felsen und wandten ihre Gesichter der Sonne zu. Die Weißen ließen sich keuchend und ächzend zu Boden fallen. Die Pygmäen schien das zu erheitern, doch ihr Gelächter wirkte nicht verletzend.
Die ersten Menschen, die den Regenwald am Kongo bewohnten, waren Pygmäen. Wegen ihrer geringen Körpergröße, ihres unverkennbaren Wesens und ihrer unglaublichen Behendigkeit war ihre Existenz schon sehr lange weithin bekannt. Vor mehr als viertausend Jahren war ein ägyptischer Heerführer namens Herkouf in den großen Urwald westlich der Mondberge eingedrungen. Dort hatte er eine Rasse kleiner Männer vorgefunden, die zu Ehren ihrer Gottheit tanzten und sangen. Herkoufs erstaunliche Beschreibung erschien glaubwürdig, und sowohl Herodot als auch später Aristoteles beharrten darauf, daß Berichte von den kleinen Menschen nicht ins Reich der Fabeln gehörten. Doch unvermeid-

lich rankten sich im Verlauf der Jahrhunderte Mythen um diese Tänzer der Gottheit.

Noch im 17. Jahrhundert zweifelte man in Europa, ob es tatsächlich kleine Männer mit Schwänzen gab, die durch die Bäume fliegen, sich unsichtbar machen und Elefanten töten konnten. Die Verwirrung wurde dadurch vergrößert, daß man gelegentlich Schimpansenskelette mit denen von Pygmäen verwechselte. Colin Turnbull hat angemerkt, daß viele Bestandteile der Legende der Wahrheit entsprechen: der herabhängende Lendenschurz aus weichgeklopfter Baumrinde sieht tatsächlich wie ein Schwanz aus, die Pygmäen können sich ihrer Umgebung im Wald derart anpassen, daß sie nicht mehr sichtbar sind, und sie haben schon in früheren Zeiten durchaus erfolgreich Elefanten gejagt.

Die Pygmäen lachten, als sie wieder aufstanden und davontrabten. Die Weißen erhoben sich unter großem Gestöhn und stolperten hinter ihnen her. Die Pygmäen liefen eine weitere halbe Stunde ohne Pause und ohne ihr Tempo zu verlangsamen. Dann roch Elliot Rauch, und sie gelangten auf eine Lichtung an einem Bach, in der das Dorf lag.

Er zählte zehn in einem Halbkreis angeordnete niedrige Rundhütten, höchstens ein Meter zwanzig hoch. Alle Dorfbewohner waren an diesem Nachmittag vor den Hütten. Die Frauen putzten Pilze und Beeren, die sie offenbar am Tage gesammelt hatten, oder brieten über knisterndem Feuer Ferkel und Schildkröten. Kleine Kinder tollten umher und belästigten die Männer vor ihren Hütten, die pfeiferauchend den Frauen bei der Arbeit zusahen.

Auf Munros Zeichen hin warteten sie am Rand der Siedlung, bis man sie bemerkt hatte und hineinführte. Ihre Ankunft rief großes Aufsehen hervor, die Kinder wiesen kichernd mit den Fingern auf sie, die Männer wollten von Munro und Elliot Tabak haben, und die Frauen berührten Karen Ross' blondes Haar und äußerten sich laut darüber. Ein kleines Mädchen kroch ihr zwischen die Hosenbeine und sah prüfend nach oben. Munro erklärte, die Frauen seien sich nicht einig darüber, ob Karen Ross ihr Haar färbe, und das kleine Mädchen habe sich bereit erklärt, das herauszubekommen.

»Sagen Sie ihnen, die Farbe ist natürlich«, sagte Karen Ross und errötete.
Munro sprach kurz mit den Frauen. »Ich habe ihnen gesagt, daß ihr Vater dieselbe Haarfarbe hatte«, sagte er dann zu ihr. »Ich bin mir aber nicht sicher, ob sie es auch glauben.« Er gab Elliot Zigaretten zum Verteilen, für jeden Mann eine. Sie wurden mit breitem Lächeln und mädchenhaftem Gekicher entgegengenommen.
Nachdem die einleitenden Formalitäten abgeschlossen waren, führte man sie zu einer neuerbauten Hütte am äußersten Rand des Dorfs, wo der »tote« Weiße sich aufhalten sollte. Sie fanden einen vor Schmutz starrenden bärtigen Mann um die Dreißig vor, der mit untergeschlagenen Beinen im niedrigen Eingang der Hütte saß und ins Licht stierte. Elliot merkte bald, daß er sich im Zustand der Katatonie befand – er rührte und regte sich nicht.
»Ach, du großer Gott«, sagte Karen Ross. »Das ist Bob Driscoll.«
»Kennen Sie ihn?« fragte Munro.
»Er war der Geologe bei unserer ersten Kongo-Expedition.« Sie beugte sich dicht über ihn und bewegte ihre Hand vor seinem Gesicht hin und her. »Bobby, ich bin es, Karen. Was ist mit Ihnen?«
Driscoll reagierte nicht, zuckte nicht einmal mit den Wimpern. Er sah einfach geradeaus vor sich hin.
Einer der Pygmäen bot Munro eine Erklärung dafür an. Munro übersetzte: »Er ist vor vier Tagen in ihr Lager gekommen. Er war so wild, daß sie ihn bändigen mußten. Sie glaubten, es läge am Schwarzwasserfieber, also haben sie ihm eine Hütte gebaut und etwas Medizin gegeben. Daraufhin hat er sich beruhigt. Jetzt läßt er zwar zu, daß sie ihm zu essen geben, aber er sagt kein Wort. Sie glauben, daß General Mugurus Männer ihn vielleicht gefangengenommen und gefoltert haben – oder daß er *agudu* ist, *stumm*.«
Karen Ross wich entsetzt zurück. »Gott im Himmel«, sagte sie.
»Ich wüßte nicht, was wir für ihn tun könnten«, sagte Munro. »In dem Zustand, in dem er sich befindet. Körperlich scheint ihm nichts zu fehlen, aber sonst ...« Er schüttelte den Kopf.

»Ich gebe einen Bericht nach Houston durch«, sagte Karen Ross. »Die können dann von Kinshasa aus Hilfe schicken.«
Driscoll hatte die ganze Zeit über apathisch dagesessen. Doch als Elliot sich vorbeugte, um sich seine Augen anzusehen und ihm dabei näher kam, rümpfte Driscoll die Nase. Sein Körper spannte sich an. Aus seinem Mund drang ein dumpfer Klagelaut – »Ah-ah-ah-ah« – als werde er gleich laut aufschreien.
Erschreckt trat Elliot einen Schritt zurück. Driscoll beruhigte sich, verfiel wieder in sein Schweigen.
»Was zum Teufel hatte das zu bedeuten?« sagte Elliot.
Einer der Pygmäen flüsterte Munro etwas zu. »Er sagt«, erklärte Munro, »Sie riechen nach Gorilla.«

3. Ragora

Zwei Stunden später fanden sie, von einem Pygmäen durch den Regenwald südlich von Gabutu geführt, Kahega und die anderen wieder. Aber sie waren alle drei verdrießlich und wortkarg – sie hatten Durchfall.
Die Pygmäen hatten darauf bestanden, daß sie zu einem vorverlegten Abendessen blieben, und Munro hatte keine Möglichkeit gesehen, die Einladung abzuschlagen. Das Mahl bestand in der Hauptsache aus kleinen wildwachsenden Kartoffeln, die *kitsombe* genannt wurden und wie verschrumpelter Spargel aussahen, aus im Wald wachsenden Zwiebeln, die sie als *otsa* bezeichneten, und aus *modoke*, Blättern von wildem Maniok, sowie verschiedenen Arten von Pilzen. Dazu gab es kleine Portionen säuerlich schmeckendes, zähes Schildkrötenfleisch und ein paar Heuschrecken, Raupen, Würmer, Frösche und Schnecken.
Zwar enthielt diese Nahrung dem Gewicht nach doppelt so viel Eiweiß wie Beefsteak, aber sie bekam den an sie nicht gewöhnten Mägen nicht besonders. Und die Neuigkeiten, die sie am Lagerfeuer hörten, waren auch nicht dazu angetan, ihre Laune zu verbessern.

Den Berichten der Pygmäen zufolge hatten General Mugurus Leute ein Nachschublager am Steilabhang von Makran eingerichtet – genau dort, wohin Munro wollte. Es schien ein Gebot der Klugheit, den Soldaten auszuweichen. Munro erklärte, das Swahili habe kein Wort für Ritterlichkeit oder sportsmännischen Geist, und das gelte auch für die im Kongo gesprochene Variante, Lingala. »In diesem Teil der Welt heißt es: ›Fressen oder gefressen werden.‹ Da halten wir uns am besten heraus.«

Die einzige mögliche Ausweichroute führte sie nach Westen, zu einem Fluß, der Ragora hieß. Munro studierte mit gerunzelter Stirn seine Karte, während Karen Ross, ebenfalls mit gerunzelter Stirn, auf ihre Computer-Konsole sah.

»Was ist denn los mit dem Ragora?« wollte Elliot wissen.

»Vielleicht ist ja alles in Ordnung«, sagte Munro. »Es kommt darauf an, wie stark es letzthin geregnet hat.«

Karen Ross sah auf ihre Uhr. »Wir sind jetzt zwölf Stunden hinter unserem Zeitplan zurück«, sagte sie. »Das einzige, was wir tun können, ist, die ganze Nacht hindurch den Fluß hinunterzufahren.«

»Das würde ich sowieso tun«, erklärte Munro.

Karen Ross hatte noch nie gehört, daß ein Führer eine Expedition bei Nacht durch die Wildnis führte. »Und warum?«

»Darum«, sagte Munro. »Weil die Hindernisse am Unterlauf nachts sehr viel leichter zu überwinden sein werden.«

»Was für Hindernisse?«

»Darüber reden wir, wenn es soweit ist«, sagte Munro.

Knapp zwei Kilometer vom Ragora entfernt hörten sie bereits das dumpfe Brausen des Wassers. Amy war sofort ängstlich. Sie machte immer wieder Zeichen, wollte wissen: *Was Wasser?* Elliot versuchte sie zu beruhigen, aber viel konnte er nicht machen – Amy mußte sich mit dem Fluß abfinden, trotz ihrer Angst.

Als sie schließlich das Ufer erreichten, merkten sie, daß das Rauschen von den weiter flußabwärts gelegenen Stromschnellen kam. Unmittelbar vor ihnen war der schlammbraune Ragora nur fünfzehn Meter breit und floß ruhig dahin.

»Sieht ja gar nicht so schlimm aus«, sagte Elliot.
»Nein«, bestätigte Munro, »sieht ganz gut aus.«
Aber er kannte den Kongo. Der viertgrößte Fluß der Welt nach dem Nil, dem Amazonas und dem Jangtsekiang ist in mancherlei Hinsicht einzigartig. Wie eine Riesenschlange wand er sich quer durch den Kontinent und kreuzte dabei zweimal den Äquator – beim erstenmal nordwärts, auf Kisangani zu, dann wieder bei Mbandaka nach Süden. Das war so bemerkenswert, daß noch vor hundert Jahren Geographen es nicht glauben mochten. Da nun der Kongo nördlich und südlich des Äquators floß, gab es irgendwo an seinem Lauf immer eine Regenzeit, und so war er nicht den jahreszeitlichen Schwankungen der Wasserführung unterworfen, die für Flüsse wie den Nil so charakteristisch waren. Der Kongo ergoß sich mit einer stets gleichbleibenden Wassermenge von gut zweiundvierzigtausend Kubikmeter pro Sekunde in den Atlantik. Der einzige Fluß der Welt, der an der Mündung eine vergleichbare Wassermenge führte, war der Amazonas.
Wegen seines gewundenen Laufs war der Kongo allerdings auch von allen großen Flüssen der Erde am wenigsten schiffbar. Ernsthafte Schwierigkeiten für die Schiffahrt begannen bereits an den Stromschnellen von Stanley Pool, knapp fünfhundert Kilometer vom Atlantik entfernt. Dreitausend Kilometer weiter versperren bei Kisangani, wo der Fluß immerhin noch gut eineinhalb Kilometer breit war, die Wagenia-Wasserfälle der Schiffahrt endgültig den Weg. Je weiter man an den Einmündungen der Nebenflüsse vorbei flußaufwärts gelangte, desto größer wurden die Schwierigkeiten, denn oberhalb von Kisangani ergossen sich diese Nebenflüsse ungestüm abwärts in den tiefer liegenden Dschungel – sie kamen von der im Süden gelegenen Hochlandsavanne und von den östlich liegenden schneebedeckten Fünftausendern des Ruwenzori-Massivs.
Das Bett dieser Flüsse folgte tief eingekerbten Schluchten, deren bemerkenswerteste die »Portes d'Enfer« – das Höllentor – bei Kongolo war. Hier stürzte sich der sonst friedliche Lualaba durch eine achthundert Meter tiefe und nur hundert Meter breite Schlucht.

Der Ragora war ein kleiner Nebenfluß des Lualaba, in den er in der Nähe von Kisangani mündete. Die Stämme, die an seinen Ufern lebten, nannten ihn *baratawani*, »die trügerische Straße«, denn er war dafür bekannt, daß er sich ständig änderte. Sein Hauptmerkmal war die Ragora-Schlucht, sechzig Meter tief in Kalkstein geschnitten und stellenweise lediglich drei Meter breit. Je nach den letzten Regenfällen war diese Schlucht entweder ein freundliches Naturschauspiel oder ein Alpdruck aus weiß siedender Gischt.
Bei Abutu befanden sie sich noch gut zwanzig Kilometer flußaufwärts von dieser Schlucht, und aus der Beschaffenheit des Flusses ließen sich keine Schlüsse daraus ziehen, wie es an der Schlucht aussah. All das war Munro bekannt, aber es erschien ihm nicht erforderlich, Elliot aufzuklären, der gerade jetzt mit Amy vollauf beschäftigt war.

Amy hatte mit wachsender Unruhe zugesehen, wie Kahegas Männer die beiden Schlauchboote aufpumpten. Sie zupfte Elliot am Ärmel und wollte wissen: *Was Ballons?*
»Es sind Boote, Amy«, sagte er, obwohl er vermutete, daß sie sich das bereits selbst gedacht hatte und nur versuchte, die Lage zu beschönigen. Das Wort »Boot« hatte sie nur unter Schwierigkeiten gelernt, denn sie verabscheute Wasser und wollte auch nichts mit Dingen zu tun haben, die dazu bestimmt waren, auf ihm zu fahren.
Warum Boot? fragte sie.
»Wir fahren jetzt Boot«, sagte Elliot.
Tatsächlich waren Kahegas Männer gerade dabei, die Boote ans Wasser zu schieben, die Ausrüstung auf ihnen zu verstauen und sie an den Aussteifungen in der Nähe des Dollbords zu verzurren.
Wer fahren? fragte sie.
»Wir fahren alle«, sagte Elliot.
Amy sah noch einen Augenblick zu. Unglücklicherweise waren alle nervös, Munro brüllte Befehle, die Männer arbeiteten in Eile. Wie sie schon oft gezeigt hatte, war Amy empfänglich für die Stimmungen von Menschen um sie herum. Elliot mußte

immer daran denken, wie sie tagelang erklärt hatte, mit Sarah Johnson stimmte etwas nicht, und dann hatte Sarah schließlich den Mitgliedern der Projektgruppe eröffnet, sie habe sich von ihrem Mann getrennt. Elliot war sicher, daß Amy ihrer aller Bedenken spürte. *Wasser im Boot kreuzen?* fragte sie.
»Nein, Amy«, sagte er. »Nicht kreuzen. Boot fahren.«
Nein, erklärte sie, setzte sich steif hin und zog die Schultern eng zusammen.
»Amy«, sagte er, »wir können dich nicht einfach hierlassen.«
Dafür wußte sie eine Lösung. *Andere Leute gehen. Peter Amy bleiben.*
»Es tut mir leid, Amy«, sagte er. »Ich muß mit, und du auch.«
Nein, bedeutete sie ihm *Amy nicht gehen*.
»Doch, Amy.« Er holte aus seinem Gepäck die Spritze und eine Ampulle Thoralen.
Amy machte sich steif und war sichtlich zornig. Sie schlug sich mit der geballten Faust unter das Kinn.
»Laß das, Amy«, warnte er sie.
Karen Ross kam mit den hellorange leuchtenden Schwimmwesten für ihn und Amy. »Etwas nicht in Ordnung?«
»Sie flucht«, sagte Elliot. »Lassen Sie uns besser allein.« Karen Ross warf einen Blick auf Amys angespannten Körper.
Amy machte das Zeichen für Peters Namen und schlug sich dann wieder mit der Faust unter das Kinn. Dieses Zeichen wurde in wissenschaftlichen Berichten freundlich als »vulgär« wiedergegeben, obwohl Affen es meist dann verwandten, wenn sie ihr Geschäft verrichten mußten. Die Primatenforscher gaben sich keinen Täuschungen darüber hin, was die Tiere wirklich damit meinten. Amy sagte: *Peter Scheiße.*
Nahezu alle sprachfähigen Primaten schimpften, und sie verwandten dazu eine Vielzahl von Wörtern. Manchmal schien das Schimpfwort willkürlich gewählt – so zum Beispiel »Vogel«, »Nuß« oder »Dreck«. Doch hatten mindestens acht Primaten in verschiedenen Labors unabhängig voneinander die geballte Faust als Zeichen äußersten Widerwillens benutzt. Der einzige Grund dafür, daß diese bemerkenswerte Übereineinstimmung noch

nicht in die Fachliteratur eingegangen war, lag darin, daß keiner der Forscher es darauf ankommen lassen wollte. Es hatte den Anschein, daß Menschenaffen, wie auch die Menschen, die Exkremente des Körpers für ungeeignet hielten, Wut und Verachtung auszudrücken.
Peter Scheiße, gab sie ihm wieder zu verstehen.
»Amy ...« Er zog eine doppelte Dosis Thoralen auf.
Peter Scheiße Boot Scheiße Menschen Scheiße.
»Amy, hör *sofort* auf.« Er machte seinen eigenen Körper steif und beugte sich vor, ahmte die Wuthaltung eines Gorillas nach. Dadurch ließ Amy sich oft zum Rückzug bewegen. Doch diesmal half es nichts.
Peter Amy nicht mögen. Jetzt schmollte sie, wandte sich von ihm ab und machte ihre Zeichen ins Blaue hinein.
»Sei nicht albern«, sagte Elliot und näherte sich ihr mit der Spritze in der Hand. »Peter Amy mögen.«
Sie wich zurück und ließ ihn nicht an sich heran, so daß er sich gezwungen sah, das Narkosegewehr zu laden und ihr einen Betäubungspfeil in die Brust zu schießen; was er in all den Jahren, die sie gemeinsam verbracht hatten, erst drei- oder viermal getan hatte. Sie zog den Pfeil mit traurigem Gesichtsausdruck heraus.
Peter Amy nicht mögen.
»Tut mir leid«, sagte Peter Elliot und eilte auf sie zu, denn ihre Augen verdrehten sich nach oben, und er konnte sie gerade noch in seinen Armen auffangen.

Amy lag flach atmend auf dem Rücken, im zweiten Boot, Elliot zu Füßen. Voraus sah Elliot Munro, der im ersten Boot stand und den Weg wies, während das Wasser sie geräuschlos talwärts trug. Munro hatte die zwölf Angehörigen der Expedition auf zwei Boote verteilt. Er selbst hatte das erste Boot bestiegen und im zweiten Elliot, Karen Ross und Amy unter Kahegas Befehlsgewalt gestellt. Wie Munro sich ausdrückte, sollte das zweite Boot »aus unseren Mißgeschicken lernen.«
Doch in den beiden ersten Stunden gab es auf dem Ragora keine Mißgeschicke. Es war außerordentlich friedlich, im Bug des

Boots zu sitzen und zuzusehen, wie der Urwald an beiden Ufern in zeitlosem Schweigen an ihnen vorbeiglitt – es war eine geradezu hypnotisierende Stimmung. Allerdings war die Idylle heiß, so daß Karen Ross die Hand über den Rand ins schlammige Wasser hängen ließ, bis Kahega ihr das verwehrte.

»Wo Wasser ist, ist auch immer *mamba*«, sagte er.

Kahega wies auf die Schlammbänke, auf denen sich Krokodile in der Sonne rekelten, die von ihrem Näherkommen keinerlei Notiz zu nehmen schienen. Gelegentlich gähnte eines der riesigen Reptile und streckte dabei gezackte Kiefer in die Luft, doch meistens schienen sie einfach nur träge dazuliegen und sich um nichts zu kümmern.

Elliot war insgeheim enttäuscht. In den Dschungelfilmen, die er gesehen hatte, glitten die Krokodile jedesmal bedrohlich ins Wasser, sobald sich die Bugspitze eines Boots zeigte. »Wollen sie uns nichts tun?« fragte er.

»Zu heiß«, sagte Kahega. »*Mamba* schläfrig, außer wenn es kühl ist – frißt morgens und nachts, nicht jetzt. Die Kikuyu sagen, tagsüber ist *mamba* bei der Armee, eins-zwei-drei-vier.« Und er lachte.

Es dauerte eine Weile, bis aus den Erklärungen deutlich wurde, daß Kahegas Stammesgenossen aufgefallen war, wie die Krokodile tagsüber Liegestütze machten, das heißt, ihre schweren Leiber auf ihren Stummelbeinen mit einer Bewegung vom Boden hoben, die Kahega an Übungen zur Körperertüchtigung denken ließ, wie sie bei der Armee an der Tagesordnung waren.

»Weshalb macht sich Munro nur solche Sorgen?« fragte Elliot.

»Wegen der Krokodile?«

»Nein«, sagte Kahega.

»Wegen der Ragora-Schlucht?«

»Nein«, sagte Kahega.

»Weswegen dann?«

»Nach der Schlucht«, sagte Kahega.

Jetzt begann der Ragora sich zu winden, und als sie um eine Flußbiegung kamen, hörten sie ein sich stetig steigerndes Donnern. Elliot meinte zu spüren, wie das Boot immer schneller

wurde und wie das Wasser an den seitlichen Gummiwülsten entlangschoß. Kahega rief laut: »Festhalten!«
Dann waren sie in der Schlucht.

Später hatte Elliot nur bruchstückhafte, kaleidoskopartige Erinnerungen: das aufgewühlte, schlammige Wasser, das im Licht der Sonne weiß schäumte, die unkontrollierten, ruckartigen Bewegungen des Boots, Munros Boot, das vor ihnen auf den Wellen tanzte und zu kentern schien, es aber wunderbarerweise nicht tat. Die Fahrt ging jetzt so rasch, daß es schwerfiel, den Blick auf bestimmten Stellen an den vorbeischießenden roten Wänden der Schlucht zu heften. Sie bestanden aus nacktem Fels, von gelegentlichen, sich mühevoll haltenden kleinen Büschen abgesehen. Das erschreckend kalte, schlammige Wasser, das immer wieder über ihnen zusammenschlug, bildete einen scharfen Kontrast zu der heißen, feuchten Luft, und um die schwarzen, aus dem Wasser herausragenden Felsen sprühte die weiße Gischt, so daß sie aussahen wie kahle Schädel ertrunkener Männer.
Alles geschah viel zu rasch.
Sie verloren Munros Boot oft minutenlang aus den Augen, wenn riesige Wellen schlammigen Wassers, die an ihm emporleckten, es ihren Blicken entzogen. Das Dröhnen hallte mit sich steigernder Lautstärke von den Felswänden zurück, es wurde Teil ihrer Welt, wo in den Tiefen der Schlucht, in denen die Nachmittagssonne den schmalen Streifen dunklen Wassers nicht mehr erreichte, die Boote durch eine brodelnde Hölle eilten, von Felswänden abprallten, sich um sich selbst drehten, während die Bootsführer brüllten, fluchten und sie mit Paddeln von den Felswänden zurückstießen.
Amy lag auf dem Rücken. Sie war noch immer an einer der Seitenversteifungen festgebunden, und Elliot fürchtete ständig, die Schlammwogen, die über den Dollbord hereinprasselten, würden sie ertränken. Allerdings ging es Karen Ross kaum besser. Mit leiser eintöniger Stimme sagte sie immer wieder: »O mein Gott, o mein Gott, o mein Gott«, während das Wasser in unaufhörlichen Wellen auf sie niederstürzte und sie bis auf die Haut durchnäßte.

Die Natur hielt noch weitere Unbilden für sie bereit. Selbst hier, im brodelnden, dröhnenden Innersten der Schlucht hingen Moskitos in schwarzen Trauben in der Luft und stachen gnadenlos auf sie ein. Es schien unmöglich: inmitten des dröhnenden Chaos der Ragora-Schlucht *konnte* es keine Moskitos geben – aber sie waren da. Die Boote tobten mit heftigen, zermürbenden Bewegungen durch die stehenden Wellen, und in der zunehmenden Dunkelheit schöpften die Insassen mit der gleichen Verbissenheit, mit der sie nach den Moskitos schlugen, das Wasser aus.
Und dann plötzlich weitete sich der Fluß, die Strömung des schmutzigen Wassers verlangsamte sich, und die Wände der Schlucht strebten auseinander. Der Fluß war wieder friedlich. Elliot ließ sich ins Boot zurückgleiten, spürte die Strahlen der mit verminderter Kraft scheinenden Sonne in seinem Gesicht und hörte das Wasser am Boot entlangplätschern.
»Wir haben es geschafft«, sagte er.
»Erst einmal«, sagte Kahega. »Wir Kikuyu sagen, daß im Leben keiner mit dem Leben davonkommt. Jetzt nicht nachlassen!«
»Irgendwie«, sagte Karen Ross matt, »glaube ich ihm.«

Sie trieben eine weitere Stunde lang sachte flußabwärts, und die Felswände zu beiden Seiten wichen noch weiter zurück, bis sie schließlich wieder im ebenen afrikanischen Regenwald waren. Es schien, als hätte es die Ragora-Schlucht nie gegeben. Der Fluß war breit und lag träge im goldenen Schein der untergehenden Sonne. Elliot streifte sein durchnäßtes Hemd ab und zog sich einen Pullover an. Die Abendluft war kühl. Zu seinen Füßen schnarchte Amy; er hatte sie mit einem Handtuch zugedeckt, damit es ihr nicht zu kalt wurde. Karen Ross überprüfte ihre Sendeanlage, und als sie feststellte, daß alles in Ordnung war, hatte die Sonne sich bereits unter den Horizont geschoben. Jetzt wurde es rasch dunkel. Kahega holte ein Gewehr und lud es mit großkalibrigen Patronen.
»Wofür ist das«, fragte Elliot.
»*Kiboko*«, sagte Kahega. »Ich kann es nur in unserer Sprache sagen.« Er rief: »*Mze! Nini maana kiboko?*«

Munro, im vorderen Boot, sah sich um: »Flußpferd«, sagte er.
»Sie haben es gehört?« sagte Kahega.
»Sind sie gefährlich?« fragte Elliot.
»Nachts nicht, hoffen wir«, sagte Kahega. »Ich glaube aber schon.«

Im 20. Jahrhundert hatten Ergebnisse einer intensiven Erforschung wildlebender Tiere dazu geführt, daß zahlreiche, bis dahin gültige Meinungen revidiert werden mußten. Man wußte jetzt, daß das freundliche, sanftäugige Reh in Wirklichkeit in einer rücksichtslosen, tückischen Gesellschaft lebte, während der angeblich böse Wolf Musterbeispiel eines treusorgenden Familienvaters war. Dem afrikanischen Löwen – dem stolzen König der Tiere – wies man nunmehr den Status eines umherschleichenden Aasfressers zu, während die verachtete Hyäne neue Würde gewonnen hat. Das Mißverständnis hatte darauf beruht, daß jahrzehntelang Beobachter, die im Morgengrauen zu einem gerissenen Tier kamen, feststellten, daß sich Löwen daran gütlich taten, während Hyänen die Szene umschlichen und darauf warteten, ihre Bröckchen abzubekommen. Erst nachdem die Wissenschaftler begonnen hatten, die Tiere auch nachts zu beobachten, kam die Wahrheit heraus: Hyänen rissen das Opfer und wurden von faulen Löwen vertrieben, die nur auf eine günstige Gelegenheit gewartet hatten. Daher die so oft beobachtete Szene im Morgengrauen. Dazu paßte auch die Beobachtung, daß Löwen in mancherlei Hinsicht unberechenbar und niedrig waren, während Hyänen eine hochentwickelte Sozialstruktur besaßen – auch hier wieder ein Beispiel für menschliche Vorurteile gegenüber der natürlichen Welt der Tiere.

Doch das Flußpferd, das Herodot in der Antike als »Hippopotamos« bezeichnete, blieb trotz aller neueren Forschungen ein Tier, von dem man nur wenig wußte; obwohl es der größte afrikanische Landsäuger nach dem Elefanten war. Seine Angewohnheit, sich im Wasser aufzuhalten, so daß lediglich Augen und Nüstern herausschauten, machte es zu einem schwierigen Forschungsobjekt. Die Flußpferde gruppierten sich jeweils um ein männliches Tier. Ein geschlechtsreifer Bulle hatte einen Harem von mehreren Kühen und ihrem Nachwuchs – eine Herde von acht bis vierzehn Tieren.

Trotz ihres tonnenschweren Leibs und ihres leicht erheiternden Erscheinungsbildes waren Flußpferde unvorstellbarer Leistungen fähig. Der Bulle war ein gewaltiger Koloß, gut vier Meter lang und über drei Tonnen schwer. Wenn er angriff, bewegte er sich mit einer für ein so plumpes und schwerleibiges Tier verblüffenden Geschwindigkeit. Seine gewaltigen, stumpf aussehenden unteren Eckzähne waren in Wirklichkeit an den Seiten rasiermesserscharf, so daß ein Flußpferd beim Angriff nicht etwa biß, sondern mit wuchtigen seitlichen Kopfschlägen kämpfte. Im Unterschied zu anderen Tieren führte ein Kampf zwischen zwei Bullen oft dazu, daß der eine seinen tiefen Verletzungen erlag. Beim Kampf von Flußpferden war nichts rituell oder symbolisch gemeint.

Das Tier war auch dem Menschen gefährlich. In Flußgebieten, in denen sich Herden aufhielten, schrieb man die Hälfte der Todesfälle, bei denen Eingeborene angreifenden Tieren zum Opfer fielen, Flußpferden zu; der Rest entfiel auf Elefanten und Großkatzen.

Flußpferde waren Pflanzenfresser. Sie kamen nachts aus den Flüssen an Land und fraßen dort ungeheure Mengen Gras. Ein Flußpferd außerhalb des Wassers war besonders gefährlich, und wer zwischen ein Tier und den Fluß geriet, dem es zustrebt, überlebte die Begegnung gewöhnlich nicht.

Für das Ökosystem der afrikanischen Flüsse war das Flußpferd von wesentlicher Bedeutung. Seine in ungeheuren Mengen ausgeschiedenen Exkremente düngten das Flußgras, in dem Fische und andere Tiere leben konnten. Ohne das Flußpferd hätten die afrikanischen Flüsse weder Flora noch Fauna, und wo man es vertrieben hatte, starben die Flüsse ab.

Soviel ist bekannt – und noch etwas: das Flußpferd wachte eifersüchtig über sein Revier. Ein männliches Tier verteidigt seinen Fluß gegen jeden Eindringling. Und wie sich bei zahlreichen Gelegenheiten gezeigt hatte, wurden als Eindringlinge andere Flußpferde, Krokodile und den Fluß passierende Boote angesehen – mitsamt den Menschen darin.

7. Tag
Muhavura

19. Juni 1979

1. Kiboko

Munro verfolgte zwei Ziele, als er darauf bestand, auch die Nacht hindurch weiterzufahren. Erstens hoffte er, kostbare Zeit aufzuholen, denn allen Computer-Projektionen hatte die Annahme zugrunde gelegen, daß sie nachts rasten würden. Doch es kostete keine Mühe, im Mondlicht den Fluß zu befahren; die meisten Angehörigen der Expedition würden schlafen können, und so würden sie bis zum Morgengrauen schon weitere achtzig bis hundert Kilometer zurückgelegt haben.
Wichtiger noch aber war es ihm, die Flußpferde im Ragora zu meiden, die mühelos die leichten Schlauchboote zerstören konnten. Tagsüber hielten sie sich in stehenden Altwässern nahe den Flußufern auf, und die Bullen würden sicherlich jedes vorbeifahrende Boot angreifen. Aber wenn die Tiere nach Einbruch der Dunkelheit zum Fressen an Land gingen, konnte die Expedition den Fluß unbemerkt befahren – dann blieb ihr eine solche Begegnung erspart.
Es war ein kluger Plan, aber aus einem unvorhergesehenen Grund scheiterte er – sie kamen auf dem Fluß zu rasch voran. Es war erst neun Uhr, als sie die ersten Flußpferd-Reviere erreichten, und um diese Zeit weideten die Tiere noch nicht. Sie würden also die Boote angreifen – allerdings im Dunkeln.

Der Fluß durchlief jetzt eine Reihe von Biegungen, und an jeder Biegung gab es eine Stelle mit stehendem Wasser – das waren laut

Kahega die Stellen, an denen die Flußpferde sich mit Vorliebe aufhielten.
Er deutete auf das Gras am Ufer, das so kurz war, als hätte man es gemäht.
»Jetzt bald«, sagte Kahega.
Sie hörten ein leises, knurrendes »*Hau-hah-hah-hah*«. Es klang, als wollte ein alter Mann den Schleim aus seinem Hals heraushusten.
Munro, im vorderen Boot, spannte sich an. Sie trieben, von der Strömung getragen, um eine weitere Biegung. Die beiden Boote waren jetzt etwa zehn Meter voneinander entfernt. Munro hielt seine geladene Büchse in der Hand.
Wieder ertönte das »*Hau-hah-hah-hah*« – diesmal im Chor.
Kahega stieß sein Paddel ins Wasser. Er fand rasch Boden. Er zog es heraus, nur knapp ein Meter war mit Wasser benetzt. »Nicht tief«, sagte er und schüttelte den Kopf.
»Schlimm?« fragte Ross.
»Ja, ich glaube, schlimm.«
Sie kamen um die nächste Biegung, und Elliot sah unter der Wasserfläche ein halbes Dutzend schwarze Felsen im Mondlicht glänzen. Dann hob sich einer der »Felsen« mit einem Ruck aus dem Wasser, und Elliot sah das Ungetüm so weit aus dem seichten Fluß herausragen, daß er die vier kräftigen Stummelbeine erkennen konnte. Das Flußpferd stürmte auf Munros Boot los.
Als Munro das Tier angreifen sah, schoß er eine Magnesiumrakete flach ab. In ihrem grellen Licht sah Elliot ein gewaltiges Maul, in dem vier riesige, stumpfe Zähne blitzten. Das Tier hielt den Kopf hoch aufgerichtet und stieß einen lauten Schrei aus. Dann war es plötzlich von einer blaßgelben Wolke eingehüllt. Die Gaswolke trieb zurück, so daß ihrer aller Augen brannten.
»Er hat Tränengas geschossen«, sagte Karen Ross.
Munros Boot war schon weiter. Der Flußpferdbulle hatte sich mit einem Schmerzensschrei ins Wasser zurückgezogen und war nicht mehr zu sehen. Im zweiten Boot kämpften sie gegen die Wirkung des Tränengases und behielten das Tier im Auge, während sie

sich seinem Revier näherten. Die Magnesiumfackel verlor an Leuchtkraft und sank, lange Schatten werfend, langsam knisternd dem Wasser zu.
»Vielleicht hat er aufgegeben«, sagte Elliot. Das Tier war nirgendwo zu sehen, das Boot trieb in völliger Stille dahin.
Plötzlich wurde es vorn hochgerissen, das Flußpferd brüllte, und Karen Ross schrie auf, Kahega fiel rücklings zu Boden, wobei sich ein Schuß löste, der in die Luft ging. Dann klatschte das Boot zurück und nahm Wasser über. Elliot kam mit Mühe auf die Beine, sah nach Amy und erblickte plötzlich in Armeslänge vor sich ein riesiges rosa Maul. Es wirkte wie eine Höhle. Er spürte heißen Atem. Das Maul fuhr mit einer Seitwärtsbewegung auf den seitlichen Gummiwulst des Boots herab, so daß die Luft sprudelnd ins Wasser entwich.
Wieder öffnete sich das Maul, und das Tier knurrte, aber inzwischen war Kahega wieder auf die Beine gekommen und feuerte eine stechende Gasladung ab, so daß es zurückwich und untertauchte. Dabei schaukelte das Boot und wurde durch die Wellenbewegung weiter flußabwärts getrieben. Die ganze rechte Seite des Boots sank rasch in sich zusammen, als aus dem großen Riß die Luft ins Wasser strömte. Elliot versuchte, die Ränder mit den Händen zusammenzuhalten, doch zischte die Luft unvermindert weiter. Es würde keine Minute mehr dauern, bis das Boot sank. Hinter ihnen griff der Flußpferdbulle erneut an. Er stob wie ein Rennboot durch das seichte Flußbett, so daß eine Bugwelle zu beiden Seiten seines Körpers entstand.
»Festhalten, festhalten!« rief Kahega und feuerte noch einmal. Das Tier verschwand hinter einer Gaswolke, und das Boot trieb um eine weitere Biegung. Als die Wolke sich verflüchtigt hatte, war der Bulle nicht mehr zu sehen; die Magnesiumrakete klatschte ins Wasser, und sie waren wieder von tiefer Dunkelheit umhüllt. Jetzt sank das Boot. Elliot band Amy rasch los, und gleich darauf standen beide knietief im schlammigen Wasser.
Es gelang ihnen, das Boot ans dunkle Ufer zu bringen. Munro kam mit dem anderen Boot herübergepaddelt, besichtigte den Schaden und verkündete, man werde ein weiteres Boot aufpum-

pen und die Fahrt fortsetzen. Er ließ rasten, und sie lagen alle im Mondlicht am Flußufer und schlugen nach den Moskitos.

Die träumerische Stille wurde durch das Pfeifen von Boden-Luft-Raketen unterbrochen, die am Himmel über ihnen detonierten. Ihr Schein ließ das Flußufer leuchtendrot erglühen und warf lange Schatten, dann sank alles wieder in die Schwärze der Nacht zurück.
»Das sind Mugurus Leute«, sagte Munro und griff nach seinem Feldstecher.
»Worauf schießen sie nur?« fragte Elliot und sah angestrengt zum Himmel.
»Weiß der Geier«, sagte Munro.
Amy legte eine Hand auf Munros Arm und machte ihm Zeichen: *Vogel kommen*. Aber sie hörten kein Geräusch eines Flugzeugs, lediglich das Krachen der Raketen am Himmel.
Munro sagte: »Meinen Sie, sie hört etwas?«
»Ihr Gehör ist sehr gut entwickelt.«
Und dann hörten sie, daß sich aus der Ferne, von Süden her, ein Flugzeug näherte. Als es in Sicht kam, sahen sie, wie es immer wieder drehte, um den grellen gelbroten Explosionen auszuweichen, die ringsumher im Mondschein aufblitzten und sich in seinem metallenen Rumpf spiegelten.
»Die armen Schweine versuchen Zeit zu schinden«, sagte Munro und beobachtete aufmerksam das Flugzeug durch sein Glas. »Eine Hercules-Transportmaschine, eine C-130, mit japanischen Kennzeichen am Heck. Versorgungsflugzeug für das Stützpunktlager des Konsortiums – wenn es durchkommt.«
Vor ihren Augen schlängelte sich das Flugzeug im Zickzackkurs durch die zerplatzten Feuerkugeln der explodierenden Raketen.
»Das haut den stärksten Mann um!« sagte Munro. »Die Besatzung hat sicher die Hosen voll; damit haben die bestimmt nicht gerechnet.«
Plötzlich spürte Elliot Mitgefühl für die Männer da oben. Er stellte sich vor, wie sie aus den Fenstern sahen, während die Feuerkugeln mit gleißendem Licht explodierten und das Innere

des Flugzeugs in jähe Helligkeit tauchten. Redeten sie jetzt Japanisch miteinander? Wünschten sie, sie wären nie gekommen? Einen Augenblick später brummte die Maschine weiter nordwärts, war außer Sicht. Ein letztes Geschoß zischte mit glühendrotem Schweif hinter ihr her, aber sie war schon über den dunklen Bäumen verschwunden, und Elliot hörte noch, wie das Geschoß in der Ferne zerbarst.
»Wahrscheinlich haben sie's geschafft«, sagte Munro und erhob sich. »Wir sollten uns besser auf die Socken machen.« Und rief Kahega auf Swahili zu, daß seine Männer die Boote zu Wasser lassen sollten.

2. Muhavura

Elliot fröstelte. Er zog den Reißverschluß seines Parka fester zu und wartete darauf, daß das Hagelgewitter aufhörte. Sie hatten sich unter einer Gruppe von immergrünen Bäumen zusammengedrängt, die mehr als zweitausendfünfhundert Meter hoch an den schwer zu ersteigenden Hängen des Muhavura standen. Es war zehn Uhr vormittags, und die Lufttemperatur betrug nur drei Grad über Null. Sie hatten erst vor fünf Stunden den Fluß verlassen und – noch vor dem Morgengrauen – ihren Anstieg im dampfenden Dschungel begonnen, in dem eine Temperatur von achtunddreißig Grad Celsius herrschte.
Neben ihm sah Amy aufmerksam zu, wie die weißen Kugeln von Golfballgröße durch die Äste der immergrünen Bäume über ihnen peitschten und auf dem Gras aufschlugen. Sie hatte noch nie Hagel gesehen.
Sie wollte wissen: *Wie heißen?*
»Hagel«, sagte er.
Peter aufhören lassen.
»Ich wollte, ich könnte es, Amy.«
Sie sah dem Hagel noch eine Weile zu und gab dann bekannt:
Amy nach Hause wollen.

Sie hatte am Vorabend zum erstenmal den Wunsch geäußert, nach Hause zurückzukehren. Obwohl die Wirkung des Thoralen nachgelassen hatte, war sie niedergeschlagen und in sich zurückgezogen. Elliot hatte, um sie aufzumuntern, ihr etwas zu essen angeboten, aber sie wollte Milch haben. Als er ihr sagte, daß sie keine Milch hätten, was sie im übrigen genau wußte, verlangte sie eine Banane. Kahega hatte nämlich ein Büschel kleiner, leicht säuerlich schmeckender Bananen aus dem Urwald beschafft. Zuvor hatte Amy sie ohne Widerspruch gegessen, doch warf sie sie jetzt verächtlich ins Wasser und verkündete, sie wollte »richtige Bananen« haben.

Als Elliot ihr mitteilte, es gäbe keine, hatte sie zum erstenmal zu verstehen gegeben: *Amy nach Hause wollen.*

Amy lieber Gorilla. Peter Amy nach Hause bringen.

Bis dahin war für sie immer er derjenige gewesen, der zu bestimmen hatte. Von ihm hing ihr Tagesablauf im Versuchsrahmen des Projekts Amy ab. Ihm fiel keine Möglichkeit ein, ihr klarzumachen, daß er nicht mehr zu bestimmen hatte und daß er sie nicht bestrafte, indem er sie hierbehielt.

Tatsächlich waren sie alle entmutigt. Jeder der Expeditionsteilnehmer hatte sich darauf gefreut, der drückenden Hitze des Regenwalds zu entrinnen, aber jetzt, beim Aufstieg auf den Muhavura, schwand ihre anfängliche Begeisterung rasch dahin.

»Gott im Himmel«, sagte Karen Ross. »Aus dem Rachen des Flußpferds in den Hagel.«

Als hätte sie damit das Stichwort geliefert, hörte es auf zu hageln.

»Vorwärts«, sagte Munro, »es geht weiter.«

Bis 1933 hatte niemand den Muhavura bestiegen. 1908 war eine deutsche Bergsteigergruppe unter von Ranke in ein Gewitter geraten und hatte umkehren müssen. Eine belgische Gruppe erreichte 1913 zwar eine Höhe von über dreitausend Meter, fand aber keinen Weg zum Gipfel, und eine weitere deutsche Gruppe mußte 1919 aufgeben, als zwei Bergsteiger in einer Höhe von dreitausendsiebenhundert Meter abstürzten und den Tod fanden. Trotzdem stuften die meisten Bergsteiger den Muhavura als recht leicht (ohne Hilfsmittel zu besteigen) ein und verwandten im

allgemeinen einen Tag auf die Besteigung. Nach 1943 wurde eine südöstlich verlaufende neue Route gefunden, die zwar ungeheuer zeitraubend, aber ungefährlich war. Ihr folgten die meisten Bergsteiger.
In etwa zweitausendsiebenhundert Meter Höhe lag die Baumgrenze, der Nadelwald trat vor ihnen zurück, und sie durchschritten im kalten Morgennebel getauchte Grasflächen. Die Luft war merklich dünner, und sie verlangten öfter als zuvor nach einer Rast. Munro hatte kein Verständnis für die Klagen seiner Schutzbefohlenen. »Was haben Sie erwartet?« fragte er. »Es ist ein Berg. Berge sind nun mal hoch.« Karen Ross gegenüber war er besonders unerbittlich, da sie am ehesten nachzulassen schien. »Wie ist es mit Ihrer Zeitprojektion?« fragte er sie. »Wir haben nicht einmal den schwierigen Teil in Angriff genommen, interessant wird es erst bei dreitausendvierhundert. Wenn Sie jetzt aufgeben, schaffen wir den Gipfel nie vor Einbruch der Nacht, und dann verlieren wir einen vollen Tag.«
»Das ist mir egal«, sagte Karen Ross schließlich und ließ sich, nach Luft ringend, zu Boden fallen.
»Typisch Frau«, sagte Munro mit einem verächtlichen breiten Grinsen.
Karen warf ihm einen wütenden Blick zu. Er demütigte seine Leute, beschimpfte sie, sprach ihnen Mut zu – und irgendwie brachte er sie dazu weiterzumachen.
Oberhalb von dreitausend Meter trat auch das Gras zurück. Jetzt war der Boden nur noch mit verschiedenen Moosarten bedeckt. Sie stießen auf vereinzelte, seltsam fettblättrige Lobelienbüsche, die plötzlich aus dem kalten grauen Morgendunst vor ihnen emporragten. Zwischen dreitausend Meter und dem Gipfel gab es kein Obdach mehr für sie. Deshalb trieb Munro sie auch an. Er wollte nicht, daß sie an den kahlen oberen Hängen von einem Gewitter überrascht wurden.
Als sie eine Höhe von dreitausendvierhundert Meter erreicht hatten, brach die Sonne hervor, und sie hielten an, um die Richtungs-Laser für das Laser-Peilsystem der ERTS in die richtige Position zu bringen. Karen Ross hatte bereits mehrere Kilo-

meter zuvor die erste Laser-Peilung vorgenommen. Es hatte eine halbe Stunde gedauert.
Die zweite Laser-Einstellung war zugleich die schwierigere und wichtigere, denn sie mußte der ersten angeglichen werden. Trotz der elektronischen Störungen mußten sie über den Sender Verbindung mit Houston aufnehmen, damit der kleine Laser – er war so groß wie ein Radierstift und stand auf einem kleinen, stählernen Stativ – genau gerichtet werden konnte. Die beiden Lasergeräte am Hang des Vulkans sollten so eingestellt werden, daß ihre Strahlen sich in einer Entfernung von vielen Kilometern kreuzten, oberhalb des Dschungels. Wenn ihre Berechnungen stimmten, mußte der Schnittpunkt unmittelbar über der toten Stadt Zinj liegen.

Elliot fragte, ob sie nicht möglicherweise unbeabsichtigt dem Konsortium Hilfsdienste leisteten, aber Karen Ross schüttelte den Kopf. »Davon hätten sie nur nachts etwas«, sagte sie, »wenn sie lagern. Tagsüber können sie sich nicht auf unsere Sendungen aufschalten, das ist das schöne an der Sache.«
Bald rochen sie vulkanische Schwefeldämpfe, die vom Gipfel, der noch gut fünfhundert Meter über ihnen lag, zu ihnen hinabtrieben. Hier oben wuchs nichts mehr – es gab nur nackten, harten Fels und einzelne, von Schwefel gelbgefärbte kleine Schneefelder. Der Himmel war klar, von dunklem Blau, und sie hatten eine großartige Aussicht auf die südliche Virunga-Kette – auf den großen Kegel des Nyiragongo, der sich steil aus dem tiefen Grün der Kongo-Wälder erhob, und dahinter den von Nebel verhangenen Muhavura.
Die letzten dreihundert Meter waren die schwierigsten, vor allem für Amy, die sich ihren Weg barfuß durch die scharfen Lavabrokken suchen mußte. Oberhalb von dreitausendsiebenhundert Meter bestand der gesamte Untergrund aus lockerem vulkanischem Geröll.
Um fünf Uhr nachmittags erreichten sie den Gipfel und konnten über den dreizehn Kilometer breiten Lavasee und den rauchenden Krater des Vulkans hinwegblicken. Elliot war enttäuscht von

dieser Landschaft aus schwarzem Fels und grauen Dampfwolken.
»Warten Sie, bis es dunkel wird«, sagte Munro.
In jener Nacht glühte die Lava, und es sah aus, als breite sich ein dunkelrotes Netz über die schwarze Kruste. Der zischende rötliche Dampf verlor seine Farbe, während er zum Himmel aufstieg. Ihre kleinen Zelte am Kraterrand reflektierten den tiefroten Widerschein der Lava.
Im Westen glänzten vereinzelte Wolken silbern im Mondlicht, und unter ihnen dehnte sich der Dschungel. Sie sahen die pfeilgeraden Laserstrahlen, die sich über dem schwarzen Wald schnitten. Mit etwas Glück würden sie morgen diesen Schnittpunkt erreichen.
Karen Ross richtete ihre Sendeanlage her, um ihren abendlichen Bericht nach Houston durchzugeben. Nach der üblichen Verzögerung von sechs Minuten ging ihr Signal direkt nach Houston durch, ohne daß sie zur Intervallverschlüsselung oder zu anderen Tricks Zuflucht nehmen mußte.
»Verdammt!« sagte Munro.
»Was bedeutet das?« fragte Elliot.
»Es bedeutet«, sagte Munro mit düsterer Miene, »daß das Konsortium unsere Funkverbindung nicht mehr stört.«
»Ist das denn nicht gut?«
»Nein«, sagte Karen Ross. »Das ist schlimm. Sie müssen bereits dort sein und die Diamanten gefunden haben.« Sie schüttelte den Kopf und justierte die Anzeige auf dem Bildschirm.

HUSTN BESTAETGT KONSRTUM GLANGT MIT WAR-
SCHEINLKEIT 1.000 NACH ZINJ LAGE AUSSICHTSL
WEITRE RISIKN VERMEIDN.

»Ich kann es nicht glauben«, sagte Karen Ross. »Alles aus und vorbei.«
Elliot seufzte. »Mir tun die Füße weh«, sagte er.
»Ich bin müde«, sagte Munro.
»Zum Teufel damit«, sagte Karen Ross.
Zutiefst erschöpft legten sie sich alle schlafen.

8. Tag
Kanyamagufa
20. Juni 1979

1. Abstieg

Am Morgen des 20. Juni schliefen sie alle lange und frühstückten dann gemütlich – sie nahmen sich sogar die Zeit, sich eine warme Mahlzeit zuzubereiten. Sie aalten sich in der Sonne und spielten mit Amy, die entzückt war über diese unerwartete und unverhoffte Aufmerksamkeit.
Erst nach zehn Uhr begannen sie mit dem Abstieg vom Muhavura in den Dschungel.
Da die Westhänge des Muhavura steil abfallen und unpassierbar sind, stiegen sie im rauchenden Vulkankrater etwa achthundert Meter tief ab. Munro, der sie führte, trug die Last Asaris, des kräftigsten Trägers, auf dem Kopf, da dieser Amy tragen mußte – die Felsen waren für ihre bloßen Füße zu heiß.
Amy hatte Angst und hielt die Menschen für verrückt, die im Gänsemarsch im Kraterinneren abstiegen. Elliot überlegte, ob sie nicht recht hatte. Als sie den Kratersee erreichten, war die Hitze unerträglich. Beißender Rauch ließ ihre Augen tränen und brannte ihnen in der Nase. Sie hörten die Lava unter der schweren schwarzen Kruste blubbern und zischen.
Dann erreichten sie die Formation, die Naragema genannt wurde – das Auge des Teufels. Es war ein natürlicher Felsbogen von fünfundvierzig Meter Höhe, dessen Steine auf der Innenseite so glatt waren, daß sie wie poliert wirkten. Durch diesen Bogen blies eine frische Brise, und sie sahen den grünen Dschungel unter sich. In dem Bogen machten sie Rast, und Karen Ross untersuchte die

glatte Innenfläche. Sie gehörte zu einer Lavaröhre, die sich bei einem früheren Ausbruch gebildet haben mußte. Der größte Teil davon war weggeschleudert worden, so daß nur noch der schmale Bogen blieb.

»Er heißt Auge des Teufels«, sagte Munro, »weil er bei einem Vulkanausbruch von unten fast so aussieht wie ein rotglühendes Auge.«

Vom Teufelsauge stiegen sie rasch durch einen Bergwald ab und von da quer durch eine Fläche voller Steinzacken, die bei einem kürzlich erfolgten Lavaausbruch entstanden sein mußte und aussah, als sei sie nicht von dieser Welt. Hier kamen sie an schwarze Krater verbrannter Erde, manche eineinhalb bis zwei Meter tief. Munro dachte zuerst, die Streitkräfte von Zaïre hätten dieses Gebiet als Schießplatz benutzt. Bei näherem Hinsehen aber stellten sie fest, daß ein Muster verbrannter Stellen in den Felsen geätzt war, das wie Tentakel von den Kratern nach außen reichte. So etwas hatte Munro noch nie gesehen. Karen Ross stellte sogleich ihre Antenne auf, schloß den Computer an und setzte sich mit Houston in Verbindung. Sie schien sehr erregt.

Während sie die Daten auf dem kleinen Bildschirm durchging, rastete die Gruppe. Munro sagte: »Was fragen Sie die eigentlich?«

»Den Zeitpunkt des letzten Ausbruchs hier und das Wetter damals. Er war im März – kennen Sie jemanden namens Seamans?«

»Ja«, sagte Elliot. »Tom Seamans schreibt die Programme für das Projekt Amy. Warum?«

»Er hat eine Mitteilung für Sie«, sagte sie und zeigte auf den Bildschirm.

Elliot trat näher und las: SEAMANS MITLNG FR ELYT WARTN.

»Was besagt sie?« fragte Elliot.

»Drücken Sie auf den Sendeknopf«, erwiderte sie.

Er drückte ihn, und die Mitteilung erschien: ORGNALBAND IN HUSTN UEBRPRUEFT NEU M.

»Das verstehe ich nicht«, sagte Elliot. Karen Ross erklärte ihm, das ›M‹ bedeute, daß die Mitteilung noch weitergehe. Er müsse noch einmal auf den Sendeknopf drücken. Er mußte ihn mehrfach drücken, bis er die gesamte Mitteilung zusammen hatte, die vollständig lautete: ORGNALBAND IN HUSTN UEBRPRUEFT NEUS ERGBNS ZM TONSIGNL INFO-COMPUTR ANALYSN FERTG VERMUTL SPRACH.

Elliot merkte, daß er die verkürzte und gedrängte Schrift besser lesen konnte, wenn er sie sich laut vorsprach: »Originalband in Houston überprüft, neues Ergebnis zum Tonsignal, Info-Computer-Analysen fertig, vermutlich Sprache.« Er runzelte die Stirn. »Sprache?«

Karen Ross sagte: »Haben Sie ihn nicht gebeten, unser ursprüngliches Bandmaterial aus dem Kongo zu überprüfen?«

»Ja, aber da ging es nur um eine Identifikation des Tiers, das auf dem Schirm zu sehen ist. Ich habe nie etwas über Toninformationen gesagt.« Elliot schüttelte den Kopf. »Ich wollte, ich könnte mit ihm reden.«

»Kein Problem«, sagte Karen Ross. »Wenn es Ihnen nichts ausmacht, ihn zu wecken.« Sie drückte den Einfangknopf. Fünfzehn Minuten später gab Elliot ein: Hallo, Tom, wie geht's? Auf dem Schirm erschien: HLO TOM WIGEZ?

»Normalerweise verschwenden wir keine Satellitenzeit mit solchem Kram«, sagte Karen Ross.

Auf dem Schirm erschien MUEDE WOBISTU.

Er gab ein: Virunga. VIRNGA.

»Wenn Travis die Mitschrift sieht, kriegt er einen Schreikrampf«, sagte Karen Ross. »Wissen Sie eigentlich, was eine solche Sendung kostet?« Aber Karen Ross hätte sich keine Sorgen zu machen brauchen, die Unterhaltung wandte sich bald dem Beruflichen zu:

HABN MITLNG ZUR TONINFO RKLAERT BITE.
    ZUFAELG NTDEKT SER SPANND—NTERSCHEIDNGS-FUNKTN CMPUTR ANALYSN GRENZN TONINFO BAND {ATEMGERSCHE} ZU 99 PRZENT EIN VRMUTN SPRACHMRKMALE.
    WASFR MRKMALE?

WIDRHOLNG LAEST ABSICHT RKEN–STRUKTRBEZIHN-
GEN = WOL GSPROCHN SPRACH.
 KNT IR UEBRSEZN?
 NOCH NCHT.
 WRUM NCHT?
 CMPUTR HAT ZUWENIG TONINFO – BRAUCHN MER
BLEIM AM BAL
VILEICHT MORGN SCHN MER HLS+BNBRCH.
 & GRILAS SOLN SPRECHN?
 JA FALS GRILA.

»Der Teufel soll mich holen«, sagte Elliot. Noch nachdem er die
Sendung beendet hatte, blieb Seamans' letzte Mitteilung in leuch-
tendem Grün auf dem Bildschirm erkennbar.
JA FALS GRILA.

2. Die behaarten Menschen

Zwei Stunden nach dieser unerwarteten Neuigkeit hatte die
Expedition zum erstenmal Berührung mit Gorillas.
Sie waren inzwischen wieder in das Dunkel des äquatorialen
Regenwalds getaucht und zogen auf dem geradesten Weg zu der
Stelle, die von den Laserstrahlen über ihnen gekennzeichnet
wurde. Da sie die Strahlen durch das Laubdach nicht sehen
konnten, bediente sich Karen Ross eines optischen Anzeigege-
räts, einer Kadmium-Fotozelle, die so gefiltert war, daß sie die
spezifische Laser-Wellenlänge empfing. In Abständen blies Ross
einen kleinen Heliumballon auf, schloß eine elektrische Leitung
und die Meßeinrichtung an und ließ den Ballon aufsteigen.
Sobald er oberhalb der Bäume war, drehte er sich, visierte einen
der Laserstrahlen an und sendete durch die Leitung Koordinaten
zum Computer hinab.
Sie folgten der Spur abnehmender Laserintensität eines einzelnen
Strahls und warteten auf den »Echoimpuls-Wert«, der durch seine

doppelt so hohe Intensität anzeigte, daß sich die beiden Strahlen über ihnen schnitten.
Das Verfahren war zeitraubend, und ihre Geduld nahm ab, als sie gegen Mittag plötzlich auf die charakteristischen Kothaufen von Gorillas stießen und verschiedene Schlafnester aus Eukalyptusblättern auf dem Boden und in den Bäumen erblickten.
Eine Viertelstunde später zerriß ohrenbetäubendes Gebrüll die Luft. »Gorillas«, verkündete Munro. »Das war ein Mann, der möchte, daß jemand verschwindet.«
Amy machte Zeichen: *Gorilla sagen weggehen.*
»Wir müssen weiter, Amy«, sagte er.
Gorilla nicht wollen Menschen kommen.
»Menschen tun Gorillas nichts«, beruhigte Elliot sie. Aber Amy sah ihn nur verständnislos an und schüttelte den Kopf, als hätte er sie völlig falsch verstanden.
Tage später wurde ihm klar, daß er sie tatsächlich falsch verstanden hatte. Amy hatte nicht sagen wollen, die Gorillas hätten Angst, daß die Menschen ihnen etwas zuleide tun würden. Sie hatte ihm mitteilen wollen, daß die Gorillas befürchteten, die Menschen könnten zu Schaden kommen, und zwar durch Gorillas.

Sie hatten fast die Mitte einer kleinen Lichtung erreicht, als ein großer Silberrückenmann über den Blättern erschien und sie anbellte.
Elliot führte gerade die Gruppe, da Munro nach hinten gegangen war, um einem der Träger zu helfen.
Sechs Tiere standen am Rand der Lichtung, dunkle schwarze Umrisse vor dem Grün. Sie beobachteten die menschlichen Eindringlinge. Einige der Weibchen legten den Kopf auf die Seite und preßten mißbilligend die Lippen zusammen. Wieder brüllte der Anführer.
Es war ein kräftiges Männchen mit silbernem Rückensattel. Es hatte einen riesigen Kopf und war über ein Meter achtzig groß. Seine tonnenförmig vorgewölbte Brust ließ vermuten, daß es an die zweihundert Kilogramm wiegen mußte. Als er diesen Gorilla-

mann sah, verstand Elliot, warum die ersten Erforscher des Kongo Gorillas für »behaarte Menschen« gehalten hatten, denn dieses großartige Exemplar sah aus wie ein hochgewachsener Mensch, sowohl der Größte als auch der Statur nach.
Hinter Elliot flüsterte Karen Ross: »Was machen wir jetzt?«
»Bleiben Sie hinter mir«, sagte Elliot. »Und rühren Sie sich nicht.«
Der Gorillamann ließ sich kurz auf alle viere nieder und gab ein leises *Ho-ho-ho* von sich, das kräftiger wurde, als er wieder auf die Hinterbeine sprang und dabei Hände voll Gras ausriß. Er warf das Gras in die Luft und trommelte dann mit den flachen Händen auf seine Brust, wobei ein dumpfer Laut entstand.
»Bloß das nicht«, sagte Karen Ross.
Das Trommeln dauerte fünf Sekunden, dann ließ der Gorillamann sich wieder auf alle viere nieder. Er lief seitwärts durchs Gras, schlug mit der Hand in die Büsche und machte so viel Lärm wie möglich, um die Eindringlinge zu verscheuchen. Dann begann er wieder mit seinem *Ho-ho-ho*.
Er sah Elliot unverwandt an und erwartete offensichtlich, daß sein Imponierverhalten ihn zum Rückzug veranlassen würde. Als nichts dergleichen geschah, sprang er auf die Hinterbeine, trommelte sich auf die Brust und brüllte noch wütender.
Und dann griff er an.
Laut brüllend kam er mit erschreckender Geschwindigkeit direkt auf Elliot zugestürmt. Elliot hörte Karen Ross hinter sich aufstöhnen. Er hätte gern kehrtgemacht, um davonzulaufen. Jeder Instinkt riet ihm davonzulaufen, aber er zwang sich, völlig still zu stehen – und zu Boden zu blicken.
Während er auf seine Füße sah und den riesigen Gorilla durch das hohe Gras auf sich zustürmen hörte, stellte er sich plötzlich vor, daß all sein abstraktes Bücherwissen und alles, was Wissenschaftler auf der ganzen Welt über Gorillas dachten, falsch war. Er sah den riesigen Kopf, die breite Brust und die langen, weitschwingenden Arme förmlich vor sich, während das kraftvolle Tier auf seine leichte Beute zueilte, ein unbewegliches Ziel, das töricht genug war, all die falschen Angaben der Wissenschaftler zu

glauben, die dadurch geheiligt waren, daß man sie gedruckt hatte ...
Es herrschte Stille.
Der Gorilla (der jetzt ganz dicht vor ihm stehen mußte) gab ein schnaubendes Geräusch von sich, und Elliot konnte im Gras nahe seinen Füßen den mächtigen Schatten des Tiers sehen. Er blickte immer noch nicht auf, sondern wartete, bis der Schatten sich fortbewegte.
Als er den Kopf hob, sah er den Gorillamann sich rückwärts zurückziehen, zur anderen Seite der Lichtung. Dort wandte er sich um und kratzte sich verdutzt den Kopf, als könnte er nicht verstehen, warum sein schreckliches Imponiergehabe die Eindringlinge nicht hatte vertreiben können. Er schlug ein letztes Mal auf den Boden, dann waren er und der Rest des Trupps im hohen Gras verschwunden. In der Lichtung herrschte tiefe Stille, bis Karen Ross in Elliots Arme sank.
»Na«, sagte Munro, als er zu ihnen stieß, »Sie scheinen ja doch ein bißchen von Gorillas zu verstehen.« Er tätschelte tröstend Karens Arm. »Schon gut. Sie tun einem nichts, wenn man nicht wegläuft. Sonst allerdings beißen sie Sie in den Hintern. Das ist in dieser Gegend unter Eingeborenen das Kennzeichen für Feigheit – denn es bedeutet, daß man davongelaufen ist.«
Karen Ross schluchzte verhalten, und Elliot spürte, daß seine Knie zitterten. Er setzte sich hin. Alles war so schnell gegangen, daß es einige Augenblicke dauerte, bis ihm bewußt wurde, wie haargenau das Verhalten der Gorillas den Beschreibungen in Lehrbüchern entsprochen hatte, wozu auch gehörte, daß es zu keiner Kommunikation gekommen war, die auch nur im entferntesten mit Sprache zu tun hatte.

3. Das Konsortium

Eine Stunde später stießen sie auf das Wrack der Hercules-Transportmaschine. Hier, inmitten der Baumriesen, schien der

Flugzeugriese den richtigen Größenmaßstab zu haben. Er lag, zur Hälfte verdeckt, im Dschungel. Der Bug war an hohen Bäumen zerschellt, das riesige Seitenleitwerk am Heck zum Boden hin verdreht. Die mächtigen Tragflächen waren geknickt und warfen abstruse Schatten auf den Dschungelboden.
Durch die zerschmetterten Scheiben sahen sie im Cockpit den von schwarzen Fliegen bedeckten Körper des Piloten. Die Fliegen summten und klatschten gegen das Glas, als sie hineinsahen. Sie versuchten, weiter hinten einen Blick durch die Rumpffenster zu werfen, aber trotz des eingeknickten Fahrwerks befand sich der Rumpf des Flugzeugs zu hoch über dem Boden des Dschungels.
Kahega gelang es, auf einen umgestürzten Baum zu klettern und sich von dort auf eine der Tragflächen vorzuarbeiten. Von dort aus blickte er in das Innere der Maschine. »Keine Menschen«, sagte er.
»Vorräte?«
»Ja, viele. Kisten und Behälter.«
Munro ließ die anderen stehen und ging unter dem zerschmetterten Heckleitwerk hindurch, um die andere Seite der Maschine zu untersuchen. Die linke Tragfläche, die sie nicht hatten sehen können, war geschwärzt und zerschmettert, die Triebwerke fehlten. Das erklärte den Absturz – die letzte Rakete der FAZ hatte ihr Ziel gefunden und den größten Teil der Tragfläche weggerissen.
Dennoch behielt das Wrack für Munro etwas seltsam Rätselhaftes; etwas an seinem Aussehen stimmte nicht. Er blickte an dem Rumpf entlang, von dem eingedrückten Bug, an den Fenstern vorbei über den Tragflächenstummel hinweg zu den hinteren Türen ...
»Verdammt!« sagte Munro leise.
Er eilte zu den anderen. Sie saßen im Schatten der rechten Tragfläche auf einem der Fahrwerkreifen. Er war so hoch, daß Karen Ross darauf sitzen und mit den Beinen baumeln konnte, ohne den Boden zu berühren.
»Na«, sagte sie mit kaum verhohlener Befriedigung, »weit sind sie mit ihren Vorräten ja nicht gekommen.«

»Nein«, sagte Munro. »Das Flugzeug haben wir vorletzte Nacht gesehen. Das heißt, es liegt schon seit mindestens sechsunddreißig Stunden hier unten.«
Munro wartete darauf, daß Karen Ross selbst dahinterkam.
»Sechsunddreißig Stunden?«
»Ja, sechsunddreißig Stunden.«
»Und sie sind nicht gekommen, um sich ihren Nachschub abzuholen ...«
»Sie haben es nicht einmal *versucht*«, sagte Munro. »Sehen Sie sich die Frachtraumtüren an, vorn und hinten – niemand hat versucht, sie zu öffnen. Ich frage mich, warum sie nicht zurückgekommen sind.«

In einem Teil dichten Dschungels knirschte und knackte es auf einmal unter ihren Füßen. Als sie die Palmwedel beiseite schoben, sahen sie den Boden mit zerbrochenen weißen Knochen bedeckt.
»*Kanyamagufa*«, sagte Munro. Die Knochenstätte. Er warf einen raschen Blick auf die Träger, um zu sehen, wie sie reagierten, sie aber zeigten lediglich Erstaunen, keine Furcht. Es waren ostafrikanische Kikuyu, und sie hatten keine von den abergläubischen Vorstellungen der Stämme, die am Rand des Regenwalds wohnten.
Amy hob ihre Füße von den scharfkantigen, gebleichten Knochenstücken. Sie teilte Elliot mit: *Boden tut weh*.
Elliot wollte von ihr wissen: »Was ist das für ein Ort?«
Sie gab ihm zur Antwort: *Stelle schlimm*.
»Was für eine schlimme Stelle?«
Amy hatte keine Antwort darauf.
»Das sind ja Knochen!« sagte Karen Ross und blickte zu Boden.
»Stimmt«, sagte Munro rasch, »aber nicht von Menschen. Nicht wahr, Elliot?«
Auch Elliot sah auf den Boden. Er erkannte die gebleichten Überreste von Skeletten verschiedener Tierarten, ohne sie allerdings sogleich einordnen zu können.
»Elliot? Das sind doch keine Knochen von Menschen?«

»Sie sehen nicht danach aus«, stimmte Elliot zu und blickte zu Boden. Als erstes fiel ihm auf, daß die Mehrzahl deutlich von Kleintieren stammte, von Vögeln, von Affen aus der Familie der Meerkatzenartigen sowie von kleinen Waldnagern. Andere Knochenstücke stammten zwar von größeren Tieren, aber wie groß, das war schwer zu sagen. Vielleicht größere Schlankaffen – andererseits gab es solche Tiere hier im Regenwald nicht.
Schimpansen? In diesem Teil des Kongo lebten auch keine Schimpansen. Vielleicht von Gorillas: er sah das Fragment eines Schädels mit einem kräftig ausgebildeten Überaugendach, nahm es auf und wandte es in den Händen hin und her.
Es war ohne Frage ein Stück von einem Gorillaschädel. Er befühlte mit den Fingern die Dicke des Augenwulstes an der Stirnhöhle. Und er sah den Ansatz des für die Männchen dieser Art charakteristischen Scheitelkamms.
»Elliot?« fragte Munro, und seine Stimme klang angespannt und wißbegierig. »Nicht von Menschen, nicht wahr?«
»Nein, nicht von Menschen, bestimmt nicht«, sagte Elliot und starrte weiter auf den Boden. *Was konnte Gorillaschädel zertrümmern?* Er kam zu dem Ergebnis, daß es nach dem Tod des Tiers geschehen sein mußte. Ein Gorilla war eingegangen, und viele Jahre später war das gebleichte Gebein auf die eine oder andere Weise zerschmettert worden. Es konnte bestimmt nicht geschehen sein, als das Tier noch lebte.
»Nicht von Menschen«, sagte Munro und sah auf den Boden. »Ziemlich viele Knochen, aber nicht von Menschen.« Als er an Elliot vorbeikam, warf er ihm einen verschwörerischen Blick zu: *Halten Sie den Mund!* »Kahega und seine Männer wissen, daß Sie auf diesem Gebiet Fachmann sind«, sagte Munro und sah ihn unverwandt an.
Was hatte Munro gesehen? Sicherlich hatte er genug Tote gesehen, um ein menschliches Skelett von einem anderen unterscheiden zu können. Elliots Blick fiel auf einen gebogenen Knochen. Er ähnelte in etwa dem Gabelbein eines Truthahns, nur war er sehr viel größer und breiter und vom Alter völlig ausgebleicht. Er hob ihn auf. Es war ein Stück des Jochbogens von einem Men-

schenschädel, ein Wangenknochen, der unterhalb des Auges sitzt.
Er wandte das Knochenstück in seinen Händen hin und her. Er sah wieder auf den Waldboden, auf die Schlingpflanzen, die sich mit besitzergreifenden Ranken über den weißen Teppich aus Knochen zogen. Jetzt sah er viele feine Knochen, einige von ihnen so dünn, daß Licht hindurchschien – Knochen, die eigentlich nur von kleinen Tieren stammen konnten.
Dann war er nicht mehr so sicher.
Ihm fiel etwas ein. Er hatte es während des Studiums gelernt. Welche sieben Knochen bildeten die knöcherne Augenhöhle des Menschen? Elliot versuchte sich zu erinnern. Jochbein, Stirnbein, Nasenbein, der große Keilbeinflügel ... das waren erst vier ... Siebbein ... fünf ... einer mußte unten liegen, vom Mund her kommend ... das os palatinum, das Gaumenbein ... machte sechs ... und noch einer fehlte ... Er fiel ihm nicht ein: Jochbein, Stirnbein, Nasenbein, Keilbein, Siebbein, Gaumenbein ... Feine Knochen, durchscheinende Knochen, kleine Knochen.
Menschenknochen.
»Immerhin sind es keine Knochen von Menschen«, sagte Karen Ross.
»Nein, das nicht«, stimmte Elliot zu. Er warf einen Blick auf Amy.
Amy teilte ihm mit: *Hier Menschen sterben.*
»Was hat sie gesagt?«
»Sie sagte, daß den Menschen die Luft hier nicht bekommt.«
»Sehen wir zu, daß wir weiterkommen.«

Munro nahm ihn beiseite. »Gut gemacht, Professor«, lobte er ihn. »Wir müssen aufpassen, daß die Träger uns nicht verrückt werden. Was hat Ihr Gorilla gesagt?«
»Daß hier Menschen ums Leben gekommen sind.«
»Da weiß sie mehr als die anderen«, sagte Munro und nickte bitter. »Aber sie ahnen etwas.«
Hinter ihnen schritt der Trupp im Gänsemarsch. Niemand redete.
»Was zum Teufel ist da bloß passiert?« fragte Elliot.

»Ziemlich viele Knochen«, sagte Munro. »Von Leoparden, Stummelaffen, anderen kleinen Affen, Menschen ...«
»Und von Gorillas«, sagte Elliot.
»Ja«, sagte Munro. »Das habe ich auch gesehen, Gorillaknochen.« Er schüttelte den Kopf. »Was kann bloß einen Gorilla töten, Professor?«
Darauf wußte Elliot keine Antwort.

Das Lager des Konsortiums bot ein Bild der Verwüstung. Die Zelte waren zerfetzt, auf den Leichen saßen Fliegen in dichten schwarzen Trauben. Der Gestank war in der feuchten Luft unerträglich, und das Gesumm der Fliegen klang irgendwie wütend. Alle außer Munro blieben am Rand des Lagers.
»Es bleibt nichts anderes übrig«, sagte er. »Wir müssen herausfinden, was mit denen hier passiert ist –« Und damit tat er einen Schritt über die niedergewalzte Umzäunung und betrat das eigentliche Lager.
Als Munro weiterging, wurde der Alarm ausgelöst – ein durchdringendes, schrilles Geräusch. Die anderen bedeckten ihre Ohren mit den Händen. Amy knurrte vor Mißbehagen.
Geräusch böse.
Munro warf ihnen einen Blick zu. »Mir macht das nichts aus«, sagte er. »Das habt ihr davon, daß ihr draußen geblieben seid.« Er ging zu einem der Toten hin und drehte ihn mit dem Fuß um. Dann beugte er sich nieder, wedelte die Wolke ärgerlich brummender Fliegen davon und untersuchte gründlich den Kopf.
Karen Ross sah zu Elliot hinüber. Er schien unter der Einwirkung eines Schocks zu stehen. Typisch Naturwissenschaftler, dachte sie. Angesichts einer Katastrophe zu keiner Reaktion fähig. Amy neben ihm hielt sich ängstlich die Ohren zu. Karen Ross jedoch war durchaus zu Reaktionen fähig, sie atmete tief ein und überquerte ebenfalls den Zaun. »Ich muß wissen, was für eine Alarmanlage sie hatten.«
»Schön«, sagte Elliot. Er fühlte sich von alldem nicht betroffen. Er war benommen. Ihm war, als würde er gleich ohnmächtig. Der Anblick und der Geruch der Toten verursachten ihm Ekel. Er

sah, wie Karen Ross sich durch das Lager vorarbeitete und einen schwarzen Kasten mit einem seltsamen Trichter ergriff. Sie folgte einer Leitung zur Mitte des Lagers hin. Gleich darauf hörte das Hochfrequenzsignal auf, sie hatte es abgeschaltet.
Amy ließ wissen: *Jetzt besser.*
Mit der einen Hand untersuchte Karen Ross die elektronischen Einrichtungen in der Mitte des Lagers, während sie sich mit der anderen die Nase zum Schutz gegen den infernalischen Gestank zuhielt.
Kahega sagte: »Ich will nachsehen, ob sie Waffen hatten, Doktor.« Und er ging gleichfalls ins Lager. Zögernd folgten ihm die anderen Träger.
Elliot blieb mit Amy allein zurück. Amy betrachtete teilnahmslos die Zerstörung, griff allerdings nach seiner Hand. Er fragte sie in Zeichensprache, was vorgefallen sei.
Amy gab zur Antwort: *Dinge kommen.*
Was für Dinge?
Schlimme Dinge.
Was für Dinge?
Schlimme Dinge kommen Dinge kommen schlimme.
Was für Dinge?
Schlimme Dinge.
Offensichtlich brachten diese Fragen ihn nicht weiter. Er befahl ihr, außerhalb des Lagers zu bleiben, und ging ebenfalls hinein, bewegte sich zwischen den Leichen und den summenden Fliegen.
Karen fragte: »Hat schon jemand ihren Führer gefunden?«
Quer durch das Lager sagte Munro: »Menard.«
»Aus Kinshasa?«
Munro nickte: »Ja.«
»Wer ist Menard?« fragte Elliot.
»Er hat einen guten Namen, kennt sich im Kongo aus«, sagte Karen Ross, während sie sich einen Weg durch die Trümmer suchte. »Aber er war nicht gut genug.« Einen Augenblick später blieb sie stehen.
Elliot ging zu ihr hinüber. Sie sah auf einen der Toten, der mit dem Gesicht nach unten auf dem Boden lag.
»Drehen Sie ihn nicht um«, sagte sie. »Es ist Richter.«

Elliot verstand nicht, wieso sie so sicher sein konnte. Immerhin war der Leichnam über und über mit Fliegen bedeckt. Er beugte sich vor.
»Hände weg!«
»Schon gut«, brummte Elliot.
Munro hielt einen grünen Zwanzig-Liter-Kunststoffkanister hoch, in dem eine Flüssigkeit gluckerte, und rief nach Kahega. »Wir wollen das hier hinter uns bringen.«
Kahega und seine Leute verteilten mit raschen Bewegungen Kerosin über die Zelte und die Toten. Elliot nahm den scharfen Geruch wahr.
Karen Ross, die gerade unter ein zerfetztes Vorratszelt aus Nylon gekrochen war, rief: »Eine Minute noch.«
»Nehmen Sie sich so viel Zeit, wie Sie brauchen«, sagte Munro. Er wandte sich Elliot zu, der Amy beobachtete.
Amy machte Zeichen für sich selbst: *Menschen schlecht, nicht glauben, Menschen schlecht, Dinge kommen.*
»Es scheint sie sehr kalt zu lassen«, sagte Munro.
»Eigentlich nicht«, sagte Elliot. »Aber ich glaube, sie weiß, was hier vorgefallen ist.«
»Ich hoffe, sie sagt es uns«, sagte Munro. »All die Männer hier sind nämlich auf dieselbe Weise ums Leben gekommen. Man hat ihnen den Schädel zerschmettert.«

Während die Expedition weiterzog, schlugen die Flammen hoch zum Himmel, und über dem ehemaligen Lager des Konsortiums stand noch lange schwarzer Rauch. Karen Ross schwieg, in Gedanken verloren. Elliot fragte: »Was haben Sie gefunden?«
»Nichts Gutes«, sagte sie. »Sie hatten eine völlig einwandfreie Anlage, ähnlich unserem TSZ – Tierschutzzaun. Die Kegel, die ich gefunden habe, sind Geräuschsensoren, die ein Ultra-Hochfrequenzsignal aussenden, wenn sie ansprechen. Dieses Signal ist sehr schmerzhaft. Zwar hilft es nicht gegen Reptilien, aber ganz ausgezeichnet bei Säugetieren. Wölfe oder Leoparden zum Beispiel würden sich schleunigst davonmachen.«
»Hier hat es nicht funktioniert«, sagte Elliot.

»Nein«, sagte Karen Ross. »Es scheint auch Amy nicht viel ausgemacht zu haben.«
Elliot fragte: »Wie reagiert das menschliche Ohr darauf?«
»Sie haben es doch gemerkt. Es ist lästig, und damit hat sich's.« Sie warf Elliot einen Blick zu. »Aber hier, in diesem Teil des Kongo, gibt es keine Menschen – außer uns.«
Munro fragte: »Können wir uns besser gegen Tiere schützen?«
»Das will ich meinen«, sagte Karen Ross. »Wir haben den Tierschutzzaun der nächsten Generation – er hält alles ab, wenn es nicht gerade Elefanten oder Nashörner sind.« Allerdings klang ihre Stimme nicht besonders überzeugt.
Spät am Nachmittag kamen sie an die Stelle, an der das Lager der ersten ERTS-Kongo-Expedition gestanden hatte. Sie hätten es beinahe verfehlt, denn in den neun Tagen seit seiner Zerstörung hatten die Schlingpflanzen des Dschungels es bereits teilweise überwuchert, so daß fast alle Spuren verwischt waren. Es war nicht viel vom Lager übrig – ein paar Fetzen von den orangeroten Nylon-Zeltbahnen, ein zerbeulter Aluminiumkochtopf, das zerbrochene Stativ und die zerstörte Videokamera, deren grüne Leiterplatten auf dem Boden zerstreut lagen. Sie fanden keine Leichen, und da das Tageslicht schwächer wurde, suchten sie auch nicht, sondern zogen eilends weiter.
Amy war sichtlich erregt. Sie ließ wissen: *Nicht weiter.*
Peter Elliot achtete nicht darauf.
Nicht weiter Ort schlimm Ort alt.
»Wir gehen weiter, Amy«, sagte er.
Eine Viertelstunde später kamen sie an eine lichte Stelle, an der sich im Blätterdach über ihnen eine kleine Öffnung gebildet hatte. Als sie nach oben blickten, sahen sie den dunklen Kegel des Muhavura aufragen und die dünnen Laserstrahlen. Zu ihren Füßen, unter den sich kreuzenden Laserstrahlen, lagen moosbedeckte Felsblöcke, halb verdeckt von der Vegetation des Dschungels, die Reste der Stadt, die sie gesucht hatten. Sie waren in der toten Stadt Zinj.
Elliot drehte sich nach Amy um.
Doch Amy war verschwunden.

4. STAUB

Er konnte es nicht fassen.
Zuerst nahm er an, daß sie ihn bestrafen wollte, daß sie davongerannt war, damit er bereute, ihr am Fluß den Narkosepfeil in die Brust geschossen zu haben. Er erklärte Munro und Karen Ross, daß sie durchaus zu dergleichen Reaktionen imstande war. Sie verbrachten die nächste halbe Stunde damit, ihren Namen rufend durch den Dschungel zu streifen. Doch es kam keine Antwort, nichts unterbrach das ewige Schweigen des Regenwalds. Aus der halben Stunde wurde eine ganze, dann beinahe zwei Stunden.
Elliot wurde von Panik ergriffen.
Als sie nach längerer Zeit immer noch nicht aus dem Blattwerk hervorkam, mußte eine andere Möglichkeit erwogen werden.
»Vielleicht ist sie mit der letzten Gorillahorde weitergezogen«, sagte Munro.
»Unmöglich«, sagte Elliot.
»Sie ist sieben Jahre alt und praktisch geschlechtsreif.« Munro zuckte mit den Schultern. »Und immerhin ist sie ein Gorilla.«
»Unmöglich«, beharrte Elliot.
Aber er wußte, was Munro damit sagen wollte. Es war unvermeidlich, daß Menschen, die Menschenaffen aufzogen, zu einem bestimmten Zeitpunkt feststellten, daß sie die Tiere nicht mehr halten konnten. Mit einsetzender Geschlechtsreife wurden die Tiere zu groß, zu stark, ihrer eigenen Art zu ähnlich, als daß sie noch berechenbar waren. Man konnte sie nicht mehr in Windeln packen und nicht mehr so tun, als wären sie niedliche menschenähnliche Wesen. Ihre Spiele ließen deutliche Unterschiede erkennen, die man irgendwann nicht mehr übersehen konnte.
»Gorillahorden sind keine geschlossenen Gesellschaften«, erinnerte ihn Munro. »Sie nehmen auch Fremde auf, vor allem Weibchen.«
»Amy würde nie mit ihnen gehen«, erklärte Elliot. »Sie könnte es gar nicht.«
Amy war von klein auf unter Menschen aufgewachsen. Ihr war die westliche Welt der Autobahnen und Schnellimbisse vertrauter

als der Dschungel. Wenn Elliot mit seinem Wagen an ihrem Lieblings-Selbstbedienungsrestaurant vorbeifuhr, klopfte sie ihm rasch auf die Schulter und wies ihn so auf seinen Irrtum hin. Was wußte sie schon vom Dschungel? Er war ihr ebenso fremd, wie er Elliot fremd war. Und nicht nur das ...
»Wir sollten unser Lager aufschlagen«, sagte Karen Ross und sah auf die Uhr. »Sie kommt wieder – sofern sie das will. Immerhin«, schloß sie, »haben nicht wir sie im Stich gelassen, sondern sie uns.«

Obwohl sie eine Flasche Dom Pérignon mitgebracht hatten, war jetzt niemand in der Stimmung, die Ankunft am Ziel mit Champagner zu feiern. Elliot machte sich Vorwürfe, nicht genug auf Amy achtgegeben zu haben. Die anderen dachten voller Entsetzen an das, was sie im Lager der früheren Expedition gesehen hatten, und da die Nacht rasch hereinbrach, blieb keine andere Möglichkeit, als das unter dem Namen STAUB (Schutzanlage vor Tierangriffen und Bedrohungen) bekannte ERTS-Abwehrsystem zu errichten.
Bei der Konstruktion von STAUB war der neueste Stand der Technik berücksichtigt worden. Man war davon ausgegangen, daß in der gesamten Geschichte der Erforschung des Kongo Schutzzäune eine Rolle gespielt hatten. Vor mehr als einem Jahrhundert hatte Stanley geäußert: »Kein Lager darf als vollständig betrachtet werden, das nicht von Büschen oder Bäumen umgeben ist.« In den Jahren danach hatte es wenig Anlaß gegeben, Grundlegendes an dieser Anweisung zu ändern. Allerdings war die technische Entwicklung auf diesem Gebiet nicht stehengeblieben, und STAUB konnte alle früheren Erfahrungen mit verwerten.
Kahega und seine Männer pumpten die silbern glänzenden Zelte auf und bauten sie dicht nebeneinander auf. Karen Ross überwachte die Anbringung der Infrarot-Überwachungsleuchten auf den ausziehbaren Stativen. Sie wurden so geordnet, daß sie den Umkreis des Lagers erhellten.
Als nächstes wurde der Zaun aufgestellt. Er war aus sehr leichtem Material, dem Aussehen und den Eigenschaften nach ähnlich wie

Maschendraht, von der Struktur her aber wie Textilgewebe. Stützstäbe trugen ihn. Er umschloß das Lager vollständig. Wenn der Zaun an den Transformator angeschlossen wurde, lag an ihm eine Spannung von 10 000 Volt an. Um die Brennstoffzellen nicht unnötig zu entladen, wurden nur vier Spannungsstöße pro Sekunde auf den Zaun gegeben, wobei man jeweils ein leises Knackgeräusch am Spannungserzeuger hören konnte.

Das Abendessen bestand aus Reis mit einer kreolischen Soße, die dehydratisierte und nun wieder mit Wasser aufgequollene Garnelen enthielt.

Das »Rehydratisieren« bekam den Garnelen nicht besonders, und so schmeckten sie vorwiegend nach Pappe. Doch beklagte sich angesichts der zunehmenden Dunkelheit im Dschungel niemand über dieses klägliche Versagen der Technik mitten im 20. Jahrhundert.

Munro teilte die Wachen ein: reihum jeweils vier Stunden. Er verkündete, er selbst werde mit Elliot und Kahega den Anfang machen und die erste Wache übernehmen.

Mit ihren Nachtsichtbrillen sahen die Wachtposten wie geheimnisvolle Heuschrecken aus, die in den Dschungel hinausstarrten. Es handelte sich um Nachtsichtgeräte in Brillenform, die das Restlicht verstärkten, über das bereits bestehende Bild projizierten und das Ganze in geisterhaftes Grün tauchten. Elliot empfand das Gewicht der Brille als lästig, und es fiel ihm schwer, seine Augen an das elektronisch übertragene Bild zu gewöhnen.

Als er die Brille nach einigen Minuten abnahm, war er erstaunt, den Dschungel in rabenschwarzer Dunkelheit zu sehen. Rasch setzte er die Brille wieder auf. Die Nacht verlief ruhig und ohne Zwischenfall.

9. Tag
Zinj
21. Juni 1979

1. Der Tigerschwanz

Ihr Einzug in die tote Stadt Zinj am Vormittag des 21. Juni geschah ohne eine Spur der Romantik, die in den Berichten aus dem 19. Jahrhundert über vergleichbare Reisen durchschimmert. Die Forscher des 20. Jahrhunderts schwitzten und stöhnten unter der schweren Last ihrer technischen Geräte – optische Entfernungsmesser, Kompasse mit Datenspeicher, Hochfrequenz-Richtfunkgeräte mit angeschlossenen Sendeempfängern, die im Mikrowellenbereich arbeiteten. All das schien unerläßlich für die heutzutage übliche superschnelle Beurteilung einer archäologischen Fundstätte.

Sie waren ausschließlich an Diamanten interessiert. Heinrich Schliemann war bei der Ausgrabung Trojas anfangs nur auf Gold ausgewesen, und er hatte drei Jahre darauf verwendet. Karen Ross rechnete damit, ihre Diamanten im Verlauf von drei Tagen zu finden.

Nach dem vom Computer bei der ERTS durchgespielten Programm fingen sie am besten damit an, daß sie einen Grundriß der Stadt anfertigten. Mit einem solchen Plan in der Hand müßte es verhältnismäßig einfach sein, von der Anlage der Stadt auf die Lage der Stollen zu schließen.

Sie hofften, innerhalb von sechs Stunden einen brauchbaren Plan der Stadt zu haben. Sie brauchten sich lediglich mit Hochfrequenz-Transpondern nacheinander an die vier Ecken eines Gebäudes zu stellen und an jeder Ecke den Sendeknopf zu drücken. Im Lager zeichneten zwei weit voneinander entfernt stehende Empfangsgeräte ihre Signale auf, die der Computer dann in eine zweidimensionale Zeichnung umsetzen konnte. Allerdings bedeckten die Ruinen eine große Fläche, mehr als drei Quadratkilometer. Bei einer Funkvermessung würden sie sich in dichtem Gebüsch und Blattwerk weit voneinander trennen müssen, und das schien ihnen angesichts dessen, was der vorigen Expedition widerfahren war, unklug.

Die einzige andere Möglichkeit war das bei der ERTS als unsystematische Aufnahme oder »Tigerschwanzmethode« bekannte Verfahren. (Es war ein Standardwitz zu sagen, man könne einen Tiger auch dadurch aufspüren, daß man immer weiterging, bis man ihm auf den Schwanz trat.) Sie gingen durch die verfallenen Bauten, vorbei an züngelnden Schlangen und Riesenspinnen, die in dunkle Ecken davoneilten. Die Spinnen hatten die Größe einer Männerhand und gaben zu Karen Ross' Verblüffung ein lautes, knackendes Geräusch von sich.

Sie stellten fest, daß die Mauern mit großem handwerklichem Geschick ausgeführt waren, wenn auch der Kalkstein inzwischen an vielen Stellen ausgewaschen war und zerbröckelte. Überall sahen sie die Halbmondform von Türbogen und Fenstern, die ein besonderes Merkmal der hier untergegangenen Kultur zu sein schien.

Davon abgesehen aber fiel ihnen an den Räumen, durch die sie streiften, so gut wie nichts sonderlich auf. Sie waren im allgemeinen rechteckig und alle etwa gleich groß. Die Wände waren nackt und ohne jeden Schmuck. Sie fanden nach all den Jahrhunderten keinerlei von Menschenhand hergestellte Gegenstände mehr – bis schließlich Elliot ein Paar mit kurzen Griffen versehene, scheibenförmige Steinplatten entdeckte, zwischen denen die Bewohner wahrscheinlich Gewürze oder Getreide gemahlen hatten.

Die Leere, die seltsame Unauffälligkeit der Stadt erschien ihnen immer beunruhigender, je weiter sie vorankamen. Außerdem war sie auch unbequem, da sie so keine rechte Möglichkeit hatten, eine Stelle von der anderen genau zu unterscheiden. Schließlich

verfielen sie darauf, den verschiedenen Gebäuden willkürliche Namen zu geben.
Als Karen Ross in der Wand eines Raums eine Reihe von Öffnungen entdeckte, die wie Brieffächer aussahen, erklärte sie, dies müsse ein Postamt sein – und von da an hieß das Gebäude bei ihnen »das Postamt«.
Sie stießen auch auf eine Reihe kleiner Räume mit Löchern für Holzstangen.
Munro nahm an, dies seien Gefängniszellen – wenn auch äußerst kleine – gewesen. Karen Ross sagte, vielleicht seien die Menschen kleinwüchsig gewesen, oder man habe die Zellen absichtlich klein gehalten, um so die Strafen zu verschärfen. Elliot meinte, vielleicht seien es die Käfige eines Zoos gewesen. Aber warum waren die Käfige dann alle gleich groß? Munro wiederholte unter Hinweis darauf, daß nichts zum Betrachten von Tieren vorgesehen sei, seine Überzeugung, es müsse ein Gefängnis gewesen sein – und so wurden die Räume »das Gefängnis« genannt.
In seiner Nähe fanden sie auch einen großen, freien Hof, den sie »Stadion« nannten. Offensichtlich hatte er als Sport- oder Exerzierplatz gedient. In dem »Stadion« standen vier hohe Steinsäulen mit einem zerbröckelnden, steinernen Ring an der Spitze. Allem Anschein nach waren sie für ein Ballspiel wie Schlagball gebraucht worden. In einer Ecke des Platzes befand sich eine Art Reckstange – allerdings nur anderthalb Meter über dem Boden. Was Elliot zu der Annahme veranlaßte, daß es sich um einen Kinderspielplatz handelte. Karen Ross erinnerte an ihre Theorie von der Kleinwüchsigkeit der Bewohner, während Munro der Ansicht zuneigte, der Hof müsse ein militärischer Exerzierplatz gewesen sein.
Während sie weitersuchten, waren sie sich alle darüber im klaren, daß ihre Reaktionen lediglich ihre vorgefaßten Meinungen widerspiegelten. Die Stadt war so neutral, die Ruinen, sie verrieten so wenig, daß sie wie auf einen Rorschach-Test reagierten. Sie brauchten jedoch objektive Informationen über die Menschen, die die Stadt gebaut hatten, und über ihre Lebensgewohnheiten.

Daß es solche Angaben in Hülle und Fülle gab, merkten sie erst sehr spät. In vielen Räumen war die eine oder andere Wand mit schwarzgrünem Schimmel überzogen. Munro stellte fest, daß der Schimmel nicht in irgendeinem Verhältnis zum Licht, das durch ein Fenster fiel, oder zu Luftströmungen oder anderen erkennbaren Faktoren wuchs. In manchen Räumen überzog er eine Wand in einer dicken Schicht halb bis zum Boden und hörte dann in einer scharfen horizontalen Linie auf, als hätte man ihn mit einem Messer abgeschnitten.

»Sehr sonderbar«, sagte Munro, während er den Schimmelbewuchs näher ins Auge faßte und mit dem Zeigefinger darüberfuhr. Sein Finger war mit Spuren blauer Farbe bedeckt.

So entdeckten sie schließlich die kunstvollen, einst bemalten Bas-Reliefs, die überall in der Stadt vorhanden waren. Doch der Schimmelbelag auf den unregelmäßigen Oberflächen und die Auswaschung des Kalksteins vereitelte jeden Versuch einer Deutung.

Beim Lunch im Lager sagte Munro, es sei zu schade, daß sie nicht ein paar Kunsthistoriker mitgebracht hätten, die diese Bilder hätten sichern können. »Mit ihren Lampen und ihren technischen Geräten würden sie sofort sehen, was da war«, sagte er.

Das brachte Karen Ross auf einen Gedanken.

Die neuesten Untersuchungsmethoden für Kunstwerke, wie sie von Degusto und anderen angewendet wurden, arbeiteten mit Infrarotlicht und Bildverstärkung – und sie verfügte über die notwendigen Geräte, um auf der Stelle nach diesem Verfahren vorzugehen. Zumindest war es einen Versuch wert. Nach dem Essen machten sie sich wieder auf den Weg zu den Ruinen und schleppten die Videokamera, eine der Infrarotleuchten und den kleinen Computer-Anzeigeschirm mit.

Nach einer Stunde Basteln hatten sie ein System ausgearbeitet. Sie konnten die Darstellungen an den Wänden rekonstruieren, indem sie die Wände mit Rotlicht abtasteten und das Bild mit der Videokamera aufnahmen. Dann schickten sie es über Satelliten durch digital arbeitende Computer nach Houston und ließen es sich auf ihren tragbaren Bildschirm zurücksenden.

Diese Art, die Bas-Reliefs zu betrachten, erinnerte Peter Elliot an die Nachtsichtbrillen. Wenn man geradeaus auf die Wand sah, erkannte man nichts als mit dunklem Moos und Flechte bedeckte ausgewaschene Steine. Auf dem kleinen Computer-Schirm aber sah man durch all das hindurch auf die ursprüngliche Malerei, die ein lebendiges Bild vermittelte. Er berichtete später darüber: »Es war sehr seltsam. Da waren wir mitten im Dschungel und konnten dennoch unsere unmittelbare Umgebung nur mittelbar durch technische Einrichtungen wahrnehmen. Wir brauchten Brillen, um nachts, und Videogeräte, um tagsüber zu sehen. Wir benutzten Maschinen, um Dinge zu sehen, die wir sonst nicht hätten sehen können, und wir waren ganz und gar von ihnen abhängig.«

Er fand es auch seltsam, daß die von der Videokamera aufgezeichneten Informationen weit über dreißigtausend Kilometer um den Erdball hin- und zurückwandern mußten, bevor sie wieder auf dem Bildschirm, knapp einen Meter von ihnen entfernt, landeten. Später sagte er, es sei »die längste Nervenbahn der Welt« gewesen, und das habe sich sehr merkwürdig ausgewirkt. Obwohl die Übertragung der Bilder mit Lichtgeschwindigkeit erfolgte, dauerte sie eine zehntel Sekunde, und da auch der Computer in Houston eine kurze Verarbeitungszeit brauchte, erschienen die Bilder auf dem Bildschirm nicht sofort, sondern mit einer kaum wahrnehmbaren Zeitversetzung von etwa einer halben Sekunde. Was sie dann aber auf dem Bildschirm sahen, vermittelte ihnen eine erste Vorstellung von der Stadt und ihren früheren Bewohnern.

In Zinj hatten offenbar hochgewachsene Schwarze mit runden Schädeln und muskulösen Körpern gelebt. Äußerlich ähnelten sie dem Volk, das vor zweitausend Jahren erstmals aus der nördlich gelegenen Hochlandsavanne in den Kongo eingedrungen war und eine der Bantu-Sprachen sprach. Die Menschen wurden hier lebhaft und munter gezeigt: trotz des vorherrschenden Klimas trugen sie am liebsten reichverzierte, bunte, wallende Gewänder. Ihre Haltung und ihre Gesten wirkten freundlich, und alles in allem bestand ein schroffer Gegensatz zwischen ihnen und den

nackten, verfallenen Überresten, die von ihrer Kultur geblieben waren.
Die ersten entschlüsselten Fresken zeigten Marktszenen: Verkäufer hockten neben wunderschönen Flechtkörben voller runder Gegenstände auf dem Boden, während Käufer vor ihnen standen und offensichtlich mit ihnen um den Preis feilschten. Zuerst hatten sie die runden Gegenstände für Obst gehalten, aber Karen Ross kam zu dem Schluß, daß es Steine waren.
»Es sind ungeschliffene Diamanten, von Ganggestein umschlossen«, sagte sie, ohne vom Bildschirm aufzublicken. »Sie handelten mit Diamanten.«

Durch die Fresken angeregt, überlegten sie, welches Schicksal die Einwohner von Zinj wohl ereilt haben mochte, denn die Stadt war eindeutig nicht zerstört, sondern verlassen worden – es gab kein Zeichen für kriegerische Auseinandersetzungen oder eine Besetzung durch fremde Eindringlinge, keine Spuren einer Naturkatastrophe oder irgendeines gewaltsamen Untergangs.
Karen Ross sprach ihre schlimmsten Befürchtungen aus, als sie erklärte, sie vermute, die Diamantminen seien erschöpft gewesen, und so sei Zinj – wie so viele andere Bergbaustädte im Verlauf der Geschichte – zu einer Geisterstadt geworden. Elliot vermutete, die Bewohner seien einer Epidemie oder dergleichen zum Opfer gefallen, während Munro die Gorillas für die eigentliche Ursache hielt.
»Lachen Sie nicht«, sagte er. »Das hier ist ein vulkanisches Gebiet. Vulkan-Ausbrüche, Erdbeben, Dürre, Steppenbrände – die Tiere spielen verrückt und führen sich völlig anders auf als gewöhnlich.«
»Das Wüten der Natur?« fragte Elliot und schüttelte den Kopf. »Hier gibt es alle paar Jahre Vulkan-Ausbrüche, und wir wissen, daß die Stadt jahrhundertelang bestanden hat. Daran kann es nicht liegen.«
»Vielleicht hat es einen Staatsstreich gegeben, eine Palastrevolution.«

»Und welche Rolle könnten die Gorillas dabei gespielt haben?« fragte Elliot lachend.

»So etwas kommt vor«, sagte Munro. »In Afrika benehmen die Tiere sich immer seltsam, wenn es Krieg gibt, müssen Sie wissen.« Er erzählte ihnen Geschichten von Pavianen, die in Südafrika Farmgebäude und in Äthiopien Busse angegriffen haben sollten. Elliot ließ sich davon nicht beeindrucken. Im übrigen war die Vorstellung, daß die Natur das Tun des Menschen widerspiegelt, sehr alt – mindestens so alt wie Äsop und von etwa der gleichen naturwissenschaftlichen Stichhaltigkeit. »Die natürliche Welt läßt sich vom Menschen nicht beeindrucken«, sagte Elliot.

»Sehr richtig«, gab Munro zur Antwort, »aber es gibt nicht mehr so viel natürliche Welt.«

Elliot stimmte ihm nur widerwillig zu, doch tatsächlich behauptete eine wohlbekannte wissenschaftliche These eben das. 1955 hatte der französische Anthropologe Maurice Cavalle einen umstrittenen Aufsatz mit dem Titel »*Der Tod der Natur*« veröffentlicht. Darin hieß es:

»Vor einer Million Jahren war eines der hervorstechenden Merkmale der Erde eine überall herrschende Wildnis, die wir ›Natur‹ nennen mögen. Inmitten dieser wilden Natur gab es kleine Enklaven, die von Menschen bewohnt wurden. Ob es sich um Höhlen mit einem künstlich unterhaltenen Feuer handelte, das den Menschen wärmen sollte, oder später um Städte mit Wohnungen und künstlich angelegten Ackerflächen – alle diese Enklaven waren ihrem ganzen Wesen nach unnatürlich. In den darauffolgenden Jahrtausenden verminderte sich die Fläche unberührter Natur, die diese künstlichen Enklaven umgab, in zunehmendem Maße, auch wenn diese Entwicklung jahrhundertelang nicht erkennbar war.

Noch vor dreihundert Jahren lagen zwischen den großen Städten Frankreichs oder Englands weite Flächen unberührter Wildnis, in der sich wie schon Jahrtausende zuvor wildes Getier tummelte. Doch unaufhaltsam dehnte der Mensch seinen Einflußbereich aus.

Vor hundert Jahren, gegen Ende der Epoche der großen europäischen Forscher, war die Natur so radikal vermindert, daß sie als etwas Neues empfunden wurde: daher der nachhaltige Eindruck, den die Erforschung Afrikas auf die Menschen des 19. Jahrhunderts ausübte. In eine wahrhaft natürliche Welt einzudringen war exotisch, ging über den Erfahrungsbereich der meisten Menschen hinaus, die von der Wiege bis zum Grabe in einer ganz und gar vom Menschen bestimmten Umgebung lebten.
Im 20. Jahrhundert hat sich das Ungleichgewicht so weit verlagert, daß man getrost sagen kann, die Natur ist verschwunden. Wildpflanzen werden in Gewächshäusern erhalten und Wildtiere in zoologischen Gärten und Wildparks: künstliche Umgebungen, die der Mensch zur Erinnerung an die einst vorherrschende natürliche Welt geschaffen hat. Doch lebt ein Tier in einem Zoo oder in einem Wildpark nicht sein natürliches Leben – so wenig wie ein Mensch in der Stadt ein natürliches Leben lebt.
Heute sind wir vom Menschen und dem, was er geschaffen hat, umgeben. Man kann dem Menschen nicht mehr ausweichen, nirgendwo auf dem Erdball, und die Natur ist nur noch eine Vorstellung, ein längst verblaßter Traum von Vergangenem.«

Karen Ross rief Elliot von seinem Abendessen weg. »Für Sie«, sagte sie und deutete auf den neben der Antenne stehenden Computer. »Ihr Freund wieder.«
Munro grinste: »Nicht einmal im Dschungel ist man vor dem Telefon sicher.«
Elliot ging zum Bildschirm hinüber. COMPUTR SPRACHANLYSN UNGENUEGN BRAUCHN MER MATRIAL KOEN SI LIFRN?
WAS FR MATRIAL? fragte Elliot zurück.
MER TONMAT–SNDET TONAUFNAM.
Elliot gab ein: Ja, falls vorhanden. JA FALS VORH.
FREQNZ 22–50 KHZ KRITSCH.
Elliot tastete zurück: Verstanden. VRSTNDN.
Es folgte eine Pause. Dann hieß es: WIGEZ AMY?
Elliot zögerte kurz. BESTENS.

GRUS VONUNS ALN kam die Antwort. Dann wurde die Sendung für einen Augenblick unterbrochen.
MOMNT NCH.
Es entstand eine längere Pause.
SNSATION, schrieb Seamans dann. WIR HABN SWENSN.

2. SNSATION SWENSN

Zuerst sagte Elliot die Mitteilung nichts. Swensn? Was bedeutete Swensn? Möglicherweise ein Übertragungsfehler? Und dann fiel ihm ein: *Mrs. Swenson!* Amys Entdeckerin, die Frau, die sie aus Afrika mitgebracht und dem Zoo von Minneapolis geschenkt hatte. Die Frau, die sich in den letzten Wochen auf Borneo aufgehalten hatte. HAETN WIRS NUR GWUST: AMYS MUTR NICHT VN EINGEB GETOETET.
Elliot wartete ungeduldig auf Seamans nächste Mitteilung.
Er starrte fassungslos auf die Nachricht. Man hatte ihm immer gesagt, Eingeborene hätten Amys Mutter getötet, und zwar in einem Dorf, das Bagimindi hieß. Eingeborene hätten die Mutter verzehrt, und so sei Amy Waise geworden ...
WISO?
MUTR WAR SHON TOT NICHT GGESN.
Die Eingeborenen hatten Amys Mutter nicht getötet? Sie war schon tot?
WIBITE?
SWENSN HAT BILD KOEN WIR SENDN?
Elliot tippte so hastig, daß seine Finger förmlich über die Tasten stolperten. SNDET.
Es folgte eine Pause, die ihm endlos vorkam. Dann zeichnete der Bildschirm von oben nach unten die Angaben auf. Lange bevor das Bild den Schirm füllte, war Elliot klar, was es zeigte.
Ein Amateur-Schnappschuß von einem toten Gorilla mit zerschmettertem Schädel. Das Tier lag auf dem Rücken in einer

Lichtung, deren Boden festgestampft war, vermutlich in einem Eingeborenendorf.
In diesem Augenblick hatte Elliot das Gefühl, als sei das Rätsel, das ihn beschäftigte und ihm schon seit so vielen Monaten zu schaffen machte, nunmehr gelöst. Hätten sie Mrs. Swenson nur früher erreichen können ...
Das flimmernde elektronische Bild schrumpfte zusammen, und der Bildschirm wurde dunkel.
Elliot sah sich von einer Vielzahl plötzlicher Fragen bestürmt. Es ging um zerschmetterte Schädel in einer fernen – und wie man annahm, unbewohnten – Region des Kongo, *Kanyamagufa*, Knochenstätte. Bagimindi aber war ein Handelsplatz am Ufer des Lubula, über hundertfünfzig Kilometer von dort entfernt. Wie waren Amy und ihre tote Mutter nach Bagimindi gekommen?
Karen Ross fragte: »Haben Sie Schwierigkeiten?«
»Ich verstehe etwas nicht. Ich muß rückfragen –«
»Bevor Sie das tun«, sagte sie, »sehen Sie sich die Sendung noch einmal an, sie ist gespeichert.« Sie drückte einen mit R bezeichneten Knopf.
Die zuvor gesendete Unterhaltung wurde auf dem Bildschirm wiederholt. Während Elliot Seamans' Antwort durchging, fiel ihm eine Zeile auf: MUTR WAR SHON TOT NICHT GGESN.
Wieso war die Mutter nicht verzehrt worden? Gorillafleisch galt in diesem Teil des Kongo-Beckens nicht nur als eßbar, sondern geradezu als Delikatesse. Er gab eine Frage ein:
WISO MUTR NICHT GGESN?
MUTR&KND VN EINGEB PATRULJE AUS SUDAN GEFUNDN TRUGN KADAVR & KND 5 TAGE BIS DORF BAGMINDI ZUM VRKAUF AN TURISTN. SWENSN WARDA.
Fünf Tage! Rasch gab Elliot die wichtige Frage ein:
WO GFUNDN?
Die Antwort lautete: UNBKANT WO – KNGO.
LAGE?
NICHT BKANT. Dann, nach einer kurzen Pause: NOCH MER BLDR?
SNDET, bat er.

Das Bild verschwand, dann erschien ein neues Bild auf dem Schirm, so wie die Abtastvorrichtung es erfaßte. Jetzt sah er in Nahaufnahme den zerschmetterten Schädel eines Gorillaweibchens. Neben dem riesigen Schädel lag ein winziges schwarzes Geschöpf auf dem Boden, mit verkrampften Händen und Füßen, den Mund zu einem Schrei geöffnet.
Amy.

Karen Ross ließ die Sendung mehrere Male durchlaufen, jedesmal bis zu dem Bild von Amy als Säugling – klein, schwarz, schreiend.
»Kein Wunder, daß sie Alpträume hatte«, sagte sie. »Vermutlich hat sie gesehen, wie ihre Mutter umgebracht wurde.«
Elliot sagte: »Wenigstens dürfen wir als sicher annehmen, daß es keine Gorillas waren. Gorillas bringen sich nicht gegenseitig um.«
»Gerade jetzt«, sagte Karen Ross, »dürfen wir überhaupt nichts als sicher annehmen.«

Der Abend des 21. Juni war so still, daß sie gegen zehn Uhr die Infrarotlampen ausschalteten, um Energie zu sparen. Fast im gleichen Augenblick merkten sie, daß sich im Blattwerk um das Lager herum etwas regte. Munro und Kahega brachten ihre Gewehre in Anschlag. Das Rascheln verstärkte sich, und sie hörten ein seltsames, seufzendes Geräusch, eine Art Keuchen.
Auch Elliot hörte es und spürte einen Schauder: es war dasselbe Keuchen, das auf den Bändern von der ersten Kongo-Expedition zu hören gewesen war. Er schaltete den Kassettenrekorder ein und hielt das Mikrofon in die Richtung, aus der die Geräusche kamen. Alle warteten angespannt und wachsam.
Doch in der nächsten Stunde geschah nichts. Zwar bewegte sich das Laub rings um sie her, aber sie sahen nichts. Dann, kurz vor Mitternacht, rührte sich etwas am Elektrozaun. Munro richtete sein Gewehr auf die Stelle und schoß, Karen Ross schaltete die Nachtbeleuchtung ein, so daß das Lager in dunkelrotes Licht getaucht wurde.

»Haben Sie etwas gesehen?« fragte Munro. »Haben Sie gesehen, was es war?«
Sie schüttelten den Kopf. Niemand hatte etwas gesehen. Elliot hörte sein Band ab: außer dem scharfen Bellen eines Gewehrs war nichts darauf zu hören. Keine Atemgeräusche.
Der Rest der Nacht verging ohne besondere Vorkommnisse.

10. Tag
Zinj
22. Juni 1979

1. Rückkehr

Der Morgen des 22. Juni war neblig und trüb. Als Peter Elliot um sechs Uhr aufwachte, herrschte im Lager bereits geschäftiges Treiben. Munro schritt den Umkreis des Lagers ab. Seine von den nassen Blättern durchnäßte Kleidung klebte ihm am Leib. Er begrüßte Elliot mit einem triumphierenden Blick und zeigte auf den Boden.

Dort waren frische Fußabdrücke zu sehen, kurz, tief, fast dreieckig, und zwischen dem großen Zeh und den anderen vier Zehen war eine Lücke, etwa so groß wie der Abstand zwischen Daumen und Fingern der menschlichen Hand.

»Das waren mit Sicherheit keine Menschen«, sagte Elliot und beugte sich vor, um die Fährte genauer in Augenschein zu nehmen.

Munro sagte nichts.

»Herrentiere, Primaten.«

Munro schwieg weiter.

»Aber ein Gorilla kann es nicht sein«, schloß Elliot und richtete sich auf. Seine Unterhaltung über den Bildschirm am Vorabend hatte ihn in der Ansicht bestärkt, daß Gorillas mit dieser Sache nichts zu tun hatten. Gorillas töteten einander nicht, so wie Amys Mutter getötet worden war. »Es kann kein Gorilla sein«, wiederholte er.

»Aber es ist einer«, sagte Munro. »Sehen Sie sich das an.« Er deutete auf eine andere Stelle im weichen Boden. Dort befanden

sich vier Eindrücke nebeneinander. »Das sind typische Knöchelabdrücke, hier ist er auf den Händen gelaufen.«
»Aber«, sagte Elliot, »Gorillas sind scheu, sie schlafen nachts und gehen dem Menschen aus dem Wege.«
»Erzählen Sie das doch dem, der diesen Abdruck hinterlassen hat.«
»Für einen Gorilla ist er klein«, sagte Elliot. Er untersuchte den Zaun in der Nähe – da wo in der Nacht der Stromkreis kurzgeschlossen worden war. Es hingen einzelne graue Haare daran.
»Und Gorillas haben keine grauen Haare.«
»Doch, Silberrückenmänner«, sagte Munro.
»Ja, aber bei ihnen spielt die Farbe mehr ins Weiße. Diese hier sind eindeutig grau.« Er zögerte. »Vielleicht ist es ein *kakundakari*.«
Munro sah in verächtlich an.
Das *kakundakari* war ein angeblich am Kongo-Becken heimischer Primat, dessen Existenz so umstritten war wie die des Yeti. Zwar war es angeblich schon oft gesichtet worden, aber niemand hatte je eines gefangen. Die Eingeborenen kannten zahllose Geschichten, in denen von einem ein Meter achtzig großen, behaarten Affen die Rede war, der aufrecht ging und auch sonst in seinem Verhalten sehr menschenähnlich war.
Viele angesehene Wissenschaftler glaubten an die Existenz des *kakundakari*; vielleicht dachten sie an die Autoritäten, die früher einmal den Gorilla ins Reich der Fabel verwiesen hatten.
1774 hatte Lord Monboddo über den Gorilla geschrieben: »Dieses wunderbare und zugleich erschreckende Geschöpf der Natur geht aufrecht wie ein Mensch, ist zwischen zwei Meter zehn und zwei Meter siebzig groß ... und von verblüffender Kraft. Es ist am ganzen Körper schwarz behaart, am Kopf sind die Haare länger, das Gesicht ähnelt dem des Menschen mehr als das des Schimpansen, nur daß es schwarz ist. Das Tier hat keinen Schwanz.«
Vierzig Jahre darauf beschrieb Bowditch einen afrikanischen Affen, der »im allgemeinen ein Meter fünfzig groß ist, mit einer Schulterbreite von etwa ein Meter zwanzig. Es heißt, noch weniger als die Breite seiner Schultern entspreche seine Hand den

übrigen Proportionen, und ein Schlag mit ihr soll tödlich sein.«
Doch erst 1847 veröffentlichten John Savage, ein in Afrika tätiger Missionar, und Jeffries Wyman, ein Anatom aus Boston, einen Aufsatz, in dem sie »eine zweite von den Naturwissenschaftlern bisher nicht anerkannte Spezies in Afrika« beschrieben, die sie *Troglodytes gorilla* zu nennen vorschlugen. Ihre Mitteilung verursachte in der wissenschaftlichen Welt ungeheures Aufsehen und in London, Paris und Boston traf man alle Anstalten, um möglichst rasch Skelette dieses Tiers zu beschaffen. 1855 bestand kein Zweifel mehr – es gab in Afrika einen zweiten, sehr großen Menschenaffen.
Noch im 20. Jahrhundert wurden im Regenwald neue Tierarten entdeckt: 1944 das Blauschwein und 1961 das rotbrüstige Waldhuhn. Also konnten in den Tiefen des Dschungels durchaus noch andere seltene und sich scheu zurückhaltende Tiere leben. Doch einen wirklichen Nachweis für die Existenz des *kakundakari* gab es nicht.
»Dieser Abdruck stammt von einem Gorilla«, beharrte Munro hartnäckig. »Oder vielmehr von einem ganzen Trupp. Abdrücke finden sich überall um den Zaun herum. Sie haben unser Lager ausgespäht.«
»Unser Lager ausgespäht«, wiederholte Elliot und schüttelte ungläubig den Kopf.
»Genauso ist es«, sagte Munro. »Sehen Sie sich nur die verdammten Abdrücke an.«
Elliot merkte, wie seine Geduld zu Ende ging. Er sagte etwas über Lagerfeuererzählungen von Großwildjägern, was Munro mit wenig schmeichelhaften Äußerungen über Leute quittierte, die ihr gesamtes Wissen aus Büchern bezogen.
Und dann begannen die Stummelaffen in den Bäumen plötzlich zu kreischen und die Äste zu schütteln.

Sie fanden Malawi unmittelbar außerhalb des Lagers. Der Träger war auf dem Weg zum Bach getötet worden, wo er Wasser holen wollte. Die zusammenfaltbaren Eimer lagen in der Nähe auf dem Waldboden. Seine Schädelknochen waren zerschmettert worden.

Das Gesicht war purpurfarben, aufgequollen und verzerrt, der Mund stand offen.
Die Mitglieder der Expedition waren entsetzt. Karen Ross wandte sich ab, es war zuviel für sie. Die Träger hockten mit Kahega zusammen, der sie zu beruhigen versuchte, während Munro sich über den Leichnam beugte, um die Verletzungen zu untersuchen. »Sehen Sie diese Stellen, als wäre der Schädel zwischen etwas zerquetscht...«
Munro fragte nach den Steinplatten, die Elliot am Vortag in der Stadt gefunden hatte. Er warf einen Blick auf Kahega, der hoch aufgerichtet vor ihm stand und sagte: »Wir müssen nach Hause zurück, *bwana*.«
»Das geht nicht«, sagte Munro.
»Wir kehren um. Wir müssen. Einer unserer Brüder ist tot, wir müssen eine Feier für seine Frau und seine Kinder machen, *bwana*.«
»Kahega...«
»*Bwana*, wir müssen jetzt zurück.«
»Kahega, darüber wollen wir reden.« Munro richtete sich auf, legte den Arm um Kahegas Schulter und führte ihn beiseite, auf die gegenüberliegende Seite der Lichtung. Dort sprachen sie mehrere Minuten lang leise miteinander.
»Es ist grauenhaft«, sagte Karen Ross. Sie schien ehrlich betroffen und von Mitgefühl überwältigt. Elliot wollte sie schon trösten, als sie fortfuhr: »Nun bricht die Expedition zusammen. Es ist grauenhaft. Wir müssen irgendwie weitermachen, sonst finden wir die Diamanten *nie*!«
»Sonst haben Sie keine Sorgen?«
»Nun, immerhin sind sie ja versichert...«
»Wenn das alles ist«, sagte Elliot.
»Sie sind doch bloß wütend, weil Ihr verdammter Affe abgehauen ist«, sagte Karen Ross. »Reißen Sie sich zusammen, sie beobachten uns.«
Tatsächlich sahen die Kikuyu aufmerksam zu Karen Ross und Elliot herüber. Offenbar versuchten sie herauszubekommen, wie die Dinge standen. Allerdings wußten sie alle, daß die entschei-

denden Verhandlungen zwischen Munro und Kahega geführt wurden. Einige Minuten später kehrte Kahega zurück und wischte sich die Augen. Er sagte rasch etwas zu seinen Brüdern. Sie nickten. Dann wandte er sich wieder Munro zu.
»Wir bleiben, *bwana*.«
»Gut, sagte Munro und nahm sogleich seinen gewohnten, gebieterischen Ton wieder auf: »Holt die Steinplatten.«
Nachdem sie gebracht worden waren, legte Munro sie zu beiden Seiten an Malawis Schädel. Sie paßten genau in die halbkreisförmigen Vertiefungen am Kopf.
Dann sprach Munro rasch auf Swahili mit Kahega, der seinerseits etwas zu seinen Brüdern sagte. Sie nickten. Nun erst vollzog Munro den nächsten schrecklichen Schritt. Er hob die Arme weit auseinander und ließ die Platten mit aller Kraft gegen den bereits zusammengedrückten Schädel sausen. Das dumpfe Geräusch war ekelerregend, Blutspritzer bedeckten sein Hemd. Aber es war ihm nicht gelungen, den Schädel weiter zu beschädigen.
»Ein Mensch hat nicht die Kraft dazu«, sagte Munro tonlos. Er sah zu Peter Elliot hin. »Wollen Sie's versuchen?«
Elliot schüttelte den Kopf.
Munro erhob sich. »So wie Malawi hingefallen ist, muß er gestanden haben, als es geschah.« Munro sah Elliot eindringlich an und sagte: »Ein großes Tier, so groß wie ein Mensch. Ein großes, kräftiges Tier. Ein Gorilla.«
Elliot wußte keine Antwort darauf.
Kein Zweifel, daß Peter Elliot sich durch die Entwicklung der Dinge bedroht fühlte, wenn auch nicht in seiner persönlichen Sicherheit. »Ich konnte das einfach nicht akzeptieren«, sagte er später. »Ich kenne mein Forschungsgebiet, und ich konnte die Vorstellung nicht akzeptieren, daß Gorillas in der Wildnis ein unbekanntes, radikal gewalttätiges Verhalten entfalteten. Und es ergab ja auch keinen Sinn. Gorillas sollten Steinplatten verfertigen, mit deren Hilfe sie Menschen den Schädel zerschmetterten? Das war ausgeschlossen!«
Nach der Untersuchung des Leichnams ging Elliot zum Fluß, um sich das Blut von den Händen zu waschen. Als er dort mit sich

allein war, ertappte er sich dabei, wie er in das klare, fließende Wasser blickte und die Möglichkeit erwog, daß er unrecht haben könne. Die Geschichte der Primatenforschung kennt eine lange Reihe von Fehleinschätzungen.

Elliot selbst hatte dazu beigetragen, eine der bekanntesten falschen Vorstellungen richtigzustellen – die vom Gorilla als einem dummen Tier. In ihrer ersten Beschreibung hatten Savage und Wyman geäußert: »Die Intelligenz dieses Tiers liegt unter der des Schimpansen. Das erklärt sich vermutlich daraus, daß es dem Menschen stammesgeschichtlich weniger nahesteht als dieser.«

Spätere Beobachter beschrieben den Gorilla als »wild, tückisch und brutal«. Doch es gab inwischen aus Praxis- und Laborbeobachtungen zahlreiche Belege dafür, daß der Gorilla in mancherlei Hinsicht klüger war als der Schimpanse.

Dann gab es da auch noch die berühmten Geschichten von Schimpansen, die Kinder entführten und aßen. Jahrzehntelang hatten Primatenforscher solche Berichte Eingeborener als »Ausgeburten abergläubischer Phantasie« abgetan. Aber man durfte nicht mehr daran zweifeln, daß Schimpansen in der Tat gelegentlich Kinder entführten und aßen. Als Jane Goodall die Gombe-Schimpansen beobachtete, hielt sie ihr eigenes Kind in sicherer Verwahrung, damit die Schimpansen es ihr nicht wegnehmen und töten konnten.

Schimpansen jagten eine Vielzahl von Tieren und folgten dabei einem komplizierten Ritual. In freier Wildbahn vorgenommene Untersuchungen von Dian Fossey ließen vermuten, daß auch Gorillas von Zeit zu Zeit auf Jagd gingen, kleine Tiere und sogar kleinere Affen töteten, und zwar immer dann, wenn ...

Er hörte ein Rascheln in den Büschen auf der anderen Seite des Bachs, und ein riesiger Gorillamann mit silbernem Rückensattel erhob sich im brusthohen Blattwerk. Zuerst erschrak Peter Elliot, doch dann wurde ihm klar, daß er sicher war. Gorillas überquerten so gut wie nie offene Gewässer, nicht einmal einen kleinen Bach. Oder war auch das eine Fehleinschätzung?

Das Männchen beobachtete ihn aufmerksam über das Wasser hinweg. In seinem Blick schien keine Drohung zu liegen, nur

aufmerksame Neugier. Elliot roch den typischen muffigen Gorillageruch und hörte, wie das Männchen durch seine flache Nase ausatmete. Er überlegte gerade, was er tun sollte, als plötzlich der Gorilla geräuschvoll durch das Unterholz brach und verschwand. Diese Begegnung verblüffte ihn. Während er noch dastand und sich den Schweiß von der Stirn wischte, merkte er, daß sich im Laubwerk am anderen Ufer des Gewässers immer noch etwas bewegte. Einen Augenblick später erhob sich ein anderer Gorilla, ein kleineres Exemplar: offenbar ein Weibchen, dachte er, obwohl er sich nicht sicher war. Das Tier starrte ihn ebenso an wie der erste Gorilla. Dann bewegte sich seine Hand.
Peter kommen kraulen.
»Amy!« schrie er, und einen Augenblick später war er durch den Bach gewatet, und Amy sprang ihm in die Arme, umschlang ihn, verteilte nasse Küsse über sein Gesicht und grunzte glücklich.

Amy wäre bei ihrer unerwarteten Rückkehr ins Lager um ein Haar von den nervösen Kikuyu-Trägern erschossen worden. Elliot konnte es nur verhindern, indem er sich schützend vor sie stellte. Zwanzig Minuten später hatten sich jedoch alle wieder an ihre Anwesenheit gewöhnt – und sogleich stellte Amy Forderungen.
Sie war untröstlich, als sie erfuhr, daß die Menschen während ihrer Abwesenheit weder Milch noch Kekse beschafft hatten, doch als Munro die Flasche lauwarmen Dom Pérignon hervorholte, trank sie statt dessen bereitwillig Champagner.
Alle saßen um sie herum und tranken Champagner aus Blechbechern. Elliot war froh über den mäßigenden Einfluß, den die Gegenwart der anderen auf ihn ausübte, denn nun, da Amy sicher zurückgekehrt war, lässig ihren Champagner schlürfte und mitteilte, *Amy Kitzelwasser mögen*, empfand er einen maßlosen Zorn auf sie.
Munro reichte Elliot grinsend seinen Champagner. »Ganz ruhig, Professor, ganz ruhig. Immerhin ist sie noch ein Kind.«
»Ach was«, sagte Elliot. Er führte die folgende Unterhaltung mit Amy ausschließlich in Zeichensprache und sagte kein Wort zu ihr.

Amy, wollte er wissen, *warum Amy fort?*
Sie steckte die Nase in den Becher und antwortete: *Kitzelwasser gut.*
Amy, wiederholte er. *Amy Peter sagen, warum Amy fort.*
Peter Amy nicht mögen.
Peter Amy mögen.
Peter Amy weh tun, Peter Aua-Nadel werfen Amy Peter nicht mögen Peter Amy nicht mögen Amy traurig traurig.
Er nahm sich vor, sich zu merken, daß sie den Begriff »Aua-Nadel« nun auf den Narkosepfeil ausgedehnt hatte. Diese Transferleistung gefiel ihm. Aber er gab ihr streng zu verstehen: *Peter Amy mögen. Amy wissen Peter Amy mögen. Amy Peter sagen warum –*
Peter Amy nicht kitzeln Peter nicht nett Amy nicht nett Peter Frau mögen Amy nicht mögen Peter Amy nicht mögen Amy traurig Amy traurig.
Die immer schnellere Zeichenfolge war allein schon ein Hinweis darauf, daß etwas in ihr vorging, sie erregte. *Wohin Amy?*
Amy bei Gorillas liebe Gorillas. Amy Gorillas mögen.
Die Neugier besiegte seinen Zorn. War sie mehrere Tage lang mit einer Gruppe wilder Gorillas umhergezogen? Falls das zutraf, war es von größter Bedeutung, ein entscheidender Augenblick in der Geschichte der neuzeitlichen Primatenforschung: ein sprachfähiger Menschenaffe hatte sich einer Gruppe wildlebender Tiere angeschlossen und war zurückgekehrt. Er wollte mehr darüber wissen.
Gorillas nett zu Amy?
Mit einem koketten Blick: *Ja.*
Amy Peter erzählen.
Sie blickte gelangweilt in die Ferne und gab keine Antwort.
Um ihre Aufmerksamkeit zu erregen, schnalzte Elliot mit den Fingern. Sie wandte sich ihm langsam, mit gelangweilter Miene zu.
Amy Peter erzählen Amy bleiben Gorillas?
Ja. Ihre gleichgültige Haltung ließ erkennen, daß sie begriffen hatte, wie dringend Elliot wissen wollte, was sie wußte. Amy

merkte es immer sehr schnell, wenn sie die Oberhand hatte – und jetzt hatte sie die Oberhand.
Amy Peter sagen, forderte er sie auf, so ruhig er konnte.
Liebe Gorillas Amy mögen Amy lieber Gorilla.
Damit konnte er überhaupt nichts anfangen. Sie bildete Routinesätze – eine andere Möglichkeit, ihn zu ignorieren.
Amy.
Sie sah ihn an.
Amy Peter sagen. Amy sehen Gorillas?
Ja.
Gorillas tun was?
Gorillas Amy schnüffeln.
Alle Gorillas?
Große Gorillas weiße Gorillas Amy schnüffeln kleine Gorillas Amy schnüffeln alle Gorillas Amy schnüffeln Gorillas Amy mögen.
Also hatten die Silberrückenmänner sie zuerst beschnüffelt, dann die Jungtiere und schließlich alle Mitglieder des Trupps. Soviel war klar – bemerkenswert klar, dachte er und war erstaunt über ihr Ausdrucksvermögen. Dann wollte er wissen, ob die Gruppe sie akzeptiert hatte. Er fragte: *Was geschehen Amy dann?*
Gorillas geben Essen.
Was für Essen?
Kein Name Amy Essen geben Essen.
Offenbar hatten sie ihr gezeigt, was sie essen konnte. Oder hatten sie sie sogar gefüttert? Dergleichen war noch in keinem Bericht erwähnt worden. Allerdings hatte auch noch niemand erlebt, daß ein Außenseiter in eine Horde aufgenommen worden war. Amy war ein Weibchen und am Beginn der Geschlechtsreife...
Was für Gorillas geben Essen?
Alle Essen geben Amy Essen nehmen Amy mögen.
Offenbar hatten nicht Männchen oder jedenfalls nicht ausschließlich Männchen ihr beigestanden. Was war der Grund dafür, daß sie sie so bereitwillig aufgenommen hatten? Wenn man einmal davon ausging, daß Gorillatrupps keine so geschlossenen Verbände waren wie Herden von meerkatzenartigen Affen – was genau war vorgefallen?

Amy bleiben Gorillas?
Gorillas Amy mögen.
Ja. Amy tun was?
Amy schlafen Amy essen Amy Gorillas leben Gorillas lieb Gorillas Amy mögen.
Sie hatte also tatsächlich am Leben der Gruppe teilgenommen, ihren Tagesablauf miterlebt. War sie völlig akzeptiert worden?
Amy mögen Gorillas?
Gorillas dumm.
Warum dumm?
Gorillas nicht sprechen.
Nicht sprechen Zeichensprache?
Gorillas nicht sprechen.
Offensichtlich war sie von den Gorillas enttäuscht, weil sie ihre Zeichensprache nicht kannten. (Das waren sprachfähige Primaten häufig, wenn sie mit Tieren zusammenkamen, die die Zeichen nicht verstanden: sie empfanden dann Unlust, Enttäuschung und Wut.)
Gorillas nett zu Amy?
Gorillas Amy mögen Amy Gorillas mögen Amy mögen Gorillas mögen.
Warum Amy zurückkommen?
Milch Kekse wollen.
»Amy«, sagte er jetzt, »du weißt, daß wir keine Milch und keine Süßigkeiten haben.« Es verblüffte die anderen, daß er plötzlich sprach. Sie sahen fragend zu Amy hinüber.
Lange antwortete sie nicht. *Amy Peter mögen. Amy traurig Peter mögen.*
Er war den Tränen nahe.
Peter lieber Mensch.
Er mußte die Augen mehrfach öffnen und schließen und bedeutete ihr dann: *Peter Amy kraulen.*
Sie sprang ihm in die Arme.

Später fragte er sie nach Einzelheiten. Doch es dauerte lange und war ein mühsames Geschäft, vor allem, da Amy recht verworrene Zeitbegriffe hatte.

Amy konnte zwar Vergangenheit, Gegenwart und Zukunft unterscheiden – sie erinnerte sich an früher Vorgefallenes und nahm Dinge vorweg, die ihr für die Zukunft versprochen worden waren –, doch war es der Arbeitsgruppe nie gelungen, ihr genauere Unterscheidungen beizubringen. Zum Beispiel konnte sie nicht gestern von vorgestern unterscheiden. Es war nicht klar, ob das an Mängeln der Unterrichtsmethode lag oder an Amys spezifischer Begriffswelt. (Allerdings gab es Anzeichen für begriffliche Unterscheidungen. Insbesondere zeigte Amy sich bei räumlichen Begriffen für Zeitangaben verwirrt, so zum Beispiel bei »das haben wir hinter uns« oder »das liegt noch vor uns«. Ihre Ausbilder begriffen die Vergangenheit als etwas Zurückliegendes und die Zukunft als etwas vor ihnen Liegendes, während Amys Verhalten darauf hinzudeuten schien, daß sie die Vergangenheit als etwas vor ihr Liegendes begriff – weil sie es sehen konnte – und die Zukunft als etwas hinter ihr Liegendes, weil es ihr unsichtbar war. Wenn sie ungeduldig auf die versprochene Ankunft eines Bekannten wartete, sah sie immer wieder über ihre Schulter, auch wenn sie mit dem Gesicht zur Tür stand.)

Wie auch immer, jetzt stellte sich die Frage der Zeitangaben als besonders schwierig heraus, und Elliot mußte seine Fragen sehr sorgfältig formulieren. Er begann: »Amy, was geschehen nachts? Bei Gorillas?«

Sie sah ihn mit dem Blick an, mit dem sie ihn immer dann bedachte, wenn sie eine Frage für überflüssig hielt. *Amy nachts schlafen.*

»Und die anderen Gorillas?«

Gorillas nachts schlafen.

»Alle Gorillas?«

Sie unterließ es, darauf zu antworten.

»Amy«, sagte er. »Nachts Gorillas in unser Lager kommen.«

Hier?

»Ja, hier. Gorillas waren nachts hier.«

Sie dachte darüber nach. *Nein.*

Munro fragte: »Was hat sie gesagt?«

Elliot sagte: »Sie sagt: ›Nein.‹ Doch, Amy, sie waren hier.«

Amy antwortete nicht sogleich. Dann teilte sie ihm mit: *Dinger waren hier.*
Wieder wollte Munro wissen, was sie gesagt hatte.
»Sie hat gesagt, daß Dinger hier waren«, sagte Elliot und übersetzte von nun an Amys Antworten für die anderen.
Karen Ross fragte: »Was für Dinger, Amy?«
Schlimme Dinger.
Munro fragte: »Waren es Gorillas, Amy?«
Nicht Gorillas. Schlimme Dinger. Viele schlimme Dinger kommen Wald kommen. Atem sagen. Nachts kommen.
Munro fragte: »Wo sind sie jetzt, Amy?«
Amy sah sich um und zeigte auf den Dschungel. *Hier. Alter Platz schlimmer Platz Dinger kommen.*
Karen Ross fragte: »Was für Dinger, Amy? Sind es Tiere?«
Elliot erklärte den anderen, daß Amy die Kategorie »Tiere« nicht abstrahieren konnte. »Sie hält uns für Tiere«, erklärte er. »Sind die schlimmen Dinger Menschen, Amy?«
Nein.
Munro fragte: »Andere Affen?«
Nein. Schlimme Dinger nachts nicht schlafen.
Munro fragte: »Kann man sich auf das verlassen, was sie sagt?«
Was bedeuten?
»Ja«, sagte Elliot. »Absolut.«
»Sie weiß, was Gorillas sind?«
Amy lieber Gorilla, ließ sie wissen.
»Ja, das bist du«, sagte Elliot. »Sie sagt, daß sie ein lieber Gorilla ist.«
Munro runzelte die Stirn. »Sie weiß also, was Gorillas sind, sagt aber zugleich, diese Dinger seien keine?«
»Ja, das sagt sie.«

2. Fehlende Elemente

Elliot brachte Karen Ross dazu, die Videokamera so am Rand der Stadt aufzustellen, daß sie zum Lager wies. Als das Band lief, führte er Amy zum Rand des Lagers, damit sie die zerstörten Gebäude sah. Er wollte ihr die tote Stadt zeigen, die Wirklichkeit hinter ihren Träumen – und er wollte aufzeichnen, wie sie auf den Anblick reagierte. Was geschah, war völlig unerwartet.
Amy zeigte überhaupt keine Reaktion.
Ihr Gesicht blieb unbeteiligt, ihr Körper entspannt. Sie machte keine Zeichen. Wenn überhaupt, konnte man sagen, daß sie gelangweilt war, wieder einmal eine der Launen Elliots ertrug, um ihm einen Gefallen zu tun. Elliot beobachtete sie aufmerksam. Sie verdrängte nichts und unterdrückte nichts – sie reagierte überhaupt nicht. Sie sah gleichmütig auf die Stadt.
»Amy kennen diesen Ort?«
Ja.
»Amy Peter sagen, was für ein Ort.«
Schlimmer Ort alter Ort.
»Schlafbilder?«
Dies schlimmer Ort.
»Warum ist er schlimm, Amy?«
Schlimmer Ort alter Ort.
»Ja, aber warum, Amy?«
Amy Angst. Keine körperliche Regung deutete darauf hin, daß sie wirklich Angst hatte. Sie hockte neben ihm auf dem Boden und blickte ganz ruhig vor sich hin.
»Warum Amy Angst?«
Amy essen wollen.
»Warum Amy Angst?«
Sie ließ sich zu keiner Antwort herbei und verhielt sich wie immer, wenn sie sehr gelangweilt war. Er konnte sie nicht dazu bringen, sich weiter über ihre Träume zu äußern. Sie war ebenso verschlossen, wie sie in San Francisco auf dieses Thema reagiert hatte. Als er sie aufforderte, mit ihnen in die Ruinen zu gehen, weigerte sie sich in aller Ruhe. Andererseits schien es sie nicht zu

bekümmern, daß Peter Elliot in die Stadt ging. Sie winkte ihm sogar fröhlich nach und machte sich dann auf, um Kahega um etwas Eßbares anzubetteln.

Erst nach Abschluß der Expedition, als er wieder in Berkeley war, fand Elliot die Erklärung für dieses verwirrende Verhalten – in Freuds »*Traumdeutung*«, die erstmals 1900 veröffentlicht worden war.

Dort hieß es, in seltenen Fällen könne es vorkommen, daß ein Patient sich plötzlich der Wirklichkeit hinter seinen Träumen gegenübersehe, ob es sich nun um ein Gebäude, einen Menschen oder eine Situation handle, irgend etwas, das ihm tief vertraut sei. Stets sei die subjektive Reaktion des Träumenden gleich. Der Emotionsgehalt des Traums – ob angsterregend, lustbetont oder geheimnisvoll – schwinde beim Anblick der Wirklichkeit. Man dürfe sicher sein, daß die scheinbare Langeweile des Betreffenden nicht die Unrichtigkeit des Traumgehalts beweise. Die Langeweile könne dann besonders stark sein, wenn der Traumgehalt *wirklich* sei. Der Träumende erkenne auf irgendeiner tieferen Ebene seine Unfähigkeit, das, was er empfinde, zu ändern, und so fühle er sich von Ermattung, Langeweile und Gleichgültigkeit erfaßt, was dazu diene, *seine fundamentale Hilflosigkeit angesichts seiner wirklichen Schwierigkeit, die abgestellt werden müsse*, vor ihm zu verbergen.

Monate später also sollte Elliot zu dem Ergebnis kommen, daß Amys ausbleibende Reaktion nur ein Hinweis auf die Tiefe ihrer Empfindung war und daß Freuds Analyse stimmte – die Nicht-Reaktion schützte sie vor einer Situation, die geändert werden mußte, die zu ändern Amy sich jedoch außerstande sah, insbesondere angesichts der Kindheitserinnerungen, die ihr von dem traumatischen Erlebnis des Todes ihrer Mutter geblieben sein mochten.

Doch vorerst war Elliot tief enttäuscht von Amys gleichgültiger Haltung. Von all den möglichen Reaktionen, die er sich zu Beginn der Expedition in den Kongo ausgemalt hatte, war Langeweile das, woran er am wenigsten gedacht hatte, und so entging ihm deren Bedeutung: Die tote Stadt Zinj war so voller Gefahren, daß Amys Unbewußtes sich veranlaßt sah, sie beiseite zu schieben und zu ignorieren.

Elliot, Munro und Karen Ross verbrachten einen heißen, schwierigen Vormittag damit, sich einen Weg durch den dichten Bambus und die zähen, festen Schlingpflanzen des Sekundärdschungels zu schlagen, um zu weiteren Gebäuden im Innern der Stadt zu gelangen. Gegen Mittag wurden ihre Bemühungen belohnt. Sie betraten Bauten von einer eindrucksvollen Architektur, anders als alles, was sie bisher gesehen hatten. Sie umschlossen riesige unterirdische Höhlen, die drei oder vier Stockwerke tief hinabführten.
Karen Ross war hocherfreut über die Entdeckung der unterirdischen Bauten. Sie bewiesen ihr, daß die Bewohner der Stadt die zum Abbau von Diamanten erforderliche Technik beherrscht hatten. Munro drückte etwas Ähnliches aus, als er sagte: »Die Leute, die hier gelebt haben, haben etwas von Erdarbeiten verstanden.«
Trotz ihrer Begeisterung fanden sie in den Tiefen der Stadt nichts von Interesse. Später am Tag stiegen sie hinauf in höhere Ebenen und stießen auf ein Gebäude mit so vielen Reliefs, daß sie es »die Galerie« nannten. Auch hier untersuchten sie mit Hilfe des über Satelliten arbeitenden Videosystems die Bilder.
Sie zeigten Szenen aus dem Alltag der Stadt: Frauen, die am Feuer Mahlzeiten zubereiteten, Kinder mit Stöcken bei einem Ballspiel, Schreiber, die auf dem Boden hockten und irgend etwas auf Tontafeln verzeichneten. Eine ganze Wand war mit Jagdszenen geschmückt: die Männer trugen kurze Lendenschurze und waren mit Speeren bewaffnet. Und schließlich gab es Darstellungen des Bergbaus, auf denen man sehen konnte, wie Männer Körbe voller Gestein aus Stollen an die Erdoberfläche trugen.
In diesem reichen Panorama, so fiel ihnen auf, fehlten bestimmte Elemente. Die Bewohner von Zinj hatten sich Hunde, die sie für die Jagd brauchten, und eine Abart der Zibetkatze als Haustiere gehalten – und doch schien es ihnen nie in den Sinn gekommen zu

sein, sie als Lasttiere zu verwenden. Alle körperliche Arbeit wurde von Menschen getan, von Sklaven. Und offenbar kannten sie auch das Rad nicht, denn es waren keinerlei Fahrzeuge abgebildet, alle Lasten wurden von Menschenhand in Körben befördert.
Munro sah lange auf die Bilder und sagte schließlich: »Da fehlt noch irgend etwas anderes.«
Sie betrachteten gerade eine Szene aus dem Diamantbergwerk – die dunklen Gruben, aus denen Männer mit Körben voller Edelsteine hervorkamen.
»Natürlich!« sagte Munro und schnalzte mit den Fingern. »Keine Polizei!«
Elliot unterdrückte ein Lächeln. Klar, daß jemand wie Munro an die Polizei dachte – auch wenn es um eine längst untergegangene Gesellschaft ging.
Doch Munro blieb dabei, daß seine Beobachtung von Bedeutung sei. »Überlegen Sie doch«, sagte er. »Diese Stadt existierte wegen ihrer Diamantminen. Es gab keinen anderen Daseinsgrund für sie, hier draußen im Dschungel. Zinj war eine Bergbaustadt, und alles beruhte auf dem Bergbau: ihr Reichtum, ihr Handel, ihr Alltag, alles. Es war eine klassische Monokultur – und da soll niemand etwas bewacht, geregelt, beherrscht haben?«
Elliot sagte: »Wir haben auch andere Dinge nicht gesehen – zum Beispiel keine Darstellungen essender Menschen. Vielleicht war es ein Tabu, die Wachen zu zeigen.«
»Möglich«, sagte Munro, schien jedoch nicht überzeugt. »Aber in allen anderen Bergwerken der Welt werden die Wachen geradezu herausgestellt, zum Beweis dafür, daß eine Überwachung erfolgt. Gehen Sie doch einmal in die südafrikanischen Diamantminen oder in die bolivianischen Smaragdminen – immer weist man Sie als erstes auf die Sicherheitsmaßnahmen hin. Aber hier«, sagte er und zeigte auf die Reliefs, »*hier sind keine Wachen.*«
Karen Ross meinte, vielleicht habe man keine gebraucht, möglicherweise sei die Bevölkerung von Zinj gesittet und friedliebend gewesen. »Immerhin ist es schon lange her«, sagte sie.
»Die Natur des Menschen ändert sich nicht«, gab Munro zurück.

Als sie die Galerie verließen, kamen sie zu einem offenen Innenhof, der mit wildwuchernden Ranken bewachsen war. Er wirkte sehr streng, ein Eindruck, der durch die Pfeiler eines tempelähnlichen Gebäudes neben dem Hof verstärkt wurde. Sogleich zog der Boden des Hofs ihre Aufmerksamkeit auf sich. Dort lagen verstreut Dutzende von den scheibenförmigen Steinplatten, wie Elliot schon vorher welche gefunden hatte.
»Verdammt...« sagte Elliot. Dann drangen sie weiter durch den Hof vor und betraten das Gebäude, das sie später »den Tempel« nannten.
Er bestand aus einem einzigen, großen, rechteckigen Raum. Die Decke war an verschiedenen Stellen rissig, so daß gedämpfte Sonnenstrahlen hinabdrangen. Unmittelbar vor sich sahen sie einen etwa drei Meter hohen Rankenhügel – eine Pyramide der Vegetation.
Dann merkten sie, daß es sich um eine Statue handelte.
Elliot erstieg sie und machte sich daran, das an ihr haftende Ranken- und Blattwerk abzureißen. Das war Schwerarbeit, denn die Schlingpflanzen hielten sich zäh an dem weichen Stein fest. Er warf einen Blick zu Munro zurück. »Besser so?«
»Kommen Sie runter und sehen Sie es sich selbst an«, sagte Munro mit einem seltsamen Gesichtsausdruck.
Elliot stieg hinab und tat einige Schritte zurück. Obwohl das Standbild vernarbt und verfärbt war, erkannte er deutlich einen riesigen, stehenden Gorilla mit wildem Gesicht und weit ausgebreiteten Armen. In den Händen hielt er zwei runde, steinerne Platten wie ein Orchestermusiker, der im nächsten Augenblick die beiden Messingscheiben des Beckens gegeneinanderschlagen wird.
»Gott im Himmel«, sagte Peter Elliot.
»Ein Gorilla«, sagte Munro voller Genugtuung.
Karen Ross sagte: »Jetzt ist alles klar. Es war ihre Religion. Diese Leute haben Gorillas angebetet.«
»Aber warum sagt Amy, es sind keine Gorillas?«
»Fragen Sie sie«, sagte Munro und sah auf seine Uhr. »Ich muß alles fertig machen für die Nacht.«

3. Angriff

Mit Klappspaten aus einer Leichtmetallegierung hoben sie um den Außenzaun herum einen tiefen Graben aus. Die Arbeit dauerte noch lange nach Sonnenuntergang an, so daß sie die rote Nachtbeleuchtung einschalten mußten, als sie den Graben voll Wasser laufen ließen, indem sie den nahen Bach umleiteten. Karen Ross sah in dem Graben nur ein lächerliches Hindernis, das man mühelos überqueren konnte. Als Antwort darauf stellte sich Munro auf die andere Seite des Grabens und rief: »Amy, komm, ich kraule dich.«

Mit einem Laut des Entzückens stürzte Amy auf ihn zu, blieb aber wie angewurzelt am Rand des Grabens stehen. »Komm, komm, ich kraule dich«, lockte Munro wieder und streckte beide Arme aus. »Komm, Mädchen, komm.«

Doch Amy wollte nicht hinübergehen. Sie machte ihm verzweifelt Zeichen, Munro ging zu ihr und hob sie hinüber. »Gorillas sind sehr wasserscheu«, sagte er zu Karen Ross. »Ich habe schon erlebt, daß sie schmale Rinnsale nicht überqueren wollten...«

Amy hob die Arme, kratzte ihn unter den Armen und zeigte dann auf sich selbst. Was sie wollte, war völlig klar. »Weiber«, sagte Munro seufzend, beugte sich vor und kitzelte Amy kräftig. Amy wälzte sich mit zufriedenem Grunzen und einem breiten Lächeln auf dem Boden. Als er aufhörte, lag sie voller Erwartung da und wartete auf mehr.

»Schluß, aus, Feierabend. Mehr gibt's nicht«, sagte Munro.

Sie machte ihm Zeichen.

»Tut mir leid, das verstehe ich nicht ... Nein«, sagte er lachend, »es nützt nichts, wenn du deine Zeichen langsamer machst.« Doch dann begriff er, was sie wollte, und trug sie wieder über den Graben ins Lager. Sie gab ihm einen nassen Kuß auf die Wange.

»Sie sollten gut auf Ihren Affen aufpassen«, sagte Munro zu Elliot, als er sich zum Abendessen setzte. Er plauderte die ganze Mahlzeit hindurch. Offenbar spürte er, daß es nötig war, die anderen aufzulockern, denn sie hockten alle nervös um das Feuer

herum. Am Ende der Mahlzeit aber, als Kahega die Munition hervorholte und die Gewehre nachsah, nahm Munro Elliot beiseite und sagte: »Wenn heute nacht eine Schießerei losgeht, würde ich Amy nicht gern hier im Dunkeln herumrennen haben. Manche von den Jungens machen wahrscheinlich keinen großen Unterschied zwischen einem Gorilla und einem anderen. Ketten Sie sie in Ihrem Zelt an und erklären Sie ihr, daß sie keine Angst zu haben braucht.«
Elliot nahm Amy mit in sein Zelt und legte ihr die feste Kettenleine an, die sie in Kalifornien oft trug. Das andere Ende befestigte er an seinem Feldbett. Es war nicht mehr als eine Geste, denn Amy konnte es leicht lösen, wenn sie wollte. Er ließ sich von ihr versprechen, daß sie im Zelt bleiben würde.
Sie versprach es. Er trat in den Zelteingang, und sie machte ihm Zeichen: *Amy Peter mögen.*
»Peter Amy mögen«, sagte er und lächelte. »Es wird alles gut.«

Er befand sich plötzlich in einer anderen Welt.
Die roten Nachtlampen waren gelöscht, aber er konnte im flakkernden Schein des Lagerfeuers die Wachen sehen, die mit ihren Nachtsichtbrillen rund um das Lager herum Posten bezogen hatten. Bei dem Anblick wurde ihm unheimlich zumute. Mit einem Schlag kam ihm zu Bewußtsein, wie unsicher und gefährlich ihre Lage war. Da saßen sie, eine Handvoll eingeschüchterter Menschen, tief im Regenwald des Kongos, über dreihundert Kilometer von der nächsten menschlichen Siedlung entfernt.
Sie warteten.
Er stolperte über eine auf dem Boden liegende dunkle Leitung. Dann sah er ein ganzes Gewirr solcher Leitungen. Sie zogen sich über das Lager hin und führten zu den Gewehren der Wachen. Dabei fiel ihm das ungewöhnliche Aussehen der Waffen auf. Irgendwie waren sie zu leicht – sie wirkten so wenig bedrohlich. Dann sah er, daß die Leitungen von den Maschinengewehren zu kräftigen, stumpfen Geräten führten, die in Abständen auf niedrigen Stativen über das Lager verteilt waren.
Er sah Karen Ross, die in der Nähe des Feuers saß und das

Tonbandgerät betriebsbereit machte. »Was soll das da?« fragte er flüsternd und wies auf die Leitungen.
»Das sind lasergeführte Schußwaffen«, flüsterte sie zurück. »Das System besteht aus einer Vielzahl von lasergeführten Sichtgeräten, die mit Schnellfeuersensoren auf Stativen verbunden sind.«
Was die Wachen in den Händen hielten, waren also nicht die eigentlichen Maschinengewehre, sondern Sichtgeräte, die, wie Karen Ross erklärte, dem Ziel folgten. »Wenn das Ziel angesprochen ist, wird automatisch geschossen. Das System wurde eigens für den Dschungelkrieg entwickelt. Die Schnellfeuergeräte haben Schalldämpfer, so daß der Feind nicht weiß, woher er beschossen wird. Passen Sie gut auf, daß Sie sich nicht vor eine der Schießanlagen stellen, sie reagieren auf Körperwärme.«
Karen Ross gab ihm das Tonbandgerät und ging, um die Brennstoffzellen zu überprüfen, die den Zaun mit Elektrizität versorgten. Elliot sah zu den Wachen in der Finsternis hinüber, und Munro winkte ihm fröhlich zu. Elliot machte sich klar, daß die Wachen mit ihren Heuschreckenaugen und ihren unheimlichen Waffen ihn weit besser zu sehen vermochten als er sie. Sie sahen aus wie Wesen aus einer anderen Welt, die in den zeitlosen Dschungel eingedrungen waren.
Sie warteten.
Die Stunden verrannen. Der Dschungel um sie herum war still, nur das Wasser im Graben plätscherte leise. Gelegentlich riefen die Träger einander leise an und scherzten auf Swahili, doch keiner von ihnen rauchte, wegen der auf Wärme reagierenden Waffen. Es wurde elf, es wurde Mitternacht, und dann war es ein Uhr nachts.
Er hörte Amy in seinem Zelt schnarchen. Ihr geräuschvoller Atem war in der allgemeinen Stille ringsumher deutlich zu hören. Er sah zu Karen Ross hinüber, die auf dem Boden lag und schlief, den Finger an dem Schalter für die Nachtbeleuchtung. Er sah auf die Uhr und gähnte. Heute nacht würde nichts passieren, Munro hatte sich geirrt.
Dann hörte er das Keuchen.
Auch die Wachen hatten es gehört. Sie richteten ihre Waffen in

die Dunkelheit. Elliot hielt das Mikrofon des Kassettenrekorders in die Richtung, aus der das Keuchen kam, doch es war schwer, es genau zu orten. Es schien von überallher gleichzeitig zu kommen. Es hing im nächtlichen Nebel, sanft und alles durchdringend.
Er sah, wie die Nadeln der Aufnahme-Pegelregler hin und her schwangen. Dann schlugen sie plötzlich in den roten Bereich aus. Elliot hörte einen dumpfen Aufschlag, dann das Gurgeln von Wasser. Alle hörten es, die Wachen entsicherten die Waffen.
Elliot schlich mit seinem Tonbandgerät auf den Zaun zu und blickte auf den Graben hinaus. Hinter dem Zaun bewegte sich das Blattwerk. Das Keuchen wurde lauter. Er hörte Geplätscher und sah einen toten Baumstamm über dem Graben liegen.
Das also war es gewesen: sie hatten eine Brücke über den Graben geschlagen. In diesem Augenblick wurde Elliot klar, daß sie ihren Gegner weit unterschätzt hatten, einerlei wer er war.
Er machte Munro ein Zeichen, er möge kommen und sehen, doch Munro winkte ihn vom Zaun fort und deutete auf das niedrige Stativ am Boden, nahe seinen Füßen. Bevor Elliot eine Bewegung machen konnte, begannen die Stummelaffen in den Bäumen über ihnen zu kreischen – und der erste Gorilla griff stumm an.
Er sah ganz kurz ein riesiges Tier mit deutlich erkennbarem grauem Fell auf sich zustürmen und duckte sich. Einen Moment später berührte das Tier den Elektrozaun, und fast sogleich roch man verbranntes Haar.
Es war der Anfang einer gespenstischen, lautlosen Schlacht.
Smaragdgrüne Laserstrahlen blitzten durch die Luft, die Schußapparate auf den Stativen machten leise *pom-pom-pom*, wenn die Kugeln aus den Läufen fuhren. Die Zielmechanismen quietschten, wenn die Läufe sich drehten, feuerten, drehten sich und feuerten wieder. Jedes zehnte Geschoß war eine weiß leuchtende Phosphorrakete, so daß die Luft über dem Lager erhellt war von grünem und weißem Licht.
Die Gorillas griffen aus allen Richtungen an, sechs kamen gleichzeitig an den Zaun und wurden durch den Stromstoß zurückgetrieben. Weitere stürmten heran und warfen sich gegen das dünne Geflecht. Doch das lauteste Geräusch war das Kreischen der

Stummelaffen hoch über ihren Köpfen. Und dann sah er Gorillas in den Bäumen, deren Äste über das Lager hingen. Munro und Kahega feuerten nach oben, so daß lautlose Laserstrahlen ins Blattwerk stiegen. Wieder hörte er das Seufzen. Elliot wandte sich um und sah weitere Gorillas: sie zerrten und rissen an dem Zaun, der offensichtlich durch einen Kurzschluß ausgefallen war und keine Wirkung mehr hatte.

Ihm wurde klar, daß auch ihre hochentwickelte Schnellfeuerausrüstung die Gorillas nicht würde zurückhalten können – was sie brauchten, war Lärm. Munro hatte offenbar den gleichen Gedanken: er gebot seinen Männern auf Swahili, das Feuer einzustellen, und rief dann Elliot zu: »Die Schalldämpfer runter! Die Schalldämpfer!«

Elliot riß den dunklen Dämpfer vom Lauf des ersten der auf Stativen ruhenden Mechanismen herunter und zog die Hand fluchend zurück – das Metall war glühend heiß. Kaum war er zur Seite getreten, erfüllte ein Knattern die Luft, und zwei Gorillas stürzten krachend aus den Bäumen; einer lebte noch. Er griff Elliot an, als dieser gerade den Schalldämpfer von der zweiten Vorrichtung abnahm. Der kurze Lauf drehte sich und zerfetzte den Gorilla förmlich aus kürzester Entfernung. Eine warme Flüssigkeit spritzte Elliot ins Gesicht. Er riß den Schalldämpfer von dem dritten Stativ herunter und warf sich zu Boden.

Der ohrenbetäubende Lärm der Schußapparate und der beißende Pulvergeruch verfehlten ihre Wirkung nicht – die Gorillas zogen sich ungeordnet zurück. Eine Weile herrschte Stille, dann schickten die Wachposten vereinzelte Laserstrahlen aus, die Waffen suchten mit rasender Geschwindigkeit den umliegenden Dschungel ab, um alles zu erfassen, was ihnen ein Ziel bieten konnte.

Dann war alles vorbei. Der Urwald lag wieder still und verlassen da.

Die Gorillas waren fort.

11. Tag
Zinj
23. Juni 1979

1. Gorilla elliotensis

Die beiden toten Gorillas lagen ausgestreckt auf dem Boden. Die Leichenstarre hatte bereits eingesetzt. Elliot verbrachte an dem warmen Vormittag zwei Stunden damit, die Tiere zu untersuchen. Es waren zwei Männchen, beide in der Blüte ihrer Jugend.
Als erstes fiel ihre einheitliche graue Färbung auf. Die beiden bisher bekannten Gorillaarten waren schwarz behaart, sowohl die Berggorillas im Virunga-Gebiet als auch die West- oder Flachlandgorillas, die nahe der Küste lebten. Jungtiere hatten oft ein braunes Fell mit einem weißen Haarbüschel in der Lendengegend – sie wurden im Laufe ihrer ersten fünf Lebensjahre immer dunkler. Mit zwölf Jahren hatten die Männchen als Zeichen ihrer Geschlechtsreife einen silbernen Sattel auf dem Rücken.
Mit zunehmendem Lebensalter ergrauten die Gorillas – wie Menschen und in durchaus ähnlicher Weise. Beim Mann bildete sich zuerst ein grauer Fleck über den Ohren, und im Laufe der Jahre wurden immer mehr seiner Körperhaare grau. Alte Tiere von etwa dreißig Jahren ergrauten bisweilen vollständig und behielten nur auf der Brust ihre schwarzen Haare.
Die Männchen, die Elliot jetzt untersuchte, schätzte er dem Zustand ihres Gebisses nach auf höchstens zehn Jahre. Sie schienen insgesamt heller zu sein – nicht nur die Behaarung, sondern auch die Augen und die Haut.
Normalerweise ist die Haut von Gorillas schwarz, und ihre Augen

sind dunkelbraun. Hier wirkte die Haut eindeutig grau, und die Augen waren gelblichbraun.
Die Augen gaben ihm besonders zu denken.
Als nächstes maß Elliot die Tiere. Vom Scheitel bis zur Sohle maßen sie 139,2 und 141,7 Zentimeter. Man hatte schon früher bei männlichen Berggorillas eine Größe zwischen hundertsiebenundvierzig und zweihundertfünf Zentimeter gemessen, was einen Mittelwert von einhundertfünfundsiebzig Zentimeter ergab. Diese Tiere waren also rund fünfunddreißig Zentimeter kleiner. Sie waren also für Gorillas nicht besonders groß. Er schätzte ihr Gewicht: sie wogen zwischen hundertzehn und hundertfünfzig Kilogramm, während die Berggorillas hundertdreißig bis zweihundert Kilogramm wogen.
Elliot nahm noch dreißig weitere Skelettmessungen vor, die für eine spätere Computer-Analyse in San Francisco nützlich sein würden. Inzwischen war er davon überzeugt, daß er es mit etwas völlig Neuem zu tun hatte. Mit einem Messer trennte er den Kopf des ersten Tiers ab und löste die graue Haut, um die darunter liegenden Muskeln und Knochen zu untersuchen. Seine Aufmerksamkeit galt dem Scheitel, dem Knochenkamm, der ausschließlich bei Männern von der Stirn zum Nacken über den Schädel verlief und die Ansatzfläche für die Schläfenmuskeln vergrößerte. Er war ein Unterscheidungsmerkmal des Gorillaschädels, das sich weder bei anderen Menschenaffen noch beim Menschen fand. Er ließ die Gorillas spitzschädlig erscheinen.
Elliot kam zu dem Ergebnis, daß bei diesen Tieren der Scheitelkamm nur schwach entwickelt war. Insgesamt ähnelte die Schädelmuskulatur weit mehr der eines Schimpansen als der eines Gorillas. Anschließend maß Elliot noch die Höcker der Backenzähne, den Kiefer, die allen Affen gemeinsamen Überaugendächer und die Schädeldecke.
Gegen Mittag war er zu einer eindeutigen Schlußfolgerung gelangt: er hatte zumindest eine neue Unterart vor sich – neben dem Berg- und Flachlandgorilla. Womöglich sogar eine völlig neue Art.

»In jemandem, der eine neue Tierart entdeckt«, schrieb Lady Elizabeth Forstmann 1879, »geht etwas vor. Er vergißt sogleich seine Angehörigen und Freunde sowie alle, die ihm vorher lieb und teuer waren. Er vergißt Kollegen, die ihn in seinen beruflichen Bemühungen unterstützten, vernachlässigt auf das grausamste Eltern und Kinder, kurz, er löst sich von allen, die ihn zuvor kannten, und widmet sich ausschließlich seinem Drang nach Ruhm, angetrieben von dem Dämon, den man Wissenschaft nennt.«

Sie wußte, wovon sie sprach, denn ihr Mann hatte sie soeben verlassen, nachdem er 1878 das norwegische Blaukopf-Birkhuhn entdeckt hatte. »Vergeblich fragt man sich«, schrieb sie, »was für einen Sinn es haben kann, daß der Vielzahl von Gottes Geschöpfen, die nach Linné bereits in die Millionen gehen, ein weiterer Vogel oder ein weiteres Säugetier hinzugefügt wird. Auf eine solche Frage gibt es keine Antwort, denn der Entdecker gehört jetzt, wie er meint zu den Unsterblichen und ist damit dem Einfluß von Alltagsmenschen entzogen, die versuchen könnten, ihn von seinem Weg abzubringen.«

Schließlich hätte Peter Elliot es weit von sich gewiesen, daß sein Verhalten dem des schottischen Edelmanns mit den lockeren Sitten glich. Doch ihm wurde bewußt, daß ihm die weitere Erforschung der toten Stadt nunmehr gleichgültig war. Ihn kümmerten weder die Diamanten noch Amys Träume. Er wollte nur noch eines: mit einem Skelett des neu entdeckten Menschenaffen zurückkehren. Es würde Kollegen auf der ganzen Welt in Erstaunen versetzen. Plötzlich fiel ihm ein, daß er keinen Smoking besaß, und er merkte, wie er sich mit der Namensgebung beschäftigte. Vor seinem geistigen Auge sah er die künftige Nomenklatur für afrikanische Menschenaffen vor sich:

Pan troglodytes, der Schimpanse,

Gorilla gorilla, der Gorilla.

Gorilla elliotensis, eine neue Unterart graubehaarter Gorillas.

Selbst wenn man das Tier später anders klassifizieren und ihm einen anderen Namen geben sollte, würde er doch weit mehr

geleistet haben, als die meisten Primatenforscher sich erträumen konnten.
Elliot sah sich schon jetzt von künftigem Glanz geblendet.

Im Rückblick zeigte sich, daß niemand an jenem Vormittag klar dachte. Als Elliot sagte, er wolle die aufgezeichneten Atemgeräusche nach Houston senden, antwortete Karen Ross, das sei ein unbedeutendes Detail und könne warten. Elliot drang nicht weiter in sie. Beide sollten ihre Haltung später bereuen.
Als sie dröhnende Detonationen wie von fernem Artilleriefeuer hörten, achteten sie nicht weiter darauf. Karen Ross vermutete, es handle sich um General Mugurus Leute, die gegen die Kigani kämpften. Munro sagte ihr, der Kriegsschauplatz liege mindestens achtzig Kilometer entfernt, und so weit könne der Schall nicht dringen. Doch wußte er auch keine andere Erklärung für den Lärm.
Und da Karen Ross auf die sonst übliche Vormittagssendung nach Houston verzichtete, erfuhr sie auch nichts von den neuen geologischen Veränderungen. Sie hätte den Detonationen sonst vermutlich eine andere Bedeutung beigemessen.
Sie waren alle wie berauscht von der Technik, die sie in der vergangenen Nacht eingesetzt hatten, und wiegten sich in dem sicheren Gefühl unbezwinglicher Macht. Nur Munro blieb davon unberührt. Er hatte die Munitionsvorräte überprüft und war zu einem enttäuschenden Ergebnis gekommen. »Dieses Lasersystem ist phantastisch, aber es geht mit der Munition um, als gäbe es kein morgen«, sagte er. »Wir haben heute die Hälfte unseres Gesamtvorrats verbraucht.«
»Was können wir tun?« fragte Elliot.
»Eigentlich hatte ich gehofft, Sie wüßten darauf eine Antwort«, sagte Munro. »Sie haben die Kadaver untersucht.«
Elliot erläuterte seine Überzeugung, daß sie es hier mit einer neuen Primatenart zu tun hatten. Er faßte die Ergebnisse der anatomischen Untersuchung zusammen, die seine These stützten.
»Alles gut und schön«, sagte Munro. »Aber ich will wissen, was sie machen, nicht wie sie aussehen. Sie haben es selbst gesagt –

gewöhnlich sind Gorillas Tagtiere. Die hier aber sind Nachttiere. Gewöhnlich sind Gorillas scheu und weichen dem Menschen aus. Die hier aber sind aggressiv und greifen den Menschen furchtlos an?«
Elliot mußte gestehen, daß er es nicht wußte.
»Angesichts unserer Munitionsvorräte«, sagte Munro, »bin ich der Meinung, wir sollten es unbedingt herausfinden.«

2. Der Tempel

Es war nur folgerichtig, daß sie mit ihrer Suche im »Tempel« mit seinem riesigen, bedrohlichen Gorillastandbild begannen. Am selben Nachmittag noch gingen sie dorthin und fanden hinter dem Standbild eine Vielzahl kleiner Gelasse. Karen Ross vermutete, daß hier Priester des Gorillakults gelebt hatten.
Sie hatte sich auch schon eine umständliche Erklärung dafür zurechtgelegt. »Die Gorillas im nahen Dschungel terrorisierten die Bewohner der Stadt, die ihrerseits den Tieren Opfer darbrachten, um sie zu besänftigen. Die Priester waren eine gesonderte, von der übrigen Gesellschaft getrennte Klasse. Der kleine Raum hier, durch den man zu den Gelassen gelangt, war sicher eine Wachstube. Hier hielten Wächter die Menschen von den Priestern fern. Es war sicherlich eine richtige Religion.«
Diese Theorie überzeugten allerdings weder Elliot noch Munro.
»Auch Religionen«, sagte Munro, »haben einen Zweck. Sie sollen den Menschen Vorteile bringen.«
»Die Menschen«, erwiderte Karen Ross, »verehren, was sie fürchten, da sie die gefürchteten Mächte auf diese Weise zu beeinflussen hoffen.«
»Und wie stellen Sie sich das bei den Gorillas hier vor?« fragte Munro. »Wie hätten sie die beeinflussen können?«
Als sie schließlich die Antwort fanden, waren sie um so verblüffter, als sie sich ihnen sozusagen in umgekehrter Reihenfolge erschloß.

Sie gelangten von den Gelassen zu einer Vielzahl langer Gänge, die mit Bas-Reliefs geschmückt waren. Mit Hilfe ihres Infrarotabtast- und Computer-Systems konnten Sie die Reliefs »lesen«. Es waren sorgfältig wie in einem Bilderbuch aneinandergereihte Szenen.
Die erste Szene zeigte eine Reihe von Gorillas in Käfigen, in deren Nähe ein Schwarzer mit einem Stock in der Hand stand.
Das zweite Bild zeigte einen Schwarzen, der zwei Gorillas an Halsstricken hielt.
Das dritte zeigte einen Schwarzen, der Gorillas auf einem Hof etwas lehrte. Sie waren an senkrechten Pfosten mit jeweils einem Ring an der Spitze angepflockt.
Das letzte Bild schließlich zeigte, wie die Gorillas aus Pflanzenfasern zusammengebundene Puppen von Menschengröße, die von einer steinernen Konstruktion über ihnen herabhingen, angriffen.
Jetzt wußten sie, was es mit dem »Stadion« und mit dem »Gefängnis« auf sich hatte.
»Großer Gott«, sagte Elliot. »Sie haben die Gorillas *abgerichtet.*«
Munro nickte. »Als Bewacher der Diamantminen. Eine Elitetruppe gut gedrillter Kampftiere, rücksichtslos und unbestechlich. Keine schlechte Idee.«
Jetzt, wo sie wußte, daß es sich nicht um einen Tempel, sondern um eine Ausbildungsstätte handelte, widmete sich Karen Ross erneut dem Gebäude. Ein Einwand fiel ihr ein: die Darstellungen waren Jahrhunderte alt, die Ausbilder der Tiere längst gestorben. Die Gorillas aber waren noch da. »Wer richtet sie denn jetzt ab?«
»Sie selbst«, sagte Elliot. »Sie bringen es sich gegenseitig bei.«
»Ist das überhaupt möglich?«
»Aber sicher, Herrentiere geben durchaus innerhalb der Art bestimmte Fertigkeiten weiter.«
Eben dieser Punkt war unter Forschern lange umstritten gewesen. Washoe aber, der erste Menschenaffe, der Zeichensprache lernte, gab sie sogleich an ihre Nachkommenschaft weiter. Sprachfähige Primaten unterweisen in der Gefangenschaft auch andere Tiere – übrigens auch Menschen: sie machten so lange und

immer wieder Zeichen, bis der dumme, ungebildete Mensch endlich begriff, was man von ihm wollte.
Auf diese Weise konnten Primaten also ohne weiteres dafür sorgen, daß eine sprachliche und auf das Verhalten bezogene Überlieferung generationenlang nicht unterging. »Sie meinen also«, sagte Karen Ross, »daß seit Jahrhunderten keine Menschen mehr in dieser Stadt leben, die von ihnen abgerichteten Gorillas aber nach wie vor hier sind?«
»So sieht es aus«, sagte Elliot.
»Und sie verwenden steinerne Werkzeuge?« fragte sie. »Steinplatten mit Griffen?«
»Ja, sagte Elliot. Die Vorstellung des Werkzeuggebrauchs war nicht so weit hergeholt, wie es zuerst den Anschein haben mochte. Schimpansen konnten mit ziemlich ausgeklügelten Werkzeugen umgehen. Das deutlichste Beispiel dafür war das »Termitenfischen«. Sie richteten sich einen Zweig her, bogen ihn geduldig so lange, bis er für ihre Zwecke geeignet erschien und verbrachten dann über einem Termitenhügel viele Stunden damit, sich mit Hilfe des Stocks saftige Larven zu »angeln«.
Menschliche Beobachter hatten diese Übung so lange als »primitiven Werkzeuggebrauch« eingestuft, bis sie es selbst versuchten. Es zeigte sich, daß die Herrichtung eines geeigneten Zweigs und der Fang von Termitenlarven alles andere als primitiv war, jedenfalls konnten die Menschen es nicht richtig nachahmen. Sie gaben auf, mit neuem Respekt für die Leistung der Schimpansen und um eine interessante Beobachtung reicher – sie hatten gesehen, daß Jungtiere den erwachsenen Schimpansen tagelang zusahen, wie sie Stöcke herrichteten und in dem Termitenhaufen herumstocherten. Junge Schimpansen *lernten* buchstäblich, wie man es machte, und dieser Lernprozeß erstreckte sich über Jahre.
Das sah verdächtig nach einer Kultur aus. Die Lehrzeit des jungen Benjamin Franklin als Drucker unterschied sich nicht so sehr von der Lehrzeit junger Schimpansen als Termitenfischer. Beide lernten ihre Fertigkeiten, indem sie mehrere Jahre lang Älteren zusahen, und beide machten auf dem Weg zum schließlichen Erfolg Fehler.

Dennoch bedeutete die Verwendung eigens angefertigter Steinwerkzeuge einen Quantensprung über die Verwendung von Zweigen zum Angeln von Termitenlarven hinaus. Die herausragende Bedeutung von Steinwerkzeug als einer Domäne des Menschengeschlechts wäre möglicherweise unangetastet geblieben, hätte sich nicht ein einzelgängerischer Forscher auf diesem Gebiet als Bilderstürmer betätigt. 1971 beschloß der britische Naturwissenschaftler R. V. S. Wright, einem Affen die Anfertigung von Steinwerkzeugen beizubringen. Sein Schüler war ein fünfjähriger Orang-Utan namens Abang im Zoo von Bristol. Wright stellte Abang eine Kiste mit Eßwaren hin, die mit einem Seil verschnürt war. Er zeigte ihm, wie er das Seil mit einem Stück Feuerstein durchschneiden konnte, um an die Eßwaren zu gelangen. Abang verstand binnen einer Stunde, worum es ging.

Dann zeigte Wright Abang, wie er einen Steinsplitter herstellen konnte, indem er einen Kiesel gegen ein hartes Stück Feuerstein schlug. Das war schon schwieriger, und im Laufe mehrerer Wochen brauchte Abang insgesamt drei Stunden, um zu lernen, wie er den Feuerstein zwischen den Zehen halten mußte, um einen scharfen Splitter abzuschlagen, mit dem er das Seil durchschneiden konnte, um an die Eßwaren zu gelangen.

Mit diesem Experiment sollte nicht der Nachweis erbracht werden, daß Affen Steinwerkzeug verwendeten, sondern der Beweis, daß sie die Fähigkeit besaßen, es herzustellen. Wrights Experiment lieferte einen weiteren Grund für die Annahme, daß der Mensch nicht so einzigartig war, wie er stets von sich geglaubt hatte.

»Warum aber hat Amy gesagt, daß es keine Gorillas seien?«
»Weil es keine sind«, sagte Elliot. »Diese Tiere sehen nicht wie Gorillas aus und handeln auch nicht wie Gorillas. Sie weichen in ihren körperlichen Merkmalen und in ihrem Verhalten von Gorillas ab.« Er erklärte weiter, er habe den Verdacht, daß diese Tiere nicht nur abgerichtet, sondern sogar *gezüchtet*, daß sie vielleicht mit Schimpansen oder, noch abenteuerlicher, mit Menschen gekreuzt worden seien.

Die anderen glaubten, er mache einen Scherz. Doch die Tatsachen waren beunruhigend. 1960 war durch erste Bluteiweißuntersuchungen die Verwandtschaft zwischen Mensch und Menschenaffe quantifizert worden. Biochemisch gesprochen war der nächste Verwandte des Menschen der Schimpanse, er stand ihm weit näher als der Gorilla. 1964 waren Schimpansennieren, ohne daß eine Immunabstoßung erfolgte, auf Menschen verpflanzt worden, und Bluttransfusionen lagen durchaus im Bereich des Möglichen.

Doch wurde der Grad der verwandtschaftlichen Nähe erst voll erkannt, als Biochemiker die DNS von Schimpansen und Menschen miteinander verglichen. Es zeigte sich, daß die DNS-Ketten nur um ein Prozent differierten. Und fast niemand war bereit, eine bestimmte Schlußfolgerung einzugestehen: Mit Hilfe der modernen DNS-Kreuzungs-Techniken und der Embryonenimplantation war eine Kreuzung zwischen Menschenaffe und Menschenaffe mit Sicherheit und eine solche zwischen Menschenaffe und Mensch wahrscheinlich möglich.

Selbstverständlich hatten die Bewohner von Zinj im 14. Jahrhundert keine Möglichkeit der genetischen Manipulation gehabt. Doch Elliot wies darauf hin, daß sie die Fähigkeiten der Bewohner der Stadt immer wieder unterschätzt hatten. Immerhin hatten sie schon vor mindestens fünfhundert Jahren eine komplizierte Tierdressur entwickelt, wie sie von westlichen Wissenschaftlern erst im letzten Jahrzehnt angewandt worden war.

Und so wie Elliot die Dinge sah, stellten die von den Bewohnern der Stadt Zinj abgerichteten Tiere für sie eine große Schwierigkeit dar.

»Wir dürfen die Augen nicht vor der Wirklichkeit verschließen«, sagte er. »Amy hat bei einem für Menschen ausgearbeiteten Test einen Intelligenzquotienten von 92 erreicht. Das bedeutet, daß sie im großen und ganzen ebenso intelligent ist wie ein durchschnittlicher Mensch, und in mancher Hinsicht intelligenter – ihre Wahrnehmungsfähigkeit und ihre Empfindungsstärke sind besser ausgeprägt. Sie kann uns mindestens ebensogut für ihre Zwecke einspannen, wie wir sie für unsere.

Die grauen Gorillas, mit denen wir es hier zu tun haben, besitzen die gleiche Intelligenz, doch sind sie außerdem konsequent auf etwas abgerichtet worden. Sie sind – ähnlich wie der Dobermann – Wächter und Kämpfer, speziell dressiert auf scharfes und der Situation angepaßtes Verhalten. Nur sind sie sehr viel klüger und einfallsreicher als Hunde. Sie werden ihre Angriffe fortsetzen, bis sie uns alle getötet haben – so wie sie alle bisherigen Eindringlinge umgebracht haben.«

3. Blick durch die Gitterstäbe

1975 sichtete der Mathematiker S. L. Berensky die gesamte Literatur über sprachfähige Primaten und kam zu einer verblüffenden Schlußfolgerung. »Es besteht kein Zweifel daran«, verkündete er, »daß Primaten dem Menschen an Intelligenz weit überlegen sind.«

Berenskys Ansicht nach lautete »die entscheidende Frage – die sich jeder Zoobesucher instinktiv selber stellt –: Wer befindet sich hinter Gittern? Wer steckt im Käfig, und wer ist frei? ... Zwar läßt sich beobachten, daß auf beiden Seiten der Stäbe Primaten einander Gesichter schneiden, doch würde man es sich zu einfach machen, wenn man sagte, daß der Mensch deswegen überlegen ist, weil er den Zoo eingerichtet hat. Wir unterwerfen andere Primaten einer besonders schrecklichen Form von Gefangenschaft hinter Gittern – die wir auch innerhalb unserer eigenen Art anwenden – und gehen davon aus, daß sie ebenso empfinden wie wir.«

Berensky verglich Primaten mit Gesandten fremder Völker. »Affen haben es jahrhundertelang fertiggebracht, als Botschafter ihrer Art mit den Menschen auszukommen. In der jüngeren Vergangenheit haben sie sogar gelernt, sich dem Menschen mittels der Zeichensprache mitzuteilen. Diese Verständigung ist jedoch eine sehr einseitige Diplomatie, denn noch nie hat ein Mensch versucht, in der Gesellschaft von Affen zu leben, sich ihre

Sprache und ihre Gewohnheiten zu eigen zu machen, ihre Speisen zu essen, zu leben, wie sie leben. Die Affen haben gelernt, sich uns verständlich zu machen, doch wir haben nie gelernt, uns ihnen verständlich zu machen. Wem muß dann die größere Intelligenz zugesprochen werden?«
Dem fügte Berensky eine Voraussage hinzu: »Die Zeit wird kommen«, sagte er, »da die Umstände den Menschen zwingen werden, mit einer Primatengesellschaft nach deren Bedingungen zu kommunizieren. Erst dann werden die Menschen sich ihrer anmaßenden Überheblichkeit gegenüber anderen Tieren bewußt werden.«

Die Expedition der ERTS, tief im Regenwald des Kongo abgeschnitten, sah sich eben dieser Schwierigkeit gegenüber. Man war einer neuen Art gorillaähnlicher Tiere begegnet und mußte sich jetzt irgendwie nach ihren Bedingungen mit ihnen verständigen. Im Laufe des Abends überspielte Elliot die aufgenommenen Seufz- und Keuchlaute nach Houston, von wo sie nach San Francisco weitergeleitet wurden. Als Antwort kam eine karge Mitteilung von Seamans: SENDG EMFANGN SR NUEZLICH WICHTIG: MUS UEBRSEZNG BALD HAM. erwiderte Elliot. WAN FRTIG?
COMPUTR ANALYS PROBLMAT SCHWIRIGR ALS UEBRSEZNG CZS/JZS.
»Was heißt das?« wollte Karen Ross wissen.
»Er sagt, daß die Übersetzungsschwierigkeiten größer sind als bei der Übersetzung chinesischer oder japanischer Zeichensprache.«
Es war ihr nicht bekannt gewesen, daß es so etwas gab, doch Elliot erklärte ihr, daß es für alle größeren Sprachen der Welt Zeichensprachen gab, die jeweils ihren eigenen Regeln folgten. Zum Beispiel wich die britische Zeichensprache, obwohl sie sich auf eine im Grunde in der geschriebenen und gesprochenen Form identische Ausgangssprache stützte, grundlegend von der amerikanischen Zeichensprache ab.
Die verschiedenen Zeichensprachen verfügten über eine unterschiedliche grammatische Struktur und Syntax und hatten sogar

unterschiedliche Zeichenkonventionen. Während der nach außen weisende Mittelfinger in der chinesischen Zeichensprache verschiedenes bedeutete, so unter anderem IN ZWEI WOCHEN und BRUDER, war dies Zeichen in der amerikanischen Zeichensprache geradezu beleidigend und nicht akzeptabel.
»Aber hier handelt es sich doch um eine gesprochene Sprache«, sagte Karen Ross.
»Das ist richtig«, sagte Elliot. »Trotzdem ist es ein verzwicktes Problem. Wir werden sie nicht schnell übersetzt bekommen.«
Bis zum Anbruch der Nacht verfügten sie über zwei weitere Informationen. Karen Ross ließ über Houston eine Wahrscheinlichkeitsermittlung durch den Computer laufen. Danach würde es drei Tage mit einer Abweichung von plus zwei Tagen dauern, bis sie die Diamantminen fanden. Das hieß, sie mußten sich darauf einrichten, noch fünf Tage an Ort und Stelle zu verbringen. Die Lebensmittelversorgung war kein Problem. Aber die Munition würde knapp werden. Munro schlug die Verwendung von Tränengas vor.
Sie nahmen an, daß die grauen Gorillas ihre Taktik ändern würden. Und sie taten es – sie griffen gleich nach Einbruch der Dunkelheit an. Die Schlacht in der Nacht vom 23. zum 24. Juni war gekennzeichnet von den Detonationen der dumpf aufschlagenden Kanister und dem zischend austretenden Gas. Die Strategie erwies sich als wirksam; die Gorillas wurden vertrieben und erneuerten ihren Angriff in dieser Nacht nicht.
Munro war sehr zufrieden. Er verkündete, daß sie genug Tränengas hätten, um sich die Gorillas eine ganze Woche, vielleicht sogar länger, vom Leibe zu halten. Fürs erste, so schien es, waren ihre Probleme gelöst.

12. Tag
Zinj
24. Juni 1979

1. Der Generalangriff

Kurz nach Morgengrauen fanden sie die Leichen von Mulewe und Akari in der Nähe ihres Zelts. Anscheinend war der Angriff am Vorabend ein Ablenkungsmanöver gewesen und hatte es einem Gorilla gestattet, in den Bereich des Lagers einzudringen, die beiden Träger zu töten und ungesehen wieder zu entkommen. Noch mehr beunruhigte es sie, daß sie keinen Hinweis darauf entdeckten, wie der Gorilla zweimal den Elektrozaun hatte überwinden können.

Eine gründliche Untersuchung ergab, daß ein Abschnitt des Zauns in Bodennähe eingerissen war. Ein langer Stock lag dicht daneben am Boden. Augenscheinlich hatten die Gorillas ihn dazu benutzt, den Zaun anzuheben, so daß einer von ihnen hatte hindurchkriechen können. Und bevor sie sich davonmachten, hatten sie den Zaun wieder in seinen ursprünglichen Zustand versetzt.

Es war schwer, an die Intelligenz, die hinter einem solchen Verhalten lag, zu glauben. »Gelegentlich«, sagte Elliot später, »standen wir uns mit unseren vorgefaßten Meinungen über Tiere selbst im Weg. Immer wieder erwarteten wir, daß die Gorillas sich stereotyp auf die uns bekannte Weise verhalten würden. Aber sie taten es nicht ein einziges Mal. Wir sahen sie zu keinem Zeitpunkt als anpassungsfähige und bewegliche Gegner an, obwohl sie immerhin unsere Zahl um ein Viertel vermindert hatten.«

Munro fiel es schwer, sich mit der gezielten Feindseligkeit der Gorillas abzufinden. Die Erfahrung hatte ihn gelehrt, daß Tiere in der freien Natur dem Menschen gleichgültig gegenübertraten. Schließlich kam er zu dem Ergebnis, »daß diese Tiere von Menschen abgerichtet waren, ich sie mir also als Menschen vorstellen mußte. Nun lautete die Frage, was würde ich tun, wenn es Menschen wären?«
Für Munro gab es nur eine Antwort: Selbst zum Angriff übergehen.

Amy ließ sich dazu herbei, sie dorthin zu führen, wo die von ihr als »Dinger« bezeichneten Gorillas im Dschungel lebten. Um zehn Uhr vormittags zogen sie mit Maschinenpistolen bewaffnet die Hänge nördlich der Stadt hinauf. Es dauerte nicht lange, bis sie die Fährte der Gorillas fanden – ziemliche Mengen Kot und zahlreiche Schlafnester auf dem Boden sowie in den Bäumen. Munro war beunruhigt von dem, was er sah: in manchen Bäumen gab es zwanzig bis dreißig Nester, was auf eine große Anzahl von Tieren schließen ließ.
Zehn Minuten später stießen sie auf eine Gruppe von zehn grauen Gorillas, die sich an saftigen Ranken gütlich taten: vier Männchen und drei Weibchen, ein Jungtier und zwei herumtollende Kleinkinder. Die erwachsenen Tiere ließen sich träge die Sonne auf den Pelz brennen und aßen hier und da, wo sie etwas fanden. Einige andere Tiere schliefen auf dem Rücken liegend und schnarchten laut. Sie schienen keine Wachen aufgestellt zu haben.
Munro machte ein Zeichen mit der Hand, und die Waffen wurden entsichert. Er wollte gerade in die Gruppe feuern, als Amy ihn am Hosenbein zog. Er sah zu ihr hin, und »ein Schreck wie noch nie«, fuhr ihm in die Glieder. »Oben am Hang war eine weitere Gruppe, vielleicht zehn oder zwölf Tiere – dann sah ich noch eine – und noch eine – und noch eine. Es müssen dreihundert oder noch mehr gewesen sein. Der Hang *wimmelte* von grauen Gorillas.«

Der größte je in freier Wildbahn gesichtete Gorillatrupp hatte aus einunddreißig Tieren bestanden. Die Beobachtung – 1971 in Kabara – war jedoch umstritten. Die meisten Forscher vertraten die Ansicht, es müsse sich um zwei Gruppen gehandelt haben, die zufällig beieinander gesehen worden waren, da die Trupps gewöhnlich aus zehn bis fünfzehn Tieren bestanden. Für Elliot waren dreihundert Tiere ein »äußerst eindrucksvoller Anblick«. Aber noch mehr beeindruckte ihn das Verhalten der Tiere. Zwar verhielten sie sich im großen und ganzen wie andere Gorillas in der Wildnis, wie sie da im Sonnenlicht umherzogen und Futter suchten, aber es gab einige bedeutsame Unterschiede.

»Vom ersten Augenblick an zweifelte ich nicht daran, daß sie über eine Sprache verfügten. Ihre Seufzlaute waren auffällig und hatten eindeutig eine sprachliche Bedeutung. Darüber hinaus verwendeten sie Zeichensprache, wenn auch keine in der Art, wie wir sie kannten. Sie bewegten die Hände mit ausgestreckten Armen, was sehr anmutig wirkte, etwa wie bei balinesischen Tänzerinnen. Diese Gesten schienen die Seufzlaute zu unterstützen oder zu ergänzen. Offenbar verfügten diese Gorillas über ein weit ausgeklügelteres Sprachsystem als die reine Zeichensprache von Versuchsaffen im 20. Jahrhundert.«

Obwohl für ihn als Wissenschaftler diese Entdeckung auf eine abstrakte Art ungeheuer erregend war, teilte er zugleich die Furcht der anderen Expeditionsteilnehmer. Sie hockten hinter dem dichten Blattwerk und beobachteten mit angehaltenem Atem die Gorillas an dem gegenüberliegenden Hang. Obwohl die Tiere friedlich wirkten, empfanden die Beobachter eine nahezu panische Angst bei dem Gedanken, einer so großen Zahl von Tieren so nahe zu sein. Schließlich, auf ein Zeichen von Munro, schlichen sie den Pfad hinunter und kehrten ins Lager zurück.

Dort waren die Träger damit beschäftigt, Gräber für Akari und Mulewe auszuheben. Es war eine düstere Erinnerung an die Gefahr, in der sie sich alle befanden, und sie sprachen über die Möglichkeiten, die ihnen offenstanden. Munro sagte zu Elliot: »Tagsüber scheinen sie eher friedlich zu sein.«

»Ja«, sagte Elliot. »Ihr Verhalten wirkt durchaus typisch – wenn

überhaupt, sind sie eher noch träger als gewöhnliche Gorillas am Tag. Wahrscheinlich schlafen die meisten Männer tagsüber.«
»Wie viele von den Tieren am Hang waren Männchen?« wollte Munro wissen. Sie waren bereits zu dem Ergebnis gekommen, daß ausschließlich Männchen an den Angriffen beteiligt waren, und Munro wollte die Chance ausrechnen.
»Die meisten Untersuchungen sind sich dahingehend einig«, sagte Elliot, »daß Gorillatrupps zu etwa fünfzehn Prozent aus Männchen bestehen. Außerdem haben sie gezeigt, daß man bei Einzelbeobachtungen die Größe der Horde um rund fünfundzwanzig Prozent unterschätzt. Es sind immer mehr Tiere da, als man jeweils sehen kann.«
Die daraufhin angestellten Berechnungen erwiesen sich als entmutigend. Sie hatten auf dem Hügel dreihundert Tiere gezählt, also waren es insgesamt vermutlich knapp vierhundert, von denen fünfzehn Prozent Männchen waren. Das bedeutete, daß es fünfzig bis sechzig angreifende Gorillamännchen gab – und nicht einmal zehn Verteidiger.
»Verdammt!« sagte Munro und schüttelte den Kopf.
Amy wußte eine Lösung. Sie machte ihnen Zeichen: *Jetzt gehen*.
Karen Ross fragte, was sie gesagt habe, und Elliot teilte es ihr mit: »Sie sagt, wir sollten uns besser zurückziehen. Ich glaube, sie hat recht.«
»Seien Sie nicht albern«, sagte Karen Ross. »Wir haben die Diamanten noch nicht gefunden. Wir können noch gar nicht gehen.«
Jetzt gehen, bedeutete ihnen Amy noch einmal.
Alle sahen auf Munro. Irgendwie war die Gruppe zu dem Ergebnis gekommen, daß Munro entscheiden würde, was als nächstes zu geschehen hatte. »Ich hätte die Diamanten so gern wie nur irgend jemand«, sagte er. »Aber was nützen sie uns, wenn wir tot sind? Wir haben keine Wahl, wir müssen weg, wenn wir können.«
Karen Ross fluchte blumenreich.
Elliot fragte Munro: »Was meinen Sie mit ›wenn wir können‹?«
»Damit meine ich«, sagte Munro, »daß sie uns vielleicht gar nicht weglassen.«

2. Aufbruch

Auf Munros Anweisung hin nahmen sie nur geringe Mengen an Nahrung und Munition mit. Alles andere blieb zurück – die Zelte, der Zaun, die Ausrüstung zur Nachrichtenübermittlung, alles. Gegen Mittag verließen sie die sonnenbeschienene Lichtung.
Munro warf einen Blick über die Schulter zurück. Er hoffte, daß er richtig handelte. In den sechziger Jahren hatte es bei den Söldnern im Kongo eine spöttische Parole gegeben: »Bleib bloß zu Hause.« Sie hatte mehrere Bedeutungen, darunter die offensichtliche, daß sie von vornherein gar nicht in den Kongo hätten kommen sollen. Sie bedeutete aber auch, daß es, war man einmal in einem befestigten Lager oder in einer Kolonialstadt, sich nicht empfahl, den nahen Dschungel zu betreten, was immer der Anlaß sein mochte. Mehrere von Munros Bekannten hatten es mit dem Leben bezahlt, daß sie nicht »zu Hause« geblieben waren. Die Nachricht lautete gewöhnlich: »Soundso hat es vorige Woche außerhalb von Stanleyville erwischt.« – »Außerhalb? Warum ist er auch nicht zu Hause geblieben!«
Munro führte jetzt die Expedition nach draußen, und »zu Hause« – das war das kleine, silbern leuchtende Lager mit seinem Zaun, das jetzt hinter ihnen lag. Dort hatten sie wie auf dem Präsentierteller für die angreifenden Gorillas gesessen. Aber auch dazu hatten die Söldner etwas zu sagen: »Besser auf dem Präsentierteller als tot.«
So zogen sie also durch den Regenwald, und Munro, der voranging, war sich qualvoll ihrer Verwundbarkeit bewußt: eine einzelne Reihe von Menschen war die Formation, die sich am schlechtesten verteidigen ließ. Er bemerkte, wie die Dschungelpflanzen näher an sie heranrückten und wie der Pfad immer schmaler wurde. Er konnte sich nicht erinnern, daß er auf dem Hinweg so schmal gewesen war. Jetzt waren sie von dichten Farnen und Büschen umstellt. Möglicherweise lauerten die Gorillas nur einen Meter von ihnen entfernt, im Blattwerk versteckt. Sie würden es erst merken, wenn es zu spät war.
Sie zogen weiter.

Munro glaubte, daß sie das Schlimmste hinter sich hätten, wenn es gelang, die Osthänge des Muhavura zu erreichen. Die grauen Gorillas hausten in der Nähe der Stadt und würden ihnen nicht weit folgen. Ein, zwei Stunden Weg und sie wären außer Gefahr. Er sah auf seine Uhr: sie waren erst zehn Minuten unterwegs.
Dann hörte er das Keuchen. Es schien aus allen Richtungen zu kommen. Er sah, wie sich vor ihm das Blattwerk bewegte, als wehte der Wind hindurch. Aber es wehte kein Wind. Das Keuchen wurde lauter.
Sie machten Halt am Rand einer Schlucht, die einem Bachlauf mit dichten Dschungelwänden zu beiden Seiten folgte: eine Stelle, wie geschaffen für einen Hinterhalt. Er hörte, wie die Sicherungshebel der Maschinenpistolen zurückgeschoben wurden. Kahega kam zu ihm. »Captain, was machen wir?«
Munro beobachtete die Bewegungen im Blattwerk und horchte auf das Keuchen. Er konnte nur schätzen, wie viele Tiere sich dort im Busch versteckt hielten. Zwanzig? Dreißig? Auf jeden Fall zu viele.
Kahega wies den Hügel hinauf, zu einem schmalen Pfad, der oberhalb der Schlucht verlief. »Da hinauf?«
Munro antwortete lange nicht. Schließlich sagte er: »Nein, nicht da hinauf.«
»Wohin dann, Captain?«
»Zurück«, sagte Munro. »Wir kehren um.«
Als sie sich von der Schlucht abwandten und sich auf den Rückweg machten, wurde das Keuchen leiser, und die Bewegungen im Blattwerk hörten auf. Als Munro ein letztes Mal über die Schulter zurücksah, wirkte die Schlucht wie ein gewöhnlicher Durchgang im Dschungel, der nichts Bedrohliches hatte. Aber Munro kannte die Wahrheit. Sie konnten nicht fort.

3. Rückkehr

Elliots Eingebung kam blitzartig. »Gegen Mittag hatte ich gesehen«, berichtete er später, »wie Amy Kahega Zeichen machte. Amy wollte von ihm etwas zu trinken haben, aber Kahega kannte die Zeichensprache nicht und zuckte hilflos mit den Schultern. Da kam mir der Gedanke, daß die Sprachkenntnis der grauen Gorillas zugleich ihr großer Vorteil und ihre Achillesferse war.«

Elliot schlug vor, einen einzelnen grauen Gorilla zu fangen, seine Sprache zu lernen und sie zu nutzen, um mit den anderen Tieren in Verbindung zu treten. Unter normalen Umständen würde es Monate dauern, eine neue Affensprache zu lernen, aber Elliot meinte, er könnte es in wenigen Stunden schaffen.

Seamans saß bereits an der Arbeit und versuchte herauszufinden, wie die grauen Gorillas sich verständigten. Alles, was er brauchte, war weiteres Material. Außerdem war Elliot überzeugt, daß die grauen Gorillas eine Kombination aus gesprochenen Lauten und Zeichensprache verwendeten. Und die Zeichensprache würde rasch zu entziffern sein.

Seamans hatte in Berkeley ein als APE (Menschenaffe) bezeichnetes Programm entwickelt. Der Name stand für Animal Pattern Explanation, und man konnte damit Amy beobachten und ihre Zeichen deuten. Da das APE-Programm mit nicht mehr der Geheimhaltung unterliegenden Army-Material zur Entschlüsselung von Codes arbeitete, vermochte es neue Zeichen zu erkennen und auch zu übersetzen. Zwar war APE entwickelt worden, um mit Amy in amerikanischer Zeichensprache zu arbeiten, aber es war nicht einzusehen, warum es nicht auch mit einer vollständig neuen Sprache arbeiten können sollte.

Wenn es ihnen gelang, eine Satellitenverbindung vom Kongo über Houston nach Berkeley herzustellen, konnten sie Videodaten von einem gefangenen Tier unmittelbar in das APE-Programm eingeben. APE ermöglichte eine Übersetzungsgeschwindigkeit, die der Fähigkeit jedes menschlichen Beobachters weit überlegen war. Das Army-Material war dazu bestimmt, feindliche Codes in Minutenschnelle zu entschlüsseln.

Während Elliot und Karen Ross davon überzeugt waren, daß es funktionieren mußte, war Munro skeptisch und machte abfällige Bemerkungen, in denen es um Verhöre von Kriegsgefangenen ging. »Was haben Sie vor?« fragte er. »Wollen Sie das Tier foltern?«
»Wir wollen es einem Situationsstreß aussetzen«, sagte Elliot, »um es zum Sprachgebrauch zu veranlassen.« Er breitete Testmaterial auf dem Boden aus: eine Banane, eine Schüssel Wasser, ein Stück Zucker, einen Stock, eine saftige Ranke und ein paar der runden Steinplatten mit Griffen. »Wenn es sein muß, jagen wir ihr einen höllischen Schreck ein.«
»Ihr?«
»Selbstverständlich«, sagte Elliot, während er das Narkosegewehr lud. »Ihr.«

4. Gefangennahme

Er wollte ein Weibchen ohne Jungtier. Ein Jungtier würde die Dinge nur komplizieren.
Er arbeitete sich durch hüfthohes Unterholz vor und kam an einen Steilabfall von etwa sechs Meter Höhe. Dort sah er einen Trupp von neun Tieren unter sich: zwei Männchen, fünf Weibchen und zwei Jungtiere. Sie zogen auf Nahrungssuche im Dschungel umher. Er beobachtete die Gruppe so lange, bis er sicher sein konnte, daß alle Weibchen die Sprache benutzten und daß keine Jungtiere im Gebüsch verborgen waren. Dann wartete er auf seine Gelegenheit.
Die Gorillas aßen gemütlich unter den Farnen, rissen zarte Schößlinge ab und kauten sie genüßlich. Nach einigen Minuten entfernte sich ein Weibchen von der Gruppe, um näher am Rand des Steilabfalls, dort, wo er hockte, Nahrung zu suchen. Zwischen ihr und dem Rest der Gruppe lagen rund zehn Meter.
Elliot nahm das Narkosegewehr in beide Hände und visierte das Weibchen an. Es stand so günstig, wie es nur stehen konnte. Er

beobachtete es, zog langsam den Abzug durch – und verlor selbst den Boden unter den Füßen. Mit Donnergetöse rollte er den Hang hinab, mitten zwischen die Gorillas.

Elliot lag bewußtlos auf dem Rücken, aber seine Brust bewegte sich und sein Arm zuckte. Munro war sicher, daß Elliot nicht ernstlich verletzt war. Nur die Gorillas machten ihm Sorgen.
Die grauen Gorillas hatten Elliot fallen sehen und näherten sich ihm jetzt. Acht oder neun Tiere drängten sich um ihn, sahen ihn unbeteiligt an, machten Zeichen.
Munro entsicherte seine Waffe.
Elliot stöhnte, griff sich an den Kopf und schlug die Augen auf. Munro konnte erkennen, wie Elliot beim Anblick der Gorillas zusammenschrak, aber er bewegte sich nicht. Drei erwachsene Männchen hockten in seiner Nähe. Die Gefährlichkeit seiner Situation war ihm bestimmt klar. Er lag fast eine Minute bewegungslos auf dem Boden. Die Gorillas zischelten und machten sich gegenseitig Zeichen, kamen aber nicht näher.
Schließlich stützte sich Elliot auf den Ellbogen, was zu einem heftigen Austausch von Zeichen führte, aber zu keinen Drohgebärden.
Am Hang weiter oben zupfte Amy Munro am Ärmel und machte wie wild Zeichen. Munro schüttelte den Kopf: er verstand sie nicht. Wieder hob er die Waffe – Amy biß ihn ins Knie. Der Schmerz war fast unerträglich, und es kostete Munro alle Kraft, nicht laut aufzuschreien.

Elliot lag auf dem Boden und versuchte, seinen Atem zu beherrschen. Die Gorillas waren sehr nahe – so nah, daß er sie berühren und den süßlichen, muffigen Geruch riechen konnte, der ihren Leibern entströmte. Sie waren erregt, die Männchen hatten angefangen zu knurren. Sie gaben ein rhythmisch skandiertes *Huuhuu-huu* von sich.
Er beschloß, langsam und bedacht auf die Füße zu kommen. Er vermutete, daß sie sich weniger bedroht fühlten, wenn er etwas Abstand zwischen sie und sich selbst bringen konnte. Doch kaum

begann er sich zu bewegen, wurde ihr Knurren lauter und eines der Männchen bewegte sich im Krebsgang seitwärts, wobei es mit den flachen Händen auf den Boden schlug.

Elliot legte sich sogleich wieder hin. Die Tiere beruhigten sich, und er kam zu dem Ergebnis, daß er richtig gehandelt hatte. Sie waren durch den Menschen verwirrt, der in ihre Mitte gestürzt war, offensichtlich erwarteten sie nicht, in ihrem Revier mit Menschen in Berührung zu kommen.

Er beschloß, so lange zu warten, bis sie abzogen, und notfalls einige Stunden auf dem Rücken liegen zu bleiben. Er atmete langsam und regelmäßig und merkte, daß er schwitzte. Wahrscheinlich konnte man riechen, daß er Angst hatte. Aber wie der Mensch hatten auch Gorillas einen schlecht entwickelten Geruchssinn – jedenfalls reagierten sie nicht auf seinen Angstschweiß. Er wartete. Die Gorillas keuchten jetzt schneller, und auch die Zeichen folgten schneller aufeinander. Offenbar wollten sie feststellen, was sie tun sollten. Dann ging ein Männchen unvermittelt wieder auf die seitliche Bewegung über, schlug auf den Boden und sah Elliot an. Elliot machte keine Bewegung. In Gedanken ging er die verschiedenen Stufen des Angriffsverhaltens noch einmal durch: Knurren, Seitwärtsbewegung, mit der flachen Hand auf den Boden schlagen, Gras ausreißen, auf die Brust trommeln...

Angreifen.

Das Gorillamännchen fing an, Grasbüschel auszureißen. Elliot spürte, wie sein Herz schneller schlug. Das Tier war riesig, es mochte gut und gern so viel wie ein Berggorillamann wiegen – an die hundertvierzig Kilogramm. Es richtete sich auf die Hinterbeine auf und trommelte mit den Fäusten auf seine Brust. Elliot fragte sich, was Munro dort oben wohl tat. Und dann hörte er ein Krachen, blickte auf und sah, wie Amy den Hang heruntergestürzt kam und ihren Fall bremste, indem sie sich an Zweigen und Farnen festhielt. Sie landete zu Elliots Füßen.

Die Überraschung der Gorillas hätte nicht größer sein können. Der große Gorillamann hörte auf, sich auf die Brust zu trommeln, ging auf alle viere nieder und warf Amy böse Blicke zu.

Amy knurrte.

Der große Gorilla schob sich drohend an Peter Elliot heran, ohne Amy aus den Augen zu lassen. Sie beobachtete ihn regungslos. Es war eindeutig eine Kraftprobe. Er kam ohne Zögern immer näher...
Plötzlich brüllte Amy so laut, daß Elliot überrascht hochfuhr. Er hatte sie das erst ein- oder zweimal in Augenblicken äußerster Wut tun hören. Weibchen brüllen gewöhnlich nicht, und so waren auch die anderen Gorillas höchst erstaunt. Amys Unterarme verkrampften sich, sie machte den Rücken steif und spannte ihre Gesichtsmuskeln an. Sie sah dem Männchen angriffslustig in die Augen und brüllte wieder.
Das Männchen unterbrach sein Ritual und neigte den Kopf zur Seite. Es schien die Angelegenheit zu überdenken. Schließlich zog es sich zurück und schloß sich wieder dem Halbkreis grauer Affen um Elliots Kopf herum an.
Amy legte ihre Hand herausfordernd auf Elliots Bein – sie meldete Besitzansprüche an. Ein männliches Jungtier von etwa vier oder fünf Jahren stürzte impulsiv vor und entblößte seine Zähne. Amy versetzte ihm einen Schlag ins Gesicht, so daß es jammernd in die Sicherheit der Gruppe zurückkehrte.
Amy warf den anderen Gorillas böse Blicke zu. Dann machte sie Zeichen. *Fortgehen. Amy lassen. Fortgehen.*
Die Gorillas reagierten nicht. *Peter lieber Mensch.* Aber sie schien zu merken, daß die Gorillas sie nicht verstanden, denn sie tat dann etwas Bemerkenswertes: sie seufzte und gab den gleichen keuchenden Laut von sich wie die anderen Gorillas.
Die Tiere waren verblüfft und starrten einander an.
Daß Amy sich ihrer Sprache zu bedienen schien, blieb ohne Wirkung: sie rührten sich nicht vom Fleck. Und je mehr sie seufzte, um so mehr verflog der ursprüngliche Eindruck, bis sie Amy schließlich nur noch verständnislos anstarrten.
Sie konnte sich ihnen nicht verständlich machen.
Amy trat jetzt neben Peters Kopf und begann mit Gesten der geselligen Körperpflege, zupfte an seinem Bart und an seinem Kopfhaar. Die grauen Gorillas machten rasche Zeichen. Dann begann das Männchen wieder mit seinem skandierenden *Huu-*

huu-huu. Als Amy das hörte, wandte sie sich Peter zu und bedeutete ihm *Amy zu umarmen*. Er war überrascht: sie hatte das von sich aus noch nie getan. Gewöhnlich wollte sie, daß Peter sie in die Arme nahm und kraulte.
Elliot setzte sich, und sogleich zog sie ihn an ihre Brust und drückte sein Gesicht in ihr Fell. Das Gorillamännchen hörte auf zu knurren. Die grauen Gorillas traten den Rückzug an, als hätten sie einen Fehler begangen. Jetzt ging Elliot auf, was sie tat – *sie behandelte ihn, als wäre er ihr Kind.*
Das war klassisches Primatenverhalten in Konfliktsituationen. Bei Primaten gab es ausgeprägte Angriffshemmungen gegen Jungtiere, und diese Hemmungen wurden häufig auch von erwachsenen Tieren genutzt. Pavianmännchen beendeten oft ihren Kampf, wenn eines ein Jungtier ergriff und sich an die Brust drückte – der Anblick des Jungtiers verhinderte weitere Angriffe. Schimpansen kannten verfeinerte Variationen dieses Verhaltens. Wenn die Spiele Heranwachsender zu wild wurden, ergriff ein Männchen einen von ihnen und drückte ihn auf mütterliche Art an sich – eine Situation, in der sowohl »Mutter« als auch »Kind« symbolisch gemeint war. Dennoch genügte die Geste, um einen Fortgang des wilden Spiels zu unterbinden.
Amy brachte nicht nur den Angriff des Männchens zum Stillstand, sie schützte Elliot auch, indem sie ihn wie ein Jungtier behandelte – falls die Gorillas ein bärtiges Jungtier von einsachtzig gelten ließen.
Sie taten es.
Sie entschwanden im Gebüsch. Amy lockerte ihre wilde Umklammerung, sah Elliot an und bedeutete ihm: *Dumme Dinger*.
»Danke, Amy«, sagte er und gab ihr einen Kuß.
Peter Amy kraulen. Amy lieber Gorilla.
»Da hast du recht«, sagte er und kraulte sie mehrere Minuten lang, wobei sie sich fröhlich knurrend auf dem Boden hin und her wälzte.

Um zwei Uhr nachmittags kehrten sie ins Lager zurück. Karen Ross fragte: »Haben Sie einen Gorilla?«

»Nein«, sagte Elliot.
»Na, macht nichts«, sagte Ross, »ich komme nämlich auch gar nicht nach Houston durch.«
Elliot war verblüfft: »Wieder elektronische Störungen?«
»Viel schlimmer«, sagte Karen Ross. Sie hatte über eine Stunde lang versucht, eine Satellitenverbindung nach Houston herzustellen. Es war ihr nicht gelungen. Jedesmal war die Verbindung innerhalb von Sekunden unterbrochen worden. Schließlich hatte sie, nachdem sie festgestellt hatte, daß es nicht an ihrer Anlage liegen konnte, das Datum geprüft. »Heute ist der 24. Juni«, sagte sie. »Mit der vorigen Kongo-Expedition hatten wir am 28. Mai Schwierigkeiten bei der Nachrichtenübermittlung, vor siebenundzwanzig Tagen«, sagte sie.
Als Elliot es immer noch nicht verstand, sagte Munro: »Sie meint, es liegt an Sonnenflecken.«
»Richtig«, sagte Karen Ross. »Es handelt sich um eine Störung in der Ionosphäre, die von der Sonne ausgeht.« Die meisten Störungen in der Ionosphäre der Erde – das ist die dünne Schicht ionisierter Moleküle in einer Höhe von achtzig bis vierhundert Kilometer – werden durch Erscheinungen wie beispielsweise die Sonnenflecke verursacht. Da eine Sonnenumdrehung siebenundzwanzig Tage dauert, treten solche Störungen oft etwa einen Monat später erneut auf.
»Na schön«, sagte Elliot, »es sind also Sonnenflecken. Und wie lange dauert so etwas?«
Karen Ross schüttelte den Kopf. »Normalerweise würde ich sagen, ein paar Stunden, höchstens einen Tag. Hier scheint es sich aber um eine ernstere Störung zu handeln, die sehr plötzlich aufgetreten ist. Vor fünf Stunden hatten wir eine hervorragende Verbindung – und jetzt haben wir überhaupt keine mehr. Irgend etwas Ungewöhnliches geht vor. Es kann glatt eine Woche dauern.«
»Keine Verständigung, eine ganze Woche lang? Keine Computer-Durchläufe, gar nichts?«
»Richtig«, sagte Karen Ross gelassen. »Von jetzt an sind wir vollständig von der Außenwelt abgeschnitten.«

5. Abgeschnitten

Die stärkste Sonneneruption des Jahres 1979 wurde am 24. Juni vom Kitt Peak-Observatorium in der Nähe von Tucson, Arizona, aufgezeichnet und ordnungsgemäß dem Space Environment Services Center in Boulder, Colorado, gemeldet, einer Stelle für die Auswertung von Daten aus dem Weltraum. Zuerst schenkte man beim SESC, den einlaufenden Daten keinen Glauben: selbst nach den ungeheuren Maßstäben der Sonnenastronomie war dieser Ausbruch mit der Bezeichnung 79/06/414aa geradezu monströs.

Die Ursache solcher, auch Flares genannter Ausbrüche, die mit dem Auftreten von Sonnenwind einhergehen, war unbekannt, doch wurden sie im allgemeinen mit der Sonnenfleckentätigkeit in Verbindung gebracht. In diesem Fall erschien der Ausbruch als riesiger, heller Fleck mit einem Durchmesser von sechzehntausend Kilometern, der nicht nur die Alpha-Spektrallinien des Wasserstoffs und ionisierten Kalziums beeinflußte, sondern auch das Spektrum des weißen Sonnenlichts. Ein solcher Ausbruch mit einem »kontinuierlichen Spektrum« war überaus selten.

Auch konnte man beim SESC die Vorausberechnung der Folgeerscheinungen nicht glauben. Bei Sonnenausbrüchen werden ungeheure Energiemassen freigesetzt. Schon ein nicht besonders starker Ausbruch kann das Maß der Ultraviolettstrahlung, das von der Sonnenoberfläche ausgestrahlt wird, verdoppeln. Aber beim Ausbruch 79/06/414aa betrug sie nahezu das *Dreifache* des gewöhnlichen Wertes. Innerhalb von gut acht Minuten nach dem ersten Auftreten am Sonnenrand – das ist die Zeit, die das Licht von der Sonne bis zur Erde braucht – begann diese plötzliche Zunahme an Ultraviolettstrahlung, die Ionosphäre der Erde zu stören.

Die Folge war, daß Funkverbindungen auf einem Planeten, der rund hundertfünfzig Millionen Kilometer von der Sonne entfernt war, deutlich beeinträchtigt wurden. Das galt insbesondere für Sender, die mit geringen Signalstärken auskommen mußten. Rundfunksender im Kilowattbereich waren kaum betroffen. Aber die Kongo-Expedition, die weit schwächere Signale ab-

strahlte, vermochte keine Satellitenverbindung mehr herzustellen. Da bei diesem Ausbruch außerdem Röntgenstrahlen und atomare Partikel freigesetzt wurden, die die Erde erst einen ganzen Tag später erreichten, war vorauszusehen, daß die Störung des Funkverkehrs mindestens einen Tag, wahrscheinlich aber länger dauern würde. Bei der ERTS in Houston berichteten Techniker Travis, das SESC sage eine Störung der Ionosphäre von vier bis acht Tagen Dauer voraus.
»Soll das heißen«, wir werden vier bis acht Tage keine Verbindung mit ihnen haben?« fragte Travis.
»So sieht es aus. Karen Ross wird es sich schon denken«, sagten die Techniker, »wenn sie heute keine Verbindung mehr kriegt.«
»Die brauchen aber die Computer-Leitung«, sagte Travis. Die Belegschaft der ERTS hatte fünf Computer-Planspiele durchlaufen lassen, und jedes war zu dem gleichen Ergebnis gekommen: Wenn man nicht eine kleine Armee einflog, war die Expedition in ernsthaften Schwierigkeiten. Die Hochrechnungen für das Überleben lagen bei »null Komma zwoviervier, mit geringen Abweichungen« – das heißt, es stand eins zu drei, daß die Mitglieder der Expedition wieder lebend aus dem Kongo kamen. Und dazu brauchten sie die Hilfe der Computer-Verbindung, die jetzt unterbrochen war.
Travis fragte sich, ob Karen Ross und den anderen der Ernst der Lage klar war.
»Etwas Neues auf Bandbreite fünf über Muhavura?« fragte er.
Auf Bandbreite fünf zeichnete der Erdvermessungs-Satellit Landsat Infrarotwerte auf. Beim letzten Überfliegen des Kongo-Gebiets hatte er wichtige neue Erkenntnisse über den Muhavura gewonnen. Die Temperatur im Vulkan war seit der letzten Auswertung durch Landsat deutlich angestiegen, und zwar um acht Grad.
»Nichts Neues«, sagte der Techniker. »Der Computer sagt auch keinen Ausbruch voraus. Vier Grad Abweichung liegen bei diesem System innerhalb der Fehlertoleranz der Aufnahmeeinrichtung, und aus den übrigen vier Grad kann man auf nichts schließen.«
»Na, immerhin etwas«, sagte Travis. »Bloß, was machen die mit den Affen, wenn sie jetzt vom Computer abgeschnitten sind?«

Genau über diese Frage dachten die Mitglieder der Expedition bereits seit einer Stunde nach. Seit die Nachrichtenübermittlung abgerissen war, waren die einzigen ihnen zugänglichen Rechner die, die sie im Kopf hatten – und die genügten nicht.
Elliot fand die Vorstellung seltsam, daß sein eigenes Gehirn unzulänglich sein sollte. »Wir hatten uns alle so daran gewöhnt, daß stets Rechnerkapazität zur Verfügung stand«, sagte er später. »In jedem anständigen Labor hat man soviel Speicher- und Rechnerkapazität zur Verfügung, wie man braucht, Tag und Nacht. Wir hatten uns daran so gewöhnt, daß wir es bereits als selbstverständlich ansahen.«
Natürlich hätten sie die Sprache der Affen schließlich entschlüsseln können, aber es war ein Wettrennen gegen die Zeit: ihnen standen dafür nicht Monate zur Verfügung, sondern nur Stunden. Ohne das APE-Programm war ihre Lage höchst bedrohlich. Munro sagte, sie könnten keinen weiteren direkten nächtlichen Angriff überleben, und sie hatten guten Grund, für die Nacht einen Angriff zu erwarten.
Die Art, wie Amy Elliot gerettet hatte, verhalf ihnen zu einem Plan. Amy hatte eine gewisse Fähigkeit gezeigt, sich mit den Affen zu verständigen. Vielleicht konnte sie als Dolmetscherin dienen. »Es ist einen Versuch wert«, beharrte Elliot.
Unglücklicherweise bestritt Amy diese Möglichkeit. Als Antwort auf die Frage: *Amy reden Ding reden?* bedeutete sie ihm: *Nicht reden.*
Überhaupt nicht? fragte Elliot, weil er sich daran erinnerte, wie sie geseufzt hatte. *Peter Amy sehen reden Ding reden.*
Nicht reden, Geräusch machen.
Er schloß daraus, daß sie zwar die Ausdrucksweise der Gorillas nachahmen konnte, deren Bedeutung aber nicht kannte. Es war inzwischen zwei Uhr nachmittags – bis zum Einbruch der Dunkelheit blieben ihnen nur noch vier, fünf Stunden.
Munro sagte: »Geben Sie's auf, es ist klar, daß sie uns nicht helfen kann.« Ihm schien es aussichtsreicher, solange es hell war, das Lager abzubrechen und sich durchzukämpfen. Er war davon

überzeugt, daß sie keine weitere Nacht unter den Gorillas überleben könnten.
Aber etwas ging Elliot nicht aus dem Kopf.
Nach Jahren der Arbeit mit Amy wußte er, daß sie wie ein Kind alles wörtlich nahm. Amy gegenüber, vor allem, wenn sie nicht recht wollte, mußte man genau sein, wollte man die richtige Antwort haben. Er sah jetzt Amy an und bedeutete ihr: *Amy reden Ding reden?*
Nicht reden.
Amy verstehen Ding reden?
Amy antwortete nicht. Sie kaute nachdenklich an einer Ranke.
Amy Peter zuhören.
Sie sah zu ihm hin.
Amy verstehen Ding reden?
Amy Ding verstehen, antwortete sie so beiläufig, daß er sich zunächst fragte, ob sie sich über die Tragweite dessen, was er sie gefragt hatte, im klaren war.
Amy Ding sehen reden, Amy reden verstehen?
Amy verstehen.
Amy sicher?
Amy sicher.
»Der Teufel soll mich holen«, sagte Elliot.
Aber Munro schüttelte den Kopf. »Uns bleiben nur noch ein paar Stunden Tageslicht«, sagte er. »Und selbst, wenn Sie jetzt die Sprache der Gorillas lernen – wie wollen Sie mit ihnen reden?«

6. Amy reden Ding reden

Um drei Uhr nachmittags waren Elliot und Amy vollständig im Blattwerk am Hang verborgen. Das einzige Zeichen ihrer Anwesenheit war der Kegel des Mikrofons, der über die Blätter hinausragte. Es war mit dem Videorecorder zu Elliots Füßen verbunden, mit dem er die Laute der Gorillas auf den ferneren Hügeln aufnahm.

Die einzige Schwierigkeit bestand darin zu entscheiden, auf welchen Gorilla das Richtmikrofon eingestellt war und welchen Amy im Auge hatte – und ob es jeweils derselbe war. Elliot durfte nie ganz sicher sein, daß Amy die Äußerungen des Tiers wiedergab, die er gerade aufzeichnete. Zu der in unmittelbarer Nachbarschaft befindlichen Gruppe gehörten acht Tiere, und Amy ließ sich immer wieder ablenken. Ein Weibchen hatte ein Jungtier von wenigen Monaten dabei, und als es zufällig von einem Insekt gestochen wurde, machte Amy: *Baby böse.* Dabei nahm Elliot in dem Augenblick ein Männchen auf.
Amy, bedeutete er ihr, *aufpassen.*
Amy aufpassen, Amy lieber Gorilla.
Ja, gab er zurück, *Amy lieber Gorilla, Amy aufpassen Mann-Ding.*
Amy Mann-Ding nicht mögen.
Er fluchte leise und löschte die letzte halbe Stunde von Amys Übersetzungen. Offensichtlich hatte sie ihre Aufmerksamkeit dem falschen Gorilla zugewandt. Als er das Band wieder laufen ließ, beschloß er, diesmal aufzunehmen, was Amy beobachtete. Er bedeutete ihr: *Amy beobachten welches Ding?*
Amy Baby beobachten.
Das würde zu nichts führen, weil das Jungtier nicht sprach. Er bedeutete ihr: *Amy Frau-Ding beobachten.*
Amy Baby beobachten mögen.
Die Abhängigkeit von Amy war wie ein schlimmer Traum. Er war auf ein Tier angewiesen, dessen Denken und Verhalten er kaum verstand, selber abgeschnitten von den Menschen und ihren Maschinen, was seine Abhängigkeit von dem Tier noch verstärkte. Dennoch mußte er Amy vertrauen.
Nach einer weiteren Stunde, als das Sonnenlicht schon abnahm, ging er mit Amy den Hang hinunter zum Lager zurück.

Munro hatte geplant, so gut er konnte.
Als erstes ließ er eine Reihe Fallen rund um das Lager graben – tiefe Gruben wie Elefantenfallen, in denen spitze Pfähle staken, bedeckt mit Ästen und Gezweig.

Er sorgte dafür, daß an mehreren Stellen der Graben erweitert und tote Bäume und Büsche beseitigt wurden, die den Tieren als Brücke dienen konnten.
Er ließ die niedrigen Äste kappen, die über das Lager hingen, so daß die Gorillas, wenn sie auf die Bäume stiegen, zumindest neun Meter über dem Boden blieben – zu hoch, als daß sie hinunterspringen konnten.
Er gab dreien der verbliebenen Träger, Muzezi, Amburi und Harawi, Gewehre und einige Tränengaskanister.
Zusammen mit Karen Ross hatte er die Stärke des Stroms zum Schutzzaun auf ein Mehrfaches des ursprünglichen Werts gesteigert – das dünne Geflecht wurde jetzt bis fast an die Schmelzgrenze belastet. Dazu hatten sie die Frequenz von vier auf zwei pro Sekunde verringern müssen. Aber durch den stärkeren Strom wurde der Zaun von einer bloß abschreckenden zu einer tödlichen Schranke. Die ersten Tiere, die den Zaun berührten, würden sogleich getötet werden, allerdings war nun auch die Gefahr eines Kurzschlusses, der den ganzen Zaun unwirksam machte, größer als zuvor.
Bei Sonnenuntergang traf Munro seine schwierigste Entscheidung. Er lud die auf den Stativen stehenden Schußapparate mit der Hälfte der ihnen verbleibenden Munition. Wenn sie verbraucht war, würden die Maschinen einfach nicht mehr feuern. Von diesem Augenblick an zählte Munro auf Elliot, Amy und ihre Übersetzung. Doch Elliot sah nicht besonders glücklich aus, als er und Amy den Hügel herabkamen.

7. Das letzte Aufgebot

»Wie lange werden Sie dafür brauchen?« fragte ihn Munro.
»Ein paar Stunden, möglicherweise länger.« Elliot bat Karen Ross, ihm zu helfen, und Amy ließ sich von Kahega etwas zu essen geben. Sie schien sehr stolz zu sein und bewegte sich in der Gruppe wie eine wichtige Person.

Karen Ross fragte: »Hat es geklappt?«
»Das werden wir gleich sehen«, sagte Elliot. Sein Plan bestand darin, zuerst mit Amys Hilfe die einzige Binnenüberprüfung vorzunehmen, die ihm möglich war, indem er Lautwiederholungen kontrollierte. Wenn sie bestimmte Laute immer wieder gleich übersetzte, würden sie einen Anlaß haben, zuversichtlich weiterzumachen.
Doch ging alles quälend langsam vor sich. Sie hatten lediglich den kleinen Videosender mit seinem Halbzollband und den kleinen Kassettenrekorder, aber keine Überspielleitung. Sie baten die anderen im Lager um Stillschweigen und machten sich an die Überprüfung, nahmen auf, nahmen wieder auf, lauschten auf die zischelnden Laute.
Sie merkten, daß ihre Ohren gar nicht in der Lage waren, die Laute voneinander zu unterscheiden – alles klang gleich. Dann hatte Karen Ross einen Einfall.
»Diese Laute sind doch«, sagte sie, »als elektrische Signale auf dem Band.«
»Ja ...«
»Und unser Sender hat einen Speicher von 256 K.«
»Aber wir können doch nicht in den Computer in Houston gehen.«
»Das meine ich auch nicht«, sagte Karen Ross. Sie erklärte ihm, daß die Satellitenverbindung dadurch hergestellt wurde, daß der Computer mit dem 256-K-Speicher ein intern erzeugtes Signal – ähnlich wie ein Testbild auf einem Videoschirm – einem von Houston gesendeten Signal anglich. Auf diese Weise kam die Verbindung zustande. Aber sie konnten das Angleichungsprogramm auch für andere Zwecke verwenden.
»Sie meinen, wir können damit die Laute vergleichen?« fragte Elliot.
Es war tatsächlich möglich, aber ungeheuer zeitraubend. Sie mußten die aufgenommenen Laute in den Computer-Speicher geben und auf einer anderen Spur des Bands im Videosender neu aufnehmen. Dann mußten sie das Signal in den Computer-Speicher eingeben und ein zweites Vergleichsband auf dem

Videosender durchlaufen lassen – Elliot merkte, daß er lediglich herumstand und Karen Ross zusah, wie sie mit Bandkassetten und Minidisketten hantierte. Alle halbe Stunde kam Munro unruhig herüber und fragte, wie es stehe. Karen Ross wurde immer ungnädiger: »Wir arbeiten so schnell wir können«, sagte sie.
Es war jetzt acht Uhr abends.
Die ersten Ergebnisse waren jedoch ermutigend: Amy hatte tatsächlich gleichmäßig übersetzt. Um neun Uhr hatten sie fast ein Dutzend Wörter angeglichen:

NAHRUNG	0,9213	0,112
ESSEN	0,8844	0,334
WASSER	0,9978	0,004
TRINKEN	0,7743	0,334
(BEJAHUNG) JA	0,6654	0,441
(VERNEINUNG) NEIN	0,8883	0,220
KOMMEN	0,5459	0,440
GEHEN	0,5378	0,404
LAUTKOMPLEX: ?WEG	0,5444	0,343
LAUTKOMPLEX: ?HIER	0,6344	0,344
LAUTKOMPLEX: ?WUT ?SCHLIMM	0,4232	0,477

Karen Ross trat beiseite. »Na, was sagen Sie jetzt?« fragte sie Elliot.

Munro marschierte unruhig auf und ab. Dies war die schlimmste Zeit. Alle warteten, alle waren auf das höchste angespannt, unruhig und nervös. Er hätte gern mit Kahega und den anderen Trägern gescherzt, aber Karen Ross und Elliot brauchten Ruhe für ihre Arbeit. Er warf Kahega einen Blick zu.
Kahega wies zum Himmel und rieb die Finger gegeneinander. Munro nickte.
Auch er hatte es gespürt, die feuchte Schwüle, die fast greifbare elektrische Spannung. Regen lag in der Luft. Das hat uns gerade

noch gefehlt, dachte er. Den ganzen Nachmittag hindurch hatte es in der Ferne gedonnert – wie von Detonationen. Er hatte es für fernes Gewittergrollen gehalten. Aber das Geräusch stimmte nicht. Es waren scharfe, einzelne Donnerschläge, am ehesten dem Knall beim Durchbrechen der Schallmauer vergleichbar. Munro hatte sie schon früher einmal gehört und hatte eine Vorstellung davon, was sie bedeuten konnten.
Er sah auf, zum dunklen Kegel des Muhavura und dem blassen Schimmer des Teufelsauges hinüber. Er sah auf die sich kreuzenden grünen Laserstrahlen über ihnen und merkte, daß einer von ihnen leicht schwankte.
Zuerst hielt er es für eine Sinnestäuschung, glaubte, das Blatt bewege sich und nicht der Strahl. Aber nach einem weiteren Augenblick der Beobachtung war er sicher: der Strahl schwankte, wanderte einige Zentimeter am Himmel über ihm hin und her.
Munro wußte sofort, daß sich hier etwas Unheilvolles ankündigte, aber das würde bis später warten müssen. Im Augenblick hatten sie drängendere Sorgen. Er sah zur anderen Seite des Lagers hinüber, wo Elliot und Karen Ross über ihre Geräte gebeugt standen, leise miteinander sprachen und sich benahmen, als hätten sie alle Zeit der Welt vor sich.

In Wirklichkeit arbeitete Elliot so rasch, wie er konnte. Er hatte jetzt elf gesicherte Wörter der gesprochenen Sprache auf Band aufgenommen. Seine Schwierigkeit bestand darin, eine unmißverständliche Botschaft zusammenzustellen. Das war nicht so leicht, wie es zuerst den Anschein hatte.
Erstens arbeitete die Sprache der Gorillas nicht nur mit Wörtern. Die Tiere benutzten zur Weitergabe von Mitteilungen Kombinationen aus Zeichen und Lauten. Damit war ein klassisches Problem der Sprachstruktur angesprochen – wie wird Information weitergegeben?
Bei L. S. Verinski hieß es, wer Italienern beim Sprechen zusehe, müsse zu dem Schluß kommen, das Italienische sei im wesentlichen eine Gestensprache, bei der die gesprochenen Laute nur einer zusätzlichen Verstärkung dienten.

Elliot brauchte eine einfache Botschaft, die ohne zusätzliche Gesten verständlich war.
Er hatte keine Vorstellung von der Syntax der Gorillasprache, und sie konnte in der Mehrzahl der Fälle die Bedeutung der Wörter entscheidend beeinflussen – wie zum Beispiel den Unterschied zwischen »Amy schlagen« und »schlagen Amy«. Selbst eine kurze Mitteilung konnte in einer anderen Sprache mehrdeutig sein. So bedeutete im Deutschen die Aussage »er hat einen Vogel« durchaus zweierlei.
Angesichts solcher Unsicherheitsfaktoren, überlegte Elliot, war es am besten, nur eine aus einem Wort bestehende Botschaft zu übermitteln. Doch erwies sich keines der Wörter auf seiner Liste als dafür geeignet. Dann entschied er sich, mehrere kurze Botschaften auszusenden – für den Fall, daß eine davon zufällig mehrdeutig war. Schließlich beschloß er, drei Mitteilungen zu senden: WEG-GEHEN, NICHT KOMMEN und SCHLIMM HIER. Sie hatten den Vorzug, von der Wortstellung mehr oder weniger unabhängig zu sein.
Um 21 Uhr 30 hatten sie bereits die spezifischen Lautkomponenten isoliert. Aber es lag noch eine schwierige Aufgabe vor ihnen. Was Elliot brauchte, war ein Endlosband, das diese Laute unaufhörlich wiederholte. Dafür eignet sich am ehesten das Videoaufzeichnungsgerät, das einen automatischen Rücklauf hatte und die Mitteilungen erneut abspielen konnte. Die sechs Laute ließen sich im 256-K-Speicher unterbringen und abspielen, aber die zeitlichen Abstände waren dabei auch von Bedeutung. Während der nächsten halben Stunde arbeiteten sie verbissen am Computer und versuchten die Wortkombinationen so dicht aneinanderzufügen, daß sie – ihren Ohren – richtig erschienen.
Inzwischen war es zehn Uhr durch.
Munro kam mit seinem Lasergewehr zu ihnen herüber. »Glauben Sie, daß es klappt?«
Elliot schüttelte den Kopf. »Das kann man im voraus nicht wissen.« Er konnte sich Dutzende von Schwierigkeiten vorstellen. Sie hatten die Stimme eines Weibchens aufgezeichnet – würden die Gorillamänner darauf überhaupt reagieren? Würden sie

Laute ohne begleitende Gesten ernst nehmen? Würde die Mitteilung klar verständlich sein? Würde der Abstand der Laute ihnen annehmbar erscheinen? Würden sie überhaupt zuhören?
Es gab keine Möglichkeit, diese Fragen im voraus zu beantworten, sie würden es einfach probieren müssen.
Ebenso unsicher war die Frage der Ausstrahlung. Karen Ross hatte den winzigen Lautsprecher aus dem Kassettenrekorder ausgebaut und an einen behelfsmäßig angefertigten Reflektor auf einem Stativ mit Teleskopbeinen befestigt. Diese mit Bordmitteln hergestellte Notlösung erzeugte zwar eine ziemlich hohe Lautstärke, gab aber die Aufnahme nur gedämpft und wenig überzeugend wieder.
Bald darauf hörten sie die ersten seufzenden Laute.

Munro lenkte das Lasergerät durch die Dunkelheit. Vor seinen Augen glomm die rote Anzeige der Feuerbereitschaft auf dem Elektronikteil am Ende des Laufs. Durch seine Nachtbrille blickte er über das Blattwerk. Auch heute kam das Keuchen aus allen Richtungen, und obwohl er Bewegungen im Laub hörte, konnte er in der Nähe des Lagers nichts erkennen. Die Stummelaffen über ihnen waren still, man hörte nur das unheilkündende leise Seufzen. Als er jetzt darauf achtete, war Munro überzeugt, daß es sich bei den Lauten um eine Art Sprache handeln mußte, und ...
Ein einzelner Gorilla erschien. Kahega schoß auf ihn, der Laserstrahl fuhr pfeilgerade durch die Nacht. Der automatische Schußapparat knatterte los, und Kugeln prasselten durch das Gebüsch. Der Gorilla duckte sich lautlos hinter eine Gruppe dichter Farne. Munro bezog mit den anderen rasch Posten an der Grenzlinie des Lagers. Sie hockten angespannt da, und die infrarote Nachtbeleuchtung warf ihre Schatten auf den Maschenzaun und den dahinter liegenden Dschungel.
Das Keuchen dauerte noch mehrere Minuten und hörte dann langsam auf, bis wieder Stille herrschte.
»Was war das?« fragte Ross.
Munro runzelte die Stirn. »Sie warten.«

»Worauf?«
Munro schüttelte den Kopf. Er schritt den Umkreis des Lagers ab, sah nach den anderen Wachen und versuchte, hinter des Rätsels Lösung zu kommen. Er hatte schon oft das Verhalten von Tieren vorausgeahnt – bei einem angeschossenen Leoparden im Busch, einem in die Enge getriebenen Büffel –, aber hier war alles anders. Er mußte sich eingestehen, daß er nicht wußte, was sie nun zu erwarten hatten. War der einzelne Gorilla ausgeschickt worden, um ihre Verteidigungsmaßnahmen auszukundschaften? Hatte ein Angriff bereits begonnen und war aus einem bestimmten, ihnen unbekannten Grund aufgeschoben worden? Oder war es nur ein Manöver, darauf angelegt, sie zu ängstigen und zu zermürben? Munro hatte beobachtet, wie Herden jagender Schimpansen kurze, bedrohliche Vorstöße auf Paviane unternahmen, um sie zu verängstigen, bevor der eigentliche Angriff erfolgte, bei dem ein Jungtier abgesondert und getötet wurde.
Dann hörte er Donnergrollen. Kahega wies kopfschüttelnd zum Himmel. Das war die Lösung.
»Verdammt«, sagte Munro.
Um 22 Uhr 30 stürzte ein tropischer Regenguß auf sie nieder. Ihr empfindlicher Behelfslautsprecher war sofort durchweicht und tropfnaß. Der Regen führte zu Kurzschlüssen in den elektrischen Leitungen, der Abwehrzaun stand nicht mehr unter Spannung, die Nachtbeleuchtung flackerte, zwei Glühlampen platzten. Der Boden verwandelte sich in Morast, die Sicht betrug nur noch fünf Meter. Am schlimmsten aber war, daß der Regen so laut auf das Laub prasselte, daß sie sich nur schreiend miteinander verständigen konnten. Die Bänder waren noch nicht fertig, der Lautsprecher würde wahrscheinlich nicht mehr brauchbar sein und ganz bestimmt den Regen nicht übertönen. Der Regen würde die Lasergeräte stören und die Ausbreitung von Tränengas verhindern. Im Lager herrschte gedrückte Stimmung.
Fünf Minuten später griffen die Gorillas an.
Der Regen deckte ihren Angriff, sie schienen aus dem Nirgendwo hervorzubrechen und gingen aus drei verschiedenen Richtungen gleichzeitig gegen den Zaun vor. Vom ersten Augenblick an war

es Elliot klar, daß dieser Angriff sich von den anderen unterscheiden würde. Die Gorillas hatten aus den früheren Angriffen gelernt und kamen jetzt mit der Absicht, der Sache ein Ende zu machen.
Abgerichtete Primaten, als Kampftiere dressiert, rücksichtslos und unbestechlich. Obwohl dies Elliots eigene Einschätzung war, staunte er, als er jetzt den lebenden Beweis vor sich sah. Die Gorillas kamen in aufeinanderfolgenden Angriffswellen – wie disziplinierte Stoßtrupps. Aber er fand es fast noch erschreckender als einen Angriff von menschlichen Truppen. Für sie sind wir nur Tiere, dachte er. Eine fremde Art, für die sie kein Empfinden haben, auszurottende Schädlinge.
Für diese Gorillas war es unerheblich, warum Menschen sich hier aufhielten oder aus welchen Gründen sie in den Kongo gekommen waren. Sie töteten nicht, um sich Nahrung zu beschaffen, sich zu verteidigen oder ihre Jungen zu beschützen – sie töteten, weil man sie darauf abgerichtet hatte.
Der Angriff erfolgte mit verblüffender Schnelligkeit. Binnen Sekunden hatten die Gorillas den Zaun durchbrochen und in den Schlamm gestampft. Ungehindert stürmten sie knurrend und brüllend ins Lager. In dem strömenden Regen klebte ihre Behaarung am Leib, so daß sie im Schein der roten Nachtbeleuchtung wie glatte, glänzende Ungeheuer wirkten. Elliot sah zehn oder fünfzehn Tiere innerhalb des Lagers. Sie trampelten die Zelte nieder und griffen an. Azizi wurde getötet, sein Schädel zwischen zwei Steinplatten zerquetscht.
Munro, Kahega und Karen Ross feuerten mit ihren Laserwaffen, deren Wirkung jedoch in der allgemeinen Verwirrung und bei der schlechten Sicht sehr begrenzt war. Die Laserstrahlen wurden in dem peitschenden Regen buchstäblich aufgefasert, die Leuchtspurraketen zischten und verglommen mit unregelmäßigem Sprühen. Plötzlich spielte einer der Schußapparate verrückt: Der Lauf schwang in großem Bogen immer wieder herum. Kugeln flogen in alle Richtungen. Alle suchten im Schlamm Deckung. Die Salven töteten mehrere Gorillas. Im Sterben griffen sie sich verzweifelt an die Brust; es sah aus, als ahmten sie sterbende Menschen nach.

Elliot wandte sich wieder den Aufnahmegeräten zu, und Amy stürzte sich ihm in die Arme, zu Tode erschrocken und vor Angst knurrend. Er schob sie beiseite und schaltete das Gerät auf Wiedergabe.
Inzwischen hatten die Gorillas jeden Widerstand im Lager besiegt. Munro lag auf dem Rücken, ein Gorilla saß auf ihm, von Karen Ross war keine Spur zu sehen. Kahega wälzte sich mit einem Gorilla kämpfend im Schlamm. Elliot hörte kaum die scheußlichen, kratzenden Geräusche, die jetzt aus dem Lautsprecher drangen, und die Gorillas beachteten sie nicht.
Ein weiterer Träger, Muzezi, schrie auf, als er versehentlich vor eine feuernde Schießanlage geriet. Er schwankte unter dem Aufprall der Kugeln, stürzte rücklings zu Boden – von seinem Körper stieg der Rauch der Leuchtspurgeschosse auf. Überall lagen Gorillas tot im Schlamm oder wälzten sich verwundet am Boden. Der außer Kontrolle geratene Schußapparat hatte seine Munition verbraucht, aber der Lauf schwang immer noch hin und her, und der Auslösemechanismus klickte in der leeren Kammer. Ein Gorilla fegte das Gerät mit einem Fußtritt beiseite, und da der Lauf sich immer noch bewegte, sah es aus wie ein Lebewesen, das sich im Schlamm wand.
Elliot sah einen Gorilla, der über ein Zelt gebeugt stand und es systematisch in kleine silberne Streifen zerfetzte. Auf der anderen Seite des Lagers schlug ein Tier Aluminiumkochtöpfe gegeneinander, als seien es Nachbildungen der Steinplatten.
Weitere Gorillas strömten in das Lager, ohne von den kratzenden Geräuschen des abgespielten Bands Kenntnis zu nehmen. Elliot sah, wie ein Gorilla ganz dicht unter dem Lautsprecher vorbeiging, ohne auch nur aufzumerken. Damit stand für ihn fest, daß der Plan gescheitert war. Ihm war elend zumute.
Sie waren am Ende, es war nur noch eine Frage der Zeit.
Ein Gorilla kam mit wütendem Gebrüll und zwei Steinplatten auf Elliot zugerannt. Entsetzt bedeckte Amy Elliots Augen mit ihren Händen. »Amy!« rief er und zog ihre Finger weg, darauf gefaßt, jeden Augenblick den Aufprall der Platten zu spüren, den rasenden Schmerz.

Er sah den Gorilla näher kommen und spannte in Erwartung des Angriffs alle seine Muskeln an. Zwei Meter vor ihm blieb der Gorilla so unvermittelt stehen, daß er buchstäblich über den Schlamm rutschte und dann rückwärts zu Boden fiel. Er saß da, neigte überrascht den Kopf und lauschte.
In diesem Augenblick wurde Elliot bewußt, daß der Regen fast aufgehört hatte. Es tröpfelte nur noch leicht. Und als er den Blick über das Lager gleiten ließ, sah er, wie ein anderer Gorilla stehenblieb und horchte. Und dann noch einer. Und noch einer. Das Lager war jetzt wie ein gestelltes lebendes Bild. Die Gorillas standen horchend im weißen Dunst.
Sie horchten auf die abgespielten Laute.
Er hielt den Atem an, wagte nicht zu hoffen. Die Gorillas schienen unsicher, verwirrt von den Lauten, die sie hörten. Doch Elliot vermutete, daß sie jeden Augenblick zu einer Gruppenentscheidung gelangen und ihren Angriff mit der gleichen Wildheit wie zuvor wiederaufnehmen konnten.
Nichts dergleichen geschah. Die Gorillas zogen sich lauschend von den Menschen zurück. Munro rappelte sich auf und hob seine Waffe aus dem Schlamm auf. Aber er schoß nicht. Der über ihm stehende Gorilla schien in Trance versunken und den Angriff ganz vergessen zu haben.
In dem feinen Nieselregen, im flackernden Licht der Nachtbeleuchtung zogen die Gorillas einer nach dem anderen ab. Sie schienen verblüfft, fassungslos. Die krächzenden Laute tönten nach wie vor aus dem Lautsprecher.
Die Gorillas zogen sich zurück, überquerten den von ihnen niedergestampften Zaun und entschwanden im Dschungel. Und dann waren die Teilnehmer der Expedition wieder allein und sahen einander fröstelnd und sprachlos an. Die Gorillas waren abgezogen.

Zwanzig Minuten später, als sie noch dabei waren, ihr zerstörtes Lager einigermaßen wieder herzustellen, setzte der Regen wieder ein und stürzte so heftig herab wie nie zuvor.

13. Tag
Muhavura
25. Juni 1979

1. Diamanten

Am Morgen bedeckte eine feine Schicht schwarzer Asche den Lagerplatz, und in der Ferne stieß der Muhavura riesige Mengen schwarzen Rauchs aus. Amy zupfte Elliot am Ärmel und machte ihm Zeichen.
Jetzt gehen, insistierte sie.
»Nein, Amy«, sagte er.
Niemand wollte fortgehen, auch Elliot nicht. Beim Aufstehen ertappte er sich dabei, daß er an die zusätzlichen Daten dachte, die er noch brauchte, bevor er Zinj verließ. Er wollte sich nun nicht mehr mit einem Skelett eines dieser Geschöpfe begnügen, deren Einzigartigkeit sich, wie beim Menschen, nicht nur auf die Einzelheiten des Körperbaus erstreckte, sondern auch in ihrem Verhalten lag. Er wollte Videobänder von den grauen Affen aufzeichnen und noch weitere ihrer Lautäußerungen. Karen Ross war entschlossener denn je, die Diamanten zu finden, und Munro stand ihr darin nicht nach.
Jetzt gehen.
»Warum jetzt gehen?« fragte er sie.
Erde böse. Jetzt gehen.
Elliot hatte keine Erfahrungen mit Vulkantätigkeit, und was er hier sah, machte ihm keinen Eindruck. Zwar war der Vulkan aktiver als an den vorangegangenen Tagen, doch hatte er schon seit ihrer Ankunft im Virunga-Gebiet Rauch und Gas ausgestoßen.

Er fragte Munro: »Besteht irgendwelche Gefahr?«
Munro zuckte mit den Schultern. »Kahega glaubt das, aber wahrscheinlich sucht er nach einer Ausrede, um nach Hause zurückkehren zu können.«
Amy lief zu Munro hinüber, hob die Arme und schlug die Hände vor ihm auf den Boden.
Munro erkannte, daß sie spielen wollte, er lachte und begann Amy zu kraulen. Sie machte ihm Zeichen.
»Was sagt sie?« fragte Munro. »Was sagst du da, du kleiner Teufel?«
Amy knurrte vor Vergnügen und machte weiterhin Zeichen.
»Sie sagt, daß wir jetzt gehen sollen«, übersetzte Elliot.
Munro hörte auf, sie zu kraulen. »Tatsächlich?« fragte er unvermittelt. »Was sagt sie *genau*?«
Elliot war von Munros plötzlichem Ernst überrascht, während Amy sein Interesse an ihren Mitteilungen als absolut angemessen betrachtete.
Wieder machte sie Zeichen, diesmal langsamer, damit Munro sie verstehen konnte, und sah ihn dabei aufmerksam an.
»Sie sagt, die Erde ist böse.«
»Hmmm«, sagte Munro. »Interessant.« Er warf Amy einen Blick zu und sah dann auf seine Uhr.
Amy machte weiter *Nasen-Haar Mann Amy zuhören jetzt gehen*.
»Sie sagt, Sie sollen auf sie hören und jetzt gehen«, sagte Elliot.
Munro zuckte mit den Schultern. »Sagen Sie ihr, daß ich sie verstehe.«
Elliot übersetzte es ihr.
Amy machte ein unglückliches Gesicht und machte keine Zeichen mehr.
»Wo ist Karen?« fragte Munro.
»Hier«, sagte Karen Ross.
»Wir wollen zusehen, daß wir es hinter uns bringen«, sagte Munro. Dann machten sie sich auf den Weg zur toten Stadt. Zu ihrer Überraschung bedeutete Amy ihnen, daß sie mit ihnen kommen wollte, und beeilte sich, um sie einzuholen.

Es war ihr letzter Tag in der Stadt, und alle Teilnehmer der Kongo-Expedition beschrieben eine ähnliche Reaktion: Nachdem sie ihnen zuvor so geheimnisvoll erschienen war, hatte sie jetzt alle Rätselhaftigkeit verloren. An diesem Vormittag sahen sie die Stadt als das, was sie war: ein Trümmerhaufen aus verfallenden Bauwerken in einem heißen, unangenehm riechenden und auch sonst unangenehmen Urwald.
Sie alle fanden die Sache ermüdend, außer Munro. Munro machte sich Sorgen.
Elliot war gelangweilt. Er erging sich über sprachliche Äußerungen von Gorillas und darüber, warum er Bandaufnahmen haben wollte und ob es möglich sein würde, das Gehirn eines der Tiere zu konservieren, um es mit nach Hause zu nehmen. Es gebe da, sagte er, einen Meinungsstreit unter den Wissenschaftlern über den Ursprung der Sprache. Zuerst hatte man angenommen, sie sei eine Weiterentwicklung tierischer Schreie. Inzwischen wußte man, daß das Bellen und Schreien der Tiere vom limbischen System des Gehirns gesteuert wurde und daß wirkliche Sprache von einem anderen Teil des Gehirns ausging, das als das Brocazentrum oder motorisches Sprachzentrum bezeichnet wird. Munro hörte ihm nicht zu. Er widmete alle seine Aufmerksamkeit dem fernen Grollen.
Munro hatte unmittelbare Erfahrungen mit Vulkanen. Er war 1968 im Kongo gewesen, in der Zeit also, da der Nyamulagira, auch einer der Virunga-Vulkane, ausgebrochen war. Als er am Vortag die scharfen Detonationsgeräusche gehört hatte, war ihm gleich klargewesen, daß es sich dabei um Brontiden, die unerklärten Vorboten vulkanischer Erdbeben, handelte. Er rechnete mit einem nahe bevorstehenden Ausbruch des feuerspeienden Bergs, und als er in der Nacht den zitternden Laserstrahl sah, hatte er gewußt, daß der Vulkan in einer tätigen Phase war, die seine oberen Hänge erbeben ließ.
Munro wußte, daß Vulkane unberechenbar waren. Als Beweis dafür konnte die verfallene Stadt hier am Fuß eines tätigen Vulkans gelten, die noch nach über fünfhundert Jahren unberührt dalag. An den Berghängen über ihr gab es Lavafelder neueren Datums, und einige Kilometer weiter im Süden ebenfalls, die

Stadt selbst aber war stets verschont geblieben. An sich war das nicht weiter bemerkenswert – der Vulkan war so angelegt, daß die meisten Ausbrüche über die sanfter geneigten Südhänge gingen. Doch es bedeutete nicht, daß sie jetzt weniger gefährdet gewesen wären. Gerade die Unberechenbarkeit von Vulkanausbrüchen brachte es mit sich, daß sie in wenigen Minuten lebensbedrohend werden konnten. Die Gefahr drohte nicht so sehr von der Lava, die selten rascher floß als ein Mensch gehen konnte – es würde Stunden dauern, bis Lava vom Muhavura sie hier erreichte. Die wirkliche Gefahr bei Vulkanausbrüchen ging von Ascheregen und Gaswolken aus.
So wie bei Feuersbrünsten die meisten Opfer an Rauchvergiftung starben, waren bei Vulkanausbrüchen die meisten Todesfälle auf Ersticken durch Staub und Kohlenmonoxid zurückzuführen. Vulkangase sind schwerer als Luft, und über die tote Stadt Zinj, die in einem Tal lag, konnte sich in Minutenschnelle eine schwere Schicht aus giftigem Gas legen, falls der Muhavura eine größere Menge Gas ausstoßen sollte.
Die Frage lautete also, wie bald mit einer größeren Eruption zu rechnen war. Daher lag Munro so sehr an Amys Reaktion: es war wohlbekannt, daß Primaten geologische Ereignisse wie Erdbeben und Vulkanausbrüche vorausahnten. Munro war überrascht, daß Elliot, der sich jetzt darüber erging, wie man Gorillagehirne tiefgefrieren könnte, nichts davon zu wissen schien. Noch mehr überraschte ihn, daß Karen Ross mit ihrem gründlichen geologischen Wissen den Ascheregen des Vormittags nicht als Ankündigung eines größeren Vulkanausbruchs betrachtete.

Doch Karen Ross wußte, daß ein größerer Ausbruch bevorstand. Sie hatte am Vormittag aus reiner Gewohnheit versucht, mit Houston Kontakt herzustellen, und zu ihrer Überraschung war die Verbindung sofort gelungen. Nachdem die Werte für den Verschlüssler eingegeben waren, tippte sie eine Meldung, die den neuesten Stand der Dinge beschrieb, doch die Schrift verschwand vom Bildschirm, und es erschienen darauf die Worte:
1GRIF HUSTN AUF MFANG GEN.

Es war ein Notsignal, sie hatte es nie zuvor bei einer Expedition gesehen. Sie löschte die Speicher und drückte auf den Sendeknopf. Nach einer kurzen Pause erschien auf dem Bildschirm die Information:

COMPUTR SAGT GROESRN AUSBRCH MUHVURA VORHER AUFBRCH SOFRT GROESTE GFAR FUER EXPEDN ICH WIDERHOL AUFBRCH SOFRT.

Karen Ross warf einen Blick über das Lager. Kahega war mit der Zubereitung des Frühstücks beschäftigt. Amy hockte am Feuer und verzehrte eine geschmorte Banane (sie hatte Kahega dazu gebracht, ihr besondere Leckereien zuzubereiten), Munro und Elliot tranken Kaffee. Wenn man von dem schwarzen Ascheregen absah, war es ein völlig normaler Lagervormittag. Sie wandte sich wieder dem Bildschirm zu.
SAGT GROESRN AUSBRCH MUHVURA VORHER AUFBRCH SORFT.
Karen Ross sah zu dem rauchenden Kegel des Muhavura hinauf. Zum Teufel dachte sie. Sie wollte die Diamanten finden, und sie war zu weit gegangen, um jetzt aufzugeben.
Auf dem Bildschirm leuchtete die Aufforderung auf: BITE ANTWRTSIGNL.
Kurz entschlossen schaltete sie das Gerät ab.

Im weiteren Verlauf des Vormittags spürten sie alle mehrere heftige Erdstöße, bei denen jeweils Staubwolken von den zerfallenden Gebäuden aufstiegen. Das Grummeln war immer häufiger zu hören. Karen Ross achtete nicht darauf. »Es heißt nichts anderes, als daß hier Elefantenland ist«, sagte sie. Die Geologen pflegten zu sagen: »Wer Elefanten sucht, muß ins Elefantenland gehen.« Mit Elefantenland war eine Stelle gemeint, an der man höchstwahrscheinlich die Mineralien finden würde, die man suchte. »Und wer Diamanten sucht«, sagte Karen Ross mit einem Achselzucken, »muß sich in vulkanisches Gebiet vorwagen.«

Der Zusammenhang zwischen Diamanten und Vulkanen war seit über einem Jahrhundert bekannt, aber noch nicht wirklich erforscht. Die meisten Theorien besagten, daß Diamanten, Kristalle aus reinem Kohlenstoff, unter der Einwirkung ungeheurer Hitzegrade und riesigen Drucks in der oberen Erdschicht entstanden, rund tausendsechshundert Kilometer unter der Erdoberfläche. In dieser Tiefe sind sie unzugänglich, in Vulkangebieten hingegen fördern Ströme flüssigen Magmas sie an die Erdoberfläche.

Das bedeutete nicht, daß man einfach zu tätigen Vulkanen hingehen und ausgespiene Diamanten aufsammeln konnte. Die meisten Diamantenfelder fanden sich in der Nähe erloschener Vulkane, in fossilierten Stümpfen, Eruptionsschloten, die nach den geologischen Formationen bei Kimberley in Südafrika als Kimberlit-Schlote bezeichnet wurden. Im Virunga-Gebiet, das in der Nähe des geologisch instabilen Zentralafrikanischen Grabens lag, gab es Hinweise auf mehr als fünfzig Millionen Jahre ständiger Vulkantätigkeit. Sie suchten jetzt nach eben den erloschenen Vulkanen, die den früheren Bewohnern von Zinj bekannt gewesen waren.

Kurz vor Mittag fanden sie sie, in halber Höhe auf den Hügeln östlich der Stadt – eine Reihe von Stollen, die sich in die Hänge des Muhavura hineinzogen.

Elliot war enttäuscht. »Ich weiß nicht, was ich erwartet hatte, erklärte er später, »aber es war einfach nur ein dunkelgelber Stollen, der in die Erde getrieben war und aus dem hier und da kleine, stumpfe Steinstückchen hervorstanden. Ich konnte überhaupt nicht verstehen, warum Karen Ross so aufgeregt war.« Die kleinen braunen Steinstückchen waren Diamanten. Wenn man sie säuberte, hatten sie die Durchsichtigkeit schmutzigen Glases.

»Alle dachten, ich sei verrückt geworden«, sagte Karen Ross, »weil ich plötzlich einen Freudentanz vollführte. Aber sie wußten nicht, was sie da vor sich sahen.«

In einem gewöhnlichen Kimberlit-Schlot waren Diamanten nur spärlich im Ganggestein verteilt. Die Ausbeute eines durchschnittlichen Bergwerks betrug lediglich zweiunddreißig Karat – rund sechs Gramm – auf je hundert Tonnen Gestein, so daß man beim Blick in ein Diamantenbergwerk überhaupt keine Diamanten sah. Doch in den Minen von Zinj war die Wand förmlich mit Steinen gespickt. Mit seiner Machete holte Munro sechshundert Karat heraus. Karen Ross sah sechs oder sieben weitere Steine aus der Wand ragen, jeder von ihnen ebensogroß wie der, den Munro herausgeholt hatte. Später sagte sie: »Mit einem flüchtigen Blick konnte ich ohne weiteres vier- oder fünftausend Karat sehen. Und dazu wäre kein weiteres Graben, kein Trennen, nichts erforderlich gewesen. Sie waren einfach da. Die Mine war reicher als die Premier-Mine in Südafrika. Es war einfach *unglaublich*.«

Elliot stellte die Frage, die Karen Ross sich auch selbst schon gestellt hatte: »Wenn diese Mine so von Steinen strotzt«, fragte er, »warum hat man sie dann aufgegeben?«

»Wahrscheinlich haben die Menschen hier die Herrschaft über die Gorillas verloren«, sagte Munro. »Und die Gorillas haben die Macht übernommen.« Er holte lachend weitere Diamanten aus dem Fels.

Karen Ross hatte die Möglichkeit erwogen, die Stadt könnte, wie Elliot schon früher vermutet hatte, von einer Epidemie entvölkert worden sein. Sie hielt eine weniger spektakuläre Erklärung für wahrscheinlicher. »Ich nehme an«, sagte sie, »daß in den Augen dieser Menschen die Diamantminen unergiebig geworden waren.« Denn als Schmucksteine waren die Kristalle tatsächlich nicht geeignet – sie waren kräftig blau gefärbt und voller Einschlüsse.

Die Bewohner der Stadt Zinj konnten sich unmöglich vorgestellt haben, daß fünfhundert Jahre später eben diese wertlosen Steine seltener und gesuchter sein würden als jedes andere Mineralvorkommen der Welt.

»Was macht diese blauen Diamanten denn so wertvoll?«

»Sie werden die Welt verändern«, sagte Karen Ross leise. »Mit ihnen hört das Atomzeitalter auf.«

2. Krieg mit Lichtgeschwindigkeit

Im Januar 1979 sagte General Franklin F. Martin von der Abteilung für fortgeschrittene Forschungsprojekte des amerikanischen Verteidigungsministeriums vor dem Senats-Unterausschuß für Streitkräfte: »1939, bei Ausbruch des Zweiten Weltkriegs, war für die amerikanischen Kriegsvorbereitungen Belgisch-Kongo das wichtigste Land der Erde.« Der General erklärte weiter, durch einen »geographischen Zufall« sei der Kongo, das heutige Zaïre, vierzig Jahre lang für die amerikanischen Interessen von besonderer Bedeutung geblieben – und werde in Zukunft eine noch größere Bedeutung erlangen. Unverblümt sagte er: »Unser Land wird eher wegen Zaïre in einen Krieg eintreten als wegen irgendeines arabischen Ölförderlandes.«

Im Zweiten Weltkrieg lieferte der Kongo den Vereinigten Staaten in drei streng geheimen Lieferungen das Uran, das sie zum Bau der über Japan gezündeten Atombomben benötigten. 1960 brauchten die Vereinigten Staaten zwar kein Uran mehr, dafür aber waren Kupfer und Kobalt von strategischer Bedeutung. In den siebziger Jahren verschob sich das Interesse auf die in Zaïre lagernden Vorkommen von Tantal, Wolfram und Germanium – wesentliche Elemente für die Halbleitertechnik. Und in den achtziger Jahren »werden sogenannte blaue Diamanten vom Typ IIb der für militärische Zwecke wichtigste Rohstoff auf der ganzen Welt sein« – und man ging von der Annahme aus, daß es in Zaïre solche Diamanten gab. Nach General Martins Meinung waren blaue Diamanten deshalb so wichtig, weil »wir in ein Zeitalter eintreten, in dem die rohe, zerstörerische Gewalt einer Waffe weniger wichtig sein wird als ihre Geschwindigkeit und Intelligenz«.

Dreißig Jahre lang hatten sich Strategen und militärische Planer von den interkontinentalen Lenkwaffen blenden lassen. Martin allerdings sagte: »Interkontinentale Lenkwaffen sind relativ wenig entwickelte Systeme. Sie erreichen nicht annähernd die theoretischen Grenzen der Naturgesetze. Einstein zufolge kann nichts schneller vor sich gehen als mit konstanter Lichtgeschwindigkeit – annähernd dreihunderttausend Kilometer in der Sekunde. Wir sind dabei, Hochenergie-Impuls-Laser und Waffensysteme zu entwickeln, die mit Teilchenstrahlung *im Bereich der Lichtgeschwindigkeit* arbeiten. Angesichts solcher Waffensysteme sind Fernlenkraketen mit ihrer Geschwindigkeit von nur fünfundzwanzigtausend Kilometer in der Stunde schwerfällige Dinosaurier aus einem früheren Zeitalter, Anachronismen wie die Kavallerie im Ersten Weltkrieg und ebeno leicht zu vernichten.«

Waffensysteme, die mit Lichtgeschwindigkeit arbeiteten, waren am besten im Weltraum einzusetzen und würden zuerst auf Satelliten installiert werden. Martin merkte an, daß die Russen bereits 1973 einen amerikanischen Erkundungssatelliten vom Typ VV/02 »abgeschossen« hatten. 1975 entwickelte Hughes Aircraft ein Schnellziel- und -feuersystem, das Mehrfachziele selbsttätig ansprechen konnte und in weniger als einer Sekunde acht Hochenergiestöße aussandte. 1978 hatte die Arbeitsgruppe bei Hughes die Reaktionszeit auf fünfzig Nanosekunden – fünfzig Milliardstel Sekunde – reduziert und die Genauigkeit des Strahls so verbessert, daß theoretisch in weniger als einer Minute fünfhundert Lenkwaffen-»Abschüsse« möglich waren. Solche Entwicklungen mußten irgendwann das Ende der Interkontinentalrakete als Waffe bedeuten.

»Ohne diese Raketengiganten werden miniaturisierte Schnellrechner für zukünftige Konflikte von weit größerer Bedeutung sein als Atombomben, und der für das Ergebnis eines dritten Weltkriegs wichtigste Faktor wird ihre Rechengeschwindigkeit sein. Gegenwärtig steht im Mittelpunkt der Rüstung die Geschwindigkeit, mit der ein Vergeltungsschlag geführt werden kann – so wie sich vor zwanzig Jahren die Diskussion um Megatonnen an Sprengkraft drehte.

Wir werden von Computern mit elektronischen Schaltkreisen auf solche mit Lichtschaltkreisen übergehen, und zwar einfach um der höheren Geschwindigkeit willen – das Fabry-Perot-Interferometer, auf dem Gebiet der Optik die Entsprechung eines Transistors, kann in einer Picosekunde (10^{-12} Sekunden) reagieren, das heißt, mindestens tausendmal schneller als die schnellsten Josephson-Elemente.« Die neue Generation mit Licht arbeitender Computer, sagte Martin, sei von der Verfügbarkeit der mit Bor dotierten Diamanten vom Typ IIb abhängig.

Elliot sah sofort eine der entscheidenden Konsequenzen der mit Lichtgeschwindigkeit operierenden Waffensysteme – sie waren zu schnell, als daß der Mensch sie erfassen könnte. Zwar war die Menschheit an eine mechanisierte Kriegführung gewöhnt, doch würde ein zukünftiger Krieg in einem verwirrend neuen Sinne ein Krieg der Maschinen: in jedem Augenblick würden Maschinen den Verlauf einer bewaffneten Auseinandersetzung bestimmen, die vom Anfang bis zum Ende nur Minuten dauerte.
1956, zu der Zeit, als die Epoche der strategischen Fernbomber sich dem Ende zuneigte, gingen die militärischen Planer von der Vorstellung aus, ein von allen Großmächten geführter Atomkrieg werde zwölf Stunden dauern. Bis 1963 war diese Zeit durch die interkontinentalen Raketen auf drei Stunden zusammengeschrumpft.
1974 sprachen Militärtheoretiker von einem Krieg, der nur dreißig Minuten dauern würde. Allerdings war dieser »Halbstundenkrieg« weit komplexer als jeder frühere Krieg in der Geschichte der Menschheit.
In den fünfziger Jahren wären, wenn Amerikaner und Sowjets gleichzeitig alle ihre Bomber hätten aufsteigen und ihre Raketen abfeuern lassen, höchstens zehntausend Flugkörper – angreifende und abwehrende – in der Luft gewesen. Dabei wäre mit fünfzehntausend Berührungen in der zweiten Stunde ein Höhepunkt erreicht worden – immerhin vier pro Sekunde, und zwar auf der ganzen Welt: eine eindrucksvolle Zahl.
Durch den Einsatz diversifizierter Waffensysteme in einem taktisch geführten Krieg würde die Zahl der Waffen und »Systemelemente« astronomische Werte erreichen. Neuere Schätzungen gingen von insgesamt vierhundert Millionen im Feld eingesetzter Computer aus, was in der ersten halben Stunde des Krieges zu fünfzehn Milliarden Waffenbegegnungen führen würde. Das bedeutete, es würde acht Millionen Waffenbegegnungen in der

Sekunde geben, in einem verwirrenden, ultraschnellen Konflikt, an dem Flugzeuge, Raketen, Panzer und Bodentruppen beteiligt waren.
Ein solcher Krieg war nur mit Hilfe von Maschinen denkbar, da der Mensch einfach zu langsam reagierte. Ein dritter Weltkrieg würde kein Knopfdruckkrieg sein, denn wie General Martin sagte: »Es dauerte viel zu lange, bis jemand den Knopf gedrückt hat – mindestens 1,8 Sekunden, und das ist in der modernen Kriegführung eine halbe Ewigkeit.«
Dieser Umstand schuf etwas, das Martin das »Felsproblem« nannte, denn verglichen mit einem Schnellrechner waren die Reaktionen des Menschen von geologischer Langsamkeit. »Ein moderner Computer führt in der Zeit, in der ein Mensch einmal blinzelt, zwei Millionen Rechenvorgänge durch. Daher werden, wenn man davon ausgeht, daß Computer den nächsten Krieg führen, Menschen im wesentlichen fixierte und unveränderliche Elemente sein, wie Felsen. Die Kriege, die der Mensch führte, haben nie so lange gedauert, daß man im Vergleich dazu die Geschwindigkeit geologischer Veränderungen in Rechnung stellen könnte. Computer-Kriege der Zukunft werden nicht einmal so lange dauern, daß man die Veränderungen des Menschen in Rechnung stellen kann.«
Da Menschen zu langsam reagierten, mußten sie die Entscheidungen, die im Krieg zu treffen waren, der rascher arbeitenden Intelligenz der Computer überlassen. »In einem künftigen Krieg müssen wir alle Hoffnung aufgeben, den Ablauf des Konflikts steuern zu können. Wenn wir uns entscheiden, ihn mit der Geschwindigkeit des Menschen zu führen, werden wir ihn nahezu mit Sicherheit verlieren. Unsere einzige Hoffnung liegt darin, daß wir unser Vertrauen auf die Maschinen setzen. Das macht die Urteilskraft des Menschen völlig überflüssig. Der dritte Weltkrieg wird ein Stellvertreterkrieg sein: ein reiner Maschinenkrieg, auf den wir keinen Einfluß auszuüben wagen, aus Furcht, damit den Entscheidungsmechanismus so sehr zu verlangsamen, daß es zu unserer Niederlage führen wird.« Der endgültige und entscheidende Übergang – der von Computern, die in Nanosekunden

arbeiten, auf solche, die in Picosekunden arbeiten – hing von den Diamanten des Typs IIb ab.

Elliot war entsetzt von der Aussicht, den Erzeugnissen des Menschen das Schicksal der Menschheit anzuvertrauen.
Karen Ross zuckte mit den Schultern. »Es ist unvermeidlich«, sagte sie. »In der Olduvai-Schlucht in Tansania gibt es Reste von Häusern, die vor zwei Millionen Jahren dort gestanden haben. Der Hominide war mit Höhlen und anderem natürlichen Obdach nicht mehr zufrieden und schuf sich eine eigene Unterkunft. Der Mensch hat stets die natürliche Umgebung seinen Bedürfnissen und Zielen entsprechend verändert.«
»Aber man kann doch die Steuerung nicht aus der Hand geben«, sagte Elliot.
»Das tun wir seit Jahrhunderten«, sagte Karen Ross. »Was ist ein gezähmtes Tier – oder ein Taschenrechner – anderes als ein Schritt auf dem Weg, die Herrschaft über die Dinge aufzugeben? Niemand will mehr pflügen oder Quadratwurzeln ziehen, also übertragen wir die Aufgabe einer anderen Intelligenz, die wir ausgebildet, gezüchtet oder geschaffen haben.«
»Man kann aber doch diese Schöpfung nicht die Macht übernehmen lassen.«
»Das tun wir seit Jahrhunderten«, sagte Karen Ross. »Sehen Sie: selbst wenn wir uns der Entwicklung schnellerer Computer entgegenstellten, die Sowjets würden es nicht tun. Sie würden jetzt, in diesem Augenblick, hier in Zaïre nach Diamanten suchen, wenn die Chinesen sie nicht daran gehindert hätten. Man kann den technischen Fortschritt nicht aufhalten. Sobald wir wissen, daß etwas möglich ist, müssen wir es auch tun.«
»Nein«, sagte Elliot. »Wir können uns entscheiden. Ich will nichts damit zu tun haben.«
»Dann gehen Sie«, sagte sie. »Der Kongo ist sowieso nichts für Theoretiker.«
Sie machte sich daran, ihren Rucksack auszupacken, nahm eine Reihe weißer Keramikkegel und eine Anzahl kleiner Kästchen mit Antennen heraus. Sie schloß an jedem Keramikkegel eines

der Kästchen an. Dann ging sie in den Stollen hinein, placierte die Kegel flach an den Wänden und bewegte sich immer tiefer in die Dunkelheit.
Peter nicht froh Peter.
»Nein«, sagte Elliot.
Warum nicht glücklich?
»Das ist schwer zu erklären, Amy«, sagte er.
Peter Amy sagen lieber Gorilla.
»Natürlich bist du das, Amy.«
Karen Ross kam aus einem Stollen heraus und verschwand in einem anderen. Elliot sah sie im Schein ihrer Taschenlampe die Kegel anbringen. Dann war sie seinem Blick wieder entzogen.
Munro kam in den Sonnenschein heraus, die Taschen so voller Diamanten, daß sie sich ausbeulten. »Wo ist Karen?« wollte er wissen.
»In den Stollen.«
»Was tut sie da?«
»Wahrscheinlich eine Art Sprengprobe.« Elliot zeigte auf die drei letzten Keramikkegel am Boden neben ihrem Gepäck.
Munro nahm einen in die Hand und sah ihn aufmerksam an. »Wissen Sie, was das hier ist?« fragte er.
Elliot schüttelte den Kopf.
»Das sind Sprengladungen mit Resonanzzündung«, sagte Munro. »Sie ist total verrückt, daß sie die hier anbringt. Damit kann sie den ganzen Laden hier in die Luft jagen.«

Sprengsätze mit Resonanzzündung werden mit zeitlicher Verzögerung gezündet. Es sind mächtige Kinder aus einer Ehe zwischen Mikroelektronik und Sprengstofftechnik. Munro erläuterte: »Wir haben vor zwei Jahren in Angola mit den Dingern Brücken gesprengt. Wenn man sie richtig einstellt, kann man mit hundertachtzig Gramm Sprengstoff eine Stahlkonstruktion von fünfzig Tonnen Gewicht runterholen. Dazu braucht man einen von diesen Sensoren.« Er zeigte auf eines der Steuerkästchen neben Karen Ross' Gepäck. »Er fängt die Druckwellen von der ersten Ladung auf und zündet die nächsten Ladungen in der vorgesehe-

nen Abfolge, so daß Resonanzwellen entstehen, die das Ganze buchstäblich in Stücke schütteln. Sieht sehr eindrucksvoll aus.«
Munro sah zu dem rauchenden Muhavura hinauf.
In diesem Augenblick kam Karen Ross zufrieden lächelnd aus dem Stollen heraus. »Bald werden wir unsere Ergebnisse haben«, sagte sie.
»Ergebnisse?«
»Über das Ausmaß der Kimberlit-Vorkommen. Ich habe zwölf seismische Ladungen angebracht, das genügt: sie werden uns endgültige Ergebnisse liefern.«
»Sie haben zwölf *Resonanz*ladungen angebracht«, sagte Munro.
»Ja, mehr hatte ich nicht. Wir müssen sehen, wie wir damit auskommen.«
»Sie werden bestimmt damit auskommen«, sagte Munro. »Vielleicht besser, als Ihnen lieb ist. Der Vulkan da hinten –« er wies nach oben – »ist in einer eruptiven Phase.«
»Es sind achthundert Gramm Sprengstoff«, sagte Karen Ross, »nicht einmal ein Kilo. Das kann doch nichts ausmachen.«
»Wir sollten es nicht darauf ankommen lassen.«
Elliot hörte ihnen mit gemischten Gefühlen zu. Auf den ersten Blick schienen Munros Einwände weit hergeholt – ein paar kleine Sprengladungen, einerlei, wie sie abgestimmt waren, konnten unmöglich einen Vulkanausbruch auslösen, das war geradezu lachhaft. Elliot fragte sich, warum Munro so beharrlich auf die möglichen Gefahren hinwies. Fast schien es, als wüßte er etwas, das Elliot und Karen Ross nicht wußten – und das sie sich nicht einmal vorstellen konnten.

3. DOD/ARPD/VULKAN 7021

Munro hatte 1978 eine Expedition nach Sambia geführt, an der auch Robert Perry teilgenommen hatte, ein junger Geologe von der Hawaii University. Perry hatte an dem PROJEKT VULKAN mitgearbeitet, dem ehrgeizigsten Programm, das die Abteilung für fortgeschrittene Projektforschung des amerikanischen Verteidigungsministeriums je finanziert hatte.

Das Projekt DOD/ARPD/VULKAN 7021 war so umstritten, daß es bei den Anhörungen durch den Senats-Unterausschuß für Streitkräfte 1975 gewissenhaft unter »Verschiedene langfristige Aufwendungen für Projekte zur Landesverteidigung« eingestuft wurde. Doch im folgenden Jahr griff der Abgeordnete David Inaga von der Demokratischen Partei, einer der Vertreter Hawaiis im amerikanischen Kongreß, das Projekt an und wollte »seinen genauen militärischen Zweck« erfahren, »und warum es ausschließlich innerhalb des Staates Hawaii finanziert werden muß«.

Sprecher des Verteidigungsministeriums behaupteten mit Unschuldsmiene, bei dem Projekt VULKAN handle es sich um ein »Tsunami-Warnsystem«, das den Bewohnern der hawaiischen Inseln zugute komme, wie auch den dortigen militärischen Einrichtungen. Fachleute des Pentagon erinnerten Inaga daran, daß 1948 ein solcher Tsunami, also eine seismische Woge, sich über den Pazifik herangewälzt, Kanai zerstört und dann seinen Weg über die Inselkette Hawaiis so rasch fortgesetzt hatte, daß für eine wirksame Warnung keine Zeit geblieben war, ehe sie zwanzig Minuten später Pearl Harbor und Oahu überraschte.

»Diesen Tsunami hat ein Unterwasser-Vulkanausbruch vor der japanischen Küste ausgelöst«, hatte es geheißen. »Hawaii aber hat eigene tätige Vulkane. Honolulu ist immerhin eine Halbmillionenstadt, und die dortigen Marineeinrichtungen repräsentieren einen Wert von mehr als fünfunddreißig Milliarden Dollar. Daher wird es langfristig gesehen zunehmend wichtiger, das Auftreten von Tsunamis infolge von Ausbrüchen hawaiischer Vulkane vorhersagen zu können.«

In Wirklichkeit war das Projekt VULKAN keineswegs langfristig angelegt. Es sollte beim nächsten Ausbruch des Mauna Loa durchgeführt werden, des größten tätigen Vulkans der Welt, der auf Hawaii, der Hauptinsel des Archipels liegt. Der erklärte Zweck des Projekts bestand darin, den Ablauf von Vulkanausbrüchen zu steuern. Den Mauna Loa hatte man gewählt, weil seine Eruptionen vergleichsweise milde und harmlos waren.

Obwohl der Schildvulkan sich lediglich bis zu einer Höhe von viertausendvierhundert Meter erhebt, ist er, von seinem Fuß aus gemessen, der höchste Berg der Welt, denn dieser liegt in den Tiefen des Ozeanbodens. Der Mauna Loa übertrifft an Rauminhalt den Mount Everest um mehr als das Doppelte, er ist eine einzigartige und außergewöhnliche geologische Formation.
Er war schon seit langem der am gründlichsten untersuchte Vulkan der Geschichte, denn bereits 1928 hat man eine wissenschaftliche Beobachtungsstation an seinem Krater eingerichtet. Außerdem hatten die Menschen keinem Vulkan so ins Handwerk gepfuscht wie ihm. Man hat seine im übrigen recht dünnflüssige Lava, die in Abständen von jeweils drei Jahren seine Hänge hinunterfloß, schon durch die verschiedensten Eingriffe umgeleitet, angefangen bei einheimischen Arbeitstrupps mit Schaufeln und Sandsäcken bis hin zu Bombenabwürfen von Flugzeugen aus. Das Projekt VULKAN sollte den Ablauf einer Eruption des Mauna Loa dadurch ändern, daß man dem Riesenvulkan ein »Ventil« verschaffte: die ungeheuren Mengen flüssigen Magmas sollten durch eine Reihe in ihrer zeitlichen Abfolge genau aufeinander abgestimmter nichtatomarer Explosionen freigesetzt werden, die man an den Bruchlinien des Vulkanschilds auslösen wollte. Im Oktober 1978 wurde das Projekt VULKAN in aller Heimlichkeit durchgeführt. Man zog dazu Hubschrauber-Teams der Marine heran, die Erfahrung im Zünden hochbrisanter Resonanzladungen in Kegelform hatten. Das Projekt VULKAN dauerte zwei Tage. Am dritten Tag gab das zivile Vulkanlabor des Mauna Loa öffentlich bekannt: »Der Oktoberausbruch des Mauna Loa ist schwächer ausgefallen als erwartet. Mit Nachfolgeeruptionen wird nicht gerechnet.«
Obwohl das PROJEKT VULKAN geheim war, hatte Munro doch eines Abends beim Trunk am Lagerfeuer in der Nähe von Bangezi alles darüber erfahren. Und als jetzt Karen Ross die Zündung von Resonanzladungen in der Nähe eines Vulkans plante, der sich in seiner Ausbruchsphase befand, fiel es ihm wieder ein. Der Grundgedanke beim Projekt VULKAN war es gewesen, daß unvorstellbare aufgestaute geologische Kräfte – ob die eines

Erdbebens, eines Vulkans oder eines Wirbelsturms über dem Pazifik – mit Hilfe eines vergleichsweise geringen Energieaufwands auf verheerende Weise entfesselt werden konnten.
Karen Ross machte sich daran, ihre Kegelladungen zu zünden.
»Meinen Sie nicht«, fragte Munro, »daß Sie noch einmal versuchen sollten, mit Houston Verbindung aufzunehmen?«
»Das geht nicht«, sagte Ross selbstsicher. »Ich muß auf eigene Faust entscheiden – und ich bin entschlossen, jetzt die Mächtigkeit der Diamantenvorkommen an den Hängen abzuschätzen.«
Im Verlauf ihres weiteren Streitgesprächs zog Amy davon. Sie nahm den Zünder, der neben Karen Ross' Rucksack lag. Es war ein winziges Handgerät mit sechs Leuchtdioden, die Amy überaus faszinierten. Sie machte Anstalten, mit ihren Fingern auf die Knöpfe zu drücken.
Karen Ross sah zu ihr hinüber. »Oh, mein Gott.«
Munro wandte sich um. »Amy«, sagte er sanft. »Amy, nein. Nein. Amy nicht lieb.«
Amy lieber Gorilla Amy lieb.
Amy hielt den Zünder in der Hand. Die blinkenden Leuchtdioden hatten es ihr angetan. Sie sah zu den Menschen hinüber.
»Nein, Amy«, sagte Munro. Er wandte sich Elliot zu. »Können Sie sie nicht davon abbringen?«
»Ach, zum Teufel, was soll's?« sagte Karen Ross. »Mach nur, Amy.«

Eine Reihe dumpfer Detonationen trieb Diamantenstaub aus den Stollen des Bergwerks, dann trat Stille ein. »Na, bitte«, sagte Karen Ross schließlich, »ich hoffe, Sie sind zufrieden. Es ist doch völlig klar, daß eine so winzige Sprengladung unmöglich den Vulkan beeinflussen kann. Überlassen Sie es also in Zukunft bitte mir, über die wissenschaftlichen Aspekte zu entscheiden, und –«
Und dann rumpelte es in den Eingeweiden des Bergs, und die Erde bebte so stark, daß alle zu Boden geworfen wurden.

4. ERTS Houston

Es war ein Uhr nachts in Houston. R. B. Travis saß in seinem Büro und blickte mit gefurchter Stirn auf den Kontrollbildschirm des Computers. Er hatte gerade vom Kitt Peak-Observatorium das letzte Bildmaterial über die telemetrische Auswertung der Sonnenfleckentätigkeit erhalten. Man hatte ihn den ganzen Tag auf die Werte warten lassen – einer von mehreren Gründen für Travis' schlechte Laune.

Das Bildmaterial, das die Kugelgestalt der Sonne erkennen ließ, lag in Negativform vor ihm, so daß die Sonne schwarz erschien. Von ihr hob sich eine leuchtend weiße Kette von Sonnenflecken ab. Es waren mindestens fünfzehn größere Sonnenflecken über die Kugel verteilt. Einer von ihnen hatte die ungeheure Sonneneruption ausgelöst, die gegenwärtig sein Leben zur Hölle machte.

Schon seit zwei Tagen übernachtete Travis in der ERTS. Alle Unternehmungen schienen plötzlich auf Schwierigkeiten zu stoßen. Ein ERTS-Team befand sich im Norden Pakistans, nicht weit von der Grenze zu Afghanistan, wo Unruhen herrschten; ein weiteres befand sich in Zentral-Malaysia, in einem Gebiet, aus dem kommunistische Aufstände gemeldet wurden. Und die Expedition im Kongo, die zuerst auf aufrührerische Eingeborene und nun anscheinend auf bisher unbekannte gorillaähnliche Geschöpfe gestoßen war.

Durch die Sonnenfleckentätigkeit war die Verbindung zu allen Gruppen der ERTS auf der ganzen Welt seit über vierundzwanzig Stunden unterbrochen. Travis hatte den Computer Hochrechnungen für jedes Team durchführen und die Ergebnisse alle sechs Stunden auf den neuesten Stand bringen lassen. Die Ergebnisse gefielen ihm nicht. Die Gruppe in Pakistan war vermutlich wohlauf, würde aber sechs Tage länger brauchen und zusätzliche zweihunderttausend Dollar kosten. Das Team in Malaysia war in ernster Gefahr. Und das Schicksal der Kongo-Expedition wurde als »AUA« eingestuft, was im Programmierjargon der ERTS für »absolut unabschätzbar« stand. Travis hatte in der Vergangenheit zweimal eine AUA-Gruppe gehabt, 1976 im Amazonas-Becken

und 1978 in Sri Lanka, und in beiden Fällen waren Menschen ums Leben gekommen.
Die Dinge standen schlecht. Doch sah die neueste Darstellung der Sonnenfleckentätigkeit weit besser aus als die vorige. Und es war ihnen allem Anschein nach vor mehreren Stunden gelungen, einen kurzen Kontakt mit dem Kongo herzustellen, wenn auch von Karen Ross keine bestätigende Antwort gekommen war. Ob das Team die Warnung empfangen hatte oder nicht? Er starrte verärgert auf die schwarze Kugel.
Richards, einer der Programmierer für die Hauptprogramme, steckte den Kopf zur Tür herein. »Hier ist etwas, das mit der Kongo-Expedition zu tun hat.«
»Her damit«, sagte Travis. Die kleinste Neuigkeit über diesen Forschungstrupp war willkommen.
»Die Erdbebenwarte an der Universität Johannesburg berichtet von leichten Erschütterungen, die um 12 Uhr 04 Ortszeit eingesetzt haben. Die Koordinaten des vermuteten Epizentrums decken sich mit der Lage des Muhavura, eines der Virunga-Vulkane. Die fortgesetzte Bebentätigkeit liegt zwischen fünf und acht auf der Richterskala.«
»Gibt es Bestätigungen?« wollte Travis wissen.
»Die nächst gelegene Bebenwarte ist in Nairobi. Dort hat man eine Bebenstärke von sechs bis neun auf der Richterskala bzw. neun auf der Mercalliskala gemessen. Sie berichten auch, daß Kraterauswurf niedergeht. Sie sagen, daß die gegenwärtigen atmosphärischen Bedingungen zu schweren elektrischen Entladungen führen können.«
Travis sah auf seine Uhr. »12 Uhr 04 Ortszeit – das war vor fast einer Stunde«, sagte er. »Warum hat man mich nicht informiert?«
Richards sagte: »Es ist erst jetzt von den afrikanischen Stationen hereingekommen. Ich nehme an, daß sie es nicht für besonders wichtig halten – einfach mal wieder ein Vulkanausbruch.«
Travis seufzte. Das genau war das Problem – Vulkantätigkeit wurde als nichts Besonderes angesehen. Seit 1965, seit dem Beginn der weltweiten Aufzeichnungen, hatte es jedes Jahr zweiundzwanzig größere Ausbrüche gegeben, also etwa alle zwei

Wochen einen. An weitab liegenden Beobachtungsstellen ließ man sich Zeit, über solche »gewöhnlichen« Vorkommnisse zu berichten – nur keine Hektik, war die Devise.
»Außerdem haben sie Schwierigkeiten«, sagte Richards. »Da die Satelliten durch die Sonnenflecken gestört werden, müssen alle über Kabel senden. Und ich nehme an, ihrer Ansicht nach sind die Nordostgebiete am Kongo sowieso unbewohnt.«
Travis wollte wissen: »Wie schlimm ist Stärke neun auf der Mercalliskala?«
Richards antwortete erst nach einer längeren Pause: »Ziemlich schlimm, Mr. Travis.«

5. »Alles bewegte sich plötzlich«

Im Kongo kam es zu einem Erdbeben, dessen Stärke auf der nach oben offenen Richterskala acht und auf der Mercalliskala neun betrug. Bei einem so schweren Beben kann ein Mensch sich nur noch mit Mühe auf den Beinen halten. Es finden seitliche Erdbewegungen statt, Risse im Boden tun sich auf, Bäume stürzen um, und sogar Stahlkonstruktionen sind gefährdet.
Für Elliot, Karen Ross und Munro waren die fünf Minuten, die auf den Beginn des Ausbruchs folgten, ein bizarrer Alptraum. Elliot erinnerte sich: »Alles bewegte sich plötzlich. Wir wurden buchstäblich von den Füßen gerissen, mußten uns auf allen vieren bewegen – wie Kleinkinder. Und auch als wir von den Bergwerksstollen fort waren, schwankte die Stadt noch wie Wackelpudding. Erst nach einer ganzen Weile – nach etwa dreißig Sekunden – begannen die Gebäude einzustürzen. Dann ging es Schlag auf Schlag: Wände sanken in sich zusammen, Decken brachen ein, riesige Steinbrocken prasselten in den Dschungel hinab. Auch die Bäume schwankten, viele stürzten um.«
Der Lärm war unvorstellbar, und hinzu kam noch das Geräusch des Muhavura. Der Vulkan hatte aufgehört zu grollen, jetzt hörten sie rasch aufeinanderfolgende Explosionen von Lava, die

aus dem Krater geschleudert wurde. Sie erzeugten solche Druckwellen, daß die Teilnehmer der Expedition zu einer Zeit, als die Erde sich nicht mehr unter ihren Füßen bewegte, plötzlich und ohne Vorwarnung durch den Druck heißer Luft umgeweht wurden. Wie Elliot später sagte: »Es war wie im Krieg.«
Amy hatte panische Angst. Grunzend vor Angst sprang sie in Elliots Arme – und urinierte prompt auf seine Kleidung –, als sie sich anschickten, zurück zum Lager zu laufen.
Ein heftiges Beben warf Karen Ross zu Boden. Sie stand auf und stolperte weiter. Sie spürte deutlich die überall herrschende Feuchtigkeit, spürte die Asche und den Staub, die der Vulkan ausspie. Innerhalb weniger Minuten war der Himmel über ihnen so dunkel, als wäre es Nacht, und die ersten Blitze brachen durch die heißen Wolken. Der Dschungel um sie herum war noch naß vom nächtlichen Regen, und die Luft war mit Feuchtigkeit übersättigt. Es waren also alle Voraussetzungen für ein Gewitter mit elektrischen Entladungen gegeben. Karen Ross fühlte sich hin- und hergerissen zwischen dem abwegigen Wunsch, dieses einzigartige Naturschauspiel zu beobachten, und dem Bestreben, um ihr Leben zu laufen.
Mit einem grellen Ausbruch blauweißen Lichts begann das Gewitter. Blitze schlugen rund um sie ein, so dicht, als regne es. Später meinte Karen Ross, in den ersten Minuten seien wohl an die zweihundert Blitze niedergegangen – nahezu drei pro Sekunde. Das vertraute Knistern kam nicht in Abständen, sondern war ein fortgesetztes Geräusch, ein Dröhnen wie von einem Wasserfall. Der hallende Donner ließ die Ohren schmerzen, und von den mit ihm einhergehenden Druckwellen wurden sie alle förmlich zurückgeschoben.
Alles kam so rasch, daß sie kaum Gelegenheit hatten, es bewußt wahrzunehmen. Aber ihre normalen Erwartungen wurden auf den Kopf gestellt. Amburi, einer der Träger, war in die Stadt gekommen, um sie zu suchen. Sie sahen ihn in einer Lichtung stehen und ihnen zuwinken, als durch einen nahe stehenden Baum ein Blitz *aufwärts* in den Himmel fuhr. Karen Ross hatte zwar gewußt, daß der sichtbare Blitz zeitlich auf das unsichtbare

Abwärtsfließen der Elektronen folgt und tatsächlich vom Boden zu den Wolken überspringt. Aber welch ein Unterschied, das zu sehen! Die Macht der Entladung riß Amburi von den Füßen und schleuderte ihn durch die Luft zu ihnen hin. Verzweifelnd um sich schlagend und auf Swahili schreiend, rappelte er sich auf die Beine.

Um sie herum barsten Baumstämme, aus denen zischend Dampfwolken entwichen, während die Blitze aufwärts durch sie fuhren. Karen Ross berichtete später: »Die Blitze waren überall, ununterbrochen kamen die grellen Entladungen, zusammen mit diesem schrecklichen Zischen. Der Mann (Amburi) stand schreiend da, und im nächsten Augenblick fuhr der Blitz durch ihn in die Erde. Ich stand so dicht neben ihm, daß ich ihn hätte berühren können. Es war nur wenig Hitze zu spüren, man sah nur weißes Licht. Er wurde starr, und dann war da dieser schreckliche Gestank, als sein ganzer Körper plötzlich in Flammen stand und er zu Boden fiel. Munro warf sich auf ihn, um das Feuer zu ersticken, aber der Mann war tot, und wir rannten weiter. Wir hatten keine Zeit zu reagieren, immer wieder warf uns das Beben zu Boden. Bald waren wir alle halb blind von den Blitzen. Ich hörte jemanden schreien, aber ich wußte nicht, wer es war. Ich war sicher, daß wir alle umkommen würden.«

In der Nähe des Lagers stürzte ein Baumriese vor ihnen zu Boden und schuf so ein Hindernis, das so hoch und so breit wie ein dreistöckiges Gebäude war. Während sie sich vorwärts arbeiteten, fuhr ein Blitz durch die nassen Äste, riß Rinde ab und hinterließ eine rauchende schwarze Brandspur. Amy jaulte auf, als sie nach einem nassen Ast griff und ein weißer, kalter Schlag durch ihre Hand fuhr. Sie warf sich zu Boden, verbarg ihren Kopf im tiefhängenden Blattwerk und weigerte sich weiterzugehen. Elliot mußte sie den Rest des Wegs zum Lager hinter sich herzerren.

Munro kam als erster am Lager an. Kahega war dabei, ihren Aufbruch vorzubereiten. Er versuchte die Zelte zusammenzupakken, aber es war unmöglich bei dem ständigen Beben und den zahllosen, durch den aschgrauen Himmel niederfahrenden Blit-

zen. Eines der aufblasbaren Zelte fing Feuer. Sie rochen den strengen Geruch brennenden Kunststoffs. Die noch auf dem Boden stehende Parabolantenne wurde ebenfalls von einem Blitzschlag getroffen und in Stücke gerissen, so daß Metallstücke durch die Luft flogen.
»Weg!« rief Munro. »Nur weg hier!«
»*Ndio mzee!*« rief Kahega und griff hastig nach seiner Traglast. Er warf einen Blick zurück auf die anderen, und in diesem Augenblick kam Elliot mit Amy, die ihm an der Brust hing, aus der Dunkelheit gestolpert. Er hatte sich den Fußknöchel verrenkt und humpelte leicht. Amy ließ sich zu Boden fallen.
»Weg!« rief Munro.
Während Elliot seinen Weg fortsetzte, tauchte Karen Ross aus der Finsternis der von Asche erfüllten Luft auf. Sie hustete und ging gebeugt. Die linke Seite ihres Körpers war versengt und schwarz, die Haut der linken Hand verbrannt. Ein Blitz hatte sie getroffen, doch konnte sie sich später nicht mehr daran erinnern. Sie zeigte auf ihre Nase und ihre Kehle und hustete: »Brennt ... tut weh ...«
»Das ist das Gas«, schrie Munro. Er legte den Arm um sie und führte sie fort, trug sie halb. »Wir müssen nach oben! Hangaufwärts!«
Eine Stunde später blickten sie vom Hang aus ein letztes Mal auf die von Rauch und Asche verschlungene Stadt zurück. Weiter oben an den Hängen des Vulkans sahen sie eine ganze Baumreihe in Flammen aufgehen, als eine für sie nicht sichtbare dunkle Lavawelle sich den Berg herabwälzte. Sie hörten die Schmerzensschreie von grauen Gorillas am Hang, auf die es heiße Lava herabregnete. Vor ihren Augen sackte das Blätterdach des Dschungels in sich zusammen, immer weiter, bis schließlich auch die Stadt unter einer sich herabsenkenden dunklen Wolke verschwand.
Die tote Stadt Zinj war auf immer begraben.
Erst in diesem Augenblick wurde es Karen Ross klar, daß damit auch ihre Diamanten auf immer begraben waren.

6. Alptraum

Sie hatten nichts zu essen, kein Wasser und nur noch sehr wenig Munition. Sie schleppten sich mit versengten und zerfetzten Kleidern und verstörten Gesichtern erschöpft durch den Dschungel. Niemand sprach. Elliot sagte später: »Es war ein Wirklichkeit gewordener Alptraum.«

Die Welt, durch die sie zogen, war finster und farblos. Einst leuchtend weiße Wasserfälle und Bäche waren jetzt voller Ruß und ergossen sich in schmutzige Teiche, die von grauem Schaum bedeckt waren. Den grauen Himmel erhellte gelegentlich roter Feuerschein vom Vulkan her. Die Luft war klebrig, sie husteten und taumelten halb blind durch diese Welt aus Asche und schwarzem Ruß.

Sie alle waren mit Asche bedeckt. Asche lag auf ihren Rucksäcken, ihre Gesichter waren schmierig, wenn sie darüberwischten, und ihr Haar war um vieles dunkler als zuvor. Nase, Kehle und Augen brannten. Aber sie konnten nur eines tun – weitergehen.

Während sie sich durch die Finsternis schleppte, wurde Karen Ross sich der Ironie bewußt, die in diesem Ende ihres ehrgeizigen Strebens lag. Seit langem verfügte sie über die Fähigkeit, sich jeden beliebigen Datenspeicher der ERTS zu erschließen, den sie anzapfen wollte, auch den, der die Beurteilung ihrer Person enthielt. Die ihr zugesprochenen Eigenschaften und Fähigkeiten kannte sie auswendig: JUGENDLICH-ANMASSEND (wahrscheinlich) / SCHWACH ENTWICKELTE MENSCHLICHE BEZIEHUNGEN (diese Einschätzung ging ihr am meisten gegen den Strich) / DOMINIEREND (möglich) / UEBERTRIEBEN SELBSTBEWUSST (dazu hatte sie allen Grund) / KEIN FINGERSPITZENGEFUEHL (was immer die darunter verstanden) / SUCHT ERFOLG UM JEDEN PREIS (war das so schlimm?)

Und sie kannte auch die abschließende Gesamtbeurteilung, all den Unfug über Vaterfiguren und dergleichen, und das Ergebnis der Umkipp-Analyse. Dazu gehörte auch der letzte Satz ihrer Beurteilung: DAHER IST ANGEFRAGTE PERSON IN ENDPHASEN ZIEL-ORIENTIERTER VERFAHREN ZU UEBERWACHEN.

Aber nichts davon traf zu. Sie hatte sich auf die Suche nach Diamanten gemacht und war vom schlimmsten Vulkanausbruch geschlagen worden, den es in den letzten zehn Jahren in Afrika gegeben hatte. Wer konnte sie dafür tadeln? Es war nicht ihre Schuld. Sie würde es bei ihrer nächsten Expedition unter Beweis stellen ...
Munros Enttäuschung ging tiefer. Er hatte sich auf ein größeres Mineralvorkommen und seinen Anteil daran gefreut – jetzt lag es unerreichbar unter einer massiven Lavadecke. Er kam sich vor wie ein Spieler, der jedesmal richtig gesetzt hat und trotzdem verliert. Es war richtig gewesen, nicht für das Konsortium zu arbeiten, sondern für die ERTS, und trotzdem kam er mit leeren Händen zurück. Nun, dachte er, und er faßte nach den Diamanten in seinen Taschen, nicht mit *ganz* leeren Händen ...
Elliot kehrte ohne Fotografien, ohne Videobänder, ohne Tonaufnahmen und ohne das Skelett eines grauen Gorillas zurück. Sogar die Unterlagen mit seinen Messungen waren verlorengegangen. Ohne solche Beweise konnte er es nicht wagen, die Existenz einer neuen Art zu behaupten – es war unklug, auch nur über die Möglichkeit zu diskutieren. Eine große Gelegenheit war ihm entgangen, und während er jetzt durch die dunkle Landschaft wanderte, hatte er nur das Gefühl, daß die Natur verrückt geworden war – Vögel stürzten vom Himmel herab und schlugen zu ihren Füßen matt mit den Flügeln, erstickt von den Gasen in den oberen Luftschichten. Fledermäuse huschten am Mittag durch die Bäume, und in der Ferne schrien und heulten Tiere. Ein Leopard, dessen Fell an den Hinterläufen brannte, kreuzte, unmittelbar vor ihnen, ihren Weg. Sie hörten Elefanten aufgeregt trompeten.
Sie kämpften sich wie verlorene Seelen durch eine düstere, rußige Welt, die an die Beschreibungen der Hölle erinnerte: ewiges Feuer, ewige Dunkelheit, gepeinigte Seelen, die vor Schmerz aufschrien. Hinter ihnen fielen nach wie vor Schlacke und Glutregen vom Himmel nieder. An einer Stelle gerieten sie in einen Schauer rotglühender Asche, die aufzischte, wenn sie auf das feuchte Blätterdach über ihnen traf und dann den Boden unter ihnen in eine rauchende Fläche verwandelte, ihnen Löcher in die

Kleidung brannte, ihre Haut versengte, das Haar verglühte, während sie vor Schmerz von einem Bein aufs andere traten, bis sie schließlich Obdach unter hohen Bäumen fanden, wo sie dicht aneinandergedrängt das Ende des vom Himmel herabregnenden Feuers abwarteten.

Munro hatte vom ersten Augenblick des Ausbruch an geplant, daß sie sich zu dem abgestürzten Transportflugzeug des Konsortiums durchschlugen, das ihnen Schutz bieten und Vorräte liefern konnte. Seiner Schätzung nach konnten sie es innerhalb von zwei Stunden erreichen. Doch erst nach sechs Stunden tauchte der riesige, mit Asche bedeckte Rumpf der Maschine in der schmutzigen Finsternis des Nachmittags vor ihnen auf.
Ein Grund für die Verzögerung war, daß sie die – auch nach Munros Ansicht eher unwahrscheinliche – Begegnung mit General Muguru und seinen Soldaten zu vermeiden suchten. Jedesmal, wenn sie Reifenspuren von Geländefahrzeugen sahen, führte Munro sie weiter nach Westen in die Tiefe des Dschungels. »Man geht ihm besser aus dem Weg«, sagte er. »Und seinen Leuten auch. Sie würden sich nichts daraus machen, Ihnen die Leber herauszuschneiden und sie roh zu verspeisen.«

Rumpf und Tragflächen mit dunkler Asche bedeckt, sah das größte Transportflugzeug der Welt aus, als sei es in schwarzen Schnee gestürzt. Von der verbogenen Tragfläche lief eine Art Wasserfall heißer Asche zischend über das Metall zu Boden. In der Ferne glaubten sie dumpfes Trommeln zu hören – die Kigani? –, gelegentlich unterbrochen durch einzelne Detonationen – Mörserfeuer von Mugurus Truppen? Sonst herrschte tödliche Stille.
Munro beobachtete das Wrack aus sicherer Entfernung vom Dschungel aus. Karen Ross nutzte die Gelegenheit zu einem Versuch, Funkkontakt aufzunehmen. Immer wieder mußte sie Asche von dem Anzeigeschirm wischen. Aber sie kam nicht nach Houston durch.
Schließlich machte Munro ein Zeichen, und alle gingen auf das

Flugzeug zu. Amy zupfte Munro voller Schrecken am Ärmel. *Nicht gehen*, teilte sie ihm mit. *Dort Menschen*.
Munro warf ihr einen erstaunten Blick zu und sah dann Elliot an. Elliot zeigte auf das Flugzeug. Sekunden später hörte man ein Krachen, und zwei weißbemalte Kigani-Krieger traten aus dem Rumpf auf die Tragfläche. Sie trugen Kisten mit Whisky und stritten darüber, wie sie ihn auf den Dschungelboden hinunterschaffen sollten. Einen Augenblick später tauchten unter der Tragfläche fünf weitere Kigani auf, denen die Kisten hinabgereicht wurden. Die beiden Männer sprangen hinab, und die Gruppe verschwand.
Munro lächelte Amy zu.
Amy lieber Gorilla, teilte sie ihm mit.
Sie warteten noch eine Weile, und als nach zwanzig Minuten keine weiteren Kigani auftauchten, führte Munro die Gruppe zu dem Flugzeug. Sie hatten gerade die Frachtraumtür erreicht, als weiße Pfeile auf sie niederhagelten.
»Rein!« rief Munro und drängte sie alle über das eingeknickte Fahrwerk auf die Oberseite der Tragfläche und von dort in das Innere des Flugzeugs. Er schlug die Tür des Notausstiegs zu: Pfeile prasselten auf das Metall.
In der Maschine war es dunkel, der Boden hob sich vor ihnen in einem wahnwitzigen Winkel. Kisten waren durch die Gänge gerutscht, hatten sich überschlagen und waren aufgesprungen, der Inhalt hatte sich über den Boden verstreut. Unter ihren Füßen knirschten Glasscherben, so daß Elliot als erstes Amy in Sicherheit brachte.
Draußen hörten sie Trommeln und den unablässigen Hagel von Pfeilen, der auf das Metall und die Fenster traf. Als sie durch die dunkle Asche hinausspähten, sahen sie Dutzende weißbemalter Männer durch die Bäume laufen und sich unter der Tragfläche versammeln.
»Was machen wir jetzt?« fragte Ross.
»Wir schießen«, sagte Munro ohne Zögern und machte sich daran, Magazine für ihre Maschinenpistolen aus dem Gepäck hervorzuholen. »Munition haben wir reichlich.«

»Aber da draußen sind bestimmt hundert Männer.«
»Ja, aber nur einer ist wichtig. Wir müssen den mit den roten Strichen unter den Augen töten. Dann ist der Angriff zu Ende.«
»Wieso das?« fragte Elliot.
»Weil er der *Angawa* ist«, sagte Munro, »der Zauberer.« Und er machte sich auf den Weg zum Cockpit. »Wenn wir ihn haben, sind wir aus dem Schneider.«

Giftpfeile prallten gegen die Plexiglasscheiben und schlugen dröhnend auf das Metall des Flugzeugs. Außerdem warfen die Kigani mit Kot, der mit einem platschenden Geräusch auf dem Rumpf auftraf. Unaufhörlich dröhnten die Trommeln.
Amy war sehr ängstlich. Sie legte den Sitzgurt an und gab zu verstehen *Amy jetzt fort Vogel fliegen*.
Elliot fand in der hinten befindlichen Passagierkabine zwei Kigani, die sich dort verborgen hielten. Zu seiner eigenen Überraschung feuerte er ohne Zögern. Die Waffe schlug wild in seinen Händen, die Kugeln zerschmetterten Fenster und schleuderten die Kigani in die Sitze zurück, wo sie gekrümmt liegen blieben.
»Sehr gut, Doktor«, sagte Kahega grinsend, obwohl Elliot inzwischen am ganzen Leib zitterte, ohne etwas dagegen unternehmen zu können. Er ließ sich auf den Sitz neben Amy fallen.
Leute Vogel angreifen Vogel jetzt fliegen Vogel fliegen Amy weg wollen.
»Bald, Amy«, sagte er tröstend und wußte, daß es nicht stimmte. Inzwischen hatten die Kigani ihre Taktik geändert. Statt frontal anzugreifen, kamen sie von hinten, wo es keine Fenster gab. Die Menschen im Flugzeug konnten hören, wie bloße Füße über das Heck liefen und auf den Rumpf über ihren Köpfen kletterten. Zwei Krieger kamen durch die offene Frachttür am Heck. Munro, der sich im Cockpit befand, brüllte: »Wenn sie dich kriegen, werden sie dich fressen!«
Karen Ross feuerte, und Blut spritzte auf ihre Kleidung, während die eingedrungenen Kigani rückwärts hinaustaumelten.
Amy nicht mögen, gab Amy zu verstehen. *Amy nach Hause wollen*. Sie umklammerte den Sitzgurt.

»Da ist der Kerl!« rief Munro und gab einen Feuerstoß ab. Ein Mann von etwa zwanzig Jahren, mit roten Streifen unterhalb der Augen, fiel von mehreren Kugeln getroffen, rücklings zu Boden.
»Den hätten wir«, sagte Munro. »Das ist ihr *Angawa*.« Er setzte sich hin und gestattete den Kigani-Kriegern, den Leichnam wegzutragen.
Der Angriff der Kigani hörte auf, die Krieger zogen sich in den schweigenden Wald zurück. Es war fast dunkel. Munro beugte sich über den leblosen Piloten und spähte in den Dschungel hinaus.
»Und wie geht es jetzt weiter?« fragte Elliot. »Haben wir das Spiel gewonnen?«
Munro schüttelte den Kopf. »Sie warten den Einbruch der Nacht ab. Dann kommen sie wieder, um uns alle umzubringen.«
Elliot fragte: »Was machen wir dann?«
Munro hatte sich darüber bereits Gedanken gemacht. Er sah keine Möglichkeit, vor Ablauf von mindestens vierundzwanzig Stunden das Flugzeug zu verlassen. Sie mußten sich nachts verteidigen, und sie brauchten tagsüber eine größere freie Fläche um das Flugzeug herum. Die Lösung, die sich anbot, bestand darin, das hüfthohe Gebüsch in der unmittelbaren Umgebung des Flugzeugs abzubrennen – falls sie das konnten, ohne daß der restliche Brennstoff in den Tanks explodierte.
»Sucht nach Flammenwerfern«, sagte er zu Kahega, »oder nach Gasflaschen.« Und dann machte er sich selbst auf die Suche.
Karen Ross ging zu ihm hin. »Wir sitzen in der Patsche, wie?«
»Ja«, sagte Munro. Von dem Vulkan sagte er nichts.
»Ich habe vermutlich einen Fehler gemacht.«
»Sie können ihn wiedergutmachen«, sagte Munro, »indem Sie sich einen Fluchtweg ausdenken.«
»Ich werde sehen, was ich tun kann«, sagte sie ernst und ging nach hinten.
Eine Viertelstunde später schrie sie laut auf.
Munro sauste mit der Maschinenpistole im Anschlag in die Passagierkabine zurück. Karen Ross war in einem Sitz zusammengesunken und lachte hysterisch. Die anderen sahen sie an und wußten nicht, was sie tun sollten. Er packte sie bei der Schulter

und schüttelte sie. »Reiß dich zusammen«, rief er, aber sie lachte weiter.
Kahega stand neben einem Gaszylinder mit der Aufschrift PROPAN. »Sie das gesehen und gefragt, wie viel noch. Ich sage ihr, noch sechs, und sie fängt an zu lachen.«
Munro runzelte die Stirn. Es war ein großer Zylinder, mit einem Inhalt von gut einem halben Kubikmeter. »Kahega, wozu brauchen die so viel Propangas?«
Kahega zuckte mit den Schultern. »Zu groß zum Kochen. Dafür brauchen sie nicht so viel.«
Munro fragte: »Und davon sind noch sechs hier?«
»Ja, *bwana,* sechs.«
»Das ist verdammt viel Gas«, sagte Munro. Dann dachte er daran, daß Karen Ross mit ihrem Sinn fürs Planen sicherlich sogleich die Bedeutung dieser großen Mengen von Propangas begriffen hatte. Auch Munro hatte sie begriffen und grinste breit.
Verärgert fragte Elliot: »Kann uns vielleicht jemand sagen, was hier eigentlich gespielt wird?«
»Also«, sagte Munro lachend, »von jetzt an geht es aufwärts.«
Von gut zweiundzwanzigtausend Kilogramm Heißluft, die von dem Propangasbrenner aufstieg, getragen, hob sich die schimmernde Kunststoffkugel des Ballons, den das Konsortium mitgebracht hatte, vom Boden des Dschungels und stieg rasch in den dunkler werdenden Abendhimmel.
Die Kigani-Krieger kamen, Speere und Bogen schwingend, aus dem Wald gestürmt. Weiße Pfeile wurden ihnen im schwindenden Licht nachgeschickt, aber sie fielen kraftlos wieder zu Boden. Der Ballon stieg gleichmäßig höher.
In sechshundert Meter Höhe geriet er unter den Einfluß eines östlichen Windes, der ihn westwärts trug, fort von der dunklen Weite des Regenwalds, über das rauchende, rote vulkanische Herz des Muhavura und den scharfen Einbruch des Zentralafrikanischen Grabens hinweg, dessen steil abfallende Wände im Mondlicht schimmerten.
Von dort glitt der Ballon über die Grenze von Zaïre, nach Südosten auf Kenia zu – zurück in die Zivilisation.

Epilog
Die Brandstatt

Am 18. September 1979 nahm der Erdvermessungssatellit Landsat 3 auf seiner Umlaufbahn in einer Höhe von 918 Kilometer über Zentralafrika auf Band 6 (0,7 bis 0,8 Nanometer im Ultraviolettspektrum) ein Gebiet von 185 Kilometer Breite auf. Das gewonnene Bild zeigte, durch die Wolkendecke über dem Regenwald hindurch, deutlich, daß der Ausbruch des Muhavura auch nach drei Monaten noch nicht zu Ende war. Eine Computer-Hochrechnung des ausgeworfenen Materials kam zu dem geschätzten Ergebnis, daß sechs bis acht Kubikkilometer Geröll in die Atmosphäre geschleudert worden waren und weitere zwei bis drei Kubikkilometer Lava über die Westflanke des Bergs hinabgeflossen waren. Die Eingeborenen nannten die Stelle *Kanyalifeka,* die Brandstatt.

Am 1. Oktober 1979 schloß R. B. Travis in aller Form den Blauen Auftrag ab und berichtete dem Auftraggeber, man könne in absehbarer Zukunft kein natürliches Vorkommen von Diamanten des Typs IIb annehmen. Der japanische Elektronikkonzern Morikawa widmete sich mit neuem Interesse der künstlichen Bor-Dotierung nach dem Nagaura-Verfahren. Auch amerikanische Unternehmen hatten diesen Weg gewählt: man rechnete damit, bis 1984 ein ausgereiftes Verfahren entwickelt zu haben.

Am 23. Oktober kündigte Karen Ross bei der ERTS. Sie ging zu einer Außenstelle der geologischen Vermessungsanstalt der Vereinigten Staaten in Sioux Falls, South Dakota, bei der militärische Aufträge nicht anfielen und eine Tätigkeit im Außendienst nicht in Frage kam. Sie ist inzwischen mit John Bellingham verheiratet, einem dort tätigen Wissenschaftler.

Peter Elliot ließ sich am 30. Oktober auf unbegrenzte Zeit vom Zoologischen Institut in Berkeley beurlauben. In einer Pressemitteilung hieß es: »Amys zunehmende Geschlechtsreife und Größe ... erschweren eine weitere Arbeit mit ihr im Labor...« Das Projekt Amy wurde offiziell beendet, doch gingen die meisten Angehörigen der Projektgruppe mit Elliot und Amy ans Institut d'Études Ethologiques in Bukama, Zaïre. Hier wird Amys Interaktion mit wilden Gorillas in freier Wildbahn untersucht. Im November 1979 nahm man an, sie sei trächtig. Inzwischen verbrachte sie den größten Teil ihrer Zeit bei einer Gorillagruppe, so daß es schwierig war, sich zu vergewissern.
Amy verschwand im Mai 1980, kehrte aber im September mit einem Jungtier an der Brust zurück. Elliot machte ihr Zeichen und sah zu seiner Verblüffung, daß das Jungtier ihm durch Zeichen bedeutete *Amy Peter mögen Peter mögen*. Die Zeichen waren klar und richtig und wurden auf Videoband aufgenommen. Amy wollte mit dem Jungtier nicht näher kommen; als es auf Elliot zukroch, drückte Amy es an die Brust und verschwand mit ihm im Busch. Später sah man sie inmitten eines Trupps von zwölf Gorillas auf den Hängen des Kyambara im Nordosten von Zaïre.
Das Institut führte von März bis August 1980 eine Zählung der Berggorillas durch und kam auf eine geschätzte Gesamtzahl von fünftausend Tieren – sie lag halb so hoch wie die, die ein Pionier auf dem Gebiet, George Schaller, vor zwanzig Jahren geschätzt hatte.
Das bestätigt die Annahme, daß der Berggorilla stark bedroht ist. Zwar sind die Züchtungen in zoologischen Gärten erfolgreicher als früher, so daß Gorillas wohl nie ganz aussterben werden, aber durch Einwirkung des Menschen schrumpft ihr Lebensraum, und Forscher vermuten, daß der Gorilla als in Freiheit lebendes Wildtier schon innerhalb der nächsten Jahre verschwinden wird.
Kahega kehrte 1979 nach Nairobi zurück, wo er in einem chinesischen Restaurant arbeitete, das 1980 bankrott machte. Er schloß sich einer Expedition der National Geographic Society nach Botswana zur Erforschung der Lebensgewohnheiten von Flußpferden an.

Aki Ubara, der älteste Sohn des Trägers Marawani, Radioastronom in Cambridge, Großbritannien, gewann im Jahre 1980 den Herskowitz-Preis für Forschungen über die Röntgenstrahlung, die von der galaktischen Quelle M 322 ausgeht.

Gegen Ende 1979 verkaufte Charles Munro mit einem ansehnlichen Gewinn an der Diamantenbörse in Amsterdam einunddreißig Karat blauer Diamanten vom Typ IIb. Sie wurden gekauft von der Intel Inc., einem amerikanischen Unternehmen der Mikroelektronik. Bald darauf, im Januar 1980, fiel ihn in Antwerpen ein sowjetischer Agent mit einer Stichwaffe an. Die Leiche des Agenten wurde später in Brüssel gefunden. Im März 1980 wurde Munro von einer bewaffneten Grenzpatrouille festgenommen, doch die Anklage gegen ihn wurde fallengelassen. Im Mai hat er sich, einem unbestätigten Gerücht nach, in Somalia aufgehalten. Seinen Wohnsitz hat er nach wie vor in Tanger.

Ein am 8. Januar 1980 von Landsat 3 aufgenommenes Bild zeigte, daß die Tätigkeit des Muhavura zum Stillstand gekommen war. Das auf den Aufnahmen von früheren Satellitenüberquerungen erkennbare schwache Abbild zweier sich kreuzender Laserstrahlen war nicht mehr zu sehen. Unter ihrem Schnittpunkt bedeckt jetzt eine durchschnittlich achthundert Meter dicke Schicht schwarzer Brockenlava die tote Stadt Zinj.

Literatur

Balandier, Georges: *Daily Life in the Kingdom of the Kongo from the Sixteenth to the Eighteenth Century.* New York: Pantheon, 1968

Banchhoff, Thomas F., und Strauss, Charles M.: »Real-Time Computer Graphics Analysis of Figures in Four-Space.« In: *Hypergraphics,* herausgegeben von David W. Brisson, S. 159–169. AAAS Selected Symposium 24. Boulder, Colo.: Westview Press, 1978

Bleibtreu, John N.: *The Parable of the Beast.* New York: Macmillan, 1967

Brown, Harrison, Bonner, James, and Weir, John: *The Next Hundred Years.* New York: Viking Press, 1963

Burchett, Wilfred, und Roebuck, Derek: *The Whores of War.* Harmondsworth, England: Penguin, 1977

Caplan, Arthur L.: »Ethics, Evolution and the Milk of Human Kindness.« In: *The Sociobiology Debate,* herausgegeben von Arthur L. Caplan, S. 304–314. New York: Harper & Row, 1978

Churchman, C. West: *The Systems Approach and Its Enemies.* New York: Basic Books, 1979

Clark, W. E.: *The Antecedents of Man.* Edinburgh: University of Edinburgh Press, 1962

Cox, Keith G.: »Kimberlite Pipes.« In: *Scientific American* 238, No. 4 (1978): S. 120–134

Deacon, Richard: *The Chinese Secret Service.* New York: Tablinger, 1974

Derjaguin, B. V., and Fedoseev, D. B.: »The Synthesis of Diamond at Low Pressure.« In: *Scientific American* 233, No. 5 (1975): S. 102–110

Desmond, Adrian J.: *The Ape's Reflexion.* New York: Dial, 1979

Douglas-Hamilton, Iain und Oria: *Unter Elefanten.* Abenteuerliche Forschungen in der Wildnis Zentralafrikas. dtv Sachbuch

(Bd. 1511), München 1980. (Lizenzausgabe; Copyright der deutschsprachigen Ausgabe – 1976 – beim R. Piper & Co. Verlag, München)

Evans-Pritchard, E. E.: »The Morphology and Function of Magic: A Comparative Study of Trobriand and Zande Ritual and Spells.« In: *Magic, Witchcraft and Curing,* herausgegeben von John Middleton, S. 1–22. Garden City, N. Y.: Natural History Press, 1967

Evans-Pritchard, Edward Evan: *Hexerei, Orakel und Magie bei den Zande.* Von Eva Gillies gekürzte und eingeleitete Ausgabe. Übersetzt von Brigitte Luchesi. Frankfurt/M.: Suhrkamp, ^{1}1978

Forbath, Petr.: *The River Congo.* New York: Harper & Row, 1977

Fouts, Roger S.: »Sign Language in Chimpanzees: Implications of the Visual Mode and the Comparative Approach.« In: *Language Acquisition in Man and Ape,* herausgegeben von Fred C. C. Peng, S. 121–137. AAAS Selected Symposium 16. Boulder, Colo.: Westview Press, 1978

Francis, Peter: *Volcanoes.* Harmondsworth, England: Penguin, 1976

Gold, Thomas, und Soter, Steven: »Brontides: Natural Explosive Noises.« In: *Science* 204, No. 4391 (1979): S. 371–375

Gould, R. G., und Lum, L. F.: *Communications Satellite Systems: An Overview of the Technology.* New York: Institute of Electrical and Electronics Engineers Press, 1976

Gribbin, John: »What Future for Futures?« In: *New Scientist* 84, No. 1187, S. 21–23

Grzimek, Bernhard: *20 Tiere und ein Mensch* (Gorilla). Kindler, München 1956

Hallet, Jean-Pierre: *Afrika Kitabu.* Ein Bericht. Aus dem Engl. übertragen von Christian Spiel. Reinbek bei Hamburg: Rowohlt (1972); rororo 1507

Harris, Marvin: *Kannibalen und Könige. Aufstieg und Niedergang der Menschheits-Kulturen.* Aus dem Amerik. von Volker Bradke u. a. Frankfurt/M.: Umschau Verlag (1978)

Hawthorne, J. B.: »Model of a Kimberlite Pipe.« In: *Physics and Chemistry of the Earth* 9 (1975): S. 1–15

Hoare, Colonel Mike: *Mercenary*. London: 1967

Hoff, Christina: »Immoral and Moral Uses of Animals.« In: *New England Journal of Medicine* 302, No. 2, S. 115–118

Hogg, Garry: *Cannibalism and Human Sacrifice*. New York: Citadell Press, 1966

Jensen, Homer, Graham, L. C., Porcello, L. J., and Leith, E. N.: »Side-Looking Airborne Radar.« In: *Scientific American* 237, No. 4 (1977): S. 84–96

Jones, Roger: *The Rescue of Emin Pasha*. New York: St. Martin's Press, 1972

Kahn, Herman: *Vor uns die guten Jahre*. Ein realistisches Modell unserer Zukunft. Unter Mitarbeit von William Brown und Leon Martel sowie des wissenschaftlichen Stabs des Hudson-Instituts. Aus dem Amerikanischen übertragen von Helge Gasthuber und Helmut Baumgartner. Wien, München, Zürich, Innsbruck: Molden, 1977

Lillesand, Thomas M., and Kiefer, Ralph W.: *Remote Sensing and Image Interpretation*. New York: Wiley, 1979

Linden, Eugene: *Apes, Man and Language*. New York: E. P. Dutton, 1975

Martin, James: *Telecommunications and the Computer*. New Jersey, Prentice-Hall, 1969

Marwick, M. G.: »The Sociology of Sorcery in a Central African Tribe.« In: *Magic, Witchcraft and Curing,* herausgegeben von John Middleton. Garden City, N. Y.: Natural History Press, 1967

Midgley, Mary: *Beast and Man: The Roots of Human Nature*. Ithaca, N. Y.: Cornell University Press, 1978

Moore, C. B. (Hg.): *Chemical and Biochemical Applications of Lasers*. Vol. 3. New York: Academic Press, 1977

Moorehead, Alan: *Die Quellen des Nil*. Abenteuer und Entdeckung. Übertragen von Leonie Brockmann und Werner Neumann-Nieschlag. Stuttgart: Steingrüben (1962)

Moss, Cynthia: *In freier Wildbahn. Tierbeobachtungen in Ostafrika*. Verlag Herder, Freiburg, Basel, Wien o. J.

Noyce, Robert N.: »Microelectronics.« In: *Scientific American* 237, No. 3 (1977): S. 60–72

Nugent, John Peer: *Call Africa 999*. New York: 1965

Orlov, Yu L.: *The Mineralogy of the Diamond*. New York: Wiley, 1977

Patterson, Francine: »Conversation with a Gorilla.« In: *National Geographic* 154, No. 4 (1978), S. 438–467

Patterson, Francine: »Linguistic Capabilities of a Lowland Gorilla.« In: *Sign Language and Language Acquisition in Man and Ape, New Dimensions in Comparative Pedolinguistics*, herausgegeben von Fred C. C. Peng, S. 161–202. AAAS Selected Symposium 16. Boulder, Colo.: Westview Press, 1978

Peters, William C.: *Exploration and Mining Geology*. New York: Wiley, 1978

Premack, Ann James, and Premack, David: »Teaching Language to an Ape.« In: *Scientific American* 227, No. 4 (1972): S. 92–100

Premack, David: »Language in a Chimpanzee?« In: *Science* 172, No. 3985 (1971): S. 808–822

Richards, Paul W.: »The Tropical Rain Forest.« In: *Scientific American* 229, No. 6 (1973): S. 58–69

Roth, H. M., und andere: *Zaire, a Country Study*. Area Handbook Series. Washington, D. C.: US Goverment Pointing Office, 1977

Rumbaugh, Duane M., (Hg.): *Language Learning by a Chimpanzee: The Lana Project*. New York: Academic Press, 1977

Sabins, Floyd F.: *Remote Sensing Principles and Interpretation*. San Francisco: W. H. Freeman, 1978

Sandved, Kjell B., and Emsley, Michael: *Rain Forests and Cloud Forests*. New York: Abrams, 1979

Sapolsky, Harvey M.: *The Polaris System Development*. Cambridge, Mass.: Harvard, 1972

Schaller, George B.: *Unsere nächsten Verwandten* (Gorilla). Bern/München/Wien: Scherz, 1965

Schaller, George B.: *The Mountain Gorilla, Ecology and Behavior*. Chicago: University of Chicago Press, 1963

Spuhler, J. N.: »Somatic Paths to Culture.« In: *The Evolution of Man's Capacity for Culture,* herausgegeben von J. N. Spuhler, S. 1–13. Detroit: Wayne State University Press, 1959

Stanley, Henry Morton: *Im dunkelsten Afrika.* Aufsuchung, Rettung und Rückzug Emin Pascha's. Übersetzung von H. von Wobeser. Leipzig 1890

Terrace, H. S.: *Nim.* New York: Alfred A. Knopf, 1979

Terrace, H. S.: »How Nim Chimpsky Changed My Mind.« *Psychology Today,* November 1979, S. 65–76

Turnbull, Colin Macmillan: *Molimo. 3 Jahre bei den Pygmäen.* Aus dem Englischen von Gerhard Schönemann. Köln, Berlin: Kiepenheuer & Witsch (1963)

Turnbull, Colin Macmillan: *Man in Africa.* Garden City, N. Y.: Doubleday, 1976

Turnbull, Colin Macmillan: *Das Volk ohne Liebe.* Der soziale Untergang der Ik. Reinbek bei Hamburg: Rowohlt (1973)

Vaughan, James H.: »Environment, Population, and Traditional Society.« In: *Africa,* herausgegeben von Phyllis M. Martin and Patrick O'Meara, S. 9–23. Bloomington: Indiana University Press, 1977

Wilson, Edward Osborne: *Biologie als Schicksal: Die soziobiologischen Grundlagen des menschlichen Verhaltens.* Aus dem Amerikanischen von Friedrich Griese. Frankfurt/M., Berlin, Wien: Ullstein, 1980

Yerkes, Robert M., and Ada, W. *The Great Apes, a Study of Anthropoid Life.* New Haven: Yale University Press, 1929

Zuckerman, Ed.: »You Talkin' to Me?« In: *Rolling Stone,* 16. Juni 1977, S. 45–48